Der Roman spielt hauptsächlich in bekannten Regionen, doch bleiben die Geschehnisse reine Fiktion. Sämtliche Handlungen und Charaktere sind frei erfunden.

Der CO_2-Ausstoß dieses Druckproduktes wurde mit ClimateCalc berechnet und kompensiert:

www.climatecalc.eu
Cert. no. CC-000094/DK

Bibliografische Information der Deutschen Nationalbibliothek
Die Deutsche Nationalbibliothek verzeichnet diese Publikation in der Deutschen Nationalbibliografie; detaillierte bibliografische Daten sind im Internet abrufbar über https://www.dnb.de

© 2024 CW Niemeyer Buchverlage GmbH, Hameln
www.niemeyer-buch.de
Alle Rechte vorbehalten
Umschlaggestaltung: C. Riethmüller
Der Umschlag verwendet Motiv(e) von Adobe-Stock
Druck und Bindung: Nørhaven, Viborg
Printed in Denmark
ISBN 978-3-8271-9325-4

Catrine Bauer

WINTERS NACHT

CW Niemeyer N

14. Juni, nachts

Alle Träume, von denen sie ihm erzählt hatte, waren geplatzt, lagen bald unter der Erde, würden langsam vor sich hin verrotten, im Dreck ruhen und nicht mehr atmen. Nur die Maden und Würmer würden sich noch an ihrem hübschen porzellanfarbenen Körper erfreuen können.

Endlich bezahlte sie für alles. Dieses Gefühl war so wunderbar, dass nicht einmal er, der bekannt für seine Sprachjonglagen war, Worte dafür fand.

Wer sich selbst wie Gott aufführte, musste damit rechnen, dass es ein anderer mit ihm genauso tat. Dieses Mal war er der Richter gewesen. Dieses Mal hatte er allein die Entscheidung getroffen. In ihm breitete sich ein wohliges und beruhigendes Gefühl aus. Ähnlich dem, das er in seiner Kindheit beim Essen des warmen Schokoladenpuddings seiner Großmutter gespürt hatte. So langsam, wie die Puddingmasse in seinen Bauch gerutscht war und ihn von innen gewärmt hatte, erfüllte ihn jetzt dieses Gefühl von grenzenloser Erhabenheit.

Ihr Flehen und Betteln hingen ihm im Kopf wie der Ohrwurm eines schönen Songs. Als die K.o.-Tropfen nachzulassen begannen, wimmerte sie leise. Gerade hatte sie noch mit ihm im Mondlicht gesessen. Wie viele Stunden hatten sie sich unterhalten? Er konnte sich nicht mehr erinnern.

Die frische Nachtluft kühlte seinen verschwitzten Nacken.

Ihr Gejammer war längst verstummt, und nun konnte sie den Regenwürmern erzählen, dass sie doch so jung war und noch so viel vorhatte im Leben. Niemand würde ihr jemals mehr zuhören. Er war der letzte Mensch gewesen, dem sie von ihrem schwierigen Leben erzählt hatte. Das arme Kind aus wohlhabendem Hause, das nie wirklich geliebt worden war. Das verstand er, weil es ihm nicht anders ergangen war. Nur hatte er den richtigen Weg eingeschlagen und sie den falschen. Beinahe hätte er Mitleid mit ihr gehabt. Aber dann war ihm klar geworden, dass es nur ihre Masche war. Wie es ihm zuwider war, wie die Weiber sich aufführten. Niemand interessierte sich noch für die Liebe. Dabei war sie doch das, was wirklich zählte. Das Einzige, für das es sich zu leben lohnte. Er ertrug es nicht mehr. Aber wenigstens Carla war jetzt endlich still. Endlich musste er sich ihr ewiges Geplapper nicht mehr anhören.

Er schaufelte immer mehr Erde auf ihren blassen Körper. Jeder Erdpartikel, der auf sie fiel, verschaffte ihm mehr Behagen. Die Stille der Nacht wurde durch Stimmen unterbrochen, die langsam näher kamen. Hektisch legte er die Zweige über ihren Körper. Die Schaufel nahm er mit ins Gebüsch. Hoffentlich hatten sie keinen Hund dabei. Nicht nur, dass er allergisch gegen diese Tiere war; sie machten ihm Angst mit ihrem unaufhaltsamen Spürsinn. Er hörte kein Geklapper von einer Leine oder einem Halsband, und die beiden Personen diskutierten so laut, dass sie nicht einmal merkten, dass ihm ein Stein unter dem

Schuh wegrutschte und hinter ihm mit einem geräuschvollen Platschen in den Fluss fiel.

Als sie endlich an ihm und Carla vorbeigegangen waren, atmete er auf. Er hielt einen Moment inne und betrachtete den blassen Körper, der leblos vor ihm in der Erde lag. Eine Skulptur, die er geschaffen hatte. Eine Plastik der Genugtuung. Die Ästhetik des Anblicks bestätigte ihn in seinem Tun.

Ihr Körper war so leicht gewesen wie die Kleidung, die sie getragen hatte. Er schüttelte sich.

Obwohl es seit einer halben Stunde regnete, war die Erde unter einer schmierigen weichen Schicht von der Hitze der letzten Tage immer noch trocken und hart. Er brauchte länger, als er geplant hatte. Carla musste mindestens einen halben Meter tief vergraben werden, weil er auf keinen Fall zulassen durfte, dass sie hier lebendig herauskam. Aber er musste sich beeilen. Wenn der Regen aufhörte, waren sicherlich sofort wieder Menschen unterwegs.

Sie atmete flach.

Die Stelle, an der ihr Kopf liegen sollte, war schon tief genug. Der Kopf mit den hübschen blonden Haaren, in denen sich jetzt kleine Erdkrümel verzweifelt festhielten. Den Rest ihres Körpers würde er zusammenfalten müssen wie ein Kuscheltier, das man noch schnell in einen Koffer stopfte, bevor man alles hinter sich ließ. Vorsichtshalber verpasste er ihr eine zweite Ladung K.o.-Tropfen. Seine Hand zitterte, als er die Flüssigkeit auf ihre trockenen Lippen pipettierte. Sie sollte nicht aufwachen. Nie mehr. Als er ihre Arme gewaltsam übereinanderlegte, damit sie in ihren Erdsarg passte, hörte er das leise Knacken eines Knochens. Ihr Körper zuckte kurz zusammen und ergab sich dann wieder dem ewigen Schlaf.

Es musste weit nach Mitternacht gewesen sein, als er endlich fertig war. Verschwitzt stützte er sich mit dem Ellbogen an der Schaufel ab und betrachtete das Grab wie ein Bildhauer das Kunstwerk, das er erschaffen hatte. Die Basecap auf seinem Kopf schützte zumindest seine Augen vor dem Wasser. Sein erhitzter Körper dampfte durch den Regen. Seine Arme und Hände schmerzten. Aber die Mühe war es wert gewesen, dachte er.

Dafür, dass er für Gerechtigkeit gesorgt hatte.

17. Juni, vormittags

Der Kakao auf dem Polizeipräsidium in Tübingen schmeckte fast so gut wie der, den ihr ehemaliger Arbeitskollege Christian ihr in Stockholm immer gemacht hatte. Daniel Faber rührte ihn jedes Mal extra für Henry an, da es hier keinen Vollautomaten gab, der das für ihn übernommen hätte. Dass der Kakao nicht mit jenem in Stockholm vergleichbar war, lag vermutlich auch daran, dass ihr die Aussicht fehlte. Ein warmer Kakao und dazu der Blick über den Hafen der schwedischen Hauptstadt. Das gehörte für Henry unweigerlich zusammen. Wenn sie aus ihrem Büro bei der Tübinger Polizei aus dem Fenster sah, dann blickte sie auf eine Straße, auf der nichts los war, wenn man von den Postboten absah, die regelmäßig mit überhöhter Geschwindigkeit am Kommissariat vorbeirasten. Erst zur Mittagszeit wich die Leere der Straße den aus den Büros strömenden Menschen, die meistens auf dem Weg zur Kantine oder in eines der umliegenden Restaurants waren. Die Luft flimmerte heiß über dem Asphalt.

Die Tübinger Innenstadt war im Juni hingegen fast schon überfüllt. Zu den vielen Studenten, die sich in den Straßencafés und auf Treppen und Mauern versammelten, kamen jetzt noch die Touristen. Henry wollte gar nicht wissen, in wie vielen japanischen Fotoalben sie schon klebte. Es war deshalb nicht das Schlechteste, dass das Kommissariat ein bisschen außerhalb lag. Manchmal musste sie einfach raus und einen kleinen Spaziergang machen, um Ruhe zu finden. Das wäre in der Innenstadt kaum denkbar gewesen.

In ihrem Büro bei ‚One Earth' hatte sie gelegentlich mit Christian am Fenster gesessen und das Treiben im Hafen beobachtet. Manchmal bat sie ihren ehemaligen Kollegen darum, dass er ihr ein paar Fotos schickte. Dann saß sie an ihrem Tübinger Schreibtisch und tauchte in ihre Vergangenheit ein. Es war nicht lange her, dass sie selbst noch dort gearbeitet hatte. Es kam ihr jedoch vor wie eine Ewigkeit. Zu viel war in der Zwischenzeit passiert.

Sie vermisste Schweden. Nach dem Tod ihrer Mutter war aber schnell klar gewesen, dass sie dort nicht mehr glücklich werden konnte. Immer wenn sie nach deren Tod im Haus ihrer Mutter in Sigtuna gewesen war, hatten die Erinnerungen gegen ihre Magenwand gedrückt. Alte, schmerzhafte Erinnerungen hatten sich mit schönen Momenten vermischt, und in jeder Ecke hatte sie sich selbst wie in einem Schwarz-Weiß-Film gesehen. Die letzten Erinnerungen hatten spätestens in dem kleinen Naturgarten hinter dem Haus ihre Farbe verloren. Je länger sie da gesessen hatte, desto mehr hatte sie sich gewünscht, die Zeit zurückdrehen zu können. Heute würde sie vieles anders machen. Und dann stellte sich ihr wieder die Was-wäre-gewesen-wenn-Frage. Der Butterfly Effect. Hätte sie ihre Mutter retten können? Wenn sie heute von der Geschichte erzählte, hoffte sie immer noch, sie würde gut ausgehen. „Das ist, wie wenn man einen Film anschaut, den man schon kennt", hatte sie einmal zu Christian am

Telefon gesagt. Obwohl sie wusste, wie die Geschichte ausging, hoffte sie bei jeder Erzählung auf ein Happy End. Darauf, dass Marta eben doch nicht erschossen worden war. Aber sie konnte die Geschichte so oft wiedergeben, wie sie wollte. Ihre Mutter starb am Ende durch ein goldenes Projektil in ihrem Herzen.

Der Neuanfang in Tübingen war lebensnotwendig, und er fühlte sich richtig an.

Auf dem Kommissariat war dieser Tage kaum etwas los, dennoch stapelten sich die Akten auf dem Schreibtisch. Dazwischen stand eine Platte mit den Resten eines Marmorkuchens, den Henry am Vortag mitgebracht hatte. An den Schnittflächen war er bereits vertrocknet. Sie war keine gute Bäckerin, aber da Daniel Faber seit seiner Scheidung allein lebte und selten jemand für ihn sorgte, hatte er sich über die Geste seiner neuen Kollegin gefreut. Der Mord an ihrer Mutter hatte sie und Faber zusammengeschweißt, und obwohl sie sich erst seit kurzer Zeit kannten, benahmen sie sich jetzt schon wie ein altes Ehepaar. Das sagten zumindest die Kollegen, wenn Henry und Daniel mal wieder eine ernsthafte Diskussion darüber führten, wo sie in der Mittagspause essen gehen sollten. Spätestens, wenn einer von beiden die Frage ‚Warum entscheidest eigentlich immer du?‘ einwarf, konnten sich die umstehenden Kollegen mit spitzen Bemerkungen nicht mehr zurückhalten.

Daniel hatte gerade eine ältere Dame verabschiedet, die wegen eines angeblichen Handydiebstahls da gewesen war. Es schien ihr egal zu sein, dass er überhaupt nicht dafür zuständig war, sie kannte ihn aus einer anderen Sache. Als er sie nach ihrem Personalausweis fragte und schon überlegte, welchem Kollegen bei der Schutzpolizei er diesen Fall aufs Auge drücken konnte, und sie in den Untiefen ihrer Handtasche suchte, hatte sie zwischen jeder Menge Kram tatsächlich nicht nur ihren Ausweis, sondern auch das soeben als gestohlen gemeldete Smartphone gefunden. Sie entschuldigte sich mehrmals, aber Faber winkte ab. Die für Juni außergewöhnliche Hitze stieg allen zu Kopf.

Am Vortag hatte es einen Starkregenschauer gegeben, statt einer Abkühlung brachte der jedoch eine unerträgliche Schwüle mit sich. Natürlich gab es im Präsidium keine Klimaanlage. Es war so heiß, dass sogar Henrys Schlaghose an den Beinen klebte. Sie dachte an eine Vorlesung während ihres Jurastudiums zum Arbeitsrecht, die sie nur besucht hatte, weil sie den Professor heiß gefunden hatte. Krampfhaft versuchte sie, sich daran zu erinnern, was das mit der gesundheitlich zuträglichen Raumtemperatur auf sich hatte. Henry googelte schnell und fand einen Wikipedia-Artikel.

„Hör mal", sagte sie zu Daniel. „Hier steht: Die Wärmeerzeugung des Menschen ist abhängig von der Arbeitsschwere."

Der Kommissar lachte laut. „Dann ist klar, dass der Steuerzahler weder in eine Klimaanlage noch in Sonnenblenden oder wenigstens einen Zimmerventilator investiert."

Henry sah ihn fragend an.

Daniel grinste. „Ich dachte, Beamte arbeiten gar nichts?"

Sie seufzte. Nicht nur die Freibäder waren voll, sondern auch der Neckar, der bereits ungewöhnlich warm war, obwohl Polizei, Feuerwehr und DLRG immer wieder davor warnten, in Flüssen schwimmen zu gehen. Daniel Faber hatte Henry einmal erklärt, dass das Wort ‚Neckar' aus dem Keltischen stamme und so viel bedeute wie ‚heftiger, böser, schneller Fluss'. Zumindest im Kreis Tübingen machte der Neckar seinem Namen keine Ehre, erst recht nicht im Hochsommer. Aber für Kinder konnte ein Fließgewässer immer gefährlich werden. Henry, die aufgrund ihrer Aquaphobie ohnehin großen Respekt vor Wasser im Allgemeinen hatte, konnte kaum hinsehen, wenn Menschen im Neckar badeten.

Trotz der vielen Touristen wirkte die schwäbische Universitätsstadt friedlich und durch die Hitze verlangsamt. Zu diesem Zeitpunkt ahnte Henry noch nicht, dass irgendwo am Ufer des großen Flusses, der um sein letztes Wasser bangte, vergraben unter einer Schicht Erde, die Leiche von Carla Hofmann lag.

Henry umklammerte die Tasse mit beiden Händen, als wäre es tiefster Winter. Dabei schien die Sonne bereits am Vormittag hell und beißend durch das Fenster ihres Büros. Der Nagellack in Altrosa blätterte schon von Zeigefinger und Daumen. In den letzten Tagen hatte sie keine Zeit gehabt, sich um solche Belanglosigkeiten wie das Nägellackieren zu kümmern. Die Tasse mit beiden Händen festzuhalten war eine Gewohnheit, die sie aus Schweden mitgebracht hatte. Es erinnerte sie an viele Abende, die sie mit ihrer Mutter auf der Veranda des kleinen gelben Holzhäuschens in Sigtuna verbracht hatte. Wie oft hatten sie dort mit einer Tasse Glühwein oder heißer Schokolade gesessen, eingemummelt in dicke Decken, und hatten auf den glitzernden Mälarsee geschaut. Sosehr sich Henry diese Zeit zurückwünschte, so weh tat ihr die Erinnerung daran.

Nach dem Mord an ihrer Mutter hatte sie zu viel Gewicht verloren, und so hatte sie im letzten schwedischen Winter permanent gefroren. Sie war froh, dass sie wieder etwas zugelegt hatte. Auch ihre Sommersprossen waren zurückgekehrt, sodass sie nicht mehr aussah wie Mitte vierzig, sondern so, wie man mit fünfunddreißig aussehen sollte. Ihre braunen Haare hatte sie sich etwas abschneiden lassen, aber ein Zopf war zum Glück noch möglich. Den brauchte sie bei diesen tropischen Temperaturen.

„Was machst du jetzt mit deinen Banditos?", fragte Faber, der nebenher Akten sortierte. Immer wieder fuhr er sich durch das ergraute Haar und schüttelte über das Chaos auf seinem Schreibtisch den Kopf. „Wenn ich noch einen Fall bekomme, raste ich aus. Was denkt dieser Pankow, wann ich das alles erledigen soll?"

„Ich hätte gerne eine Hausdurchsuchung." Henry wischte sich mit dem Handrücken den Kakaobart von der Oberlippe. Sie spürte, wie sich vom Haaransatz ein Schweißtropfen den Weg auf ihre Stirn bahnte und auf ihrer Haut juckte.

„Äh, was?" Faber war immer noch wütend über seine eigene Unordnung. „Eine Hausdurchsuchung? Warum denn das?"

„Ja, eine Hausdurchsuchung. Letzte Nacht wurde wieder jemand in der Innenstadt mit K.o.-Tropfen handlungsunfähig gemacht und ausgeraubt. Ich schätze, das fällt dann unter ‚Gefahr im Verzug'?"

Faber sah in die Luft und schien über das Gesagte nachzudenken.

„Wir gehen zu den drei Verdächtigen", spann Henry den Gedanken weiter, „treten die Tür ein, du lässt ein bisschen deine Muskeln spielen, ich schreie rum und wir durchsuchen das Haus, bis wir finden, was wir brauchen. Läuft das nicht so?"

Faber schmunzelte. „Aber jetzt mal im Ernst. Wenn ich so darüber nachdenke: Warum eigentlich nicht?"

„Der Teil mit den Muskeln gefällt dir am besten, oder?"

Ohne sie anzusehen oder zu antworten, durchsuchte er weiter grinsend seine Akten.

Henry hatte nicht das Gefühl, dass dieser Fall ein gutes Ende nehmen würde. Außerdem hatte sie keine Lust, es sich direkt mit Pankow zu verscherzen. Ziemlich sicher würde er die Idee völlig daneben und Henrys These absurd finden. Sie brauchte ihn gar nicht erst danach zu fragen.

Ihr Vorgesetzter, Klaus Pankow, schien kein Vertrauen in ihre Fähigkeiten zu haben. Vermutlich hatte er sie zu Daniel ins Büro gesetzt, damit der sie im Blick behielt. Der Chef war der Auffassung, dass sie zu lange aus dem Dienst gewesen sei. Dass sie Schwedin war, ließ für ihn nur einen Schluss zu: Sie hatte keine Ahnung von den deutschen Gesetzen, und als Frau, die für eine Umweltorganisation gearbeitet hatte, würde sie seiner Meinung nach ohnehin zu milde mit Straftätern umgehen. Er konnte ja nicht wissen, dass sie nicht nur bei der Polizei, sondern vor allem bei ihrem Freund Christian, einem angesehenen Juristen, gelernt hatte, wie man mit den bösen Buben umging. Pankow unterschätzte sie maßlos. Obwohl sie in Hamburg die

Polizeiausbildung und danach, ebenfalls in der norddeutschen Großstadt, ein Jurastudium absolviert hatte, traute er ihr gerade einmal so viel zu wie einer Praktikantin.

„Du hast ein Gespür dafür", sagte Faber, der extra aufgehört hatte aufzuräumen, um diesen bedeutungsschweren Satz auszusprechen.

„Na, das wird Pankow bestimmt überzeugen." Sie verdrehte die Augen. „Ich glaube einfach nicht, dass Windisch, Ebert und Lorenz nur mit kleinen Raubdelikten beschäftigt sind." Henry wusste, dass Pankow ihr diesen Fall zugeteilt hatte, weil er eben genau das vermutete. Bei diesen Kleinganoven konnte selbst sie nichts falsch machen. Sie hatte jedoch seit einigen Tagen das Gefühl, dass mehr dahintersteckte als ein paar Räubereien in der Innenstadt. Einer der Beschuldigten, Peter Windisch, hatte in seiner Jugend Drogen auf dem Schulhof verkauft. Es war zwar möglich, dass er jetzt ein zweitklassiger Dieb war, aber Henry vermutete trotzdem, dass mehr dahintersteckte. Irgendetwas musste dahinterstecken. Während ihrer Ermittlungen hatte sie einen jungen Mann aufgetan, der eher unfreiwillig zum Informanten geworden war. Henry hatte ihn vor die Wahl gestellt: mit der Polizei zusammenarbeiten oder selbst in den Knast wandern. Als Polizistin mit einem Jurastudium in der Tasche war ihr natürlich klar, dass sie damit gesetzlich auf einem schmalen Grat wanderte. Aus diesem Grund hatte sie es nur Daniel erzählt. Der Rest der Truppe musste nichts davon wissen. Dennoch war der Informant ihr Joker. Von ihm hatte sie erfahren, dass es da drei Typen gab, die Gras und Koks verkauften. Das würde alles perfekt zu ihrer Theorie passen.

„Dann machen wir die Durchsuchung und nehmen Jonas und Juno mit." Daniel heftete ein Blatt in einen Aktenordner und klemmte sich dabei den Finger ein. Er öffnete die Ringmechanik, sog die Luft zwischen den Zähnen ein, kniff die Augen zusammen und schüttelte den getroffenen Finger.

Henry stellte die Kakaotasse ab und sah Faber mit großen Augen an. „Jonas Wenger? Das ist doch der Hundeführer, oder?"

„Klar!", nuschelte Daniel, jetzt mit dem eingeklemmten Finger im Mund. „Wenn jemand rausfindet, ob die Kerle mit Drogen dealen, dann sein Hund. Die kleine Spürnase findet alles." Er betrachtete den zarten Abdruck, den der Halterring auf seinem Finger hinterlassen hatte.

„Brauchst du ein Pflaster?", fragte Henry betont mitfühlend. „Ich habe welche mit Einhörnern im Geldbeutel. Für meine Nichte trage ich die immer bei mir. Oder soll ich lieber einen Ersthelfer rufen?"

„Ja, spotte du nur."

„Danke, dass du das für mich machst." Henry strich sich eine ihrer braunen Locken aus dem Gesicht, die sich aus dem Zopf gelöst hatte und ihr immer wieder aggressiv in die Augen fiel.

„Du bist die Chefin." Daniel Faber zwinkerte und verließ das Büro.

Das stimmte so natürlich nicht, aber Henry wusste, wie wertvoll Daniels Vertrauen in sie war. Nachdem er ihr das Leben gerettet hatte, hatte er sie häufig im Klinikum besucht und sie immer wieder bearbeitet, zur Polizei zurückzukehren. Kurze Zeit später hatte sie sein

17

Angebot angenommen, und er hatte ihr dabei geholfen, in der baden-württembergischen Kripo ihren Platz zu finden. Direkt in seinem Büro. Natürlich war es nicht so einfach gewesen, Schweden zu verlassen. Der eigentliche Grund für ihren Umzug war ihr Vater gewesen, der in Tübingen lebte und den sie so besser kennenlernen konnte. Über dreißig Jahre war sie davon ausgegangen, er sei bei einem Bootsunglück ums Leben gekommen. Erst vor wenigen Monaten hatte sich herausgestellt, dass er noch lebte. Entsprechend viel hatten sie nachzuholen. Sie hatte sich recht schnell wieder an Deutschland gewöhnt. Aber tief in Henrys Innerstem saß sie noch immer auf der Veranda des gelben Holzhauses in Sigtuna und beobachtete, wie die kalten Wellen des Sees weich und leise das kiesbedeckte Ufer berührten.

Nach ein paar Minuten kam Daniel wieder herein, setzte sich auf seinen Bürostuhl und drehte sich damit einmal im Kreis herum. „Du kannst dich schon mal umziehen, wir durchsuchen in einer Stunde mit drei Kollegen, unter anderem Wenger und seinem Hund, die Bude deiner Gauner."

„Hast du das jetzt so schnell mit Pankow geklärt?" Man konnte die Unsicherheit aus Henrys Stimme heraushören.

„Ich habe das nicht mit ihm geklärt." Das letzte Wort betonte er. „Ich habe es ihm angekündigt." Der Kollege hob stolz den Kopf. „Begeistert war er nicht, ist mir aber egal. Was soll schon schiefgehen? Wir sind auch noch dabei und wir machen das jetzt so, wie die Kriminalkommissarin Winter das vorgeschlagen hat."

„Ich danke dir. Aber an die Kriminalkommissarin hättest du mich nicht erinnern müssen." Henry verdrehte die Augen.

Sie hatte gehofft, dass sie direkt als Kriminaloberkommissarin eingestellt werden würde, aber irgendwie hatte es Pankow geschafft, ihr auch hier einen Strich durch die Rechnung zu machen. Nun musste sie einige Zeit auf ihre Beförderung warten. Umso wichtiger war es, dass sie ihre Arbeit gut machte. Sie wusste, wie bei der Polizei gemauschelt wurde. Wenn der Chef einen nicht mochte, war man nahezu chancenlos.

„Das kriegen wir schon hin." Faber, der mittlerweile durch das Büro tigerte, legte im Vorbeigehen kurz seine Hand auf ihre Schulter.

„Was suchst du denn?", fragte Henry.

„Die Akte Siebert. Die muss noch hoch zu Hellstern. Mein Chaos kostet mich noch die Beförderung."

Henry stand wortlos auf, ging zum Regal hinter Fabers Schreibtisch, zog einen Ordner aus dem zweiten Fach und legte ihn vor ihren Kollegen.

„Wenn ich dich nicht hätte." Faber seufzte.

„Dann hättest du wesentlich weniger Ärger mit Pankow", stellte Henry nüchtern fest.

„Jetzt hör doch auf, dich kleinzureden. Du bist ja schlimmer als Pankow selbst. Such schon mal deine Sachen zusammen, wir müssen gleich los."

Eigentlich hatte Henry vorgehabt, die Durchsuchung morgens durchzuführen. Aber da die meisten Straftaten, die auf das Trio zurückzuführen waren, im Morgengrauen stattgefunden hatten, erschien eine Durchsuchung am

Mittag sinnvoller. Die Wahrscheinlichkeit, dass jemand zu Hause war, war hier wesentlich höher als morgens um sechs. Henry sollte es recht sein, sie mochte das frühe Aufstehen nicht sonderlich. Außerdem wollte sie am Abend zu ihrem Vater fahren, um dessen Geburtstag zu feiern. So würde sie dort etwas länger bleiben können. Sie hatte ihn seit drei Wochen nicht gesehen. Eine unmögliche Tatsache, wenn man bedachte, dass sie neuerdings in derselben Stadt wohnten. Aber ihr Vater hatte mal wieder einen neuen Krimi rausgebracht, der eingeschlagen hatte wie eine Bombe. Er war fast nie zu Hause, weil er entweder bei den Dreharbeiten zu einer Verfilmung eines seiner Bücher war, Lesungen hielt oder irgendwelche Interviews gab. Henry fragte sich, wann ihr Vater noch Zeit hatte, ständig neue Bücher zu schreiben. Er war erst vor einer Woche zurückgekehrt, und sie freute sich auf den gemeinsamen Abend mit ihm.

„Ich sehe aus wie das Michelinmännchen", murrte Henry, ohne zu atmen, um die Unbequemlichkeit der kugelsicheren Weste zu unterstreichen.

„Quatsch." Faber grinste. „Du siehst aus wie eine richtige Polizistin, das ist alles. Außerdem wollen wir doch nicht, dass du dich bei deinem ersten eigenen Einsatz gleich in Lebensgefahr begibst."

Sie hob die Augenbrauen. „Ich befinde mich seit meiner Geburt in Lebensgefahr, so wie jeder Mensch."

„Du weißt nie, wie solche Leute reagieren. Im Zweifelsfall solltest du auf Nummer sicher gehen." Daniel holte die Dienstwaffen aus dem Safe und reichte Henry ihre. „Prüf sie", sagte er, als redete er mit einer Anwärterin. Genau genommen fühlte sich Henry immer noch wie eine solche, immerhin hatte sie einige Jahre Pause von der Polizei gemacht und bei ‚One Earth‘ in Stockholm als Juristin gearbeitet. Manchmal vermisste sie die Gemütlichkeit und die Ruhe. Vor Grausamkeiten war sie auch in der Naturschutzorganisation nicht gefeit gewesen. Die Bilder von abgeschlachteten Walen ließen niemanden kalt. Nach einiger Zeit hatte Henry sich an den Horror aber gewöhnt. Irgendjemand musste sich ja darum kümmern. Jetzt war sie wieder mit den Abgründen der Menschheit konfrontiert, nur ohne das schicke Büro über den Dächern Stockholms. Dazu mit schlechterer Bezahlung. Aber sie lebte in der gleichen Stadt wie ihr Vater, und es fühlte sich an wie ein großes Abenteuer.

Auch Christian vermisste sie. Der arbeitete nach wie vor in der schwedischen Hauptstadt, durchforstete aber täglich das Internet nach Stellenangeboten in seiner Heimat Österreich. Schon lange wollte er raus aus dem kalten Schweden, irgendwohin, wo er seine Harley nicht nur drei Monate im Sommer fahren konnte. Seine Frau Beate war auch nicht wirklich glücklich in Skandinavien. Seit Henry weg war, war der Wunsch, wieder in den deutschsprachigen Raum zurückzukehren, noch größer geworden. Aber Christian hatte einfach zu hohe Ansprüche an seinen neuen Job. Er bezeichnete sich selbst als stinkfaul, obwohl er in Wirklichkeit ein Workaholic war. Viel Geld und wenig Arbeit sollte es sein, wie er es immer formulierte. Am liebsten im Homeoffice am Strand von Waikiki. Henry wusste jedoch, dass er gerne eine Führungsposition hätte, da er gut delegieren, aber auch motivieren konnte. Irgendwas, wo er keinen Chef ertragen musste. Das Problem war nur, dass ihm kein seriöses Unternehmen wirklich Qualitäten zutraute, weil er ein konsequenter Verweigerer von Anzug und Schlips war. Aus diesem Grund hatte er nur mit wenigen Juristenkollegen Kontakt.

Die Tür des Büros wurde aufgedrückt. Henry musste den Blick senken, um zu sehen, wer gekommen war. Juno streckte ihre feuchte schwarze Nase zur Tür herein und wedelte mit dem Schwanz, als sie Henry und Faber sah. Henry mochte die Drogensuchhunde. Die ganze Arbeit war für sie ein einziges Spiel, und manchmal beneidete sie die Tiere darum. Sie ging in die Hocke und streichelte den großen weißen Hund am wuscheligen Kopf.

„Habt ihr mittlerweile einen Durchsuchungsbeschluss?", fragte Jonas Wenger, der unbemerkt hinter seinem Hund den Raum betreten hatte. „Die anderen warten schon unten."

Der Diensthundeführer war ungefähr so alt wie Henry. Seine durchtrainierten Arme konnte sie durch die Uniform erkennen. Wenn Wenger kein Polizist geworden wäre, hätte sie ihn sicher das erste Mal auf dem Cover der *Men's Health* gesehen, dachte sie.

„Der Bereitschaftsstaatsanwalt weiß Bescheid", sagte Faber. „Der richterliche Beschluss müsste demnächst kommen." Er sah Henry in die Augen. „Bereit?"

Sie zupfte an ihrer schusssicheren Weste herum. Bei der Polizei in Hamburg war sie nur kurz gewesen, und einen Schusswechsel hatte sie in dieser Zeit nie erlebt. Daniels

Worte verunsicherten sie. Die Weste fühlte sich an wie eine Prophezeiung.

Sie atmete tief ein und aus. Dann nickte sie bestimmt. „Bereit."

✦✦✦

Es waren viele kleinere Raubdelikte nötig gewesen, um überhaupt erst einmal an das Geld zu kommen, das sie für die Beschaffung des Stoffs gebraucht hatten. Jetzt saßen Peter Windisch, Uwe Lorenz und Sven Ebert zusammen an ihrem Couchtisch und planten den großen Coup. So dachten sie jedenfalls.

Die Asche von Eberts Zigarette landete neben dem Aschenbecher, was auf dem Tisch nicht mehr auffiel, auf dem man offenbar eine Kollektion leerer Flaschen ausstellte. Er hasste Zigarettenrauch. Genau genommen mochte er nicht einmal den Geschmack von Zigaretten. Aber es gehörte dazu. Für die Sache mit den Drogen hatte er keinen Kopf, nachdem seine Freundin mit ihm Schluss gemacht hatte. Er würde noch mal zu ihr fahren und mit ihr reden.

„Ich geh dann mal los", brummte er.

Uwe Lorenz zog sich die Hose hoch, die an seiner Hüfte schlackerte. „Du bist aber spätestens heute Abend wieder da. Ohne dich machen wir das nicht. Oder du kriegst nichts vom Gewinn ab."

Die Zigarettenkippe, die schon bis zum Filter niedergebrannt war, an der er aber überhaupt nicht zog, hing aus

Eberts Mundwinkel. Der bestätigte mit einem Kopfnicken und kämmte mit den Fingern seine Haare, die frisch gewaschen zu störrisch zum Frisieren waren. „Räumt das Zeug weg, Jungs. Nicht, dass diese dämliche Kommissarin noch auf die Idee kommt, hier vorbeizuschlendern."

Henry Winter hatte die drei vor zwei Tagen vernommen, konnte ihnen die Raubdelikte in der Altstadt aber nicht nachweisen. Das Einzige, was sie hatte, war die Aussage ihres Informanten, der Uwe Lorenz erkannt haben wollte, als er einer jungen Frau nachts die Handtasche entrissen hatte. Peter Windisch, dessen Bruder in der JVA Rottenburg saß, wusste aber, dass man mit der Polizei immer zu rechnen hatte. Alle drei waren froh, dass diese Raube jetzt ein Ende hatten. Sie würden keine kleinen Fische mehr sein, sondern ganz groß ins Geschäft einsteigen.

„Die Bullentante kann uns gar nichts", rief Windisch siegessicher. „Aber ja, wir räumen es weg. Ist doch eh bald alles verkauft. Wann bist du wieder da?"

„Gegen sechs", sagte Ebert und drückte seine Kippe im Aschenbecher aus. Die Nägel seines Zeige- und Mittelfingers waren vom Nikotin schon leicht gelblich verfärbt. Seine Finger hatten das Schreiben verlernt, und nichts erinnerte mehr an den hochbegabten Jungen, der in der Unterstufe des Gymnasiums zwei Klassen übersprungen hatte. Jetzt war er einfach nur noch ein armseliger kleiner Drogendealer, der alten Frauen die Handtaschen klauen musste, um sich eine Schachtel Kippen kaufen zu können. Eine Schachtel Kippen, die er nicht einmal mochte.

Er ging in die Küche und wusch sich die Hände.

„Sei pünktlich", mischte sich Lorenz ein. „Ich hab keine Lust, alleine zu packen. Und bis heute Nacht muss das alles in Tüten sein. Buchstäblich sozusagen." Er lachte über seinen eigenen Witz, aber die anderen beiden sahen ihn nur verständnislos an.

Peter Windisch war unruhig, das merkten auch seine Kumpels. Mit Uwe Lorenz war er bereits seit der Grundschulzeit befreundet. In der zehnten Klasse war Sven Ebert zu ihnen gestoßen, und fortan waren sie nur noch als Trio unterwegs. Sie hatten gemeinsam den Abschluss gemacht. Genau genommen hatte Sven Ebert den Abschluss für alle drei gemacht. Nachdem er vom Gymnasium geflogen war, war er zu ihnen auf die Realschule gewechselt und hatte dort die Prüfung kurzerhand dreimal geschrieben und ihnen das Ergebnis heimlich zugesteckt.

Mit Uwe war Peter sogar in der Ausbildung gewesen. Immer mal wieder hatten sie kleine Dinger gedreht, während Sven Ebert sein Abitur nachgeholt hatte. Vor ein paar Jahren hatten sie schon einmal im großen Stil Drogen verkauft. Nachdem Windischs Bruder dann in der JVA gelandet war, hatten sie einige Zeit pausiert und waren auf ein paar Internetbetrügereien umgestiegen. Da man ihnen hier fast auf die Schliche gekommen wäre, kehrten sie zur analogen Welt des Drogenhandels zurück, der weniger Spuren hinterließ. Im alten Botanischen Garten hatten sie bereits vor einigen Jahren ihre Abnehmer gefunden. Auch jetzt würde es ein Kinderspiel sein, die Drogen unter das Volk zu bringen.

Sven Ebert war erst seit dieser Sache im Team. Windisch und Lorenz fanden, dass es nicht schaden konnte, einen intelligenten Kopf aus gutem Hause im Boot zu haben. Dennoch war der Adrenalinspiegel bei Peter Windisch hoch. Er würde sich nicht hinter seinem Bildschirm verstecken können, nicht anonym bleiben können wie bei den Internetbetrügereien. Mit denen kannte er sich immer noch besser aus, obwohl ihn genau wegen dieser Fehleinschätzung, man bliebe im Netz unerkannt, damals fast die Polizei aufgespürt hätte. Man würde ihn sehen und erkennen, und wenn man den Falschen ansprach, war man geliefert. So wie sein Bruder. Windisch wusste durchaus, dass manchmal Zivilfahnder im Bota, wie sie den Botanischen Garten nannten, unterwegs waren. Aber wie jeder in ihrem Milieu waren sie überzeugt davon, einen Bullen zu riechen, wenn er in der Nähe war.

Uwe Lorenz nahm die großen Tüten voller Marihuana und Koks, packte sie in vier verschiedene Supermarkttaschen, die er danach noch einige Male um das Päckchen wickelte, und schnürte alles mit einem Gummiband zusammen. Mit dem Bündel ging er in die Küche, öffnete die Serviceklappe des Boilers mit einem Vierkantschlüssel und schob die Ware in die hinterste Ecke des Verstecks.

„Das findet jetzt nicht mal Kommissar Rex", sagte er stolz. „Und zur Not", fuhr er fort, als er zurückkam, „hat Peter noch seine Wumme im Schrank." Er formte mit der Hand eine Pistole und zielte damit auf Windisch. „Dann lassen wir die Bullen ein paar Kugeln fressen."

Sven Ebert riss die Augen auf. „Wir sind doch nicht die italienische Mafia! Wir verkaufen Gras und Koks und erschießen keine Menschen." Dann drehte er sich energisch

26

zu Peter Windisch. „Oder habe ich irgendwas falsch verstanden?"

Der lachte laut. „Natürlich nicht, kleiner Sven."

✶✶✶

Britta Enßle saß vor ihrem Computer. Sie wollte ihren vorlesungsfreien Tag für die Vorbereitung auf ihr Date nutzen.

‚Romeo‘ war online, und sie chatteten noch ein bisschen, während Britta nebenher an ihrer letzten Hausarbeit für Soziologie schrieb. In zwei Tagen war der Abgabetermin, und wieder einmal hatte sie zu spät mit der Arbeit begonnen. Es war zu viel Sommer dazwischengekommen. Die Biergärten und Stocherkähne hatten gelockt, dazu das Festival vor zwei Wochen, ein paar Grillpartys, Verabredungen mit Freundinnen zum Eisessen. Das Date mit dem Unbekannten wollte sie sich trotzdem nicht entgehen lassen, auch wenn sie die Zeit eigentlich für die Hausarbeit gebraucht hätte.

Da es wirklich warm war, wollten sie sich zu einem unverfänglichen Spaziergang treffen. Britta fand schon allein das Wort ‚Spaziergang‘ langweilig, aber heute wollte sie eine Ausnahme machen. Die neuen High Heels brauchte sie jedenfalls nicht anzuziehen. Dennoch war es vielleicht keine schlechte Idee, einfach nebeneinander herzugehen, denn so musste sie Romeo nicht in die Augen sehen. Das würde ihr ein wenig Aufregung nehmen. Richard hieß er im echten Leben. Das behauptete er zumindest. Britta war sich vollauf bewusst, dass man dem Internet nicht immer Glauben schenken konnte. Aber dieser Mann schrieb so einfühlsam, so als hätten sie einander schon seit ewigen Zeiten gekannt. Sie fühlte sich verstanden, geborgen. Wenn es etwas wie Seelenverwandtschaft gab, dann war sie genau hier. Es konnte kein Zufall sein, dass Richard in allem ihren Geschmack traf und immer die gleiche Meinung vertrat wie sie. Er war wirklich etwas Besonderes, und sie freute sich auf den Abend. Es war anders als bei den Kerlen, die sie sonst getroffen hatte.

Sie selbst hatte ein Profilbild von sich eingestellt, aber er hatte sich nicht zeigen wollen. Er hatte geschrieben, dass er sie mit seinen inneren Werten überzeugen wolle. Britta fand die Idee anfangs etwas seltsam, aber je länger sie darüber nachdachte, desto mehr gefiel sie ihr. Trotzdem hatte sie manchmal die Befürchtung, auf einen ausgesprochen unansehnlichen Menschen zu treffen. Warum sonst sollte jemand kein Foto von sich schicken wollen? Unbewusst hatte sie sich mittlerweile ein Bild von ihm gemacht und durchaus Angst, dass der echte Richard dieser Imagination nicht entsprach. Dann ermahnte sie sich selbst, nicht so oberflächlich zu sein.

Sie konnte sich kaum auf ihre Hausarbeit konzentrieren. Es war zu warm und sie zu aufgeregt. Also klappte sie ihren Laptop zu, machte sich ein Glas Apfelschorle und setzte sich damit ans Fenster. Einen Balkon hatte die kleine Wohnung in der Altstadt nicht. Sie schloss die Augen und genoss die Kühle des Getränks. Ihr Körper war so aufgeheizt, dass sie jeden Zentimeter spürte, den die kalte

Flüssigkeit durch ihre Speiseröhre nahm, bis sie im Magen angekommen war. Sie entfernte einen kleinen Teil der Abdeckung des Fensterrahmens und zog eine Schachtel Zigaretten heraus, die sie vor Monaten dort gelagert hatte. Aus irgendeinem Grund hatte sie das Gefühl, sie rauche weniger, wenn sie die Schachtel vor sich selbst versteckte. So wie damals im Haus ihrer Eltern.

Der Tabak war schon trocken, und die Zigarette schmeckte rauchiger als sonst. Britta unterdrückte den Hustenreiz, als sie den ersten Zug nahm.

Was sollte sie anziehen? Es war nicht ihr erstes Blind Date, und doch hatte sie dieses Mal besonders großes Lampenfieber. Es war ja nur für sie blind, was die Sache umso kurioser machte. Vielleicht lag ihre Aufregung aber auch daran, dass ihre biologische Uhr zu ticken begann. Ihre Freundinnen heirateten alle der Reihe nach. Nur sie war die ewige Studentin, die keine langfristige Partnerschaft gebacken bekam. Auf der einen Seite wollte sie auch gar keine. Auf der anderen Seite aber hatte sie Angst, diese Entscheidung in ein paar Jahren zu bereuen. Dann, wenn es zu spät war. Das setzte sie unter Druck. Es musste ein guter Abend werden. Zu oft war sie mit den Kerlen einfach nur im Bett gelandet, weil sie nicht für mehr als das taugten. Mit Richard alias ‚Romeo‘ sollte es anders werden.

Sie ging ins Bad und sah in den Spiegel. Ihre Wangen waren eingefallen, aber da sie von den vielen Freibad- und Baggerseebesuchen der letzten Tage gut gebräunt war, fiel es nicht so auf. Britta zog ihr Sommerkleid aus, das im Rückenbereich nass geschwitzt war, und warf es in die

Wäschetonne, die schon überquoll. Jeden Tag brauchte sie mehrere Outfits. Es war für Juni viel zu heiß. Sie ging einen Schritt zurück und betrachtete sich nackt im Spiegel. Mit ihren achtundzwanzig Jahren sah sie immer noch gut aus. Mit eingezogenem Bauch lächelte sie sich selbst zu. Ihr Blick fiel auf ihr Smartphone. Ihre Wetter-App zeigte eine Außentemperatur von zweiunddreißig Grad. Eine neue Nachricht von Romeo: ‚Ich freue mich auf heute Abend‘.

Britta Enßle stellte sich unter die Dusche und drehte den Hebel so weit in Richtung des blauen Punktes, wie sie konnte. Das eiskalte Wasser floss über ihren erhitzten Körper und verursachte eine zarte Gänsehaut.

Noch neun Stunden.

17. Juni, mittags

Auf dem Weg zur Hausdurchsuchung herrschte unerwartet viel Verkehr. Zum Glück hatte der in die Jahre gekommene Dienstwagen wenigstens eine Klimaanlage. Es musste draußen inzwischen weit über dreißig Grad haben. Henry dachte an ihre Zeit bei ,One Earth' und deren Aktivitäten in Sachen Umwelt- und Klimaschutz. Ob das schon die Auswirkungen des Klimawandels waren?

Klar war die Jahresdurchschnittstemperatur heutzutage auch in Schweden merklich höher als in ihrer Kindheit, aber so warm wie hier in Süddeutschland war es in Stockholm selten. Noch. Aller Wahrscheinlichkeit nach würde sich das ja bald ändern. Immer wenn sie über dieses Thema nachdachte, merkte sie, wie sich alles in ihr zusammenzog. Eigentlich wollte sie diesen Gedanken verdrängen. Sie war nur froh, dass sie keine eigenen Kinder hatte, die sie in diese Welt hinausschicken musste. In diese Welt, die langsam verschwand.

Schon jetzt hatten die Kinder längst nicht mehr eine so unbeschwerte Kindheit wie sie, die 1984 geboren war. Damals gab es gerade mal das Ozonloch, über das man sich manchmal Gedanken machte, doch es schien, als könne man es mit einem höheren Lichtschutzfaktor in der Sonnencreme wegschmieren. Wie um sich selbst zu bestätigen, dachte sie daran, wie die Kinder und Jugendlichen in diesen Tagen sich auch noch über Instagram messen mussten und wie viele von ihnen gar keine Zeit hatten, über den Wandel des Planeten nachzudenken. Henry wusste das, weil sie schon häufiger Handys von Teenagern ausgewertet hatte. Von Eltern unerkanntes Cybermobbing war das Schlimmste. Aber es war nicht nur die gegenseitige Schikane, sondern auch diese ständige Konkurrenz, die Henry Sorgen bereitete. Das eigene Aussehen stand bei den jungen Leuten plötzlich viel mehr im Vordergrund als früher. Ihrer Schulfreundin Janne und ihr war es immer egal gewesen, wie sie aussahen. Ob Zahnspange oder gebrauchte Klamotten, Hauptsache, sie konnten zusammen Zeit verbringen. Es gab keine Influencer, die ihnen sagten, was sie tun oder lassen sollten. Man hatte sich nicht in TikTok-Videos gegenseitig überbieten müssen. Ja, es war ganz gut, dass sie keine Kinder hatte. Sie würde damit nicht klarkommen, so viel stand fest.

„Hörst du mir überhaupt zu?", riss Faber sie aus ihren Gedanken, weil er mit Henry die Akte des Falls zum wiederholten Mal durchgehen wollte.

„Sorry", murmelte sie und war auf einmal unsicher, ob das alles nicht noch eine Nummer zu groß für sie war. Aber heute war vielleicht der Tag, an dem sie sich beweisen konnte. Der Tag, an dem sie zeigen konnte, dass es sich nicht um reine Raubdelikte, sondern um Beschaffungskriminalität handelte und dass die drei in den Drogenhandel eingestiegen waren. Dann würde auch Klaus Pankow davon überzeugt sein, dass sie eine gute Polizistin war. Erst vor wenigen Tagen hatte ihr Informant behauptet, dass eine größere Menge Kokain nach Tübingen geliefert worden war. Da er zudem von einem Dealertrio berichtet hatte, wurde Henry das Gefühl nicht los, dass Ebert, Windisch und Lorenz etwas damit zu tun haben könnten. Selbstverständlich konnte man mit ein paar Raubdelikten keine größeren Mengen Kokain finanzieren. Aber Henry ging davon aus, dass die drei ganz langsam von den Rauben zum Drogenhandel gekommen waren. Sie wusste, dass Peter Windischs Bruder in der JVA saß. Dort gab es allerlei Verbindungen in die Außen- und in die Unterwelt. Es stellte sich dann nur noch die Frage, wer ihr Lieferant war. Schon seit ein paar Monaten war die Abteilung ‚Organisierte Kriminalität' beim BKA an einem Mann dran, der sich ganz klischeehaft ‚Hai' nannte und der, das war bereits ermittelt worden, großzügig nach Süddeutschland lieferte, um dort in verschiedenen kleineren und größeren Städten seinen Stoff unters Volk zu bringen. Und so ein paar Gauner wie Ebert, Windisch und Lorenz hatte man da sicher leicht an der Angel. Tübingen erschien Henry als geeigneter Ort für solche Operationen. Hier gab es nicht nur Akademiker, sondern eben auch einige gescheiterte Existenzen, die sich auf dem Weg zum Ziel verirrt hatten. Die, wie Faber es nannte, ein paar Semester zu viel studiert hatten.

„Wenn wir Drogen finden, haben wir sie am Sack." Es klang, als wolle sie sich selbst bestätigen, dass es eine gute Idee gewesen war, die Durchsuchung anzuberaumen.

„Hast du dir schon überlegt, was du machst, wenn wir nichts finden?" Faber wandte den Blick nicht von der Straße.

Henry sah zum Fenster hinaus und antwortete nicht. Die in ihr aufsteigende Panik unterdrückte sie.

Vor der Tür des Mehrfamilienhauses standen bereits zwei Schutzpolizisten. Aus dem Kleinbus stieg der Hundeführer Jonas Wenger mit Juno. Allen Anwesenden war die Hitze anzumerken. Die Zunge des Hundes hing fast bis zum Asphalt, auf dem sich augenblicklich eine dunkle Sabberpfütze gebildet hatte, die beinahe so schnell trocknete, wie sie entstanden war. Wonach sie suchte, hatte Henry den Kollegen bei der Abfahrt mitgeteilt: Diebesgut und Drogen. Der Hund zeigte seine Aufregung durch wildes Auf- und Abhüpfen der Vorderläufe an. Der Hundeführer machte ihn mit einem roten Ball, der an einer Schnur hing, scharf auf seinen Job.

Henry atmete tief ein und aus, ging mit Faber zum Haus, in dem die WG war, und drückte auf den Klingelknopf, auf dem ‚Silke Grün' stand.

„Ja?", meldete sich eine weibliche Stimme.

„Die Post. Ich habe ein Paket für Sie."

Der Türöffner summte. Henry blinzelte Daniel zu und flüsterte: „Eigentlich beängstigend, dass das immer funktioniert."

Die Kollegen betraten leise das Haus.

Im Erdgeschoss stand eine junge Frau verwundert in der Tür. „Haben Sie bei mir gekl..."

Henry legte den Zeigefinger auf die Lippen.

Silke Grün, die die Polizisten in ihren schusssicheren Westen ehrfürchtig musterte, verstand und schloss lautlos ihre Wohnungstür.

Windisch, Lorenz und Ebert wohnten im ersten Obergeschoss. Henry hoffte, dass die drei sie nicht hatten herfahren sehen. Sie klopfte an die Tür und hielt mit der anderen Hand den Türspion zu. Hinter ihr drängten sich die Kollegen in dem schmalen Treppenhaus, leise atmend, als wären sie Zeugen eines kindlichen Klingelstreichs.

Sie hörten Schritte im Inneren der Wohnung. Die Tür wurde geöffnet. Instinktiv stellte Henry ihren Fuß in den Türrahmen. Dass dies eine gute Idee gewesen war, zeigte sich, als Peter Windisch reflexartig versuchte, die Tür zu schließen. Das dicke Leder von Henrys Dienstschuh wurde nur leicht zusammengedrückt.

„Nee, mein Freund", sagte sie bestimmt.

„Was wollen Sie?", brüllte er die Polizistin an, während er sie aus dem Türrahmen drängen wollte.

Sie hatte das Gefühl, dass er mit dem Geschrei andere in der Wohnung warnte.

„Dürfen wir bitte reinkommen?" Da Henrys höfliche Frage rein rhetorischer Natur war, wartete sie keine Antwort ab.

Mithilfe eines der beiden Schutzpolizisten schob sie Windisch mit aller Kraft zur Seite und betrat den Flur der Wohnung.

„Ohne Durchsuchungsbefehl haben Sie hier nichts verloren, verlassen Sie sofort meine Wohnung!" Windisch hob bedrohlich die Hand, so als wolle er augenblicklich auf Henry einschlagen.

„Ganz ruhig, sonst haben Sie gleich Ihre Handgelenke im Rücken. Und es heißt Beschluss. Durchsuchungsbeschluss." Sie sah ihm mit durchdringendem Blick in die Augen. „Bei Gefahr im Verzug brauchen wir den nicht. Aber das wissen Sie vermutlich. Sie verfügen schließlich über einen recht ansehnlichen Erfahrungsschatz, wenn ich mir Ihr Vorstrafenregister so anschaue."

Daniel Faber, der offensichtlich ungeduldig wurde, drängte sich an Henry vorbei in die Wohnung. Uwe Lorenz stand vom Sofa auf und sah die Beamten irritiert an. Die Wohnung wirkte auf Henry wie die Sortieranlage bei der Müllabfuhr. Über der Sofalehne hing ein grauer Hoodie, am Boden stand eine leere Kiste Coca-Cola. Der Couchtisch war überfüllt mit Flaschen, Pizzakartons und Kassenbelegen. Der erste Eindruck war für eine Männer-WG nicht auffällig. Abfalleimer sind für manche wohl nur Deko, dachte Henry angewidert.

„Hund, bitte", sagte Faber ruhig, und Wenger betrat mit Juno die Bühne. Die legte sofort los, freute sich auf das Spiel und schnüffelte durch die Wohnung. Der Hundeführer hielt den roten Ball in der Hand. Die Beamten öffneten Schubladen, Schränke, den Spülkasten der Toilette und was sie sonst noch für Öffnungen in Wohn- und Badezimmer fanden.

Henry wusste, dass Menschen sehr kreativ werden konnten, wenn es darum ging, ein geeignetes Versteck für illegalen Stoff zu finden. In Hamburg war sie während ihrer Ausbildung bei einer Hausdurchsuchung gewesen, bei der ein Dealer sein Koks im Briefkasten gelagert hatte. Auch damals hatten sie einen Drogensuchhund dabeigehabt, ohne den sie auf dieses Versteck vermutlich nicht gekommen wären.

„Was soll das eigentlich?", fragte jetzt Uwe Lorenz, der immer noch irritiert im Wohnzimmer stand. Henry konnte sich denken, woher die verminderte Reaktionszeit stammte. Eine braune Locke hing ihm ins Auge. Seine Jeans hielt nur an den Hüftknochen, und die Kommissarin fürchtete, sie würde just in diesem Moment nach unten rutschen.

„Setzen Sie sich, bitte. Wo ist Sven Ebert?" Henry fuhr mit dem Zeigefinger über ein staubiges Regal wie eine Hygiene- und Lebensmittelkontrolleurin in einer versifften Restaurantküche.

„Keine Ahnung. Ist heute Morgen aufgebrochen, irgendwohin, wir wissen von nix. Wahrscheinlich wieder Weibergeschichten." Lorenz, der jetzt brav auf dem Sofa saß, hob unschuldig die Schultern.

„Nehmen Sie bitte auch Platz", sagte Henry zu Windisch. Es klang höflicher, als sie es beabsichtigt hatte. Ihr Puls raste, aber ihre Stimme war ruhig.

Er machte keine Anstalten, dieser Einladung zu folgen. „Sie hören von meinem Anwalt", murrte er und ging entschlossen in eines der Schlafzimmer.

„Herr Windisch!" Henry wollte ihm hinterher und stolperte über eine leere Flasche, die neben dem Sofa gestanden hatte. Einer der Schutzpolizisten ging ihm nach.

Angewidert hob Henry mit zwei Fingern den Hoodie von der Sofalehne und ließ ihn sogleich wieder fallen. Sie konnte nicht anders und öffnete das große Wohnzimmerfenster, um frische Luft einzuatmen. Wie konnte man so leben?

Sie folgte einem Kollegen in eines der Schlafzimmer. Das Bettlaken war fleckig und warf große Falten. Die Vorstellung, dass jemand bei diesen Temperaturen seine Bett-wäsche nicht wechselte, jagte ihr einen Schauer über den Rücken.

Die schusssichere Weste drückte und war zu warm. Henry wischte einen Schweißtropfen von ihrer Schläfe und öffnete die Schublade einer Kommode. In jedem Haushalt gab es die Art von Schublade, in die alles kam, was sonst keinen Platz hatte. Leere Notizbücher, aus de-nen man die ersten Seiten herausgerissen hatte, weil man dachte, man würde sie irgendwann mal benötigen. Alte Ladekabel, zu denen es keine Endgeräte mehr gab, eine rostige Schere, Klebeband, ein paar Kugelschreiber mit Werbeaufdruck, Lederfett. Henry sah sich den gesam-ten Inhalt des Schrankes an. Der Bewohner dieses Zim-mers hatte aber offenbar nur solche Müllsammelbehälter in seiner Kommode. Drogen waren da jedenfalls nicht drin. Der Kollege, der mit Henry in einem Raum war, beschwerte sich über die dicke Luft und öffnete auch hier ein Fenster.

Henry hörte, wie sich Daniel Faber im Wohnzimmer mit Lorenz unterhielt, und ging hinüber.

Uwe Lorenz saß breitbeinig auf dem Sofa, Faber stand vor ihm.

„Es wäre einfacher, wenn Sie uns direkt sagen, wo Sie den Stoff gebunkert haben. Erstens sind wir dann alle schneller hier fertig, und zweitens macht es sich in der Gerichtsverhandlung immer ganz gut, wenn man mit der Polizei kooperiert hat."

Daniel Faber wirkte viel größer auf Henry als sonst. Sie nahm das erste Mal seine muskulösen Oberarme wahr. In diesem Moment war sie froh, dass sie nicht an der Stelle von Uwe Lorenz war.

Henry klappte einen mit Stickern zugepappten Laptop auf, der zwischen ungeöffneter Post auf dem Esstisch lag. Es war eher eine Übersprunghandlung, denn die Kollegen würden nachher alle mobilen Endgeräte einpacken, und was die Drogen anbelangte, hatte Juno immer noch die besten Antennen. Henry selbst hatte eigentlich gar nicht viel zu tun. Sie sah auf den Bildschirm. Es war der Laptop von Peter Windisch. Sie ging davon aus, dass er bereits alle Spuren vernichtet hatte, und brauchte jetzt ohnehin die IT-Abteilung, die am ehesten noch etwas auf dem Gerät finden würde.

Der Drogensuchhund betrat als Erster die Küche. Henry folgte Wenger und seinem Hund, der direkt vor einer Klappe in der Wand stehen blieb. Das Haus war aus den Sechzigern, und vermutlich befand sich dahinter ein Boiler für das Warmwasser der Spüle. Henry hatte während ihres Studiums in Hamburg in einem ähnlichen Gebäude gewohnt. Irgendwann war das Wasser in der Wohnung unter ihr von der Decke getropft, weil der alte Boiler durchgerostet gewesen war. Zwischen den Scheiben der zweifach verglasten Fenster hatte sich im Winter Frost gebildet. Sie erinnerte sich zu gut an die Bruchbude.

Die Klappe war mit einem Vierkantschloss verriegelt.

„Haben wir dafür einen Schlüssel?", fragte Wenger und rüttelte an der Tür. Juno begann zu bellen und wedelte mit dem Schwanz.

Henry sah sich um. „Ich glaube nicht. Aber ich bin mir ziemlich sicher, dass unsere Banditen einen haben.

Ansonsten ist das auch schnell mit dem Brecheisen geöffnet."

Gerade als sie die Küche verlassen wollte, um einen der beiden zu fragen, kam ihr Windisch entgegen. „Brecheisen nicht nötig." Er hielt einen Vierkantschlüssel zwischen den Fingern.

„Geben Sie ihn mir", sagte Jonas Wenger bestimmt, aber Windisch machte keine Anstalten, auf ihn zu hören.

Er kniete sich vor der Klappe auf den Boden, steckte den Schlüssel in das Schloss, drehte ihn herum und zog die Tür einen Spalt auf.

„Gehen Sie zur Seite, Herr Windisch." Jonas Wenger wollte ihn nach hinten ziehen.

Dann ging alles ganz schnell. Henry, die eben noch den Diensthund gestreichelt hatte, sah, wie Windisch eine Schusswaffe aus dem Fach in der Wand zog.

Blitzartig schoss der Kommissarin das Adrenalin durch die Adern. Sie schnellte unwillkürlich nach hinten und zog ihre P2000 aus dem Holster, aber bevor sie oder die Kollegen reagieren konnten, feuerte Windisch seine Waffe mehrfach auf Henry und Jonas Wenger ab, sprang auf und hastete aus der Küche.

Die Kommissarin wurde im Bereich der Brust getroffen und flog nach hinten. Sie wurde mit dem Rücken gegen ein Küchenregal geschmettert, ein stechender Schmerz in ihrem Kopf ließ sie kurz aufschreien, und als sie mit einem dumpfen Geräusch auf dem Boden aufschlug, wurde ihr die Luft aus den Lungen gepresst. Gläser fielen ohrenbetäubend laut klirrend in die Tiefe. Auf Henry wirkte es, als stürzten sie in Zeitlupe herab, und sie schützte ihren

Kopf mit den Armen. Glasscherben verteilten sich mit einem fürchterlich grellen Geräusch auf den Fliesen. Jonas Wenger fing in letzter Sekunde das Regal ab, das offenbar nicht an der Wand befestigt war und auf Henry zu stürzen drohte. Die lauten Schüsse hinterließen ein unangenehmes Piepsen in Henrys Ohren.

Windisch prallte beim Versuch, aus der Wohnung zu flüchten, wie in einer Slapstickkomödie gegen Daniel Faber. Der schlug dem Schützen kaum hörbar die Waffe aus der Hand, kickte sie mit dem Fuß in Richtung Küche, schnappte den Arm des Flüchtenden und drückte ihn kompromisslos auf den Boden. Windisch schrie laut um Hilfe, als der Kommissar ihm die Arme schmerzvoll auf den Rücken drehte, und das einzige Geräusch, das man dann noch hören konnte, war das Klicken der Handschließen, die Faber so eng schloss, dass sich kleine Falten um die Handgelenke des bewegungsunfähigen Peter Windisch bildeten. Uwe Lorenz stand wie gelähmt da und merkte gar nicht, wie einer der Schutzpolizisten ihm ebenfalls Handschließen anlegte. Es entstand eine kurze Stille, die von Jonas Wengers verzweifelter Stimme aus der Küche unterbrochen wurde: „Scheiße, nein, verdammte Scheiße! Wir brauchen sofort Hilfe!"

Faber hastete in die Küche. Dunkelrotes Blut färbte die ehemals weißen Fliesen und breitete sich wie in einem Kanalsystem über die Fliesenfugen immer weiter aus. Am Boden lagen Henry und der Drogensuchhund in einer Blutlache. Jonas Wenger kniete daneben.

„Fuck!", schrie Daniel Faber, der sogleich auf den Boden zu seiner Kollegin stürzte und sie vorsichtig aus der Pfütze hob.

Jonas Wenger saß regungslos zwischen Henry Winter und seinem Hund. Der Körper der Kommissarin hing schlapp herunter, es war kein Lebenszeichen zu erkennen, und ihr Gesicht war blutverschmiert. Obwohl Faber auf den ersten Blick keine Schusswunde sehen konnte, hatte er keinen Zweifel an der Dramatik der Lage. Im ersten Moment wirkte die Szene surreal auf ihn. „Scheiße! Was hab ich getan? Henry!" Er fühlte sich verantwortlich, weil er der Leiter des Einsatzes war und Henry dazu überredet hatte. Daniel Faber, der sonst die Ruhe selbst war, zitterte. Schweiß lief ihm am Hals hinunter.

„Alles wird gut", sagte er, strich Henry eine blutige Haarsträhne aus dem Gesicht und wischte ihr mit der Hand Blut von der Wange. Sie reagierte nicht. „Ruft doch endlich einen verfluchten Notarzt! Hey! Aufwachen, Frau Kollegin!", brüllte er jetzt in einer Mischung aus Verzweiflung und ironischem Lachen. „Ist doch gar nichts passiert. Komm, sieh mich an, verdammt! Henrietta!" Er rüttelte an ihrem Oberkörper. Jonas saß mit offenem Mund da, die Hand auf dem ebenfalls reglosen Tier, und starrte die beiden Kommissare an.

„Daniel?" Henrys Augen weiteten sich langsam, sie schüttelte den Nebel, der sie umgab, von sich ab und sah ihren Kollegen an. „Daniel", wiederholte sie leise. „Beruhige dich, es ist alles okay, mir ist nichts passiert." Sie hustete.

Faber blickte zu Wenger und begriff jetzt erst, dass es das Blut des Hundes war, in dem Henry gelegen hatte. Mit feuchten Augen streichelte der Hundeführer sein Tier, dessen weißes Fell sich rot gefärbt hatte.

Der Kommissar zog Henry zu sich und drückte sie an seine Brust, wobei die schusssicheren Westen zu viel Nähe verhinderten. „Gott sei Dank", sagte er. „Gott sei Dank."

„Vorsicht", japste Henry. „Das hat mir echt einen ordentlichen Ruck verpasst hier." Sie hustete wieder.

Die Schutzweste hatte ihr das Leben gerettet, aber sie hatte vom Aufprall der Kugel oder dem Sturz auf den Boden heftige Schmerzen im Oberkörper. Das Atmen fiel ihr schwer, doch sie wusste, sie war, bis auf eine Schnittwunde an der Wange, aus der das Blut rann, unverletzt. Sie löste sich aus der Umarmung und klopfte Faber mit der flachen Hand schwach auf die Brust. „Alles gut, okay?" Ihre Stimme war heiser, ihre Hände zitterten.

Er nickte.

Während Faber sie immer noch wie unter Schock anstarrte, kniete sich Henry neben Juno. Es war nicht genau zu erkennen, wo der Hund getroffen worden war, Windisch hatte ziellos abgedrückt. Sie versuchte, mit den Händen das Blut abzuwischen und die Wunde zu finden, aber wegen des langen Fells hatte sie keine Chance. Der Vorderlauf schien verletzt. Der Hund lag auf der Seite, hechelte schwer und fiepte dabei immer wieder leise. Jonas starrte völlig apathisch auf seine treue Freundin, streichelte mechanisch ihren Kopf und wiederholte ständig ihren Namen. Seine Hände verteilten das Blut überall auf dem Hund. Auf dem weißen Fell war jeder Tropfen zu sehen. Es glich einem Massaker.

Der Schock ließ Henry zur Maschine werden. Sie dachte nicht nach, sie handelte instinktiv. Es ging jetzt nur darum, zu funktionieren, ein Leben zu retten, keine Zeit zu verlieren, zu tun, was notwendig war. Später konnte sie nicht glauben, wie ruhig und sachlich sie im ersten Augenblick reagiert hatte.

„Trag sie runter", sagte Henry bestimmt zu Jonas Wenger, der daraufhin aus seiner Starre erwachte. Das Adrenalin unterdrückte die Schmerzwahrnehmung. Die Auswirkungen des Schusses auf ihren Brustkorb spürte sie schon fast nicht mehr.

„Daniel, ich brauch den Schlüssel!", rief sie zu Faber, der mittlerweile aufgestanden war und sich immer wieder durch die Haare fuhr. Er warf Henry den Autoschlüssel zu. „Soll ich mit?", fragte er und ließ den Blick nicht von dem verletzten Tier, das auf den Armen seines Halters lag. Die großen weißen Pfoten hingen schlaff herunter. „Du solltest jetzt vielleicht nicht fahren? Du wurdest gerade angeschossen und hast so was wie ein stumpfes Thoraxtrauma, da kann keiner einfach weitermachen."

„Lass mal, wir kriegen das hin", sagte sie bestimmt und hoffte, Daniel würde ihr das zutrauen. „Kümmere du dich um die zwei Verbrecher hier. Nicht, dass die noch mehr Schaden anrichten. Und außerdem hat mein Chef mich vorhin dazu genötigt, dieses unbequeme Teil hier anzuziehen, und genau darum wurde ich eben nicht verletzt."

„Okay", sagte Daniel zögerlich. „Aber melde dich, wenn du mich brauchst."

Jonas Wenger eilte mit dem Dreißig-Kilo-Hund die Treppen hinunter. In der Tür stand wieder die Nachbarin Silke Grün, jetzt mit offenem Mund, sah das Blut, sah den verzweifelten Hundeführer, den Hund, der sich kaum mehr regte.

Wenger setzte sich auf die Rückbank, Henry half ihm, Juno auf seinem Schoß abzulegen. Silke Grün kam mit einem Handtuch aus dem Haus gerannt und gab es Jonas Wenger, der seinen Hund damit einwickelte. Henry dankte ihr mit einem kurzen Lächeln, knallte das Blaulicht aufs Dach und schwang sich auf den Fahrersitz. Jetzt erst begann sie wieder am ganzen Körper zu zittern, offensichtlich sank der Adrenalinspiegel. Hektisch suchte sie in ihrem Smartphone nach der Anschrift der Tierklinik, verschrieb sich mehrere Male, tippte die gefundene Adresse in ihr Navi ein, drehte den Zündschlüssel um und gab Gas. Sie presste das Pedal aufs Blech, als wolle sie es hindurchtreten. Die Reifen quietschten, und der Wagen schlingerte, sodass Henry fast die Kontrolle über ihn verloren hätte. Aber kein Stau dieser Welt würde sie jetzt auf dem Weg zur Tierklinik aufhalten.

Während Wenger versuchte, den Hund, so gut es ging, vor den Erschütterungen der rasanten Fahrt zu schützen, prasselten Henrys Gedanken auf sie ein. Hätte sie damit rechnen müssen, dass Windisch eine Waffe aus der Klappe zog? Warum hatten sie und Jonas überhaupt zugelassen, dass er das Fach in der Wand alleine öffnete? Er hatte so harmlos gewirkt. Jedenfalls nicht wie ein Amokläufer. Was würde Pankow sagen, wenn sie zurück auf dem Kommissariat waren?

Die Sonne hatte den Wagen erhitzt, sodass man in Henrys Gesicht die Tränen nicht vom Schweiß unterscheiden konnte. Ihre Gesichtshaut spannte. Sie drehte den Rückspiegel zu sich und sah, dass das Blut mittlerweile in dunkelroten Streifen an ihrer Wange getrocknet war. Rissig wie ausgetrocknete Flussbetten im Sommer.

Sie drehte den Spiegel zurück, um den Hund zu sehen, aber sie sah nur den Kopf von Jonas Wenger, der flüsterte: „Bleib bei mir, halte durch." Er sah Henry durch den Spiegel an. „Fahr bitte schneller!" Seine Stimme klang heiser. „Das ist so viel Blut, Henry. So viel."

Sie klappte den Rückspiegel nach unten und sah den Kopf des Hundes schlapp auf dem Schoß seines blutverschmierten Führers liegen. Hin und wieder vernahm sie ein leises Fiepen. Im Fahrzeug breitete sich ein Geruch aus, den Henry kannte, weil sie als Mädchen beim Schlachten eines Schweins dabei gewesen war. In ihrer Nachbarschaft in Sigtuna hatte es einen Bauern gegeben, der einmal im Jahr für die ganze Straße ein Schwein opferte. Als Henry dreizehn Jahre alt gewesen war, fand Svensson, der Bauer, dass es Zeit für sie war, zu sehen, woher das Fleisch stammte. An diesem Tag war sie Vegetarierin geworden. Der Geruch nach Eisen ließ ihren Magen rebellieren. Sie atmete durch den Mund.

Das Klingeln ihres Telefons holte Henry aus ihren Gedanken.

„Du glaubst es nicht", schnaubte Faber in den Hörer. „Wir haben Koks gefunden. Und Gras. Kiloweise. Besser gesagt: Der Hund hat es gefunden. War alles in der Küche hinter dieser Klappe. Ebert schreibe ich direkt zur Fahndung aus. Du bist ein Genie und hattest genau den richtigen Riecher. Gut gemacht!"

Fabers Lob drang nur wie in Watte gepackt zu Henry. Immer wieder blickte sie in den Rückspiegel. Sie konnte nicht antworten. Das Martinshorn des Polizeiwagens dröhnte in ihrem Kopf. Sie hoffte, damit alle Fahrzeuge vor ihr zur Seite blasen zu können. Sie öffnete den Mund, aber es kam kein Ton heraus.

„Wie ist die Lage bei euch?", fragte Faber. „Wie geht es der kleinen Kollegin?"

Jonas Wenger sah Henry durch den Rückspiegel in die Augen. Er wirkte verzweifelt.

„Wir sind gleich da", sagte sie jetzt leise. Die Information galt dem Hundeführer, aber Faber antwortete darauf: „Alles klar! Gib mir Bescheid, wenn du weißt, wie es um Juno steht."

Henry beendete das Telefonat, ohne sich zu verabschieden.

✶✶✶

Er hatte nur eine kurze Nachricht von seinem Kumpel Uwe bekommen: *Bleib weg.* Jetzt stand Sven Ebert auf der Neckarbrücke, war gerade auf dem Weg zurück in die WG gewesen und wusste nicht, wohin. Er sah auf die Trauerweide neben dem gelben Hölderlinturm. Die SMS seines Freundes verstand er. Vielleicht war die Kommissarin noch einmal gekommen. Auf jeden Fall musste etwas passiert sein, wenn Uwe Lorenz, der am Morgen darauf bestanden hatte, dass Sven pünktlich zurückkam, ihm so eine Nachricht schickte.

Seine Zigaretten waren leer, und er hatte nicht viel Bargeld mitgenommen. Eigentlich hatte er sich mit einer Frau treffen wollen, aber sie war nicht gekommen. Obwohl er sich in gewisser Weise daran gewöhnt hatte, einen Korb nach dem anderen zu kassieren, machte es ihn wütend. Früher war das anders gewesen, als er noch im Haus seiner Eltern ein gutbürgerliches Leben geführt hatte. Immer wieder stiegen Zweifel in ihm auf, was die Sache mit den Drogen anging. Hoffentlich hatte die Kommissarin nichts von dem Zeug gefunden. Er würde Windisch und Lorenz bei nächster Gelegenheit mitteilen, dass er ausstieg. Die Sache wurde ihm eindeutig zu heiß. Vielleicht konnte er doch noch studieren.

Am Bahnhof kaufte er sich eine Flasche Wasser und schlenderte zum Bahnsteig. Als ein Zug einfuhr, drückte er sich an einer Frau mittleren Alters, die gerade ausstieg, vorbei in den Waggon. Noch bevor sie merken konnte, dass ihre Handtasche verschwunden war, fuhr der Zug los. Er sah, wie sie aus einem Reflex heraus den Bahnsteig entlangrannte, aber natürlich hatte sie keine Chance, den Zug einzuholen, und es hätte ihr auch nichts gebracht.

Sven Ebert sah auf die Anzeigetafel. Der Zug fuhr in die Nachbarstadt Reutlingen. Aber wohin hätte er gehen sollen? Seit er mit Lorenz und Windisch verkehrte, hatten nahezu alle seine Freunde den Kontakt zu ihm abgebrochen. Bei seinen Eltern brauchte er sich auch nicht blicken zu lassen, denn wenn er die Nachricht seines Kumpels richtig einordnete, suchte man jetzt nach ihm. Abgesehen davon, dass er seine Eltern ein paar Jahre nicht gesehen hatte.

Er öffnete die Handtasche, die er seit der Abfahrt fest umklammert auf dem Schoß gehalten hatte. Ein iPhone, neuestes Modell, sowie ein Geldbeutel und allerlei Kram, der sich in Frauenhandtaschen befand. Er klappte das Portemonnaie auf und fand, neben einem Foto von zwei kleinen Kindern, ungefähr achtzig Euro. Das würde erst mal genügen. Ebert wusste, dass man iPhones tracken konnte, das spielte aber jetzt keine Rolle.

Er sah aus dem Fenster, wo die Landschaft an ihm vorbeizog. Sein Blick konnte sich nirgendwo festhalten.

In Reutlingen stieg er aus. Die Handtasche hatte er auf dem Sitz liegen lassen, in der Hoffnung, die Bahnmitarbeiter würden die Bestohlene kontaktieren, damit sie ihre Tasche, das Portemonnaie, die Fotos, die Karten, das iPhone und all das abholen konnte. Sie war sicher froh, wenn nur die achtzig Euro weg waren und sie nicht alle Karten sperren lassen musste. Mit dem iPhone konnte er ohnehin nichts anfangen. Peter Windisch und Uwe Lorenz hatten bei den früheren Diebstählen nie verstanden, dass Sven die gestohlenen Taschen nach der Entnahme der Wertsachen irgendwo deponierte, wo man sie finden würde. Sie hatten kein Mitleid mit ihren Opfern und redeten irgendwas von Snobs und Konsumgesellschaft. Vielleicht lag es daran, dass Sven Ebert aus gutem Hause stammte und sich daher mit den Bestohlenen eher identifizieren konnte als Peter Windisch, dessen Vater sich schon vor vielen Jahren totgesoffen hatte und dessen Bruder inhaftiert war, oder als Uwe Lorenz, der als Kind von einer Pflegefamilie zur nächsten gereicht worden war. Nein, Sven Eberts Eltern hatten dieses kleine Häuschen gebaut. Sein Vater war Arzt und seine Mutter Lehrerin, ganz klischeehaft. Ihm hatte es als Kind an nichts gefehlt, und doch stand er jetzt hier, am Reutlinger Bahnhof, und wurde vermutlich von der Polizei gesucht wie ein Schwerkrimineller.

Der Asphalt war aufgeheizt, und Ebert konnte in dieser stickigen Luft kaum atmen. Zwei Polizeibeamte gingen auf der anderen Straßenseite und unterhielten sich. Sie sahen den Flüchtigen nicht. Vermutlich wussten sie noch nicht einmal, dass er zur Fahndung ausgeschrieben war. Davon ging er zumindest aus. Fragen konnte er seine Freunde nicht, denn sein Handy hatte er sofort ausgeschaltet. Und selbst wenn er gewusst hätte, wo es in der heutigen Zeit in Reutlingen noch eine Telefonzelle gab, hätte er seine Kumpels nicht anrufen können. Sie waren sicherlich gerade mit der Polizei beschäftigt. Vielleicht ging es aber auch gar nicht um die Polizei, sondern um den ‚Hai‘, wie sich ihr Boss nannte. Peters Bruder hatte mit einem Komplizen des Hais in Rottenburg in der JVA gesessen, und so hatten sie den Auftrag bekommen. Für ihn sollten sie die Drogen verkaufen. Es war nicht unwahrscheinlich, dass irgendwas schiefgelaufen war und der Hai jetzt Jagd auf sie machte.

Sven Ebert ahnte, dass es für alle Beteiligten besser war, wenn nur die Polizei bei ihnen in der Wohnung war und nicht der Hai höchstpersönlich.

Es war erst früher Nachmittag, und Ebert schlenderte ziellos die Einkaufsstraße entlang wie ein ganz normaler junger Mann, der vielleicht auf der Suche nach einem Geburtstagsgeschenk oder einem guten Buch war. Im

Kopf ging er seine Kontakte durch. Ihm fiel beim besten Willen nicht ein, wohin er gehen sollte.

17. Juni, nachmittags

Jonas Wenger und Henry mussten nicht warten, sondern wurden direkt mit dem Hund ins Behandlungszimmer durchgewunken, wo Jonas ihn auf den kalten Metalltisch legte.

Henry kannte den Hundeführer nicht wirklich gut, und sie wollte ihm nicht zu nahe treten, also verließ sie den Raum. Nachdem sie sich auf der Toilette die Hände gewaschen und ihr Gesicht notdürftig vom getrockneten Blut befreit hatte, setzte sie sich in das stickige Wartezimmer. Sollte der Tierarzt eine schlechte Nachricht haben, würde Jonas sicher die Tränen nicht mehr zurückhalten können. Sie wollte ihn nicht in Verlegenheit bringen. Eine Tierarzthelferin bot ihr an, ihre Wunde an der Wange zu versorgen, was Henry dankbar annahm. Das Desinfektionsmittel kühlte ihr heißes Gesicht.

Es dauerte nur zehn Minuten, bis Jonas zu ihr kam. „Sie hat eine Kugel im Bein und wird operiert. Aber der Arzt sagt, dass sie es vermutlich schafft. Sie wird Bluttransfusionen brauchen."

Henry stand ruckartig von ihrem Stuhl auf. „Sie wird das schaffen!" Am liebsten hätte sie ihren Kollegen umarmt, der aber schien immer noch neben sich zu stehen und sah mit den blutverschmierten Händen klein und hilflos aus.

„Da vorne ist eine Toilette", sagte Henry und deutete auf das mittlerweile verkrustete Blut.

Jonas nickte. Er wollte allein im Wartezimmer bleiben, während Diensthund Juno in den OP-Saal der Tierklinik geschoben wurde. So wie es aussah, war sie nur am Vorderlauf getroffen worden. Einerseits wäre es gut, wenn es die einzige Verletzung war. Andererseits aber machte sich Wenger Gedanken darüber, ob sie nach ihrer Genesung noch einsatzfähig sein würde. Der Tierarzt hatte die Frage, ob sie wieder gesund würde, nur sehr kryptisch beantwortet. Er befürchtete, dass der Mittelfußknochen verletzt war, und Jonas Wenger wusste, dass das nichts Gutes erahnen ließ.

Juno war erst drei und lebte seit zwei Jahren bei ihm. Sie war zwar ein Diensthund, aber für ihn war sie auch ein Familienmitglied. Sie teilten sich sogar das Bett. Seine Beziehungen waren wegen der vielen Arbeit eine nach der anderen zu Bruch gegangen, und jetzt war der Hund alles, was er noch hatte. Er würde vermutlich einen neuen Diensthund brauchen. Das waren die schlimmen Momente im Leben eines Hundeführers. Kaum einer konnte mehrere Hunde gleichzeitig halten, da die Zeit dafür fehlte. Wenn er das Tier nicht mit zur Arbeit nehmen konnte, war es unmöglich, Juno zu versorgen. Ein Diensthund forderte viel Aufmerksamkeit. Er würde sich nicht um zwei große Hunde kümmern können, und seine Vermieterin würde da kaum mitmachen.

„Melde dich, wenn du irgendwas brauchst. Ich schicke dir nachher einen Abholservice, okay? Du musst uns nur Bescheid geben, wann du geholt werden willst." Henry legte ihre Hand kollegial auf Jonas' Schulter.

Er nickte, ohne sie dabei anzusehen. Sie war sich nicht sicher, ob er einfach nur ins Leere starrte oder ob er das Plakat mit den Katzenkrankheiten studierte, das an der gegenüberliegenden Wand hing.

Henry drückte noch einmal seine Schulter und verließ wortlos das Wartezimmer.

In dem Moment, in dem sie wieder in das erhitzte Dienstfahrzeug stieg, klingelte erneut ihr Telefon. Es war Daniel. Sie informierte ihn über Junos Zustand und bat ihn darum, eine Streife zu organisieren, die Jonas nach der Operation seines Hundes in der Klinik abholen würde.

„Ist Sven Ebert mittlerweile aufgetaucht?", fragte Henry.

„Nein, Windisch und Lorenz behaupten immer noch steif und fest, sie wüssten nicht, wo er steckt. Aber die Fahndung nach ihm ist schon draußen. Er kann überall sein, denn sein Handy wurde das letzte Mal auf Höhe des Bahnhofs geortet."

„Ich bin auf dem Weg ins Kommissariat", sagte sie. „Dann können wir uns die Burschen vorknöpfen."

„Nee, lass die mal in ihrer Zelle ein bisschen nachdenken, die laufen uns nicht davon. Ich habe was anderes für dich. Also falls du willst und falls du dich nach dem Schuss, der dich getroffen hat, überhaupt fit genug fühlst."

Henry legte sich die flache Hand auf die Brust, ganz so, als wollte sie ihren Gesundheitszustand überprüfen, bevor sie Daniel zusagte. „Mir geht's gut. Was hast du denn für mich?" Sie steckte den Zündschlüssel ins Schloss.

Das Handy verband sich per Bluetooth mit dem Fahrzeug, und sie zuckte vor Schreck zusammen, als Fabers Stimme markerschütternd über die Lautsprecher des Wagens gegen ihr Trommelfell schmetterte: „Wir haben am Neckarufer die Leiche einer jungen Frau gefunden."

Henry drehte den Ton leiser. „Eine Tote?"

Sie hörte, dass Faber grinste. „Leichen sind meistens tot, ja."

„Ich glaube nicht, dass Pankow will, dass ich jetzt schon in einem Mordfall mitmische", sagte sie unsicher. „Vor allem nicht nach der Aktion gerade eben."

„Ach, Blödsinn! Du hast doch heute bewiesen, dass du eine prima Kommissarin bist. Zumal das mein Einsatz war, und ich trage dafür die volle Verantwortung. Niemand konnte das ahnen. Und jetzt kommst du her, ich brauche dich." Nach einer Pause sagte er: „Außerdem betrifft dich das hier in gewisser Weise."

Henry, die gerade im Begriff gewesen war, den Parkplatz der Tierklinik zu verlassen, trat so stark auf die Bremse, dass der Sicherheitsgurt blockierte. „Was meinst du damit?"

„Na ja, als ihr weg wart, habe ich natürlich direkt Verstärkung angefordert und den Kollegen Schmid mit seinem Hund den Rest der Wohnung und sogar den Garten absuchen lassen. Hätte ja sein können, dass die irgendwo was vergraben haben." Er machte eine bedeutungsvolle Pause. „Da haben wir aber nichts gefunden."

„Habt ihr den Briefkasten gecheckt?", fragte Henry, die weiterhin wie erstarrt auf dem Bremspedal stand. Ihr Fuß bebte. „Und was hat das Ganze jetzt mit mir zu tun?"

Die beiden Wagen hinter ihr hupten vermutlich nur deshalb nicht, weil das Blaulicht immer noch auf dem Dach des zivilen Dienstfahrzeugs klebte.

„Haben wir. Aber lass mich mal erzählen." Er klang hektisch. „Also, Schmid wollte mit dem Tier noch eine Gassirunde am anderen Ufer des Neckars drehen, da wo dieser Paddelverein ist. Und plötzlich buddelt der Hund wie wild in der Erde und steht dann bellend neben einem Arm." Er holte Luft. „Ich meine, neben dem Arm einer Leiche. Wir sind also nur schnell mit den Jungs aufs Revier gefahren, haben die in den Kerker geworfen und sind direkt wieder zurück. Ist schon etwas seltsam, dass genau gegenüber von deren Haus eine Leiche vergraben ist. Oder was meinst du?"

„Jetzt hör auf!", rief Henry aus. „Du meinst, die haben auch noch jemanden umgelegt?"

„Die Leiche liegt jedenfalls am gegenüberliegenden Ufer vom Haus deiner drei Dealer. Du solltest dich aber beeilen, wenn du dabei sein willst. Das willst du doch, oder?"

Obwohl niemand im Wagen saß, versuchte Henry, ihr Lächeln zu unterdrücken. Sie war froh, dass Daniel den Glauben an sie nicht verloren hatte. „Klar will ich."

Henry legte auf und atmete tief durch. Hatte die Leiche wirklich etwas mit dem Drogenfund zu tun? Sie war hin- und hergerissen. Einerseits war sie stolz, dass sie das richtige Gespür gehabt hatte. Andererseits stieg wieder das Gefühl in ihr auf, dass sie dem Ganzen noch nicht gewachsen war. Auch der Gedanke daran, dass sie jetzt tot wäre, wenn sie keine Schutzweste getragen hätte, nagte an ihr. Wenn Daniel Faber sie nicht dazu gedrängt hätte, wäre sie vermutlich ungesichert in die Wohnung gegangen. Wieder einmal hatte er ihr das Leben gerettet.

Sie lenkte den schwarzen Mercedes auf die Straße und fuhr zum Tatort.

Auf dem Weg dachte sie über den Verlauf des Tages nach. Sie versuchte sich damit zu beruhigen, dass Daniel das Ganze vorher abgesegnet hatte, aber es gelang ihr nicht. Wenn Thomas, ihr Ausbilder aus Hamburg, sich nicht so für sie eingesetzt hätte, als Pankow ihn angerufen hatte, hätte sie die Stelle bei der Polizei Tübingen vermutlich gar nicht bekommen. Und jetzt hatte sie doch beweisen wollen, dass sie eine gute Polizistin war. Dazu gehörte sicher nicht, bei ihrem ersten Einsatz fast erschossen zu werden und einen Diensthund zu verlieren. Was, wenn ein Richter der Meinung war, dass keine Gefahr im Verzug gewesen war? Oder dass man hätte erkennen können, dass die Herren bewaffnet und gefährlich waren? Dass die nötige Eigensicherung vernachlässigt worden war?

Als sie erst ein paar Tage Fabers Bürogenossin gewesen war, hatte der Kollege Charly Hellstern, ihr Vorgänger in Fabers Büro, ihr mitgeteilt, dass sich Klaus Pankow im Frühstücksraum über sie lustig gemacht hatte. Wegen ihrer Herkunft und vielleicht auch wegen ihrer Sommersprossen hatte er sie Pippi Langstrumpf genannt. Charly hatte es damit begründet, dass Pankow seit zwei Jahren keine Frau mehr gehabt hatte. Seine letzte hatte ihn sitzen lassen. So glaubte man zumindest auf dem Kommissariat, denn von einem Tag auf den anderen hatte Pankow nichts mehr von ihr erzählt. Ob er generell keine Frauen mochte oder ob es an Henry selbst lag, konnte Charly jedenfalls nicht sagen. Aber Pankow hielt sie für nervös und voreilig. Sie hatte nicht nur sich, sondern auch ihrem Chef endlich beweisen wollen, dass das nicht auf sie zutraf, aber jetzt hatte sie die gesamte Einsatzmannschaft gefährdet, und der Diensthund von Jonas Wenger war schwer verletzt. Und all das war einzig und allein ihre Schuld. Weil sie die Beschuldigten unterschätzt hatte. Alle hatten kugelsichere Westen getragen, aber zu keinem Zeitpunkt hatte Henry damit gerechnet, dass wirklich Schüsse fallen würden. Sie war deswegen unverletzt geblieben, aber die einzige Kollegin, die keine Schutzweste getragen hatte, war getroffen worden. Und die hatte das Ganze auch noch für ein Spiel gehalten. Auf dem Revier gab es schusssichere Westen für Hunde. Da das Tier am Lauf getroffen worden war, wäre das Unglück nicht verhindert worden. Hätte sie Juno besser schützen müssen?

Henry war so in Gedanken versunken, dass sie beinahe die Ausfahrt verpasst hätte.

Daniel Faber wartete mit der Spurensicherung am Tatort.

Professor Doktor Kaltenbach, der Gerichtsmediziner, kniete auf dem Boden und hielt einen blassen Arm in der Hand. Henry musste aufpassen, dass sie auf der unebenen Wiese nicht stolperte.

Kaltenbach sah über die Ränder seiner Nickelbrille zu Henry hoch. „Ja, um Gottes willen, Frau Winter!" Er streckte Faber die Hand entgegen, damit der ihn hochzog.

„Sind Sie verletzt? Was ist denn passiert?" Er legte den Kopf schief und musterte sie von oben bis unten. „Hat Ihrem Mann das Essen nicht geschmeckt?"

Erst jetzt fiel ihr wieder ein, dass ihre Kleidung immer noch von der Erstversorgung des Hundes blutverschmiert war und sie ein Pflaster an der Wange kleben hatte. Vielleicht hätte sie sich vorher umziehen sollen. Beschämt sah sie den Professor an. „Sehr witzig. Nein, das Blut ist nicht von mir, und das", sie zeigte auf ihre Wange, „ist nur ein Kratzer, keine Sorge." Sie runzelte die Stirn. „Und ich habe keinen Mann. Der Letzte, der eine dumme Bemerkung über meine Kochkunst gemacht hat, durfte sich die Eisschollen des romantischen Sees am Fuße von Sigtuna von unten ansehen."

Kaltenbach nickte anerkennend. Dann drehte er sich wieder zu seinem Fund. „Eine junge Frau", sagte er und deutete auf den blassen Arm der Toten. „Seit zwei oder drei Tagen tot. Genaueres kann ich Ihnen sagen, wenn die Dame auf meinem Tisch liegt. Eigentlich hätte ich heute schließlich frei. Ich war nur gerade in der Nähe, und Blaulicht zieht mich irgendwie an, wissen Sie? Und wenn es dann noch um eine hübsche junge Frau geht ..." Er war der Einzige, der über seinen geschmacklosen Witz lachen konnte.

Die weiße Haut des Opfers war voller Erde, die sich in den Ohren und den Augen festgesetzt und Letztere ausgetrocknet hatte. Sie starrten zwischen Erdkrümeln mit milchigem Blick in den Himmel, der immer noch so blau war wie am Vormittag. Man hörte nichts weiter als das Zwitschern der Vögel und ausgelassene Schreie aus dem Freibad.

„Können diese Scheißvögel jetzt mal damit aufhören?" Henry zupfte an ihrem T-Shirt-Kragen herum. „Das ist doch pietätlos."

Kaltenbach schmunzelte. „Ich verstehe schon, was Sie meinen. Aber der Tod gehört nun mal zum Leben." Dann verzog sich sein Schmunzeln in ein dümmliches Grinsen. „Und wenn Sie mit Vögeln nichts am Hut haben, könnte ich Ihnen auch eine private ornithologische Nachhilfestunde geben."

Henry schnappte nach Luft über diese unverfrorene Zweideutigkeit und hoffte auf Rückendeckung von Daniel. Der aber starrte ganz in Gedanken versunken die Leiche an.

„Ist doch nur Spaß!" Der Mediziner knuffte sie in die Rippen. Der Schmerz vom Vormittag schoss ihr wieder in die Rezeptoren. Sie hustete.

„Ich lache vielleicht später drüber", sagte sie und versuchte sich wieder auf die Arbeit zu konzentrieren. Es war der falsche Zeitpunkt, um eine Sexismusdebatte loszutreten. Die Kollegen von der Spurensicherung nahmen gerade Erdproben. Jemand hatte die junge Frau hier vergraben, einfach so am Neckarufer. Direkt gegenüber befanden sich Häuser. Das Freibad war nicht weit. Warum hatte niemand etwas bemerkt? Auch nachts waren hier bei diesen Temperaturen sicherlich einige Leute unterwegs. Henry ging in ihrem Kopf die letzten Tage durch. Jugendliche, die nach dem Freibadbesuch noch am Steg vor dem Bootshaus der Paddler saßen und ein Bier tranken, oder Radfahrer auf dem Weg nach Hirschau. Es musste doch ewig gedauert haben, dieses Grab auszuheben. Henry hatte bislang nur die Katzen ihrer Mutter beerdigt, aber schon das war anstrengend gewesen.

Natürlich, es hatte heftig geregnet. Das wäre der perfekte Moment, um hier einen Menschen zu vergraben. Man würde wegen des lauten Regens nichts hören, und sicherlich war bei diesem Wetter auch kaum jemand unterwegs.

„Er hatte es wohl eilig", sagte Faber, der offenbar ihre Gedanken lesen konnte. Henry sah ihn fragend an. „Sonst hätte er die Leiche tiefer vergraben. Abgesehen davon, dass man das besser anstellen könnte." Er kratzte sich an seinem ergrauten Bart. „Oder er wollte, dass wir sie schnell finden."

Henry konnte ihren Blick nicht von dem bleichen Arm abwenden. „Was meinst du mit ‚besser anstellen'?"

Faber grinste. „Na, es ist doch bescheuert, nur ein paar Zentimeter Erde auf eine Leiche zu schütten. Selbst wenn hier über Wochen kein Hund vorbeikommen würde, so hätte doch der nächste starke Regenschauer die Tote freigegeben. Wenn ich eine Leiche vergraben würde, also nur hypothetisch natürlich, würde ich gucken, dass keiner sie findet. Mitten im Wald zum Beispiel. Oder in meinem eigenen Garten. Noch besser im Garten meiner Oma. Ich würde außerdem einen Tierkadaver darüberlegen."

Henry drehte den Kopf zu ihrem Kollegen, ihre Blicke hafteten aber immer noch an der Toten. „Wieso denn einen Tierkadaver? Du sprichst in Rätseln, Daniel."

„Mensch, denk doch mal nach!", sagte er aufgeregt. „Wenn der Hund ein totes Tier ausgräbt, sucht keiner mehr weiter nach einer Leiche. Man geht dann davon aus, dass der Hund wegen des Tierkadavers angeschlagen hat." Er drückte den Brustkorb vor und nickte stolz.

Henry zwang ihre Augen, sich vom Anblick der Toten zu lösen, und sah Daniel an. „Alles klar. Wenn ich mal jemanden umlegen will, wende ich mich vertrauensvoll an dich."

„Das lernst du noch. Polizisten wären die gewieftesten Killer. Aber uns fragt ja keiner."

„Vielleicht solltest du meinem Papa mal ein paar Ideen für seinen nächsten Krimi liefern. Der freut sich über Input." Henry zog eine Augenbraue hoch und wandte sich wieder der Leiche zu. „Haben wir eine Jacke? Ein Handy? Eine Tasche? Irgendwas?"

Faber schüttelte den Kopf. „Nur das Kleid, das sie trägt. Wir suchen die Gegend danach ab." Dann fügte er zögerlich hinzu: „Ich könnte deinem Papa wirklich Tipps geben. Wenn er noch mit mir redet, wo ich ihn schließlich schon mal in den Bau gebracht habe. Aber da er einer der bekanntesten Krimiautoren Deutschlands ist, wird er sicher schon Connections zu Polizisten haben, oder?"

Henry rümpfte die Nase. „Und was genau, denkst du, bin ich?"

Daniel hob entschuldigend die Hände. „Zu erfahrenen Polizisten, meinte ich!"

Sabine Vollmer von der Spurensicherung kam mit einem Kittel und Schuhüberziehern auf Henry zu. „Wir sind hier nicht im Fernsehen. Bitte anziehen." Ihr Blick verriet, dass es nicht so streng gemeint war, wie es klang. „Ich krieg einen Anfall, wenn mir hier wieder Spuren zerstört werden."

Wegen der glühenden Hitze zögerte Henry, die Schutz-kleidung anzuziehen.

Sabine Vollmer kniete sich neben das Opfer und pinsel-te wie eine Archäologin vorsichtig die restliche Erde weg.

„Guck mal." Die Kommissarin zeigte auf ein Haus auf der anderen Seite des Neckars. Auf einem Balkon beob-achtete ein älteres Paar schaulustig das Treiben gegenüber. Es war das Nachbarhaus von Ebert, Windisch und Lorenz.

„Da ist aber jemand ganz besonders neugierig. Gehen wir rüber?", fragte sie. „Die freuen sich bestimmt, wenn sie uns was erzählen können."

„Ja, ist aber ein langer Weg", erklärte Faber. „Die nächs-te Brücke ist ein ganzes Stück weiter unten."

Das Wort ‚Brücke' löste Beklemmungen in Henry aus. Der Glaube, ihr Vater sei bei einem Bootsunglück verstorben, hatte Spuren hinterlassen. Aber sie arbeitete intensiv an der Angst vor Wasser, die sie seit ihrer Kind-heit begleitete, und wollte sich deshalb von keiner Brü-cke dieser Welt mehr aufhalten lassen. Schon gar nicht, wenn es darum ging, ihre Professionalität unter Beweis zu stellen.

Henry legte die Schutzkleidung auf einer Kiste der Spu-rensicherung ab. „Dann muss ich das Ding hier schon nicht anziehen."

„Schusssichere Weste ist doof, Schutzkleidung ist doof, bei der Polizei ist alles doof." Faber lachte. „Vielleicht hät-test du dich lieber bei der Vogue bewerben sollen statt bei uns."

Henry grinste, sagte nichts dazu und kontrollierte ihre Dienstwaffe, die sie nach dem Schussattentat vorschriftswidrig in der Wohnung der drei vergessen hatte. Faber hatte sie mitgebracht.

„Was willst du mit der Knarre?", fragte ihr Kollege. „Wir wollen sie nur befragen, nicht gleich erschießen." Er wollte nicht aufhören, sie zu necken, weil er ihren mürrischen Gesichtsausdruck so mochte.

Da Henry immer noch schwieg, ging er flussabwärts los. Sie folgte ihm.

„Mein Chef", begann sie nach einigen Minuten, „hat mir heute Morgen noch erklärt, dass man immer auf Nummer sicher gehen sollte."

Das Zirpen der Grillen ließ das vertrocknete Gras noch trockener und die heiße Luft noch heißer wirken. Henry stöhnte. „War übrigens ein cooler Move vorhin, als du Windisch die Waffe abgenommen hast." Das war das Letzte, woran sie sich erinnern konnte, bevor sie das Bewusstsein verloren hatte. Sie versuchte, nicht aufs Wasser zu schauen.

„Das war ein Hidari-eri-dori", sagte er in einem Ton, als wisse jeder, wovon er sprach.

„Ein was?"

„Ein Haltegriff aus dem Jiu Jitsu. Kann man manchmal brauchen." Faber erhöhte das Schritttempo.

„Meinst du, die haben was gesehen?", fragte Henry und deutete mit dem Kopf in Richtung der Schaulustigen.

„Rentner sehen immer irgendwas. Ich habe übrigens noch eine gute Nachricht für dich."

„Und zwar?"

„Der Durchsuchungsbeschluss ist mittlerweile da. Wir sind also raus aus der Nummer. Wie ich dich kenne, machst du dir seit heute Mittag Vorwürfe."

Henrys Gesichtszüge lockerten sich. „Wirklich? Oh, das ist fantastisch! Das hättest du mir auch am Telefon schon sagen können."

„Na, der Leichenfund war doch irgendwie wichtiger, oder?"

Sie lächelte. „Natürlich."

Als die Kommissare an ihrem Ziel angekommen waren, gingen sie um das Haus herum. Das Paar stand immer noch auf dem Balkon. Mittlerweile mit Kaltgetränken in der Hand, wie Zuschauer in einem Freilufttheater.

„Die kommentieren sicher alles", flüsterte Faber. „So wie die beiden Alten aus der Muppetshow, kennst du die?"

„Statler und Waldorf." Henry konnte ein Lachen kaum unterdrücken. Die Ablenkung von der Sorge um Juno tat ihr gut.

Faber reckte den Kopf über die Ligusterhecke. „Guten Tag, die Herrschaften. Kriminalpolizei. Könnten Sie uns bitte mal die Tür öffnen?"

Als hätten sie nur darauf gewartet, nickten beide synchron und eilten ins Haus. Der Türöffner summte penetrant, noch bevor Henry und Daniel an der Haustür ankamen.

Das Paar wartete an der Wohnungstür.

„Was ist denn da passiert?", fragte der Mann sofort, ohne die Beamten zu begrüßen.

Henry las den Namen auf dem Klingelschild: Vogel.

„Dürfen wir kurz reinkommen?", fragte Daniel.

„Natürlich. Wollen Sie was trinken?" Die Frau musterte Henry, die aussehen musste, als käme sie von einem

Schlachtfest. Die holte schon Luft, weil sie unendlich Durst hatte, aber sie wurde von Fabers „Nein, danke" unterbrochen und traute sich jetzt nicht mehr, nach einem Glas Wasser zu fragen. Zu ihrem Glück stellte die Frau den beiden nur wenige Minuten später trotzdem jeweils eines hin, das Henry auf ex leerte. Wenigstens konnte sie mittlerweile trotz ihrer Aquaphobie, zumindest dann, wenn der Durst groß genug war, pures Wasser trinken und musste nicht mehr nur von Säften und Kakao leben.

Herr Vogel, der sich auf das anachronistische Cordsofa setzte, das an den Sitzflächen schon einen helleren Braunton angenommen hatte, wartete überhaupt keine Frage ab, sondern platzte gleich mit seinen Informationen heraus: „Vor drei Tagen war da ein rotes Auto. Nummernschild habe ich aufgeschrieben."

Bevor Henry fragen konnte, warum er das Kennzeichen notiert hatte, erklärte seine Frau: „Der Heinrich guckt zu viel ‚Tatort', wissen Sie? Der schreibt sich alles auf, wenn ihm was komisch vorkommt. Ganze Notizbücher haben wir über das Geschehen in der Straße."

Renate Vogel war eine sehr gepflegte und attraktive Frau. Obwohl sie sicherlich schon Mitte siebzig war, war sie geschminkt, trug eine weiße Perlenkette und duftete nach Zitronenverbene. Ihr immer noch blondes Haar war kurz und ein wenig auftoupiert. Von dem dunkelroten Nagellack an ihren Fingernägeln war kein Quadratmillimeter abgeblättert. Henry versteckte peinlich berührt ihre Hände.

Heinrich Vogel wirkte neben seiner Frau fast greisenhaft. Er trug eine dunkle Hose mit Bügelfalte, ein kariertes Hemd und Hosenträger. Sein ergrautes Haar war von der einen Seite zur anderen gekämmt, um eine aufkommende Glatze zu verdecken.

Er stand auf, holte einen Zettel von der Kommode gegenüber des Sofas und reichte ihn der Kommissarin.

„Danke", sagte Henry, las kurz das Kennzeichen, faltete das Papier und steckte es in ihre Hosentasche. „Wann haben Sie das Auto gesehen?"

„Vielleicht so gegen ein Uhr. Vorletzte Nacht."

„Stand es oder fuhr es?"

Vogel sah an die Decke. „Es war etwas weiter weg. Bestimmt hundert Meter weiter von da, wo jetzt Ihre Kollegen stehen. Er ist ganz langsam gefahren."

Henry nahm einen tiefen Atemzug. „Hat das Auto auch angehalten?"

„Nein", sagte Vogel bestimmt. „Das ist die ganze Zeit gefahren. Von dort hinten", er schlurfte zum Fenster und zeigte in Richtung Westen, „bis dort drüben." Er drehte sich um und deutete zum Schloss Hohentübingen, das in der Sonne über der Stadt erstrahlte.

„Bis zum Schloss?" Henry zog eine Augenbraue hoch.

„Nein!", bruddelte Heinrich Vogel. „In diese Richtung eben."

Faber, der auf dem Balkon stand und seinen Kollegen auf der anderen Uferseite zuwinkte, rief durch die geöffnete Balkontür: „Was machen Sie denn überhaupt um ein Uhr nachts hier draußen?"

Heinrich Vogel druckste herum. „Ich wollte mir was zu trinken ..."

„Er leidet unter Blasenschwäche", unterbrach ihn seine Frau und klang dabei wie die Sprecherin in einem

Werbespot für ein Arzneimittel gegen Prostatabeschwerden.

„Vielen Dank für die Erklärung, Renate." Er warf ihr einen vorwurfsvollen Blick zu.

„Kommt vor", sagte Faber, der jetzt wieder ins Wohnzimmer trat.

„Es war übrigens ein B-Corsa", erklärte Heinrich Vogel. „Mit Autos kenne ich mich gut aus, müssen Sie wissen. Ich hab ihn nur wegfahren sehen, eben so gegen ein Uhr. Und die Frauke war auch noch unterwegs. Mal wieder mit irgendeinem Mann. Also ich weiß nicht so genau, aber finden Sie als Polizeibeamte das nicht komisch, wenn eine so junge Frau wie die Frauke nachts um ein Uhr mit einem Mann ..."

„Und Sie wissen genau, dass es um ein Uhr war?", unterbrach ihn Faber und klang dabei provokanter, als er es beabsichtigt hatte.

„Selbstverständlich! Ich habe die Kirchturmuhr schlagen hören."

„Dann muss es ja stimmen", nuschelte Faber.

„Vorletzte Nacht hat es ziemlich heftig geregnet", stellte Henry fest. „Und da haben Sie das Kennzeichen auf diese Entfernung erkennen können?"

Frau Vogel deutete wortlos auf das Fernglas, das auf der Kommode stand. Bei der Handbewegung roch Henry wieder ihr Parfüm. Es musste von einer französischen Marke sein.

„Und wer ist denn überhaupt Frauke?" Sie notierte sich die Informationen in ihrem Handy.

„Frauke Simon", sagte Heinrich Vogel. „Die wohnt in der Hausnummer 18."

Henry und Daniel warfen sich einen vielsagenden Blick zu. Wussten sie doch beide, dass sie vor weniger als zwei Stunden im Haus daneben einen großen Fund gemacht hatten.

„Das ist eine Studentin", fuhr Vogel fort. „Ich weiß auch nicht, warum die jungen Leute nachts spazieren gehen müssen. Und dann noch bei so einem Sauwetter! Aber wahrscheinlich war es ihnen tagsüber einfach zu warm. Oder sie hatte mit der Begleitung ein Tête-à-Tête oder ..."

„Heinrich!" Renate Vogel schüttelte den Kopf.

„Ja, geht mich auch nichts an." Heinrich Vogel schob seine Brille hoch.

Henry seufzte. „Ich habe mir jetzt notiert, dass gegen zwölf Uhr Frauke Simon mit männlicher Begleitung gegenüber einen Spaziergang machte und gegen ein Uhr ein roter Corsa mit diesem Kennzeichen", sie klopfte gegen ihre Hosentasche, in der der Zettel war, „davonfuhr. Ist das richtig?"

Heinrich Vogel nickte, seine Frau drehte die Augen nach oben.

„Haben Sie in der letzten Nacht auch etwas beobachtet, Herr Vogel?", fragte Henry.

„Nein, da habe ich ausnahmsweise mal einigermaßen durchgeschlafen. Aber sagen Sie mir jetzt noch, was Sie da drüben gefunden haben? Eine Leiche, oder?" Heinrich Vogels Augen leuchteten auf.

Faber nahm jetzt auch einen Schluck Wasser. „Zu laufenden Ermittlungen sagen wir nichts."

„Also wenn da ein Leichenwagen steht, die Spusi unterwegs ist und zwei von der Kripo bei mir in der Wohnung stehen, dann gehe ich davon aus, dass Sie eine Leiche gefunden haben."

„Genau. Und wenn Sie mal ganz leise sind, hören Sie das Tatort-Intro", sagte Daniel.

Henry stand auf. „Was fragen Sie denn, wenn Sie schon alles wissen?"

„Und das Blut", er zeigte mit krummem Finger auf Henrys Hose, „ist das von der Leiche? Oder waren Sie in einen Kampf verwickelt?"

„Weder noch." Henry verzog keine Miene. „Da hat vorhin ein Zeuge zu viele neugierige Fragen gestellt."

Heinrich Vogels Gesichtszüge erstarrten. Seine Frau, die auf der Sofalehne saß, wieherte laut los.

Daniel, der im Rahmen der Balkontür lehnte, nickte Henry schmunzelnd zu. „Na dann ist ja alles geklärt und wir können gehen?"

„Wenn uns noch was einfällt, melden wir uns, richtig?" Heinrich Vogel trottete hinter den Kommissaren her.

„Ja", sagte Henry. „Wie im Fernsehen, Herr Vogel." Sie zog eine Visitenkarte aus ihrem Portemonnaie und übergab sie dem Rentner. Der hielt die Karte mit beiden Händen fest, als wäre sie ein Goldbarren.

Renate Vogel schüttelte wieder den Kopf und begleitete die Beamten zur Tür. „Der wird sich schon noch melden, da können Sie sich drauf verlassen", flüsterte sie. „Wenn der endlich mal bei einem echten Mordfall dabei sein kann, aktiviert der seine letzten grauen Zellen."

Henry und Daniel bedankten sich und verließen das Haus.

„Gehen wir noch zu dieser Frauke Simon?" Henry sah auf die Uhr ihres Smartphones. „Ich muss nur bald zu meinem Papa. Der hat doch Geburtstag."

„Ach, stimmt", sagte Faber. „Wir sollten sie trotzdem noch kurz besuchen. Wenn wir die nicht heute schon getroffen haben."

Henry blieb stehen. „Was willst du damit sagen?" Sie war an diesem Tag nicht allzu vielen jungen Frauen begegnet. „Die Frau, bei der wir geklingelt haben, hieß doch anders."

„Die meine ich nicht." Faber deutete mit dem Kopf auf die gegenüberliegende Uferseite, wo gerade zwei Männer eines Bestattungsunternehmens die Tote in einen metallenen Sarg hievten. Sogar über den Neckar hinweg konnte man sehen, dass Professor Doktor Kaltenbach ihnen einen Vortrag hielt. Die zwei Kolleginnen von der Spurensicherung schüttelten den Kopf. Wahrscheinlich hatte er auch sie schon mit seinen sexistischen Witzen belästigt.

„Du meinst, dass das Opfer vielleicht Frauke Simon ist?"

„Könnte doch sein. Immerhin war sie vor dem Corsa mit männlicher Begleitung dort. Also zumindest laut unserem Sherlock Holmes hier." Er sah zum Balkon der Vogels.

„Ich Depp." Henry schlug sich mit der flachen Hand gegen die Stirn. „Das ist sehr naheliegend. Danke, Chef."

„Nenn mich nicht Chef." Faber lächelte und stieß seine Kollegin freundschaftlich in die Seite, die daraufhin kurz zusammenzuckte. Der Treffer auf die Weste hatte seine Spuren hinterlassen.

Als sie die Stufen zum Haus von Frauke Simon hochgingen, dachte Henry wieder an Jonas Wenger und Juno. Ob sie schon aus dem OP war? Hoffentlich war alles gut gegangen. Sie traute sich nicht, den Kollegen anzurufen und zu fragen, wie es um den Hund stand, weil sie Angst vor der Antwort hatte. Die Bilder dieses weißen Fells, das sich dunkelrot gefärbt hatte, gingen ihr nicht mehr aus dem Kopf.

In dem Waldstück hinter Sigtuna hatte einmal ein Jäger ein Reh erschossen. Henry und ihre Freundin Janne waren damals vielleicht vierzehn oder fünfzehn Jahre alt gewesen und hatten auf Henrys Bett gelegen und über die Jungs in ihrer Klasse geredet. Sie hatten den Schuss gehört und waren von der Neugier getrieben zum Ort des Geschehens gerannt. Es war Winter und hatte sicherlich sechzig oder siebzig Zentimeter Neuschnee. Der knarzte nicht nur unter ihren Stiefeln, sondern war so nass und klebrig, dass es mit jedem Schritt mühseliger wurde. Aber irgendwann hatten sie den Ort erreicht. Der Jäger war weit und breit nicht zu sehen. Vor ihnen lag das tote Reh. Das dunkelrote Blut verteilte sich wie Kirschsoße im Schnee. Es brannte sich regelrecht hinein, und das knisternde Schmelzen des Schnees war das einzige Geräusch, das Janne und sie gehört hatten. Bis der Jäger kam und sich wortlos seine Beute über die Schulter warf.

Der Anblick des Blutes in Junos weißem Fell hatte sie an diese Szene aus ihrer Kindheit erinnert. Und immer wenn ihr das Bild des verletzten Hundes in den Kopf schoss, roch sie gleichzeitig den Schneematsch aus den Wäldern um Sigtuna.

Die Zeugin war nicht zu Hause, Faber rief auf dem Kommissariat an und veranlasste, dass man ihre Handynummer über eine SARS-Anfrage herausfinden sollte. Dann wandte er sich an Henry. „Jetzt kannst du wohl mit Papa Geburtstag feiern. Aber treib es nicht zu wild.“

Henry fühlte sich überhaupt nicht danach, Geburtstag zu feiern. Viel lieber wollte sie nach Hause und sich dort in ihrem Bett vergraben. Dieser eine Tag war aufwühlender gewesen als die komplette Zeit bei der Hamburger Polizei.

Gerne hätte sie jetzt jemanden zu Hause gehabt, der ihr zuhörte. Aber nicht so jemanden wie Kjell, der, wenn er seinen Spaß mit ihr gehabt hatte, immer zu seiner Frau zurückgekehrt war. Jemanden, der ihr nicht das Blaue vom Himmel versprach und sie mit einer angeblich existierenden Seelenverwandtschaft warmzuhalten versuchte, damit sie nicht den Spaß an ihm verlor. Jemanden, der zuhörte und blieb.

„Weiß überhaupt irgendjemand auf diesem Planeten, wofür die Abkürzung SARS steht?“, fragte sie.

Dynamisch drehte sich Daniel zu ihr. „Schnittstelle für den Datenaustausch für das Auskunftsersuchen zwischen der Regulierungsbehörde und den berechtigten Stellen.“ Er grinste stolz.

Auf der Fahrt zurück ins Büro sprach sie kein Wort. Ständig spulten sich die Szenen des Tages in ihrem Kopf von vorne ab wie der Tonarm eines Plattenspielers, der gewaltsam über eine alte Schallplatte hinweg kratzend nach hinten gezogen wurde, um dieses Lied wieder und wieder von vorne ablaufen zu lassen.

Der Schusswechsel, der verletzte Hund, ihre eigene Verletzung und dann noch die Tote am Neckar. Eigentlich sollte der Tag an dieser Stelle enden, fand Henry. Sie lehnte den Ellbogen ans Beifahrerfenster, schloss die Augen und stützte mit der Hand ihren Kopf.

17. Juni, abends

Es sollte ein besonderes Date werden. Britta Enßle freute sich schon seit Tagen darauf. Sie war sogar kurz davor gewesen, ihren Kommilitoninnen davon zu berichten, hatte aber dann doch Angst davor, dass das Treffen schiefgehen könnte. Den Fehler, zu viel über ihr Privatleben zu erzählen, hatte sie einmal im Leben gemacht, und es würde ihr kein zweites Mal passieren. Es war das erste richtige Date nach längerer Zeit. Damals hatte sie Streit mit Philipp gehabt, was keine Seltenheit gewesen war. Aber beim letzten Mal war es anders gewesen, denn Philipp hatte darüber nachgedacht, Britta zu verlassen, was eine Katastrophe war in Anbetracht der Tatsache, dass sie gerade erst zusammengezogen waren und planten, eine Familie zu gründen. Daraufhin hatte sich ihre Freundin Janina bereit erklärt, mit ihm zu reden. Bei der Vorstellung, dass das Produkt dieses Gesprächs jetzt schon sechs Jahre alt war und vermutlich in drei Monaten eingeschult werden würde, zog sich Brittas Magen zusammen.

Der Schmerz saß immer noch tief, und seither vermied sie es tunlichst, anderen zu viel von sich und ihren Liebschaften zu erzählen. Heute aber wollte sie daran nicht denken.

Sie stand vor dem Spiegel und kämmte sich die glatten blonden Haare, die inzwischen wieder eine ansehnliche

Länge erreicht hatten. Für Philipp, das Arschloch, hatte sie ihre schönen Haare um vierzig Zentimeter abgeschnitten, weil er auf Frauen mit kürzeren Haaren gestanden hatte. Was man nicht alles machte. Vielleicht war auch das der Grund, warum sie nach all den Jahren immer noch wütend auf ihn war. Nicht, weil er ihre beste Freundin geschwängert hatte, sondern weil sie sich für ihn von ihren Haaren, um die sie alle beneidet hatten, getrennt hatte. Eine Wut, die sich gegen sie selbst richtete. Nur ein paar Monate später war er weg gewesen, und sie hatte mit ihren bloß schulterlangen Haaren alleine dagestanden. Jetzt waren sie wieder so lang, dass Britta zum Föhnen eine halbe Stunde brauchte. Heute ließ sie sie an der Luft trocknen. Der Föhn wäre bei diesen Temperaturen ohnehin direkt überhitzt.

Den knallroten Lippenstift fand sie mittlerweile irgendwie billig, und so entschied sie sich für eine unauffälligere Farbe. Dass sie überhaupt noch Lippenstifte besaß, hatte sie gewundert. In der Tiefe der untersten Schublade ihres Waschbeckenschrankes hatte sie sie zwischen eingetrockneten Nagellacken gefunden, die die Geschichte ihrer Anfangszeit in Tübingen dokumentierten, als sie direkt nach der Sache mit Philipp von Nürnberg hergezogen war und sich ausgetobt hatte. Jeder Nagellack erzählte eine andere Geschichte ihres Lebens.

Damals hatte sie das Gefühl von Freiheit kennengelernt, von Grenzenlosigkeit. Sie konnte endlich tun und lassen, was sie wollte, es gab kein Gestern und kein Morgen, und es war nicht schlimm, dass sie einige Prüfungen wiederholen musste. Man lebt nur einmal, hatten sie und ihre

Freundin Annika sich immer wieder gesagt. Doch inzwischen hatte die auch einen kleinen Sohn und überhaupt keine Zeit mehr, um mit Britta feiern zu gehen. Stattdessen saß Annika mit den anderen, mit denen sie alle in den ersten Semestern gefeiert hatten, in irgendwelchen woken Cafés, trank Cappuccino mit Hafermilch und unterhielt sich über Stoffwindeln und die verschiedenen Beige-Töne des Kinderzimmers.

Manchmal schien es, als hätten ihre Freunde sie zurückgelassen, dabei war sie selbst es, die an irgendeinem Punkt im Leben einfach stehen geblieben war und den anderen nicht hatte folgen können und wollen. Erst in den letzten Monaten hatte sie gemerkt, dass sie plötzlich allein war. Während ihre Erstsemesterfreunde von damals mit dem Studium längst fertig waren und nun schon die ersten Häuser gekauft wurden, saß Britta immer noch in Hörsälen und Seminarräumen herum und nippte am schlechten Automatenkaffee. Sie war mittlerweile die Älteste.

Jetzt sollte sie endlich die letzte Hausarbeit schreiben, bevor die endgültige Prüfungsphase begann. Aber selbst dann wusste sie noch nicht, was sie mit ihrem Soziologiestudium anfangen wollte. Es gab viele Möglichkeiten, doch keine gefiel ihr. Früher hatte sie immer gesagt, sie würde Tübingen niemals verlassen. Sie erinnerte sich an dieses aufregende Gefühl, als sie in diese Stadt gezogen war. Das erste Mal ganz alleine, es war ein riesengroßes Abenteuer gewesen, und sie hatte sich so unglaublich erwachsen gefühlt. Niemals hatte Britta in Betracht gezogen, dass dieses Gefühl ins Gegenteil umschlagen könnte. Sie hatte nie gedacht, dass sie irgendwann allein sein würde. Genauso wie nach dem Abitur hatten sich die Freundschaften als Zweckgemeinschaften herausgestellt, und kaum waren ihre sogenannten Freunde aus Tübingen weggezogen, hatte sie nie wieder etwas von ihnen gehört. Annika war die Einzige, die sich noch manchmal bei ihr meldete, aber meistens wurde das Gespräch, das sowieso unbehaglich war, weil sie beide über verschiedene Dinge sprachen, von Babygeschrei unterbrochen. Es gab keinen Grund mehr hierzubleiben. Es sei denn, sie würde hier jemanden kennenlernen. Ihr fehlte die Perspektive, und plötzlich hatte dieses Gefühl von Freiheit, von Grenzenlosigkeit einen ganz unangenehmen Beigeschmack.

Britta fuhr mit dem weichen Stift über ihre Lippen und presste sie zusammen. Es war ein Naturton, der die Farbe ihrer Lippen betonte, sie aber nicht künstlich einfärbte.

Sie trat auf den Fußhebel ihres Badmülleimers, der Deckel schmetterte laut gegen die Fliesen, und warf den knallroten Lippenstift hinein. Seine Zeit war vorbei.

Für das Date hatte sich Britta sogar ein neues Parfüm gekauft. Es duftete nach Vanille und Sandelholz.

Romeo. Der Nickname war wirklich wenig originell. Die virtuellen Gespräche mit ihm waren so entspannt gewesen. Seit ein paar Monaten war sie auf diesem Portal angemeldet, und immer öfter reagierte sie auf Kontaktanfragen. Aber die Geister der Vergangenheit, die Angst, wieder verletzt zu werden, waren noch da, und so ließ sie für sich selbst keine Gefühle zu. Sie traf die Männer nur, um Sex mit ihnen zu haben, und sie hatte sich nie wirklich Mühe gegeben mit ihrem Styling. Wenn es um Sex ging, war Männern das Aussehen gar nicht wichtig. Diese Erkenntnis hatte sie in den letzten Monaten erlangt. Aber von Richard wollte sie vielleicht sogar mehr als nur das. Seine Ansichten entsprachen den ihren, und sie war sicher, dass er ebenso fühlte. Wenn er jetzt noch äußerlich ihr Typ war, konnte fast nichts mehr schiefgehen. Genauso wie sie liebte er das Reisen mit dem Rucksack durch Europa. Beide wollten unbedingt einmal nach Island. Sie hatten schon herumgealbert und fantasiert, dass sie nach Brittas Studium gemeinsam dorthin fliegen könnten. Er war Zahnarzt und interessierte sich für ihr Soziologiestudium. Richard würde Verständnis haben, wenn sie sich in der Abschlussphase befand, und sie dabei unterstützen. Jemand, der ein Zahnmedizin-Studium abgeschlossen hatte, war sicherlich bodenständiger als sie. Es würde ihr nicht schaden, wenn sie jemanden hatte, der ihr ab und zu in den Hintern trat.

Weil sie neugierig war und unbedingt wissen wollte, wie er aussah, hatte sie nach Zahnärzten mit seinem Vornamen im Internet gesucht, hatte ihn aber nicht gefunden. Das lag vermutlich daran, dass er in einer Praxis angestellt war, zu der er jeden Morgen fast eine Stunde mit dem Zug fahren musste. Es konnte also überall sein. Als angestellter Zahnarzt einer größeren Praxis war es schließlich auch möglich, dass er gar nicht auf der Homepage erwähnt wurde. Es stellte sich als sinnloses Unterfangen heraus, nach einer Person im Internet zu suchen, deren Nachnamen man nicht kannte. Jetzt würde es nicht mehr lange dauern und sie würde wissen, wie er aussah.

Kurz kam wieder der Zweifel in ihr auf, ob es eine gute Idee war, sich mit jemandem zu treffen, der kein Foto von sich schicken wollte. Dann dachte sie aber, dass es einfacher für ihn gewesen wäre, ein falsches Foto zu schicken, wenn er etwas Böses im Sinn hatte. Heutzutage gab es frei zugängliche Konfiguratoren im Internet, mit denen man Bilder von fiktiven Personen erstellen konnte. Sie schüttelte den Gedanken, dass Richard nicht echt war, von sich ab. Sie wollte daran glauben, dass es ihn genau so gab, wie er sich ihr gegenüber gezeigt hatte.

Da könnte definitiv mehr draus werden, dachte sie, als sie ihr blaues Sommerkleid mit den kleinen gelben Blumen überzog.

Vielleicht würde sie Annika und die anderen dann bald einholen, und man würde wieder ähnliche Gesprächsthemen haben, wenn Britta nicht mehr die ewige Studentin war.

Heute war der letzte Tag ihrer Vergangenheit und der erste ihrer Zukunft.

Noch drei Stunden.

✶✶✶

Henrys Bruder Sebastian war seit einigen Tagen auf einem Ärztekongress in den USA. Sie fragte ihren Vater nicht, warum Sebastians Frau Lena nicht mit der Tochter da war, um mit Jakob und ihr zu feiern. Sie hatte extra ein Malbuch für ihre Nichte gekauft. Wahrscheinlich hatten sie mal wieder Stress zu Hause, was für Lena Grund genug war, um Ida nicht zum Geburtstag ihres Großvaters zu lassen. Wenn Henry über ihren Bruder und seine Frau nachdachte, war sie froh, keinen Partner zu haben. Beinahe jedes Mal, wenn die ganze Familie zusammenkam, gab es Streit zwischen Sebastian und Lena.

Die beiden Katzen lagen auf dem Sofa. Fiete, der Kater von Henrys Mutter, hatte sich schnell eingelebt und verstand sich blendend mit seinem Katzenkumpel Pluto. Ihre Mutter wäre sicher glücklich gewesen, wenn sie noch erlebt hätte, dass ihr schwedischer Kater jetzt im Haus ihres Ex-Mannes in Tübingen lebte. In dem Haus, in dem sie selbst ihre Tochter die ersten beiden Jahre großgezogen hatte.

Immer wenn Henry im Haus ihres Vaters war, dachte sie an ihre Vergangenheit und daran, dass sie Jakob über dreißig Jahre nicht gesehen hatte. Aber jetzt fühlte es sich an, als wäre sie zu Hause, und zuweilen merkte sie nicht einmal mehr, dass er noch bis vor Kurzem ein Unbekannter für sie gewesen war. Sie entdeckten immer mehr Ähnlichkeiten zwischen sich. Nicht nur ihre Gesichtszüge glichen sich. Auch charakterlich konnte man erkennen, dass Henry Jakobs Tochter war, und das, ganz ohne dass er sie großgezogen hatte. Beide waren außerordentlich ungeduldig. Sie liebten Schokolade und waren manchmal etwas impulsiv.

„Hey." Jakob machte eine Wischbewegung vor Henrys Augen. „Alles klar bei dir?"

Henry schüttelte die Rückblicke in ihre Vergangenheit von sich ab wie ein nasser Hund das Wasser. „Ja, alles klar." Sie nahm einen Schluck Wein.

„Hast du dich in deiner Wohnung eingelebt?" Jakob steckte sich eine Olive zwischen die Zähne und sog sie mit einem lauten Plopp in den Mund.

„Ich denke schon. Die Nachbarn sind okay. Die Gegend ist auch in Ordnung."

Sie hatte nicht in dieses Französische Viertel ziehen wollen, aber jetzt war sie eben doch dort gelandet, und eigentlich war es ganz nett. Ihr erster Besuch in Tübingen war im Februar gewesen, und sie hatte noch überlegt, wie das Stadtviertel wohl im Sommer wirkte. Im Winter war es ihr trostlos vorgekommen, aber im Sommer war es so schön, wie der Herbergsvater es ihr bei ihrem ersten Besuch beschrieben hatte. Es gab viele Mehrfamilienhäuser, deren Bewohner alle auf den Balkonen saßen und sich quer über die Straße miteinander unterhielten. Manche kamen mit ihren Stühlen runter und setzten sich auf dem Gehweg zusammen, um zu plaudern. Den Namen ‚Französisches Viertel' fand Henry deshalb ganz passend, denn genau so stellte sie sich das Zusammenleben in einem südfranzösischen Dorf vor. Dabei war die wahre Historie des Stadtteils gänzlich unromantisch: Es hieß nur so, weil französische Streitkräfte nach dem Krieg dort einen militärischen Standort gehabt hatten.

Ihr Vater vermietete eine Wohnung in der Altstadt. Zwei Zimmer, Küche, Bad. Renovierter Altbau. Eigentlich perfekt, aber Henry hatte sie trotzdem nicht haben wollen, weil es ihr dort zu laut war. Obwohl sie erst seit Kurzem in dieser Stadt lebte, hatte sie schnell festgestellt, dass im Sommer viele Touristen in der Altstadt unterwegs waren, und nachts konnte man wegen der feiernden jungen Leute sicher die Fenster nicht öffnen. Als jemand, der auf dem Land aufgewachsen war, brauchte sie frische Luft. Außerdem hatte Daniel ihr von den großen Veranstaltungen in der Innenstadt erzählt. Dem umbrisch-provenzalischen Markt und dem Schokoladenfestival. Das wäre Henry eindeutig zu viel Trubel gewesen. Der Mietzins war in ihrer jetzigen Wohnung auch ein kleines bisschen niedriger. Ihr Vater hätte ihr zwar die Miete in seiner Wohnung erlassen, aber das hätte sie ohnehin nicht angenommen. Sie war Mitte dreißig und in der Lage, selbst für ihren Lebensunterhalt aufzukommen. Neben ihrer Besoldung bei der Polizei war sie schließlich die Alleinerbin ihrer Mutter gewesen. Das alte gelbe Holzhäuschen in Sigtuna hatte sie nicht verkaufen können. Ein paar Kartons, die Henry im Februar gepackt hatte, standen noch dort und fingen den Staub auf, ansonsten war das Haus leer. Barbro, die Nachbarin ihrer Mutter, sah ab und zu nach dem Rechten. Henry hatte vor, es sich als Ferienhäuschen einzurichten, aber der Tod ihrer Mutter war noch nicht lange her, und die Wunden waren zu frisch. Es fühlte sich an wie eine durchsichtige Wand, die sie davon abhielt, das Haus zu betreten. Es war ganz gut, dass sie jetzt in Deutschland lebte.

Henry war zufrieden mit der Wohnung im Französischen Viertel. Immerhin konnte sie mit dem Rad zur Arbeit fahren, und ihr seeblauer VW Käfer hatte einen gemütlichen Stellplatz in einer Tiefgarage. In Stockholm hatte sie ihn ständig gebraucht, wenn sie zu ihrer Mutter gefahren war. Hier stand er eigentlich nur herum, und trotzdem konnte sich Henry nicht von ihm trennen. Zu viele Erinnerungen hingen daran.

Henry dachte immer wieder an die Tote am Neckarufer. Mit ihrem Vater konnte sie über die laufende Ermittlung nicht sprechen, auch wenn es ihn als Krimiautor brennend interessiert hätte. Er versuchte beharrlich, Informationen aus ihr herauszukriegen. Vermutlich brauchte er eine Inspiration für den Roman, an dem er gerade arbeitete, aber bislang hatte Henry keinen Fall gehabt, der für den Kriminalroman eines so renommierten Schriftstellers überhaupt interessant gewesen wäre. Als Krimiautor war er zwischenzeitlich ein recht guter Ermittler geworden, und sie hätte seine Hilfe zweifellos gebrauchen können. Jemand, der nicht bei der Polizei arbeitete, hatte oftmals noch ganz andere, objektivere Ideen. Aber sie wollte und musste diesen Fall ohne Hilfe von außen lösen. Wenn sie selbst von sich überzeugt war, würde sie auch Pankow von ihren Fähigkeiten überzeugen können. Stattdessen erzählte sie ihm von Juno, die bei Henrys erstem eigenen Einsatz verletzt worden war. Ihr Vater merkte schnell, dass ihr das Ganze zu schaffen machte.

„Du kannst doch nichts dafür. Solche Dinge passieren halt manchmal."

„Daniel wäre das nicht passiert." Henry baute lustlos mit ihrer Gabel einen Ratatouilleberg auf ihrem Teller.

Jakob lächelte. Kleine Fältchen bildeten sich um seine braunen Augen. „Dein werter Kollege Daniel", er holte Luft, „hat mich in U-Haft gesteckt. Ist das jetzt so viel besser? Er kann bloß froh sein, dass ich das nicht der Presse verraten habe."

„Ja okay." Henry lächelte. „Aber so eine Publicity hast du wirklich nicht nötig."

„Er hat meiner Tochter das Leben gerettet. Da reite ich ihn doch nicht irgendwo rein. Ich wollte dir nur sagen, dass auch deinem erfahrenen Kollegen Daniel Fehler unterlaufen."

Henry schmunzelte. „Ja, das ist wahr. Aber angeschossen wurde noch niemand in einem Einsatz, den er geleitet hat."

„Doch, heute."

„Das war mein Einsatz." Henry pikste eine Auberginenscheibe vom Gipfel des kleinen Berges auf ihrem Teller.

„Ich will dich ungern desillusionieren, aber er ist dein Chef, und er war dabei. Letzten Endes hat er den Einsatz geleitet, auch wenn er dich frei hat walten lassen. Ihr werdet doch außerdem einen Durchsuchungsbeschluss gehabt haben, oder?"

Henry nickte und steckte sich lustlos das Stück Aubergine in den Mund.

„Na siehst du. Dann hast du doch alles richtig gemacht. Und der Hund wird das schon überleben. Hunde sind zäh, glaub mir."

Henry wollte sich gar nicht ausmalen, was mit ihr passieren würde, wenn der Hund es nicht überlebte. Sie presste die Lippen zusammen. Nur mit Mühe konnte sie den Zwang unterdrücken, sofort bei Jonas anzurufen und nach Junos Zustand zu fragen.

Britta Enßle war aufgeregt. Für gewöhnlich fuhr sie mit dem Auto, vor allem, weil ihre Verabredung in einem anderen Stadtteil stattfinden sollte. Sie selbst wohnte außerhalb

Tübingens, in entgegengesetzter Richtung. Busfahren war ihr zuwider, und sie liebte die Unabhängigkeit, die ihr das Auto gab.

Richard hatte sie gebeten, mit dem Bus zu kommen und den Rest zu Fuß zu gehen. Er würde sie an der Bushaltestelle abholen. Entweder war er ein Ökofundamentalist und hatte ein Problem mit Autos, oder er wollte sie nach dem Date selbst nach Hause fahren. Anders konnte sie sich diesen Wunsch nicht erklären. Aus Überzeugung nicht Auto zu fahren war in dieser Stadt nichts Ungewöhnliches.

Sie hatte sich die Busverbindungen schon rausgesucht. Am Bahnhof würde sie umsteigen müssen. Dann aber entschied sie sich kurzfristig doch für das Auto. Sie würde sich nicht von einem Fremden vorschreiben lassen, mit einem überfüllten Bus zu fahren. So würde sie auch länger bleiben können, falls es ihr gefiel, und musste nicht auf den Nachtbus warten. Außerdem war es in ihrem Auto kühler als im Bus.

Im Spiegel überprüfte sie noch einmal ihr Make-up und ihre Frisur, wischte sich einen Rest Eyeliner aus dem Lidrand, zog ihre Sneakers an und verließ die Wohnung.

Es war zwei Uhr nachts, als Henry nach Hause kam. Der Abend war viel zu lang gewesen, dafür, dass sie am nächsten Tag um sieben auf der Arbeit sein musste. Aber es tat ihr gut, zwischendurch mit Jakob zu sprechen. Schließlich hatten sie über drei Jahrzehnte nachzuholen, und sie bereute nicht, zu ihrem Vater gezogen zu sein. Immerhin war Tübingen ihre Geburtsstadt.

Ihre Wohnung war immer noch recht ungemütlich. Obwohl sie schon lange bei Jakob ausgezogen war, lebte sie aus Umzugskartons. Nur die drei Bilder mit dem Wasser, an denen sie so hing, hatte sie an die Wand gehängt. Die Möbel, die sie einst für ihre Altbauwohnung gekauft hatte, wirkten hier wie Fremdkörper, und dennoch gaben sie ihr ein bisschen das Gefühl, einen Teil ihres Zuhauses mitgenommen zu haben.

Henry legte sich auf ihr Bett und knetete sich die Schläfen durch. Hatte sie etwas Wichtiges am Tatort übersehen? Eigentlich konnte sie sich nicht vorstellen, dass Windisch, Ebert und Lorenz einen Menschen umgebracht hatten, aber sie wollte sich nicht anmaßen, ein Urteil darüber zu fällen. Schließlich hatte Windisch sie auch fast erschossen. Die Obduktion morgen würde vielleicht ein bisschen Licht ins Dunkel bringen.

Obwohl sie hundemüde war, konnte sie nicht einschlafen. Zu viele Gedanken wirbelten durch ihren Kopf. Immer wenn der Schlaf die Arme nach ihr ausstreckte, schreckte sie wieder hoch, weil ihr die Bilder von Juno oder der Leiche der jungen Frau am Neckar in den Kopf schossen.

Erst gegen halb vier fielen Henry endlich die Augen zu.

***

Britta war zu spät. Er dagegen saß schon seit einer halben Stunde hier und wartete. Drüben auf dem Radweg war die Hölle los. Spaziergänger mit oder ohne Hund, Radfahrer, Inlineskater. Unter einem Baum sitzend beobachtete er den blauen Golf, der halb in der Wiese und halb auf der Straße parkte. Obwohl sich die Szene einige Hundert Meter von ihm entfernt abspielte, hatte er Britta sofort erkannt. Sie sah fast genauso aus wie auf dem Foto, das sie ihm geschickt hatte. Warum war sie mit dem Auto gekommen? Er hatte ihr aufgetragen, den Bus zu nehmen. Es gab hier direkt eine Bushaltestelle. Seine Beine waren rot vom Gras, in dem er gesessen hatte. Er kratzte sich. Seine Fingernägel hinterließen rote Striemen an den Waden. Er stand auf, machte sich besonders groß und winkte Britta, die ihn direkt sah und rüberkam. Ihre blonden Haare schlangen sich um ihren Hals. Sie waren länger, als er von den Fotos vermutet hätte, sie reichten beinahe bis zum Steiß.

„Wartest du schon lange?" Sie stapfte hochbeinig durch das braune Gras.

Er sah auf die Uhr. „Ich bin gerade erst gekommen."

Persönlich wirkte sie noch sympathischer als in ihren Nachrichten. Es war gut, dass es ein paar Stunden dauern würde, bis die Sonne unterging. So konnte er Britta sogar ein Weilchen genießen, etwas über ihr Leben hören. Obwohl sie wirklich verführerisch aussah, plante er keinen Sex mit ihr. Viel interessanter war das, was sie zu erzählen hatte.

„Toll siehst du aus", sagte er und lächelte.

„Danke, du auch." Britta schaute verlegen zu Boden. Ein leichter Wind ließ ihr blaues Sommerkleid zaghaft ihre langen sportlichen Beine umspielen. „Machen wir eine Wanderung?" Sie deutete auf seinen Rucksack. „Ich kenne das eigentlich so, dass man sich in einer Bar oder einem Café trifft ..."

„Ich habe ein paar Sachen für uns eingepackt. Cafés und Bars sind mir zu laut, und ich will dich schließlich nicht gleich beim ersten Date anschreien müssen." Er lächelte verlegen.

Britta nickte. Ihr ging es genauso. Eigentlich hasste sie diese Dates in lauten Clubs, wo man sich nicht unterhalten konnte, aber irgendwie hatte es in den letzten Jahren dazugehört. Es war ihre erste Verabredung in der Natur.

„Und da wir beide Rucksacktouren mögen", fuhr Richard fort, „habe ich gedacht, wir bewegen uns ein bisschen."

Es war nach acht Uhr, und sie kämpften sich mühsam durch die steinerne Luft, die sich anfühlte, als könne man sie durchschneiden.

Er ließ Britta erzählen. Von ihrem Studium, ihren Eltern, ihrer Reise nach Südamerika. Sie war direkt nach dem Abitur ein Jahr in Chile gewesen, was ihn beeindruckte. Britta hatte als Volunteer in einer sozialen Einrichtung gearbeitet, die sich um Straßenkinder kümmerte. Er selbst hatte für so etwas nie Zeit gehabt.

Sie fragte ihn nach seinem Job, und er berichtete von der Zahnarztpraxis in Stuttgart, in der er seit ein paar Monaten arbeitete.

„Ich muss dir was beichten." Brittas weiße Zähne blitzten zwischen den roten Lippen hervor. Kleine nervöse Flecken bildeten sich auf ihren Wangen. „Ich habe dich im Internet gesucht. Es gibt so viele Verrückte heutzutage und ..."

„Da wirst du mich nicht finden." Richard blieb stehen und sah ihr in die Augen. „Ich halte nichts von Medienpräsenz und sorge dafür, dass man nichts über mich im Internet findet. Kein Facebook, kein Instagram, kein Tik-Tok."

Britta presste die Lippen zusammen. „Ich hatte eher gedacht, dass ich dich namentlich in einer Zahnarztpraxis finde."

Richard kratzte sich am Kopf. „Auch da will ich nicht auftauchen. Lange Geschichte." Er ging weiter. „Aber ich kann dir gerne eine Visitenkarte von mir geben."

Britta schüttelte den Kopf. Sie merkte, dass er die Geschichte nicht erzählen wollte. „Du musst aufpassen wegen der Zecken", sagte sie und deutete auf das hohe Gras.

Im Neckar trieb eine pinkfarbene Luftmatratze mit zwei Kindern darauf. Sie mussten neun oder zehn Jahre alt sein und spielten Pirat. Ihr Vater versuchte gespielt bemüht, das Luftmatratzenschiff zu versenken.

„Willst du mal Kinder haben?", fragte er plötzlich.

Britta fand die Frage für das erste Date nicht nur ein bisschen zu intim, sie kränkte sie, weil sie sie an Philipp erinnerte, der lieber irgendeine andere geschwängert hatte, als mit ihr auch nur über das Thema zu reden.

„Keine Ahnung", sagte sie ausweichend. „Du?"

Sein gebräuntes Gesicht strahlte. „Ja, auf jeden Fall! Aber so was braucht natürlich Zeit. Man setzt nicht mit der erstbesten Frau, die man kennenlernt, ein paar Kinder in die Welt. Bisher war die Richtige auch gar nicht dabei, und mein Studium hätte gar keine Zeit für Kinder gelassen. Am finanziellen Polster arbeite ich jetzt erst. Ich bin ja noch jung."

Weil Britta nicht weiter über das Thema sprechen wollte, lenkte sie davon ab, indem sie unwichtige Details kommentierte, die sie sah: die Enten auf dem Wasser oder die Hitze.

Romeo alias Richard blieb stehen. „Wenn du schon mit dem Auto da bist, schlage ich vor, dass wir in den Wald fahren. Rammert oder Schönbuch, ist mir eigentlich egal. Da ist es jedenfalls ein bisschen kühler als hier."

„Gute Idee", sagte Britta und tupfte mit dem unteren Teil ihres Kleides ihr Gesicht ab. Er versuchte, nicht auf ihre Beine zu schauen, die sie dabei entblößte.

Im Auto schaltete Britta sofort die Klimaanlage an. Wenn Richard ein Ökofreak war, schien er jedenfalls nicht allzu militant zu sein, wenn er selbst den Vorschlag machte, mit dem Auto in den Wald zu fahren.

Der Rammert spuckte gerade die letzten Abendspaziergänger aus. Ein paar vereinzelte Afterwork-Jogger, die die Kühle des Waldes genossen, kamen ihnen entgegen. Britta redete ununterbrochen.

Nachdem sie ein paar Minuten in den Wald hineingegangen waren, sah Britta eine Bank am Wegrand stehen. Sie fuhr sich mit dem Handrücken über die verschwitzte Stirn und schlug vor, eine kurze Pause einzulegen. Richard setzte sich auf die Bank. „Bequemer als jedes Sofa! Bei den Temperaturen fühlt sich ein kleiner Spaziergang schließlich fast schon an wie eine Wanderung, oder?"

„Stimmt." Britta wischte sich wieder die Schweißtropfen von der Stirn.

Die untergehende Sonne blinzelte durch das Blätterdach des kühlen Waldes und streichelte mit feuerroten Strahlen ihr erhitztes Gesicht.

„Und wie es sich für eine richtige Wanderung gehört, habe ich uns auch ein Picknick mitgenommen", sagte er und zog aus seinem Rucksack eine Edelstahldose sowie eine Flasche Rosé, die er in einen Kühlbeutel gepackt hatte. Britta bekam den rosafarbenen Becher, er nahm den blauen.

„Das ist jetzt aber sehr stereotyp." Sie lächelte.

Er zuckte die Schultern, goss Sekt in ihren Becher und reichte ihr eine Erdbeere. „Du kannst auch den blauen haben."

Britta Enßle schüttelte zaghaft den Kopf. Sie schmeckte die Süße von Erdbeeren, sah das saftige Grün der Blätter und atmete die frische Luft der Natur. Es roch nach Moos und Erde.

Sie kniff die Augen zusammen und erkannte am Ende des Waldweges einen jungen sportlichen Mann um die Kurve laufen. Bei jedem Schritt drückten sich seine Wadenmuskeln durch die Haut. Ansonsten schien der Wald mittlerweile menschenleer.

„Prost", sagte Richard und hielt ihr seinen Becher entgegen.

18. Juni, morgens

„Du siehst ja aus wie das blühende Leben." Daniel Faber stellte Henry eine Tasse warmen Kakao und einen Teller mit einer Butterbrezel vor die Nase. „War wohl eine wilde Party gestern bei Papa?"

„Ich konnte nur kaum schlafen." Henry seufzte. „Hatte immer das Bild dieser jungen Frau im Kopf. Das ist einfach furchtbar. Ich mein, die war doch vielleicht nur ein klitzekleines bisschen jünger als ich. Hat schon jemand was bei den Vermisstenanzeigen gefunden?"

„Bisher nicht." Daniel kratzte sich am Kinn. Er erzählte, dass er von Frauke Simon zwar die Handynummer hatte, sie jedoch nicht erreichen konnte. Eine Vermisstenmeldung war bislang nicht eingegangen.

Henry setzte eine nachdenkliche Miene auf. „Das kann doch gar nicht sein, dass niemand diese junge Frau vermisst."

Daniel atmete tief ein und aus.

„Vom Alter her könnte es eine Studentin sein. Da wohnen die Eltern oft weit weg und hören nur ab und zu was von ihren Kindern. Und wenn jemand mal nicht in einer Vorlesung erscheint, merkt das keine Sau. Bei Studenten fällt das doch nur auf, wenn sie in einer WG leben oder verabredet waren. Bei jemandem, der alleine wohnt, kann das dauern."

Henry nahm einen Schluck Kakao. Heute schmeckte er ihr nicht. „Das kann sein. Trotzdem schrecklich, dass niemand sie vermisst. Was habt ihr sonst noch rausgefunden?"

Bevor Faber antworten konnte, betrat Pankow in Begleitung eines Mannes den Raum. Henry musterte den Fremden von oben bis unten. Er war vielleicht vierzig Jahre alt, hatte einen dunkleren Teint, langes schwarzes Haar und einen Bart wie Che Guevara. Er war groß, und durch das enge weiße T-Shirt konnte man sehen, dass er durchtrainiert war.

Während Henry noch überlegte, welchem Fall er zuzuordnen war, stand Faber schon auf und umarmte den Mann. „Schön, dich zu sehen, Schätzle."

Der Fremde deutete eine Verbeugung an. „Ganz meinerseits, Hase."

Henry stellte schnell ihre Tasse ab und sah verwirrt von Faber zu Che Guevara und wieder zurück.

„Frau Winter", mischte sich jetzt Pankow ein, bevor Henrys Kopf allerlei Konstellationen zwischen Faber und dem Fremden zusammennähen konnte. „Das ist Joachim Schätzle, Kriminalhauptkommissar aus Esslingen. Kriminalpolizeiinspektion eins."

Henry stand auf und streckte ihre Hand aus. Als könne sie sich nicht selbst vorstellen, sagte Pankow: „Kriminalkommissarin Henrietta Winter." Es kam ihr vor, als wenn er ihren Dienstgrad betonte.

„Winter wie Sommer", ergänzte Henry mit heiserer Stimme, obwohl es eigentlich überflüssig war. Sie brachte den Vergleich normalerweise nur am Telefon, wenn sie nicht sicher war, ob ihr Gegenüber sie richtig verstanden hatte.

„Nenn mich Jim", sagte jetzt Che Guevara. „Wäre mir neu, dass wir uns bei der Polizei siezen. Wir sind schließlich nicht bei Derrick hier."

Henry biss sich auf die Unterlippe und spürte, wie ihre Wangen heiß wurden. Sie wollte nicht nachfragen, wer oder was Derrick ist. Die Anwesenheit von Pankow raubte ihr immer sämtliches Selbstbewusstsein. Sie setzte sich wieder.

„Duzen kann sie." Faber verschränkte die Arme und grinste. „Da, wo sie herkommt, benutzen alle das IKEA-Du."

Jim Schätzle. Ein Kriminalhauptkommissar, der eher aussah, als spiele er in einer Coverband der Héroes del Silencio. Henry scannte ihren Kollegen von oben bis unten ab. Er trug einen Gürtel von Gucci. Das wurde ja immer besser.

„Winter." Pankow sah sie an wie ein strenger Vater. „Sie gehen morgen zum Schießtraining."

Verständnislos schüttelte sie den Kopf. „Wieso denn das?"

„Weil ich es Ihnen sage. Und Sie halten sich strikt an die Anordnungen des Kollegen Schätzle. Er ist der Chef. Nicht Sie und nicht Sie, Faber."

Daniel Faber hob die Hand und wollte Pankow widersprechen, der ließ ihn aber nicht zu Wort kommen und fügte hinzu: „Seien Sie froh, dass Sie überhaupt bei diesem Fall mitwirken dürfen."

Tatsächlich hatte sich Henry schon gewundert, warum er sie nicht postwendend an den Kopierer gebunden hatte, nach allem, was passiert war. Zumindest von den zwei aktuellen Fällen hätte er sie abziehen können.

Joachim Schätzle sah verlegen auf den Boden. Pankows Auftritt schien ihm selbst unangenehm zu sein.

„Aber ich war doch erst vor vier Wochen beim letzten Schießtraining?"

Ohne zu antworten, verließ Pankow den Raum.

„Idiot", flüsterte sie. Dann sah sie mit großen Augen zu Schätzle. Sie war sich nicht sicher, ob er es nicht gehört hatte oder ob er es aus Höflichkeit nicht kommentierte.

„Er wollte mich gar nicht hier haben, glaub ich." Joachim Schätzle sah zu Daniel Faber. „Seltsam, oder? Sonst war er doch immer froh, wenn ich euch unterstützt habe. Und hast du gehört, dass ich jetzt dein Chef bin?"

„Das wäre mir neu", brummte Faber. „Vielleicht sollten wir dem Herrn Kriminaloberrat mal unser Organigramm zeigen, damit er weiß, wer hier wessen Chef ist." Er zuckte mit den Schultern.

„Sehr witzig, Schätzle und Hase", sagte Henry schnell und verzog die Lippen. „Ich dachte, ich könnte wenigstens auf dich zählen, Daniel. Stattdessen führst du mich so vor." Sie versuchte, ein Grinsen zu unterdrücken.

„Mach dir nichts draus." Faber zwinkerte. „Machen wir immer so." Offensichtlich hatte er ihre Gedanken gelesen, denn er fügte hinzu: „Derrick war übrigens eine deutsche Krimiserie."

Beschämt sah sie zu Joachim Schätzle. „Wissen Sie ... Weißt du, ich bin nicht in Deutschland aufgewachsen und ..."

„Ja, weiß ich längst", sagte er. Er schüttelte sein Haar in den Nacken und band es mit einem Haargummi zu einem Zopf zusammen. Ein einzelnes, langes schwarzes Haar landete auf dem Linoleumboden. „Schwedin bist du, richtig? Ich informiere mich gerne über die Menschen, mit denen ich zusammenarbeiten muss. Oder in diesem Fall darf." Er zwinkerte ihr freundschaftlich zu.

„Also das ist eine längere Geschichte", sagte sie. „Gebürtige Tübingerin, aufgewachsen in Schweden, studiert in Hamburg und jetzt bei der baden-württembergischen Polizei."

Jim nickte anerkennend. „Ich sagte doch, dass ich mich bereits informiert habe." Er deutete mit dem Kopf nach oben, wo Pankows Büro war. „Und was hat der da oben für ein Problem?"

Jetzt mischte sich Daniel ein. „Das weiß keiner so genau. Henry schießt prima." Dann wandte er sich an seine Kollegin. „Daher ist es eigentlich auch völlig egal, wie oft er dich zum Schießtraining schickt. Du triffst eh immer." Er drehte sich erneut zu Schätzle. „Glauben die da oben eigentlich wieder, wir schaffen das nicht ohne dich, oder bist du fürs Stocherkahnrennen angemeldet und brauchst eine Gratis-Unterkunft?"

„Ach, du weißt doch, wie sie sind." Ungefragt ging Jim Schätzle zur Kaffeemaschine und ließ sich eine Tasse raus. Es schien nicht das erste Mal zu sein, dass er hier war. Er nahm die Milch, die für Henrys Kakao bestimmt im Kühlschrank stand, und leerte sie bis zum Rand in die Tasse. Henry fürchtete, die vier Zuckerstücke, die er danach hineinwarf, würden das Getränk zum Überlaufen bringen, aber Jim Schätzle schlürfte rechtzeitig, wenn auch geräuschvoller, als ihr lieb gewesen wäre, den überschüssigen Milchkaffee von der Oberfläche.

Er setzte sich auf den Stuhl gegenüber von Henrys Schreibtisch, auf dem normalerweise Zeugen oder Geschädigte saßen, weshalb eine Packung Taschentücher parat lag. „Stocherkahn fahre ich nicht mehr."

Daniel Faber lächelte. „Warum? Bist du jetzt Vegetarier?" Dann wandte er sich an Henry: „Unser Jim hier wollte unbedingt einmal beim berühmten Tübinger Stocherkahnrennen mitmachen. Dazu hat er eine Truppe zusammengestellt, die schon vor dem Rennen so betrunken war, dass sie kaum in den Kahn einsteigen konnte." Faber lachte. „Das war wohl irgendeine zusammengewürfelte Gruppe aus einem Kleintierzüchterverein am Rande der Alb."

Jim Schätzle stellte seine Kaffeetasse ab und sah Daniel ernst an. „Das waren Kollegen aus der Abteilung Organisierte Kriminalität." Er schüttelte den Kopf. „So schlimm war's jetzt auch nicht."

Aber Daniel hörte nicht auf. „Egal. Jedenfalls waren sie das Schlusslicht. Und die Letzten müssen nun mal, so sagen es die Regeln, Lebertran trinken." Er schlug mit der flachen Hand auf den Tisch und lachte. „Das findet übermorgen statt. Das musst du als Neu-Tübingerin unbedingt einmal gesehen haben. Schade nur, dass unser Kollege dieses Jahr nicht dabei ist."

Henry schmunzelte. „Und du? Hast du da auch mitgemacht?"

Joachim Schätzle schüttelte den Kopf. Sein langer schwarzer Zopf wehte leicht hin und her. „Blödsinn.

Unser Kommissar Faber hier kann nur große Reden schwingen. Faul am Rand ist er rumgesessen, hat Radler getrunken und uns nicht einmal angefeuert. Außerdem wussten wir schon vorher, dass wir verlieren werden. Just saying."

Daniel drückte seinen Rücken durch, der mit einem leisen Knacken antwortete. „Also, so kann man das jetzt auch nicht sagen, denn ..."

Aber Schätzle unterbrach ihn. „Ich habe schon viel von dir gehört, Henrietta Winter." Er deutete mit dem Kopf auf Daniel. „Du machst gute Arbeit. Das wird Pankow auch noch merken. Und wegen der Anordnungen ..."

„Ja ja", sagte Henry, die jetzt aufrecht in ihrem Stuhl saß wie eine Schülerin, wenn der Schulfotograf kam. „Ich weiß. Ich halte mich daran."

Che Guevara lächelte. „Ich wollte vielmehr sagen, dass meine Anordnung lautet: Entscheide nach eigenem Ermessen. Nach dem, was ich von Daniel über dich gehört habe, vertraue ich dir."

Henry saß mit offenem Mund da. Sie hatte eher damit gerechnet, dass Klaus Pankow sie bei ihm bereits in Misskredit gebracht hatte.

„Die funktioniert gleich wieder", sagte Faber zu Schätzle und ließ sich ebenfalls einen Kaffee aus der Maschine.

Henry musste zugeben, dass der erste Eindruck des Kollegen aus Esslingen sie getäuscht hatte. Vielleicht hatte Pankow ihn wirklich als Sittenwächter geschickt. Aber dann schien sein Plan zumindest nicht aufzugehen.

„Du kannst froh sein, dass er da ist." Faber setzte sich wieder an seinen Schreibtisch. „Pankow wollte dich ganz

abziehen. Jim und ich haben ein gutes Wort für dich eingelegt."

„Das ist nett von euch." Henry klang eintönig. „Aber
das ist nicht nötig. Der wird schon noch sehen, was ich
kann."

„Klar wird er das. Außerdem ist die Wahrscheinlichkeit, dass das Ganze zu deinem Fall gehört, recht hoch.
So oft kommt es nun auch nicht vor, dass in Tübingen
irgendwelche Mordopfer rumliegen. Und dann wird die
Tote ausgerechnet von einem Kollegen unweit des Hauses
gefunden, in dem wir gerade zwei Drogendealer festgesetzt haben, von denen einer auch noch wegen versuchten
Mordes drankommen könnte." Er nahm einen Schluck
Kaffee. „Aber zur Sache: Frauke Simon erreichen wir
nicht. Es gibt keine Vermisstenmeldung, die auf die Tote
passt. Von Ebert fehlt immer noch jede Spur. Dann würde
ich sagen, wir vernehmen jetzt mal Windisch und Lorenz,
die schon mit ihren Anwälten warten, und gehen danach
in die Gerichtsmedizin. Der Termin bei Kaltenbach ist
um zwölf Uhr. Abschließend könnten wir noch mal versuchen, Frauke Simon zu Hause anzutreffen ..."

„Oder bei ihr auf der Arbeit", sagte Henry.

„Wisst ihr denn, wo sie arbeitet?", fragte Jim.

Faber runzelte die Stirn. „Nein, bislang no..."

„Ich schon." Henry zuckte mit den Schultern. „Ich habe
sie nämlich auf Facebook gefunden. Sie studiert zwar, aber
hat wohl einen Nebenjob im Zuckerbäcker."

Sie musste unbedingt Christian davon erzählen, dass
es in Tübingen eine Konditorei mit dem Namen Zuckerbäcker gab. Wie im Österreichischen üblich, hatte er das

Wort immer dann benutzt, wenn es ihn nach Mehlspeisen, wie er es bezeichnete, gelüstet hatte.

Faber drehte sich zu Schätzle. „Ich sagte dir doch, dass sie zu gebrauchen ist."

„Daran hatte ich keine Zweifel." Schätzle lächelte verschmitzt.

„Und das Kennzeichen", fuhr Faber fort, „das dieser Vogel notiert hat, stimmt nicht."

„Was für ein Vogel?", fragte Jim.

„Heinrich Vogel. Ein ganz gerissener Hobbydetektiv. Wir haben jetzt zwei rote Corsas gefunden, die ein ähnliches Kennzeichen haben. Da braucht der aufmerksame Nachbar wohl ein neues Fernglas. Das eine Auto gehört einem Dennis Beiler, das andere einem Markus Haller. Denen könnten wir auch noch einen Besuch abstatten."

„Na, sieh mal an." Jim hob die Augenbrauen. „Aber glaubt ihr wirklich, jemand ist so blöd und bringt eine Leiche mit einem feuerroten Corsa an eine Stelle, wo man ihn sehen kann? Das wäre doch etwas arg dumm, oder?"

„Vielleicht musste er sie schnell loswerden", sagte Faber.

„Oder er hat eine persönliche Beziehung zu der Stelle", meinte Henry.

Faber nickte. „Eventuell hat er sie gar nicht mit dem Auto hingebracht, sondern dort getötet und direkt vergraben. Ich will auch noch mal anmerken, dass dieser Vogel gesagt hat, das Auto sei", er änderte seine Stimmlage, um den Zeugen nachzuahmen, „von ganz da hinten nach ganz da drüben gefahren."

„Ja ja, schon gut." Jim kniff die Augen zusammen. „Ich merke schon: Ihr braucht mich eigentlich gar nicht. Wie geht es denn eurem Diensthund?"

Henry zog die Schultern hoch, als wolle sie sich verstecken. Faber bemerkte ihre aufkommenden Schuldgefühle, und noch bevor sie antworten konnte, sagte er: „Das Tier wird es schaffen. Ich habe vorhin schon mit Wenger telefoniert."

Henrys Gesichtszüge lockerten sich. „Das Tier heißt Juno. Aber das ist wirklich eine gute Nachricht."

„Na ja", druckste Faber herum. „Es gibt auch eine schlechte."

Henry setzte sich wieder aufrecht in ihren Stuhl.

„Vermutlich wird sie nicht mehr als Diensthund arbeiten können."

Jim Schätzle schüttelte den Kopf. „Das ist nicht gut."

„Was passiert dann mit ihr?" Henrys Wangen färbten sich rot.

„Keine Ahnung. Das musst du Jonas fragen."

Jim unterbrach die Unterhaltung. „Sollen wir jetzt in die Vernehmung?"

Daniel und Henry nickten.

✶✶✶

Peter Windisch und Uwe Lorenz wurden einzeln vernommen. Henry und Jim knöpften sich Lorenz vor, Faber sollte sich um Windisch kümmern.

Schätzle belehrte den Beschuldigten über seine Rechte, Henry begann mit der Vernehmung.

„Herr Lorenz, bei dieser Vernehmung geht es ausschließlich um den Drogenfund in Ihrer Wohnung. Die Aspekte des Schusswechsels werden wir dann erörtern, wenn alle kriminaltechnischen Untersuchungen abgeschlossen sein werden." Wenn es darauf ankam, konnte Henry sehr professionell wirken. Sie setzte alles daran, ernst genommen zu werden. „Aber ich kann Ihnen jetzt schon sagen, dass es für Ihren Freund Peter nicht gut aussieht. Es wird vermutlich auf einen Mordversuch hinauslaufen, da ich im Brustbereich getroffen wurde und nur dank meiner Schutzweste unverletzt blieb." Der Schock saß Henry immer noch in den Gliedern. Sie spürte die Verletzung an der Wange und berührte mit der Hand beiläufig das Pflaster. „Nicht schwer verletzt jedenfalls. Und dass ein Polizeihund lebensgefährlich verletzt wurde, macht die Sache nicht unbedingt einfacher für Sie. Aber dazu kommen wir wie gesagt ein anderes Mal und werden uns dann die Frage stellen, welche Rolle Sie bei der ganzen Sache gespielt haben."

Der Anwalt von Lorenz schwieg und schaute überrascht. Wusste er womöglich gar nichts von dem Schusswechsel? Akteneinsicht hatte er noch nicht verlangt, und vielleicht hatte sein Mandant nichts davon gesagt? Geschossen hatte schließlich Windisch.

„Mein Mandant erklärt sich für nicht schuldig ...", sagte der Anwalt reflexartig, aber Henry unterbrach ihn: „Das ist logisch. Ich kann Sie jedoch beruhigen: Bei uns gilt ohnehin die Unschuldsvermutung."

Henry musste sich zwingen, nicht den Kopf zu schütteln. Was war das für ein Stümper? „Kommen wir also zum Wesentlichen. Wir haben in Ihrer Wohnung zwei Kilogramm Kokain und ein Kilogramm Marihuana gefunden. Auf zwei Päckchen befanden sich Ihre Fingerabdrücke. Möchten Sie sich dazu ...?"

„Zunächst einmal", wurde Henry von Lorenz' Anwalt, der sich anscheinend wieder auf sicherem Terrain fühlte, lautstark unterbrochen, „möchte ich von Ihnen wissen, mit welcher Berechtigung Sie ohne Durchsuchungsbeschluss die Wohnung meines Mandanten durchsucht haben."

Herr Doktor Zimmer war eine unangenehme, überhebliche Anwaltserscheinung. Maßanzug, Maßschuhe, eine Aktentasche aus feinstem Leder, ein Mann, der glaubte, schon alleine durch seine Anwesenheit zu gewinnen, und für den Polizisten offenbar ohnehin nur unwürdige und störende kleine Beamte waren.

„Herr Doktor Zimmer", Henrys Stimme klang zögerlicher, als sie es beabsichtigt hatte. „Es gab Hinweise darauf, dass Ihr Mandant und seine beiden Freunde in einen größeren Coup verwickelt waren und ..."

„Welche Hinweise?" Der Anwalt fiel Henry rücksichtslos ins Wort und sah feindselig über die Ränder seiner Brille, die so dicke Gläser hatte, dass seine Augen grotesk verzogen aussahen.

Jim Schätzle, der die ganze Zeit entspannt in seinem Stuhl gesessen hatte, beugte sich jetzt nach vorn und holte Luft. Henry wehrte mit einer beschwichtigenden Handbewegung ab. Mit Zimmer wollte sie allein fertigwerden, sie war in der letzten Zeit schon in genug Fettnäpfchen getreten und jetzt betrat sie bekanntes Terrain. Sie mochte jahrelang nicht als Polizistin gearbeitet haben, aber mit Recht und Gesetz kannte sie sich aus. Von Christian hatte sie außerdem gelernt, wie man mit solchen Lackaffen wie diesem Zimmer umging. Auf dem Parkett des deutschen Rechtssystems tanzte sie leichtfüßig. „Ich bekam den Tipp eines anonymen Informanten, dass Herr Lorenz, Herr Windisch und Herr Ebert eine größere Lieferung Kokain erhalten haben."

„Ein Tipp, klar. Ich habe einen Tipp ganz speziell für Sie, Frau ...", er zögerte, so, als ob er ihren Namen vergessen hätte, „... Winter, richtig?"

Henry sagte nichts, weil sie wusste, dass das nur ein Machtspielchen war, und so fuhr er fort: „Das sagen alle Polizisten. Ich kenne Ihre Methoden, ich bin nicht erst seit heute Anwalt und habe schon vieles erlebt. Dann nennen Sie mir doch mal den Namen Ihres Informanten." Das letzte Wort betonte er gezielt ironisch.

Mit diesem direkten Angriff hatte Henry nicht gerechnet, sie musste sich zurückhalten, um ihren Zorn nicht zu zeigen. Sie spürte, wie ihre Wangen rotfleckig wurden. Aber je mehr sie sich zur Ruhe zwang, desto klarer sah sie Doktor Zimmers Schwächen. Seine Eitelkeit war sein Problem. Sie leckte Blut, sah ihn lange an und versuchte, mit ihrem Blick zu suggerieren, dass sie eingeschüchtert war.

„Das werde ich selbstverständlich nicht tun", sagte sie mit unsicherer Stimme und blickte scheinbar hilfesuchend zu Schätzle. Der aber hatte ihre Beschwichtigung ernst genommen und mischte sich weiterhin nicht ein.

„Das werden wir sehen", bellte der Anwalt nun laut. „Ich vermute mal, dass Sie Vertrauensleute nach Paragraf 9b, Bundesverfassungsschutzgesetz, einsetzen, aber Sie wissen wahrscheinlich nicht, dass das nicht für die normale Polizeiarbeit, sondern nur für das Bundesamt für Verfassungsschutz gilt. Ihnen ist klar, was das bedeutet, wenn Sie sich nicht ans Gesetz halten? Ein Disziplinarverfahren wäre noch das geringste Übel, aber ich kann auch dafür sorgen, dass Sie Ihren Job verlieren. Ich bin nicht neu in diesem Beruf." Seine Augen leuchteten triumphierend, er kostete seinen vermeintlichen Sieg aus. Das war es, wofür ihn seine Klienten bezahlten. Er setzte den Behörden Grenzen, schüchterte Beamte mit kühnen Unterstellungen ein.

Henry hatte ihn ganz gut eingeschätzt. Gab man ihm das Gefühl, überlegen zu sein, legte er erst richtig los. Offenbar hatte er aber noch eine andere Schwäche: Er informierte sich zu wenig über seine Widersacher und deren Vergangenheit. Henry fühlte sich in ihrer Vermutung, Zimmer habe keine Ahnung, dass sie Juristin war, bestätigt. Dass er diesen Trick bei einer Polizistin versuchte, war schon mutig, aber gegenüber einer Juristin war es einfach nur dumm.

Henry unterbrach die aufkommende Stille mit freundlicher und ruhiger Stimme. „Herr Doktor Zimmer. Dass Sie nicht neu in Ihrem Beruf sind, sagten Sie bereits. Umso betroffener bin ich von Ihren Ausführungen. Sie sind in der Stadt als erfolgreicher und sehr angesehener Anwalt tätig. Das ganze Polizeirevier schätzt Ihre Arbeit, und Sie haben in dankenswerter Weise auch schon zur Aufklärung von Kriminalfällen beigetragen. Von Ihnen wird in höchsten Tönen im Kommissariat gesprochen." Sie erinnerte sich daran, wie Daniel sie vor diesem ‚Winkeladvokaten‘, wie er ihn nannte, gewarnt hatte, und musste innerlich schmunzeln. Jim, der neben ihr saß, hatte Daniels verbale Hinrichtung ebenfalls gehört.

„Auch wenn Sie mich persönlich noch nicht kennen", fuhr sie fort, „wissen Sie, dass Herr Faber, mein direkter Vorgesetzter, ein erfahrener und unparteiischer Polizist ist. Daher unterliege ich mit dem, was ich gerade fühle, ganz bestimmt einem bedauerlichen Missverständnis. Das ist gewiss auf meine Unerfahrenheit zurückzuführen." Sie richtete sich auf und fixierte mit festem Blick den sich immer noch geschmeichelt fühlenden Anwalt. Dann wurde ihre vormals verunsicherte Stimme plötzlich so klar, dass nicht einmal ein Doktor Zimmer sie jetzt unterbrechen können würde. „Eigentlich unterstellen Sie uns, dass wir uns bewusst rechtswidrig verhalten. Ich bin ein wenig verwundert über ein solches Urteil aus Ihrem Mund. Sie kennen doch das Strafrecht. Üble Nachrede ist kein Kavaliersdelikt. Das haben Sie allen Ernstes so gemeint? Und im Übrigen sind wir keine Idioten ... Glauben Sie wirklich, wir haben nichts in der Hand, wenn wir solche Aktionen setzen, und riskieren wegen ein paar Kleinganoven unsere Karriere?"

Henry sah, dass Jim sich die Hand vor den Mund hielt, damit man sein Grinsen nicht sah. Sie nahm einen Schluck Wasser. Von den Anwesenden unbemerkt wischte sie ihre feuchten Handflächen an den Hosenbeinen ab.

Doktor Zimmer rückte seine Brille zurecht. „Aber ich habe niemals ..."

„Doch, doch, Herr Zimmer", sie ließ jetzt bewusst den akademischen Grad weg, „das haben Sie, und wir alle haben es gehört." Mit einer ausladenden Handbewegung zeigte sie auf die Anwesenden. Uwe Lorenz wurde auf seinem Stuhl immer kleiner. Vermutlich hatte er sich von dem Gespräch im Beisein eines Anwalts mehr erhofft. „Und noch etwas sollten Sie eigentlich wissen: Sie spielen auf die Diskussion über den Einsatz von Vertrauenspersonen in der Polizeiarbeit an. Ja, manche stellen deren Zulässigkeit infrage. Aber Sie kennen doch zweifellos die Rechtsprechung des Bundesgerichtshofs, in welcher der diese Ermittlungsmethode auf der Basis der Strafprozessordnung als Zeugenbeweis zulässt. Und Sie kennen natürlich auch Paragraf 49 des Polizeigesetzes Baden-Württemberg, in welchem die Informationsbeschaffung durch V-Leute geregelt ist. Oder entging das womöglich Ihrer Aufmerksamkeit, wo Sie doch sonst so kompetent sind? Was sollen denn Ihre Mandanten, die viel Geld zahlen, bei solchen Wissenslücken von Ihnen halten?" Sie sah fragend zu Uwe Lorenz, der die Hände vor sein Gesicht gelegt hatte.

Doktor Zimmer schnappte nach Luft, aber Henry gab ihm keine Gelegenheit, zu Wort zu kommen. Mit Genugtuung ließ sie jetzt die Juristin raushängen. „Versuchen Sie also bitte gar nicht erst, mich juristisch zu belehren. Zum einen haben auch Polizisten eine juristische Ausbildung, und zum anderen scheinen Sie nicht zu wissen, wen Sie vor sich haben."

Doktor Zimmer zupfte an seiner Krawatte herum.

„Ich bin keine Praktikantin, die vor dem Zweiten Staatsexamen steht, und habe mich während meiner Arbeit in einer Hamburger Kanzlei intensiv mit dem Strafrecht befasst. Auch ich bin nicht neu in diesem Job. Also glauben Sie mir: Es hat alles seine Ordnung. Können wir dann bitte weitermachen?"

Der Anwalt wirkte jetzt wie ein Häufchen Elend. Henry sah zu Jim, der fast platzte. Sie zuckte mit den Augenbrauen und deutete ein kurzes Lächeln an.

Bei ihrer Arbeit in der NGO hatte sie gelernt, sich von Juristen nicht verunsichern zu lassen. Christian hatte ihr die hohe Kunst der Dialektik, des Streitgesprächs, beigebracht. Er hatte sie sogar überredet, Arthur Schopenhauer zu lesen. Eine Tortur, aber dessen Kunstgriffe waren hilfreich in solchen Situationen, und sie fühlte sich in dem, was sie tat, sehr sicher. Christian wäre stolz auf sie gewesen.

Zimmer war schachmatt und versuchte, seine Fassung wiederzuerlangen. „Gut. Ähm ... ja ... Dann haben Sie jetzt sicher einen richterlichen Beschluss?"

Henry, die auf diese Frage nur gewartet hatte, zog ein Blatt Papier aus der Mappe, die vor ihr auf dem Tisch lag, und schob es dem Anwalt hin. „Kann ich jetzt endlich meine Befragung fortsetzen, oder fällt Ihnen noch einer Ihrer unausgereiften juristischen Winkelzüge ein?"

Der Anwalt nickte und wedelte verärgert mit der Hand. Henry hatte das Gefühl, dass der Konflikt noch nicht vorbei war, das war fast zu einfach gewesen. Sie holte einmal tief Luft und blieb vorsichtshalber in Angriffsstellung. „Herr Lorenz, noch mal." Henry sah ihm in die Augen. „Wir haben in Ihrer Wohnung zwei Kilogramm Kokain und ein Kilogramm Marihuana gefunden. Auf zwei Päckchen befanden sich Ihre Fingerabdrücke." Erst jetzt stellte sie fest, dass ihre Hände zitterten. Sie legte sie auf ihrem Schoß unter dem Tisch ab.

Uwe Lorenz rutschte auf seinem Stuhl hin und her. Seine kurzen blonden Locken wirkten so durcheinander wie sein Gesichtsausdruck. „Was soll ich dazu sagen? Sie haben doch meine Fingerabdrücke darauf gefunden."

„Sie geben also zu, dass es sich hierbei um Betäubungsmittel handelt, die Sie selbst bezogen haben?"

Lorenz beugte sich nach vorne. „Genau genommen hat Peter sie besorgt. Ich habe sie mir nur angesehen in der Wohnung. Sven hat das Zeug dann in der Küche verstaut."

„Ja ja, so seid ihr Gauner. Immer war's jemand anderes. Ihr seid doch alle gleich." Sie schüttelte den Kopf.

Doktor Zimmer sah Henry wegen dieses unerwarteten Wechsels des Sprachduktus irritiert an. Jim hatte sich mittlerweile in seinem Stuhl zurückgelehnt, die Beine überkreuzt und schien die Show zu genießen.

„Wissen Sie", fuhr Henry fort, „wo Herr Windisch die Drogen gekauft hat?"

„Nein. Er hat sie plötzlich mit nach Hause gebracht. Ich weiß es nicht. Ich hab damit wirklich nichts zu tun." Er hob unschuldig die Hände.

„Was hatten Sie mit den Drogen vor?"

„Gar nichts." Er legte seine Hand auf den Brustkorb. „Peter wollte sie vermutlich verticken. Aber ich hab keine Ahnung."

„Ach, Herr Lorenz. Jetzt mal unter uns Pastorentöchtern. Sie wurden als Jugendlicher nach Paragraf 29a Betäubungsmittelgesetz verurteilt, weil Sie Marihuana an

Minderjährige verkauft haben." Sie warf dem Anwalt einen Blick zu. „Und jetzt erzählen Sie mir, Sie hätten damit nichts am Hut?" Eine Haarsträhne hing Henry ins Auge. Sie entfernte sie nicht.

„Fragen Sie Peter Windisch. Ich werde dazu nichts mehr sagen."

„Okay." Henry lehnte sich in ihrem Stuhl zurück. Jim Schätzle nickte ihr zu.

„Müssen Sie auch nicht", sagte Doktor Zimmer.

Henry blätterte in der Akte, die vor ihr auf dem Tisch lag, und zog ein Foto der Leiche heraus, die man am Vortag gefunden hatte. „Vielleicht möchten Sie hierzu noch etwas sagen?"

Uwe Lorenz schnalzte auf seinem Stuhl hoch wie eine Sprungfeder. „Was zur Hölle? Ist die tot?" Er sah seinen Anwalt an. Der jedoch schien genauso überrascht wie sein Mandant.

„Wir haben die Tote unweit Ihres Hauses gefunden."

Der Beschuldigte setzte sich wieder und grub beide Hände in die Haare. „Ernsthaft jetzt. Ich hab keine Ahnung, was das für eine Scheiße ist. Damit hab ich nichts zu tun. Schwör ich."

„Ich bin keine Richterin, Sie müssen vor mir nichts schwören. Ich interessiere mich nur für die Wahrheit."

Doktor Zimmer erhob die Hand. „Frau Winter, Sie haben die Frau ja sicher schon in der Gerichtsmedizin untersuchen lassen. Woran ist sie denn gestorben? Wer hat ihren Tod festgestellt?"

Henry unterdrückte ein Husten. Sie hatte mit blöden Fragen des Anwalts gerechnet. „Die Todesursache ist uns bekannt, wir werden sie jedoch beim derzeitigen Stand der Ermittlungen für uns behalten. Sie sind ja Jurist und verstehen das sicherlich. Den Tod hat Herr Professor Kaltenbach festgestellt. Aber mal unter uns: Wenn das Herz nicht mehr schlägt und das Gehirn nicht funktioniert, sind Menschen nun mal tot."

Der Anwalt lachte gespielt laut. „Und wer versichert mir, dass die junge Frau nicht noch am Leben war?"

Jetzt beugte sich Jim Schätzle vor und sagte monoton: „Herr Doktor Zimmer, es gibt vielleicht schon Menschen, die ohne Herz und ohne Hirn weiterleben, aber die arbeiten dann in der Regel als Anwalt."

Zimmer schnappte nach Luft. Henry biss sich auf die Unterlippe.

Uwe Lorenz schien nicht zugehört zu haben und unterbrach die aufkommende Stille. „Frau Winter, ich hab diese Frau noch nie gesehen." Seine Stimme zitterte. „Ich glaub auch nicht, dass Peter oder Sven was damit zu tun haben."

„Sven ist ein gutes Stichwort. Ihr Freund, Sven Ebert, ist immer noch nicht zu Hause aufgetaucht. Was wissen Sie über dessen Verbleib?"

„Er ist gestern morgen irgendwohin gegangen. Wollte zu irgendeiner Frau. Seither haben wir nichts mehr gehört. Sie haben doch mein Handy. Hat er sich gemeldet?"

Henry sah zu Jim rüber. Der schüttelte vorsichtig den Kopf.

„Hat er nicht", sagte sie. „Aber Sie haben ihn auch gewarnt. Zumindest das konnten wir Ihrem Handy entnehmen. Und mit der Warnung haben Sie sich natürlich ziemlich verdächtig gemacht, das verstehen Sie, oder?"

Er nickte vorsichtig.

„Warum sollten Sie ihn warnen, wenn Sie nichts zu verbergen haben? Finden Sie das nicht merkwürdig? Wovor wollten Sie ihn denn warnen?"

Lorenz hatte offenbar das Gefühl, er müsse sich nicht vor der Kommissarin, sondern vor seinem Anwalt rechtfertigen, und so wandte er sich an Zimmer. „Sie wissen doch, wie die Bullen sind."

Nach einer kurzen Pause sah er wieder Henry an. „Ihr schiebt uns schnell irgendwas in die Schuhe. Wäre nicht das erste Mal. Da ist es besser, erst gar keinen Kontakt zu euch zu haben. Aber wenn Sie so eine Sehnsucht nach ihm haben, dann orten Sie ihn doch einfach, Frau Kommissarin."

„Könnten wir tun. Wenn denn sein Mobiltelefon eingeschaltet wäre. Ist es aber nicht. Ganz doof ist Ihr Freund Sven nun auch nicht, wie Sie selbst sicherlich wissen."

Uwe Lorenz saß kopfschüttelnd auf seinem Stuhl und sah immer wieder auf das Foto, das vor ihm lag.

Nach einer halben Stunde blockierte Doktor Zimmer jede weitere Frage und teilte mit, dass er und sein Kollege dafür sorgen würden, dass ihre Mandanten nicht in U-Haft bleiben müssen. Es bestünde weder Flucht- noch Verdunkelungsgefahr, und da das Rauschgift beschlagnahmt worden war, auch keine neuerliche Tatbegehungsgefahr. Henry sah das anders, aber sie wollte nicht schon wieder mit Doktor Zimmer diskutieren. Das war Sache des Richters.

„Das war gute Arbeit, Frau Kommissarin", sagte Jim, als sie wieder im Büro waren. „Ich hätte es nicht besser machen können. Dieser Zimmer hat es verdient, dass ihn mal jemand so richtig in die Schranken weist. Grandios!"

„Deinen Seitenhieb gegen Juristen nehme ich persönlich." Henry grinste. Im Geiste trug sie immer noch einen Talar und genoss ihren Erfolg. „Der Lorenz lügt."

„Davon gehe ich auch aus, aber es könnte doch trotzdem sein, dass Windisch hinter allem steckt und die anderen beiden da so reingerutscht sind."

„Er hat immer wieder seine Hand auf den Brustkorb gelegt. Klassisches Anzeichen einer Lüge."

„Ist das so?"

„Na, beobachte doch mal die Politiker im Fernsehen." Sie lachte.

Gleichzeitig kam Faber herein. „Aus Windisch ist nicht viel rauszukriegen. Und sein Anwalt hat mich ständig mit Paragrafen bombardiert. Der ist übrigens der Meinung, die beiden Kasper können heute noch nach Hause spazieren. Bei einem Waffengebrauch!" Er lachte gespielt. „Ich glaub, der Anwalt hat das Zeug seines Mandanten selber geraucht." Er verdrehte die Augen, seufzte und ließ sich formlos auf seinen Bürostuhl fallen, der daraufhin nach hinten rauschte und gegen die Wand knallte. „Und wie war es bei euch?" Fabers Frage war an Jim gerichtet.

Der zuckte mit den Schultern. „Also ich war nur Zuschauer. Den Anwalt hat deine Kollegin hier auseinandergenommen. Nächstes Mal nimmst du sie mit."

Faber sah fragend zu Henry.

„Auseinandergenommen ist jetzt etwas übertrieben", antwortete sie. „Sagen wir so: Ich habe ihm geholfen, die Inhalte aus dem Jurastudium aufzufrischen. Kaffee?"

Faber nickte.

18. Juni, mittags

Professor Doktor Kaltenbach und ein weiterer Arzt warteten bereits.

„Wollte der Staatsanwalt nicht mitkommen?" Der Professor zwängte seine Hände sichtlich bemüht in Gummihandschuhe und ließ den Saum gegen seine Handgelenke schnalzen.

„Marquardt lässt sich entschuldigen." Faber schob Henry in den Obduktionsraum.

„Die äußere Leichenschau haben wir schon vorgenommen", sagte der zweite Arzt, der sich als Doktor Schneider vorgestellt hatte. Er nahm einen Schluck Tee aus einer Tasse, auf der ein Skalpell abgebildet war. Henry las die Aufschrift: ‚I like people. On the table. Open.‘ Sie konnte sich ein Grinsen nicht verkneifen, obwohl es natürlich nicht wirklich geschmackvoll war. Aber ohne schwarzen Humor hielt man das vermutlich nicht aus.

Schneider stellte die Tasse ab. „Keine Tätowierungen oder Piercings, eine kleine, aber sehr alte Narbe am Kinn, wahrscheinlich aus der Kindheit oder Jugend. Ansonsten keine äußerlichen Operationsnarben und keine sichtbaren Verletzungen. Gebiss und Zähne haben wir dokumentiert. Todeszeitpunkt vor circa achtundvierzig Stunden. Plus minus drei. Totenflecken sind voll ausgeprägt und passen zum Auffinden unter der Erde. Bislang kann davon ausgegangen werden, dass der Fundort dem Tatort entspricht. Bisher keine Hinweise auf Farbveränderung durch mögliche Intoxikation." Er blickte zu Henry und fügte erklärend hinzu: „Also kein Hinweis auf eine Vergiftung. Die Totenstarre beginnt sich zu lösen."

Die Kommissarin trat vor und betrachtete die Tote. Ihre Augen waren jetzt geschlossen, und sie sah aus wie eine zerbrechliche Puppe aus weißem Porzellan.

Schneider ging um den Tisch und zeigte mit einem Kugelschreiber auf die Augenlider. „Auffällig sind diese Petechien, Einblutungen an den Innenaugenlidern. Es handelt sich dabei um Stauungsblutungen, die einen Hinweis auf einen Erstickungstod darstellen könnten. Dazu fehlt der Person ein Fingernagel an der rechten Hand."

Henry legte den Kopf schräg und sah sich die Leiche an wie das Objekt einer Kunstausstellung. Sie versuchte zu verdrängen, dass es sich bei dem leblosen Körper um einen Menschen handelte. Jedes Mal, wenn es ihr wieder bewusst wurde, zog sich ihr Magen zusammen.

„Basierend auf einer Methylierungsanalyse ...", fuhr Doktor Schneider fort.

Henry sah ihn fragend an, was Kaltenbach zum Anlass nahm, die Erklärung an sich zu reißen. „Wir haben eine genetische Untersuchung durchgeführt und schätzen das Alter der Verstorbenen auf ungefähr achtundzwanzig Jahre. Fingerabdrücke haben wir genommen. Hinweise auf eine Vergewaltigung haben wir bisher nicht gefunden. Auf freiwilligen Sex wollte der Täter offensichtlich nicht warten. Da hat er sicherlich was versäumt."

Henry starrte mit offenem Mund erst zu Kaltenbach, dann zu Daniel und Jim. Letzterer rümpfte die Nase und schüttelte den Kopf. „Also Herr Professor ...“

„So eine hübsche Frau“, seufzte der Gerichtsmediziner. „Ewig schade für die Männerwelt.“

Henry glaubte sich zu verhören. Sie nahm sich vor, Kaltenbach bei nächster Gelegenheit wegen seiner sexistischen Anmerkungen zur Rede zu stellen.

„Blut nehmen wir gleich aus der Oberschenkelvene, und Gewebeproben brauchen wir auch“, fuhr Kaltenbach fort. „Für eine toxikologische Untersuchung, da wir eine Vergiftung nicht ausschließen können. Aber da müssen Sie wie immer geduldig sein. Das kann einige Wochen dauern, wenn's dumm läuft. Wir suchen quasi die Nadel im Heuhaufen. Also falls Sie einen Tipp haben, wonach wir suchen sollen ...“

Henry schüttelte den Kopf. „Bisher leider nicht.“

„Wir beginnen mit der inneren Leichenschau.“ Kaltenbach sprach in ein Diktiergerät. Er nannte Datum und Uhrzeit und zählte dann die Anwesenden auf.

Doktor Schneider schnitt den Körper der Toten bis zum Schambein T-förmig auf und durchtrennte Brustbein und angrenzende Rippen mit einem lauten Knacken.

„Er nimmt die Organe raus, oder?“ Henry drückte sich an Daniel Faber, hin- und hergerissen zwischen Abscheu und Faszination.

Der Kollege antwortete nicht. Das war auch nicht nötig, denn gleich darauf entnahm Schneider einzelne Organe und beschrieb detailgenau deren Zustand. Dann wurden die Organe gewogen und auf Veränderungen untersucht.

Er nahm die Gewebeproben und schnitt der Toten ein paar Haare ab. Henry kannte die Farbe als Straßenköterblond, eine Mischung aus blond und brünett.

Sie hatte noch nicht viele Leichen gesehen, aber sie fand, dass alle, die sie bisher zu Gesicht bekommen hatte, gar nicht ausgesehen hatten wie Menschen. „Als wenn die Seele rausgeflogen ist", sagte sie und starrte auf das leere Gesicht der Toten.

Kaltenbach lächelte. „Nun seien Sie mal nicht so pathetisch, Frau Winter. Das liegt einzig daran, dass die mimische Muskulatur erschlafft ist. Jetzt im Moment, aber auch wenn Sie schlafen, ja, selbst wenn Sie im Koma liegen, spannen Sie ständig irgendwelche Muskeln im Gesicht an, ob Sie wollen oder nicht. Das macht ein toter Mensch nicht mehr. Mit der Seele hat das nichts zu tun."

Henry schob das Kinn vor. „Könnte nicht beides der Fall sein?"

Der Professor lachte. „Sie haben recht. Aber eine Seele ist mir hier noch nie vom Tisch geflogen."

Henry verdrehte die Augen.

„Entschuldigung", sagte Kaltenbach jetzt. „Wir sind hier einfach sehr pragmatisch. Anders kann man den Job nicht machen."

Als er dem Leichnam den Schädel aufsägte, bekam Henry eine Gänsehaut. Es war zwar nicht ihre erste Obduktion, aber die erste, bei der die Tote so jung war. Ein Mensch, der noch das ganze Leben vor sich gehabt hätte, unwesentlich jünger als Henry, und dessen Leben so abrupt und gewaltsam geendet hatte. Ihr fiel wieder ein, dass sie selbst gerade erst knapp am Tod vorbeigeschrammt war und es genauso gut sie hätte sein können, deren Körper vor allen Anwesenden auseinandergenommen wurde. Dann würde sie jetzt nackt vor Kaltenbach liegen. Ihre Knie wurden weich, und sie musste zum Fenster gehen, um sich anlehnen zu können. Es gab keinen Stuhl im Raum, und sie hatte Angst zu kollabieren, so sehr nahm sie die Erinnerung an die Ereignisse der letzten zwei Tage mit. Sie sah zum Fenster hinaus und versuchte zwanghaft, an irgendetwas Schönes zu denken, doch nichts konnte ihre Aufmerksamkeit von dem Geräusch wegziehen. Es war schlimmer als alles, was sie je beim Zahnarzt gehört hatte. Sie fürchtete, dass sie es nie wieder vergessen würde.

Daniel Faber bemerkte Henrys Zustand, und während er weiter mit Kaltenbach redete, ging er zu Henry. Die hörte das Gespräch nur noch dumpf, ihre Ohren rauschten. Sie spürte die Hand ihres Kollegen am Arm. „Ich glaube, du setzt dich mal lieber."

In dem Moment rollte Jim aus dem Vorraum einen Schreibtischstuhl zu Henry.

„Sie wissen doch, Frau Winter: Das erste Mal tut weh. Wenn man es aber mal erlebt hat, macht es süchtig."

„Scheiß Vergleich", murmelte Henry und setzte sich. „Geht schon wieder, danke."

Kaltenbach dokumentierte den Zustand des Gehirns, entnahm Proben jeglicher Körperflüssigkeiten und füllte sie in kleine Röhrchen. Als er den Mageninhalt untersuchte und eine Probe davon nahm, drehte Henry sich auf ihrem Stuhl wieder zum Fenster. Sie beschloss, dass sie Daniel zur nächsten Obduktion alleine schicken würde. Die Butterbrezel vom Vormittag klopfte an ihre Magenwand.

Eine Sektionsgehilfin öffnete die Tür und entschuldigte ihre Verspätung.

„Schön, dass Sie sich die Ehre geben, uns zu besuchen", brummte Kaltenbach.

„Ich habe was", murmelte Schneider, der mittlerweile vor einem Mikroskop saß. Henry starrte wieder auf den geöffneten Körper, den die Ärzte ausgeweidet hatten wie ein geschossenes Wildtier.

Jim, der sich die ganze Zeit zurückgehalten hatte, war der Erste, der neben ihm stand. „Darf ich?"

„Nur zu", sagte Schneider und drehte die Okulare des Mikroskops in Jims Richtung.

„Erde", erklärte der Arzt.

Henry stand vorsichtig auf. Sie war froh, dass sie sich von der ausgeweideten Toten ein paar Schritte entfernen konnte.

„Wo ist Erde?", fragte sie.

„In den oberen Bronchien."

Henry sah Faber und Schätzle an. „Das heißt, dass sie noch lebte ..."

„... als sie begraben wurde", ergänzte Doktor Schneider. „Das erklärt auch den abgerissenen Fingernagel, und es passt zu den Einblutungen in den Augenlidern. Sie muss verzweifelt versucht haben, sich zu befreien. Kein schöner Tod."

Schweigend schob Henry Jim zur Seite und sah ebenfalls durch das Mikroskop, obwohl sie überhaupt nicht wusste, wie Erdpartikel in hundertfacher Vergrößerung aussahen. Den Anblick von Erde würde sie besser ertragen als das, was zwei Meter neben ihr auf dem Sektionstisch stattfand.

Sie versuchte, die Vorstellung einer lebendig begrabenen jungen Frau aus ihrem Kopf zu bekommen.

„Wir melden uns, wenn wir die Körperflüssigkeiten und Gewebeproben untersucht haben", sagte jetzt Kaltenbach und wies die Sektionsgehilfin an, die Organe wieder einzusetzen wie bei einem Anatomiemodell.

Henry erinnerte sich an den Biologieunterricht und den großen Torso aus Kunststoff, bei dem man die Organe entnehmen und wieder einsetzen konnte. Sie hatte sich immer freiwillig gemeldet. Das Geräusch, das die Plastikorgane machten, wenn man sie wie bei einem riesigen 3D-Puzzle wieder in den Torso steckte, hatte sie geliebt. Die Organe der jungen Frau machten hingegen nur ganz leise Geräusche beim Wiedereinsetzen. Es hörte sich an, als schleiche jemand mit Schuhen durch feinen Matsch, behutsam, um die Sohlen so sauber wie möglich zu halten.

Die Sektionsgehilfin holte Zellstoff und stopfte ihn in den Oberkörper der Toten.

„Was machen Sie da?", fragte Henry, die ihr Entsetzen nicht mehr verbergen konnte.

„Wir müssen doch die Form wiederherstellen. Für die Angehörigen." Die Erklärung klang wie eine Entschuldigung.

Es war das erste Mal, dass Henry ihre Entscheidung bereute.

Die Sonne stand hoch am Himmel, und die Fachwerkhäuser, die sich über die Altstadt beugten, spendeten als Einzige ein wenig Schatten auf dem heißen Kopfsteinpflaster.

Jedes Mal, wenn sie hier war, erinnerte sich Henry an ihren ersten Besuch in Tübingen. Obwohl es noch nicht lange her war, kam es ihr vor wie eine Ewigkeit. Mittlerweile hatte sie sich wieder an Deutschland gewöhnt, und sogar mit den Schwaben kam sie zurecht. Der Dialekt erinnerte sie an ihre Mutter, weshalb sie ihn nicht oft genug hören konnte. Henry war bilingual aufgewachsen, ihre Mutter hatte abwechselnd Deutsch und Schwedisch mit ihr gesprochen. Marta hätte ihr sicher einiges in der Stadt zeigen können, beispielsweise die Fakultät, in der sie studiert hatte. Henry war schon dort gewesen. Es war ein langweiliger Siebzigerjahre-Bau mit einem ganz eigentümlichen Geruch nach altem Teppich, Wissen und Beton. Sie hatte sich vorgestellt, wie ihre Mutter hier als junge Frau nach dem Abitur ihr neues Leben genossen hatte. In dieser Fakultät, das Gebäude wurde inoffiziell ,Brechtbau' genannt, hatte sie auch Henrys Vater kennengelernt. Henry hatte ihn gebeten, sie zu begleiten, aber er hatte gesagt, dass er nie mehr dorthin wolle. Alles dort erinnere ihn an Marta. Sogar oder vor allem der Kaffee aus dem Automaten, der laut ihm oftmals eher nach dem Inhalt eines Aquariums geschmeckt hatte. Henry konnte das nicht überprüfen. Sie mochte Kaffee ohnehin nicht sonderlich gerne.

Von Daniel Faber wusste sie, dass es viele Cafés und Lokale seit Jahrzehnten gab, und jedes Mal, wenn Henry in einem saß oder an einem vorbeiging, fragte sie sich, ob ihre Mutter dort in den Achtzigern auch gesessen hatte.

Henry, Daniel und Jim hatten nicht viel gesprochen, seit sie die Gerichtsmedizin verlassen hatten.

„Ich bleibe für immer und ewig an der frischen Luft." Henry schüttelte es, wenn sie an die Obduktion dachte. Sie verspürte den dringenden Wunsch nach einer Dusche.

„Stimmt, das war nichts für Snowflakes", sagte Jim.

„Was heißt hier Snowflakes?" Henry trat einen kleinen Kieselstein gegen eine Hauswand. „Tut doch nicht so, als wenn euch so was kaltlässt."

„Mein ich nicht so." Jim lächelte. „Ich finde Obduktionen auch nicht schön."

„Schätzle, hör mal", mischte sich Faber ein. „Nur ich darf sie ärgern."

„Damit musst du warten", sagte Henry und zeigte auf das Schild des Zuckerbäckers.

Die Gasse vor der Konditorei war voll, und die Leute genossen das Wetter. Jemand balancierte einen Kuchenteller und eine Tasse über die kleine Brücke, welche die Konditorei mit der Gasse davor verband. Unter der Brücke plätscherte die Ammer.

Die drei Kommissare betraten die Konditorei und traten an eine junge Frau heran, die gerade Geschirr abräumte. Das Innere des Cafés kam Henry aufgrund der Helligkeit, die draußen herrschte, extrem dunkel vor, und ihre Augen mussten sich erst an die neuen Lichtverhältnisse gewöhnen. Die Kommissarin zog ihren Dienstausweis. „Winter, Kriminalpolizei. Meine Kollegen Faber und Schätzle."

Diesen Teil mochte sie immer besonders. Sie analysierte die Reaktionen der Angesprochenen sofort. Waren sie erschrocken, irritiert oder ruhig? Manchmal landete man hier schon einen Volltreffer.

Vermutlich hatte die Frau hier einen Nebenjob während ihres Studiums. „Wie kann ich Ihnen helfen?"

„Sind Sie Frauke Simon?" Henry konnte sich kaum auf das Gespräch konzentrieren, weil sich die Leute vor der Tür so laut unterhielten.

„Nein", sagte sie und atmete erleichtert aus. „Aber Sie haben Glück, sie kommt gerade."

In dem Moment betrat eine Frau den Laden. Sie hatte kurzes rotblondes Haar und wirkte insgesamt burschikos und sportlich.

„Frauke, Besuch für dich."

Wieder zeigte Henry ihren Dienstausweis und stellte sich vor. Faber und Schätzle taten es ihr gleich.

„Was ist denn passiert?", fragte Frauke Simon erschrocken, die sich nebenher bereit machte, mit der Arbeit zu beginnen.

„Ihr Nachbar, Herr Heinrich Vogel, hat ausgesagt, er habe Sie vorletzte Nacht am Neckarufer spazieren gehen sehen."

Frauke Simon schnaubte. „Der Vogel ... Darf man nicht mal mehr nachts am Neckar entlanggehen? Hat er mal wieder alles dokumentiert?"

„Waren Sie denn dort?"

„Ja, ich war spazieren. Mit Sancho, einem Kumpel." Frauke Simon wirkte genervt. „Ist das mittlerweile verboten?"

„Um wie viel Uhr war das?", fragte Jim Schätzle.

Sie stemmte die Hände in die Hüften. „Da müsste ich raten. Aber wenn es denn so wichtig ist ..." Sie zog ihr Smartphone aus der Hosentasche und blätterte offensichtlich in einem WhatsApp-Chat. „Um halb zwölf." Und zur Erklärung schob sie hinterher: „Sancho hat mir geschrieben, dass er vor der Tür auf mich wartet."

Henry nickte wissend. Sie selbst arbeitete genauso, wenn jemand sie nach einem Termin in der Vergangenheit fragte. „Reichlich spät für einen Spaziergang, oder?"

„O je, waren Sie denn nie jung? Da macht man halt die Nacht zum Tag." Sie zog die Schultern hoch.

Henry sah, dass Faber neben ihr schmunzelte. Sie wusste genau, was er dachte, und sie selbst fragte sich jetzt, wie alt sie wohl aussah, wenn eine Mittzwanzigerin ihr eine solche Frage stellte. Eigentlich wurde sie immer für viel jünger gehalten.

Daniel nahm eine Visitenkarte, die auf dem Tresen lag, klemmte sie zwischen Daumen und Zeigefinger und drehte sie mit der anderen Hand. „Ist Ihnen etwas aufgefallen in dieser Nacht?"

Frauke Simon sah an die Decke, als könne sie dort die Antwort finden. Nach kurzem Zögern antwortete sie: „Nö."

„Ein roter Corsa vielleicht?", fragte Henry.

„Corsa, Corsa ..." Frauke Simon legte einen Finger an ihr Kinn und grinste. „Nö."

Henry hasste es, wenn Zeugen eine Befragung für ein Spiel hielten.

„Das ist übrigens ein Radweg." Frauke Simon schnaubte.

„Das ist uns bewusst, Frau Simon. Deshalb wäre Ihnen ganz sicher aufgefallen, wenn dort ein Auto gefahren wäre, oder?"

„Definitiv." Sie band sich eine Schürze um.

„Könnten Sie uns die Kontaktdaten von Sancho aufschreiben?"

Frauke Simon schüttelte den Kopf. „Ich geb doch nicht einfach eine Handynummer raus. Das macht man nicht. Außerdem wäre es sehr freundlich, wenn Sie mir sagen würden, worum es überhaupt geht."

Henry hob noch mal den Dienstausweis, den sie die ganze Zeit in der Hand gehalten hatte, und klopfte mit einem Finger darauf. „Sie haben das schon verstanden, dass wir von der Polizei sind, oder? Wir kriegen die Kontaktdaten auch anders, es dauert dann nur länger."

Wieder schnaubte die Befragte, nahm das Smartphone, scrollte in den Kontakten und ließ das Gerät über den Tresen schlittern.

„Danke", raunte Henry und fotografierte den Kontakt ab. „Hat Sancho auch einen Nachnamen?"

„Er heißt Alexander Hahn."

„Vielen Dank", sagte Faber und überreichte Frauke Simon eine Visitenkarte. „Wenn Ihnen noch was einfällt …"

„Melde ich mich. I know." Sie steckte die Karte lieblos in ihre Gesäßtasche. „Aber wozu soll mir denn genau was einfallen?"

„Wir haben gestern am Neckarufer, genau an der Stelle, an der Sie spazieren gegangen sind, eine tote Frau gefunden."

Frauke Simons Gesichtszüge erstarrten. „Okay. Das ist weird." Sie stellte sich gerade hin. „Leider kann ich Ihnen da nicht helfen." Es schien, als hielte sie ihr anfänglich cooles Auftreten jetzt für unpassend. „Wer war denn die Frau?"

„Das wissen wir leider noch nicht", sagte Henry. „Aber wir werden es sicher bald rausfinden. Es stand heute schon in der Zeitung ...“

Jetzt grinste sie wieder. „Sorry. So Rentnerblättchen lese ich leider nicht."

Henry sah, dass Jim und Daniel synchron die Augen verdrehten.

„Und jetzt ...“ Frauke Simon deutete auf die Menschengruppe, die sich hinter den Kommissaren in die Konditorei gedrängt hatte. „Sie sehen es ja. Ich sollte weitermachen."

Jim, Daniel und Henry bedankten und verabschiedeten sich.

„Hat jemand überprüft, ob Frauke Simon schon einmal polizeilich in Erscheinung getreten ist?", fragte Henry, nachdem sie beschlossen hatten, sich in der Neckargasse ein Eis zu holen.

„Nicht, dass ich wüsste. Warum fragst du?" Faber hielt sich die flache Hand an die Stirn, damit die Sonne ihn nicht blendete. „Ist sie eine Beschuldigte? Ich dachte bislang, sie sei einfach Zeugin?"

„Warum? Weil sie eine Frau ist? Sie war zur Tatzeit am Tatort."

„Moment", intervenierte Jim. „Ob der Fundort der Tatort ist, wissen wir erst, wenn die Erdpartikel mit den Bodenproben verglichen worden sind."

Henry seufzte. „Aber irgendwer muss sie da wohl vergraben haben, Kollege Schätzle, oder? Und Frauke Simon und dieser Sancho waren dort ... So abgebrüht wie die war, obwohl drei Kripobeamte vor ihr standen, werde ich das Gefühl nicht los, dass die nicht das erste Mal mit der Polizei zu tun hatte." Henry rümpfte die Nase. „Ansonsten hätte sie doch mehr Respekt gehabt, oder nicht?"

„Kann schon sein", sagte Jim. „In dem Alter sind aber viele so. Sie denken, dass es irgendwie cool ist, so mit der Polizei zu reden. Wir können nachher im Büro überprüfen, ob sie schon bei uns einliegt. Jetzt knöpfen wir uns aber erst mal den Corsafahrer vor und ..." Das Klingeln seines Handys unterbrach ihn.

Er hielt sich mit der Hand das andere Ohr zu, um den Anrufer besser zu verstehen, und antwortete nur mit ‚Ja' und ‚Okay', sodass Henry und Daniel keine Chance hatten, herauszuhören, mit wem er sprach oder worum es ging.

Dicht an dicht standen die Wartenden in der Schlange vor dem Eiscafé und sehnten sich nach der leckeren Abkühlung. Jim legte auf und nahm seine Kollegen zur Seite. „Es ging gerade eine Vermisstenmeldung ein. Die Beschreibung passt genau auf unser Opfer. Carla Hofmann, neunundzwanzig Jahre alt. Da hat sich der Professor tatsächlich nur um ein Jahr verschätzt. Nicht schlecht." Er öffnete seinen schwarzen Zopf, legte den Kopf in den Nacken, schüttelte die Haare und band sie neu zusammen. „Wir trennen uns. Henry und ich gehen zum Corsafahrer und du, Daniel, kümmerst dich um die Familie des Opfers."

„Zwei Fragen habe ich noch", sagte Henry.

„Schieß los."

„Bekommen wir vorher unser Eis?"

Jim lachte und schob Henry zurück in die Schlange. „Und die zweite?"

„Apropos schieß los", sagte jetzt Daniel. „Hättest du heute Morgen nicht zum Schießtraining sollen, Henry?"

Sie zuckte zusammen. „Verdammt! Pankow wird mich umbringen!" Das Blut schoss ihr sichtbar in die Wangen.

„Och nee, lass mal", sagte Jim. „Eine Leiche reicht mir. Was war es denn nun für eine Frage?"

„Ach, nicht so wichtig", antwortete Henry, die krampfhaft versuchte, sich einen triftigen Grund auszudenken, warum sie nicht beim Schießtraining gewesen war. „War die Vernehmung mit Windisch und Lorenz nicht wichtiger als Schießtraining?"

Jim zog eine verbogene Sonnenbrille aus der Hosentasche und setzte sie auf. „Doch, doch." Während die Brille auf seiner Nase war, versuchte er, sie gerade zu biegen. „Ist nur meine Ersatzbrille", sagte er entschuldigend. „Die andere liegt im Wagen."

„Deine Brille kümmert mich überhaupt nicht." Henry war nervös.

Jim seufzte. „Jetzt entspann dich mal. Pankow hat doch gesagt, dass du alles machen sollst, was ich sage, oder?"

„Ja." Sie kratzte sich am Haaransatz. Die ruhige Art ihres Kollegen senkte ihren Puls.

„Ich erinnere mich sehr gut daran, dass ich gesagt habe, du sollst in die Vernehmung und nicht zum Schießtraining. Ganz einfach." Er betrachtete sein Spiegelbild im

Fenster der Eisdiele und setzte die verbogene Brille wieder ab.

✶✶✶

Carlas Eltern hatten an diesem Tag schon dreimal bei ihm angerufen. Taner Akbulut saß an seinem Schreibtisch und versuchte, sich auf seine Arbeit zu konzentrieren. Der Monitor flackerte, seine Augen waren müde.

Carla sei verschwunden. Bei ihm war sie nicht. So viel hatte er ihrer Mutter am Telefon sagen können. Er hatte das Gefühl, dass ihre Eltern überhaupt nicht wollten, dass Carla einen festen Freund hatte. Mit Andreas waren sie nicht einverstanden gewesen und mit ihm auch nicht. Zum Glück hatte es Carla nie interessiert, was ihre Eltern zu sagen hatten, und sie hatte sich immer gegen sie durchgesetzt. Außer bei der Wahl ihres Studiums.

Taner hatte Carla vor einem halben Jahr kennengelernt. Sie war mit ein paar Leuten auf einem Stocherkahn unterwegs gewesen, und er hatte am Neckarufer gesessen und ein Buch gelesen. Carla fiel ihr Sonnenhut ins Wasser, und weil der Stocherer ihres Kahns es nicht schaffte, das Boot zu wenden, zog Taner kurzerhand seine Schuhe und Socken aus und fischte Carlas Hut aus dem Wasser. „Ich hole ihn gleich bei dir ab!", rief sie ihm zu. Rosamunde Pilcher hätte es nicht besser schreiben können.

Nach einer halben Stunde stand sie hinter ihm und lud ihn zum Dank für die Rettungsaktion auf einen Kaffee ein. Damals erzählte sie ihm nicht, dass sie in einer Beziehung war. Erst später erfuhr Taner von Andreas, und Carla gestand ihm unter Tränen, dass sie mit ihm schon lange nicht mehr glücklich war. Es tat ihm damals weh zu hören, dass sie bis dahin zweigleisig gefahren war. Aber er verzieh ihr, und sie wurden trotzdem ein Paar.

Als er einmal bei Carla übernachtete, stand morgens plötzlich ihre Mutter vor der Tür und wollte mit ihrer Tochter shoppen gehen. Carla selbst vermutete, dass es sich um einen Kontrollbesuch handelte. Sie war das einzige Kind ihrer Eltern, und die konnten schlecht damit umgehen, dass sie jetzt ein eigenes Leben hatte. Ihre Mutter beschrieb sie als kontrollsüchtig, ihren Vater als gefühlskalt. Über ihn sprach sie nicht gerne und wechselte immer schnell das Thema.

Den Blick ihrer Mutter würde Taner nie vergessen, als er, nur mit einem Handtuch um die Hüfte, aus dem Badezimmer kam. Sie hielt ihn wohl für einen perversen Einbrecher, so wenig traute sie ihrer Tochter ein Sexleben zu. Carlas Mutter wollte ihn rauswerfen, was seine Freundin glücklicherweise verhinderte.

Er war euphorisch gewesen, hatte sogar über eine gemeinsame Zukunft gesprochen, auch von eigenen Kindern, sobald sie beruflich gefestigt waren. Traurig erinnerte er sich an Carlas heftige, abwehrende Reaktion dazu, die er überhaupt nicht verstanden hatte. Dies war für ihn der Anfang vom Ende der Beziehung gewesen. Dann hatte er durch einen Blick in ihr Smartphone herausgefunden, dass sie offensichtlich noch weiter mit Andreas schlief, und hatte sich vollkommen von ihr zurückgezogen.

Das Ganze war erst vier oder fünf Wochen her. Ihm war völlig unklar, woher Carlas Eltern seine Telefonnummer hatten, aber es war ihm auch egal. Mit diesen Menschen wollte er sicher nichts zu tun haben.

Carla war für ihn ausgelöscht. Vor zwei Wochen hatte sie ein letztes Gespräch mit ihm gefordert. Das, was sie ihm eröffnet hatte, hatte seinen Schmerz nur verschlimmert. Ihr Verhalten war für ihn unverzeihlich. Nach diesem Gespräch gab es für ihn kein Zurück mehr.

Sein Handy vibrierte auf dem Tisch. Es war wieder die Nummer von Carlas Eltern. Er schaltete das Gerät auf lautlos und legte es in die Schreibtischschublade.

„Keine Sau kann sich so konzentrieren", murmelte er und richtete seinen Blick wieder auf den Bildschirm.

18. Juni, nachmittags

Der Lärm des Freibads drang bis über den Neckar. Henry erinnerte sich an den Vortag, an dem so einige Freibadbesucher mit nassen Handtüchern unter dem Arm am Tatort vorbeigekommen waren und gegafft hatten. Es hatte über dreißig Grad, und sie beneidete die Menschen, die sich ungezwungen im Wasser abkühlen konnten. Mit ihrer Phobie war das undenkbar. Zu tief hatte sich das Erlebnis in ihren Erinnerungen verankert, als sie mit ihrer Mutter in der Ostsee beinahe ertrunken wäre. Zumindest in die Badewanne schaffte es Henry seit Neuestem, aber ein Besuch im Schwimmbad war weiterhin nicht vorstellbar.

„Da steht ja schon das gute Stück", sagte Schätzle und zeigte auf den roten Corsa, der in einer Einfahrt vor einem Mehrfamilienhaus parkte. Unkraut spross zwischen den Doppel-T-Pflastersteinen hervor. Eine Fichte, die am Rand des Stellplatzes stand, versuchte, mit ihren Wurzeln die Steine auszuhebeln.

Beiler öffnete die Tür sofort. Er wirkte perplex, als die Beamten sich vorstellten, und bat sie herein.

Die Wohnung war hell, an der Wand hing ein kleines Kruzifix. Auf einer Kommode standen Fotos. Die Wohnung war trotzdem modern eingerichtet. Sie erinnerte an ein Musterhaus und sah wenig bewohnt aus. Ein sanfter Duft nach einem Männerparfüm mit Vetiver in der Basisnote lag in der Luft. Henry kannte es nicht.

Beiler war Ende dreißig, wirkte genauso gepflegt wie seine Wohnung. Er bot den Kommissaren etwas zu trinken an. Beide nahmen dankend an.

„Der Corsa vor der Tür", begann Jim, „ist das Ihrer?"

Beiler nickte. „Ein Geschenk meiner Großmutter. Eigentlich ist das eine Schrottkarre, aber ich mag sie. Eine grüne Plakette bekommt das Teil trotzdem in diesem Leben nicht mehr."

„Und damit fahren Sie durch Tübingen?", fragte Henry und schenkte sich und ihrem Kollegen ein Glas Sprudel ein. „So ganz ohne grüne Plakette, meine ich?"

„Ich bekenne mich schuldig." Er hob die Hände. „Ohne diesen blöden Aufkleber kann man schließlich nicht mal mehr nach Stuttgart fahren. Was soll man machen?"

„Sich ein modernes Auto kaufen? Oder mit den Öffentlichen fahren?" Sie beobachtete Jim im Augenwinkel. Hoffentlich waren seine Recherchen nicht so weit gegangen, dass er von dem alten VW Käfer wusste, der im Französischen Viertel seine Ruhe in der Tiefgarage genoss. Er hatte ein Oldtimer-Kennzeichen und brauchte deshalb gar keine Plakette, was ihn natürlich keineswegs umweltfreundlicher machte.

„Waren Sie mit diesem Corsa vorgestern Nacht unterwegs?" Jim stand immer noch im Raum und sah sich jetzt um wie bei einem Museumsbesuch.

„Nein, das Auto wird im Grunde genommen kaum bewegt. Ich mache alles mit dem Fahrrad." Er blickte jetzt wieder zu Henry und fügte hinzu: „Frau Kommissarin."

Sie verzog die Lippen. „Wo waren Sie in der Nacht vom 14. auf den 15. Juni?"

Er gab an, dass er in Hirschau gewesen sei. Henry wohnte zwar noch nicht lange in Tübingen, aber sie wusste, dass zwischen Beilers Wohnung und dem Ortsteil der Fundort der Leiche lag. Er begann, die wenigen Dinge wegzuräumen, die auf dem Tisch gelegen hatten. Ein Notizbuch, eine Packung Taschentücher und einen Schlüssel, offensichtlich für ein Fahrradschloss.

„Was haben Sie denn in Hirschau gemacht?", fragte Henry.

„Ich habe einen Freund besucht."

„Könnten Sie uns den Namen und die Anschrift des Freundes geben?"

„Wozu brauchen Sie das? Benötige ich für irgendwas ein Alibi?" Jetzt klang Beiler etwas kühler.

„Nun, in der Nacht, in der Sie aus Hirschau kamen, wurde eine Frau lebendig am Neckarufer begraben." Sie sagte das so normal, als berichtete sie von der diesjährigen IKEA-Sommerkollektion.

„Wie bitte?" Beiler strich sich durch das braune Haar. „Und damit soll ich etwas zu tun haben? Sie machen Witze, oder?"

Henry dachte nach. Es konnte auch sein, dass der Täter die junge Frau nicht mit dem Auto gebracht, sondern mit ihr am Neckarufer entlanggegangen war. Dann spielten vielleicht doch Frauke Simon und ihr Begleiter eine Rolle.

„Ist das Ihre Frau?", fragte Jim und hob ungefragt eines der Bilder von der Kommode.

„Ja, Charlotte." Beiler stand auf, nahm Schätzle die Fotografie aus der Hand und stellte sie wieder vorsichtig auf ihren Platz. „Sie ist aber seit zwei Jahren tot."

„Das tut mir leid", sagte Jim und sah sich noch einmal das Bild an, auf dem Dennis Beiler, an einem Strand sitzend, seine Frau im Arm hielt.

Henry beobachtete jede Bewegung des möglichen Zeugen. Beiler war der fleischgewordene Bausparvertrag. So einer tötete keine Frauen. Oder gerade deshalb? Waren es nicht oft die unscheinbaren Randfiguren der Gesellschaft, die plötzlich durchdrehten? Sie stellte das leere Glas auf den Tisch.

„Woran ist sie gestorben?", fragte sie jetzt, weil sie berufsbedingt bei solchen Erzählungen immer gleich einen gewaltsamen Tod vermutete.

„Sie hat sich das Leben genommen. Hatte Depressionen. Ich jedenfalls habe sie nicht in den Tod getrieben. Befragen Sie dazu doch mal Ihre Kollegen, die sich damals mit der Sache befasst haben." Beiler sprach leise. „Aber deswegen sind Sie sicher nicht hier, oder?"

„Natürlich nicht", sagte Henry beinahe entschuldigend und spulte weiter ihr Befragungsprogramm ab, ohne ihm von der Sichtung eines roten Corsas zur Tatzeit am Tatort zu erzählen. Es genügte, wenn er wusste, dass eine Leiche gefunden worden war, und solange er nicht im Detail wissen wollte, wie sie überhaupt auf ihn kamen, waren sie ihm einen Schritt voraus.

Er erzählte, dass er Theologie studierte. Henry hatte also mit ihrer Einschätzung nicht ganz falschgelegen. Er war über dreißig und damit für einen Studenten recht alt.

Sie erinnerte sich an den Spruch, den Faber immer brachte, dass so mancher in Tübingen ein paar Semester zu viel studiert hatte, womit er die hohe Rate an Wahnsinnigen erklären wollte.

„Deshalb die vollen Bücherregale", bemerkte sie, deutete dabei aber auf das Kruzifix an der Wand.

„Zwar weiß ich viel", Beiler lächelte, „doch möcht ich alles wissen."

„Na dann." Jim zog die Augenbrauen hoch.

„Das ist aus Goethes ‚Faust'." Beiler hob oberlehrerhaft den Zeigefinger und deutete auf ein Regal, das bis auf den letzten Zentimeter mit Büchern gefüllt war. Sie waren nach der Farbe des Buchrückens sortiert.

Henry hatte als Jugendliche ein Faible für die Weimarer Klassik gehabt. Sie wollte zeigen, dass sie auch als Polizistin humanistisch gebildet war, und antwortete fast automatisch: „Und wo viel Licht ist, ist starker Schatten." Das Zitat aus dem ‚Götz von Berlichingen' war zugegebenermaßen das Einzige, an das sie sich noch erinnerte, abgesehen von diesem einen, nicht jugendfreien.

Beilers Blick erstarrte. Dann lachte er los. „Gratuliere, Frau Kommissarin, ich bin begeistert."

Sie hatte ihn getroffen, zumindest in seiner Eitelkeit, so viel war klar. Aber da war auch eine gewisse Unsicherheit. Henry konnte ihn nicht wirklich einschätzen, da er zwar antwortete, jedoch manchmal zögerte. Seine Aussagen würden sich überprüfen lassen. Heinrich Vogel hatte gesagt, das Auto sei die ganze Zeit gefahren, und Jims Einwand, dass niemand eine Leiche in einem solch auffälligen Wagen transportierte und dort vergrub, wo man ihn sehen konnte, war einleuchtend. Selbst wenn er dort gefahren war, hieß das noch lange nicht, dass er Carla Hofmann getötet hatte.

Sie gab Beiler ihre Karte und bat ihn, sich zur Verfügung zu halten. Henry und Jim verließen die Wohnung, um noch an diesem Nachmittag Markus Haller, den anderen Corsafahrer, zu befragen.

„Glaubst du ihm?", fragte Schätzle, als sie vor dem Haus standen. Er zog eine Linda-Farrow-Sonnenbrille aus einem Etui und schob sie lässig auf die Nase. Henry konnte gerade noch ein Kopfschütteln unterdrücken, denn solch teure Markensachen passten nun wirklich nicht zu ihm. Vom Typ her war er so nonchalant, und dann brauchte er so ein Statussymbol für sein Ego?

Sie antwortete zunächst nicht, sondern ging zu dem roten Kleinwagen. Wie der rosarote Panther schlich sie eine Runde um das Fahrzeug. Sie griff unter das Blech. „Nein."

„Wieso nicht?" Schätzle legte die Stirn in Falten.

„Weil da feuchte Erde unter dem Kotflügel ist. Wir gehen wieder hoch."

Der Kollege nickte anerkennend und folgte der Kommissarin. „Wäre das jetzt nicht ein Fall notwendiger Pflichtverteidigung?"

„Vielleicht." Henry legte den Zeigefinger auf ihre Lippen und flüsterte: „Ist mir aber egal, ich will wissen, woher die Erde ist."

„Was wollen Sie noch?", fragte Beiler, der jetzt oberkörperfrei vor ihnen stand. „Ich wollte gerade unter die Dusche."

„Hatten Sie nicht gesagt, Sie bewegen das Fahrzeug nicht? Können Sie mir dann erklären, wie Spuren frischer Erde an Ihr Auto kommen?" Henry hob den schmutzigen Zeigefinger als Beweisstück in die Luft. „Bei der derzeitigen Witterung müsste die Erde eigentlich schon längst getrocknet sein, auch wenn Ihr Wagen im Schatten steht. Zumindest dann, wenn Sie Ihr Fahrzeug wirklich schon so lange nicht mehr bewegt haben."

Beiler kratzte sich am Kopf. „Ja, also, vielleicht war ich damit einkaufen, da müsste ich jetzt noch mal ..." Er ging zu einem Wandkalender.

„Herr Beiler." Henry holte Luft. „Wo gehen Sie denn einkaufen? Im Wald? Wie soll denn Erde an Ihr Fahrzeug kommen, wenn Sie zum Supermarkt gefahren sind?"

Er setzte sich. „Also gut." Ein lautes Schlucken beendete seine Sprechpause. „Ich habe ja bereits gesagt, dass ich in Hirschau war."

„Und da haben Sie die Abkürzung über den Kartoffelacker genommen?" Henry zog eine Augenbraue nach oben.

„Nicht ganz." Er seufzte. „Ich bin damit über den Radweg gefahren. Ich weiß, dass das eine Ordnungswidrigkeit ist, ich ..."

„Warum fahren Sie denn überhaupt auf einem Radweg?", fragte Jim. „Finden Sie das nicht etwas seltsam?"

„Ich sagte doch, dass ich keine grüne Plakette habe. Ich dachte, Sie seien von der Kripo und nicht von der Verkehrspolizei."

„Ach." Henry sah ihr Gegenüber irritiert an. „Dass man auf Radwegen keine grüne Plakette braucht, ist mir jetzt neu. Liegt aber vielleicht daran, dass ich wirklich nicht bei der Verkehrspolizei bin."

„Die Wahrscheinlichkeit, erwischt zu werden, ist hier doch etwas geringer. Aber ich bin auch bereit, die Strafe dafür zu zahlen, wenn es sein muss." Er verzog genervt die Lippen. „Für beides: das Fahren ohne Umweltplakette und auf dem Radweg."

„Würden Sie eine DNA-Probe und Fingerabdrücke abgeben?"

Bisher hatte man weder das eine noch das andere gefunden, aber vorsichtshalber fragte Henry trotzdem danach. Sie war außerdem gespannt auf seine Reaktion.

„Nein", sagte Beiler bestimmt. „Warum sollte ich? Nur weil ich mit meinem Auto über einen Radweg gefahren bin? Ich habe doch schon zugegeben, dass ich das war. Und was wollen Sie überhaupt mit Fingerabdrücken und DNA? Sie tun gerade so, als wenn ich jemanden umgebracht hätte. Ich bin einfach nur auf einem Radweg gefahren. Das wird in dieser Stadt immer besser. Ich bin doch kein Schwerverbrecher."

„Sie müssen natürlich nicht", sagte Henry und versicherte sich mit einem Blick zu Jim Schätzle, dass sie recht hatte. Der nickte und zuckte mit den Schultern.

Henry war trotzdem stolz auf sich selbst und fühlte sich, als wäre sie zehn Zentimeter gewachsen. Ein bisschen größer war sie sicherlich, denn sie stand jetzt mit durchgedrücktem Rücken und erhobenem Haupt vor Beiler. „Also wie gehabt: Sie halten sich zu unserer Verfügung." Dann musterte sie ihn von oben bis unten. Seine nackte Brust glänzte vom Schweiß.

Bevor Henry in den Dienstwagen stieg, kratzte sie einen Teil des leicht eingetrockneten Matschs vom Kotflügel des Corsas und verfrachtete ihn in eine Tüte. „Schade, dass es so geregnet hat und wir keine Reifenspuren gefunden haben. Aber die Erde lasse ich trotzdem abgleichen. Müssen wir jetzt überhaupt noch zu Haller?"

„Klar." Schätzle nickte. „Es besteht die Möglichkeit, dass der auch die Strecke gefahren ist. Keine Hinweise auslassen, Frau Kollegin."

Sie machten sich auf den Weg zu Markus Haller, der etwas außerhalb der Kernstadt wohnte.

Henry sah auf die Uhr. Daniel fragte sich bestimmt schon, wo sie blieben.

„Wahrscheinlich steht da der Corsa drin." Jim zeigte auf die geschlossene Garage vor dem Haus.

Henry und Jim klingelten mehrfach. Nachdem niemand die Tür geöffnet hatte, folgten sie dem Geräusch eines Rasenmähers, das offensichtlich aus dem Garten hinter dem Haus kam.

Aus der Halterabfrage wussten die Kommissare, dass Haller Mitte fünfzig war. „Der ist es", sagte Henry, als sie den Mann mit dem Rasenmäher sahen.

Haller schaltete das Gerät aus und wischte sich mit der behandschuhten Hand die Schweißtropfen von der Stirn. Der Duft frisch gemähten Grases stieg Henry in die Nase. Er erinnerte sie an damals, als sie mit Janne im Garten gelegen hatte und ringsherum die Rasen gemäht wurden. Das Geräusch, dieser Geruch ... Henry schloss kurz die Augen und atmete tief ein. Sie hielt die Luft an, um den Duft nicht zu verlieren. Lange Zeit stillgelegte Synapsen feierten plötzlich ein Feuerwerk in ihrem Kopf.

Jim zog seinen Dienstausweis. „Joachim Schätzle, Kripo Esslingen." Er deutete auf Henry. „Meine Kollegin Henrietta Winter von der Kripo Tübingen."

Mit einer Handbewegung bedeutete Markus Haller den beiden, am Gartentisch Platz zu nehmen.

Henry atmete langsam aus, als wäre sie bei einem Yogakurs, und folgte ihrem Kollegen. Beim Anblick des Gartens wurde sie das Gefühl nicht los, dass Markus Haller zu viel Zeit hatte. Alles sah aus, als bereite er sein Grundstück auf die Landesgartenschau vor. Eine auf sadistische Art zum Quader geschnittene Thujahecke säumte das Areal, das auf der einen Hälfte totgeschottert war und auf der anderen aus einem Golfrasen bestand, der vereinzelt von heranwachsenden Kirschlorbeersträuchern durchbrochen wurde. Überbleibsel vertrockneter Unkräuter dienten als Zeugen der Unentrinnbarkeit vor Herbiziden. Zur Beruhigung des ökologischen Restgewissens stand ein kleiner Weißdornstrauch wie der letzte Krieger einsam im Schatten. Die Schotterhälfte zierte eine geschmacklose steinerne Pinguinskulptur, zu deren Füßen blaue Glassteine wie eine Hommage an echtes Wasser wirkten. Ein Inferno für verzweifelt nach Nahrung suchende Insekten. Da half auch das dem persönlichen Greenwashing dienende Insektenhotel nichts, das resignierend an der Fassade des Gartenhäuschens baumelte. Henry, der Naturschutz am Herzen lag, konnte sich ein Kopfschütteln nicht verkneifen.

„Was kann ich für Sie tun?", fragte Haller jetzt. Es kam Henry vor, als lösten sich seine Lippen das erste Mal in diesem Jahr. Seine Stimmbänder wirkten nicht geübt.

Die Kommissare stellten die gleichen Fragen wie bei Dennis Beiler. Markus Haller gab im Gegensatz zu ihm aber direkt zu, dass er mit seinem Auto ständig unterwegs war. In der Tatnacht sei er jedoch zu Hause gewesen.

„Ein Wagen wie Ihrer wurde im Zusammenhang mit einer Straftat gesehen." Jim fuhr sich durch die feuchten Haare. Henry musste zugeben, dass ihr Kollege den Sachverhalt wohlüberlegter formuliert hatte, als sie es bei Beiler getan hatte. „Jetzt müssen wir alle infrage kommenden Fahrzeuge anschauen. Ist reine Routine für die Akten, nur um sicherzugehen, dass wir Sie ausschließen können. Wären Sie also einverstanden?"

Mit einem Geräusch, das Henry als ‚Ja‘ interpretierte, stand Markus Haller auf und holte den Autoschlüssel. Er war dynamischer, als seine Erscheinung vermuten ließ.

Jim und Henry warteten an Hallers Wagen.

Jetzt griff auch Jim Schätzle unter den Kotflügel. „Hier ist nix."

Henry schüttelte den Kopf. „Blitzeblank."

„Ich war vorgestern erst in der Waschanlage", sagte Markus Haller, der gerade mit dem Schlüssel um die Hausecke bog.

Henry und Jim tauschten Blicke aus und zuckten synchron mit den Schultern.

„Warum fahren Sie bei diesem Wetter in die Waschanlage?", fragte Henry.

„Ich habe das Auto auf der Arbeit unter einem Ahorn stehen. Da muss ich leider öfter mal in die Waschanlage."

Henry zeigte auf die Motorhaube und bat Haller darum, sie zu öffnen.

Er sah sie verwirrt an, tat ihr aber den Gefallen, ohne nach dem Grund zu fragen.

Henry beugte sich in das Auto, schaltete die Taschenlampe ihres Smartphones ein und leuchtete in die Lüftungsschlitze.

Mit schwarzen Unterarmen kam sie wieder raus und hielt einen vertrockneten Ahornsamen zwischen den Fingern. Sie sah ihren Kollegen an und zuckte zum zweiten Mal mit den Schultern.

„Herr Haller", begann Jim. „Sicher kann Ihre Frau bestätigen, dass Sie in der Tatnacht zu Hause waren." Er hatte sich im Vorfeld natürlich über Markus Haller informiert und wusste daher, dass dieser verheiratet war.

„Nein, das kann sie nicht", erwiderte der getroffen. „Sie hat sich letztes Jahr mit ihrem Personal Trainer aus dem Staub gemacht. Wie in einem schlechten Liebesroman." Jetzt lachte er. „Aber was soll's, mein Bruder ist Anwalt, und ich kann daher das Haus behalten. Ein Gewinn, wie Sie sehen, denn junge Frauen gibt es genug, ich bin also nie alleine."

Henry wurde hellhörig. „Wie meinen Sie das mit den jungen Frauen?", fragte sie so gleichgültig wie möglich.

„Ach, Frau Kommissarin, in der heutigen Zeit dreht sich doch alles nur um Geld und Sex. Ich sehe nicht schlecht aus, habe genug Geld, und auf Datingplattformen findet man ausreichend Frauen, die genau das suchen. Sie bekommen von mir ein angenehmes Leben mit Zugang zur gehobenen Gesellschaft, und ich habe meinen Spaß. Eine Win-win-Situation sozusagen." Er sah Jim an und wartete offensichtlich auf eine zustimmende Bemerkung. Der aber reagierte überhaupt nicht, sondern überließ Henry die Rolle der peinlich berührten Frau.

Sie musste die Empörung nicht spielen. „Und was passiert, wenn es Ihnen mit dieser Frau langweilig wird oder Sie ihr nicht mehr das bieten können, was sie erwartet?" Henry hatte sichtlich Mühe, ihre Abscheu zu unterdrücken. Haller fuhr einen Corsa. So richtig nach gehobener Gesellschaft sah das Ganze für sie nicht aus.

„Na, dann kann sie freiwillig gehen, oder ich sorge dafür. Das liegt dann ganz bei ihr."

Henry nahm einen tiefen Atemzug. „Wenn Sie mit Ihren Frauen genauso umgehen wie mit Ihrem Garten, dann wundert mich nichts mehr." Jim stieß sie vorsichtig in die Flanke, und sie sortierte sich kurz. „Kommen wir zurück zu Ihrem Alibi. Das haben Sie doch für die Nacht vom 14. auf den 15. Juni, oder?"

Haller schüttelte den Kopf.

„Hier haben Sie meine Karte", sagte Henry. „Vielleicht erinnert sich ja doch eine Ihrer Bekanntschaften an einen gemeinsamen Abend zur Tatzeit."

Die Kommissare verabschiedeten sich von Markus Haller.

„Zu schade, dass du so lange an einem Schreibtisch gesessen hast", sagte Jim im Auto.

„Wie meinst du das?" Henry holte ein Papiertaschentuch aus ihrer Tasche und tupfte sich die Stirn ab. Sie hörte, wie Markus Haller den Rasenmäher startete.

„Du hast gute Ideen und einen Blick fürs Detail. Ich wäre jetzt auf die Schnelle gar nicht auf die Idee gekommen, in den Lüftungsschlitzen zu überprüfen, ob das Fahrzeug wirklich unter einem Ahornbaum stand. Vermutlich hätte ich dazu eher auf Hallers Arbeit angerufen. Noch viel wahrscheinlicher aber hätte ich über die Aussage mit dem Ahorn überhaupt nicht nachgedacht."

Henry grinste stolz. „Das ist nett, dass du das sagst. Aber was hältst du von diesem Haller? Der ist doch der Typ, der Frauen behandelt wie ein Taschentuch. Benutzen und wegwerfen." Sie knüllte das feuchte Papiertaschentuch zusammen und warf es in die Ablage der Beifahrertür. „Vielleicht hat Carla Hofmann ihn bedroht, und er hat den Stecker gezogen? Sein Beuteschema war sie allemal. Das Einzige, was nicht zu der Geschichte passt, ist das Auto. Das gehört eher zu einem verklemmten Spießer, der schon lange keine Frau mehr hatte. Aber das sind ohnehin die Gefährlichsten."

„Mir ist der zu klischeehaft widerlich", sagte Jim. „Der macht sich doch nur ein bisschen wichtig mit seinem Kleinbürger-Eigentum. Erst tritt er auf wie ein soziophober Hillbilly mit Rasenmäher-Mekka, und eine Sekunde später ist sein hässliches Haus hier das Playboy Mansion? Das passt doch alles nicht zusammen. Deine Gedanken finde ich aber gut." Er legte seine Hand auf Henrys Nackenstütze, um rückwärts aus der Einfahrt zu fahren. Als er wieder nach vorne sah, drehte er gequält seinen Nacken in alle Richtungen, als hätte er gerade einen Sack Zement auf den Galgenberg getragen. „Ich werde jedenfalls ein gutes Wort für dich einlegen."

Im Kommissariat wartete Faber bereits auf sie. Henry berichtete von ihren Befragungen.

Daniel Faber fuhr wieder Karussell auf seinem Bürostuhl. Er erzählte, dass er mit Carla Hofmanns Vater in der Gerichtsmedizin gewesen sei und der seine Tochter eindeutig identifiziert habe. Das Ergebnis war aber ein Nervenzusammenbruch gewesen, und Professor Kaltenbach hatte den armen Mann erstversorgen müssen, weshalb der Kommissar noch keine Möglichkeit gehabt hatte, mit ihm zu sprechen. Henry war froh, dass ihr die Erste-Hilfe-Maßnahmen durch Kaltenbach erspart geblieben waren.

Jim war nicht ganz klar, warum sein Kollege überhaupt den Vater der Toten mit in die Gerichtsmedizin genommen hatte.

„Ich habe ihm gesagt, dass das eigentlich nicht üblich ist, Verwandte mit in die Gerichtsmedizin zu nehmen, aber er wollte unbedingt. Was sollte ich machen? Und Henry, du hattest recht: Unsere Frauke Simon hatte schon sehr oft mit der Polizei zu tun."

Henry, die sich mit einer Akte Luft zufächerte, sah ihn erstaunt an. „Erzähl."

„Leider nicht so, wie du dir das gedacht hast. Aber deine Idee war schon nicht schlecht." Daniels ernste Miene verzog sich zu einem Grinsen. „Ihr Vater ist ein Kollege von uns. Allerdings in Reutlingen."

Henry seufzte. Das erklärte natürlich Frauke Simons kaltschnäuziges Auftreten gegenüber Polizeibeamten. Da sich innerhalb der Polizei in der Regel geduzt wurde, kam es sogar vor, dass Angehörige von Polizisten einen ebenfalls einfach mit dem Vornamen ansprachen. Ehrfurcht konnte man da selten erwarten.

„Tja, das war dann wohl eine Sackgasse", sagte sie.

„Finde ich gar nicht", intervenierte jetzt Jim. „Das war eine gute Idee. Mir ist das so gar nicht aufgefallen."

„Danke", sagte Henry. „Aber ihr müsst mir nicht immer Honig ums Maul schmieren. Ich kann auch nicht immer einen Volltreffer landen."

„Abgesehen davon", mischte sich Faber wieder ein, „dass es sie nicht weniger verdächtig macht."

Schätzle klopfte leise mit der flachen Hand auf den Tisch und erhob sich. „Ich geh mal hoch zu Pankow und kläre das mit dem Schießtraining." Er zwinkerte Henry zu.

„Netter Kerl", sagte sie, als Jim die Tür hinter sich geschlossen hatte. „Ihr seid ein eingespieltes Team, Schätzle und Hase. Das merkt man. Ich finde trotzdem, dass er nicht aussieht wie ein Joachim."

„Sein Zweitname ist Carlos." Faber sortierte mal wieder seine Aktenstapel. Er hatte ein frisches Hemd angezogen, und Henry fragte sich seit dem Beginn der Hitzewelle, wie viel Ersatzkleidung er auf dem Kommissariat gelagert hatte. Sie selbst hatte nur zwei T-Shirts im Büroschrank. Daniel dagegen konnte sein ganzes Outfit dreimal am Tag wechseln. Vermutlich tat er, wenn er denn überhaupt irgendwann mal Feierabend machte, nichts anderes, als seine Klamotten zu waschen, sie aufzuhängen, zu bügeln, zusammenzulegen und wieder in die Tasche zu packen, die immer von seinem Schrank zu ihm nach Hause und zurück wanderte.

Henry schmunzelte. „Joachim Carlos Schätzle? Echt jetzt?"

„Namen sucht man sich nicht aus. Er ist als Baby von einem schwäbischen Ehepaar aus Kolumbien geholt und adoptiert worden."

„Okay, aber ausgerechnet Joachim für einen Südamerikaner?" Henry unterdrückte ein Lachen. „Kein Wunder, dass er sich lieber Jim nennt."

Faber konnte sich ein Lächeln nicht verkneifen. „Stimmt schon. Aber er ist auch als Joachim ein super Typ. Und ziemlich unkonventionell, das sollte dir eigentlich gefallen."

„Was meinst du damit?", fragte sie.

„Hat dir noch keiner die Sache mit dem Kinderschänder erzählt?"

Henry wurde hellhörig. „Was für ein Kinderschänder? Jetzt lass dir doch nicht alles aus der Nase ziehen." Die Sonne blendete sie durchs Fenster. Sie kniff die Augen zusammen.

Bevor Daniel eine Erklärung abliefern konnte, stürmte Jim schon wieder ins Büro. Henry fürchtete, er würde frontal in Daniels frisch sortierte Aktenstapel brettern, aber er konnte rechtzeitig bremsen. Eine Wolke Prada L'Homme zog träge hinter ihm her. Sein langer schwarzer Zopf wand sich beim Abbremsen schwungvoll um seinen Hals, und ein paar einzelne Haare blieben an der feuchten Haut kleben.

„Wer ist denn hinter dir her?", fragte Faber irritiert. „Ich weiß ja, dass Pankow anstrengend sein kann, aber ..."

„Leute, das sieht nicht gut aus für uns."

Henry richtete sich auf.

Jim strich sich eine verirrte Haarsträhne aus dem Gesicht. „Gerade hat noch jemand eine Frau als vermisst gemeldet. Britta Enßle, achtundzwanzig Jahre alt. Das sind mir ein bisschen viele Vermisstenmeldungen von jungen Frauen an einem Tag."

„Oh bitte nicht", stöhnte Faber. „Da wird doch jetzt nicht aus ein paar Raubdelikten ein Serienmord."

Henrys Blickfeld begann sich zu drehen, mit Mühe ordnete sie ihre Gedanken. „Noch wissen wir gar nichts. Die meisten Vermissten tauchen doch ganz schnell wieder auf. Seit wann fehlt diese Britta Enßle denn, und wer hat sie als vermisst gemeldet?"

Jim wischte sich wieder über die Stirn. „Ihr Vater war heute Morgen mit ihr verabredet, sie ist aber nicht aufgetaucht."

„Ach", sagte Henry. „Das sind nicht einmal vierundzwanzig Stunden." Damit wollte sie sich selbst beruhigen. Natürlich wusste sie, dass man bei der Kripo auch mit Mordfällen konfrontiert wurde, aber tatsächlich war das in der Regel seltener der Fall, als es die Medien suggerierten.

„In Kombination mit dem Mord an Carla Hofmann ist das aber durchaus beunruhigend", stellte Faber fest.

Henry schüttelte den Kopf. „Das darf einfach nicht sein."

„Jetzt warte mal ab", sagte Jim. „Vielleicht ist es eine Trittbrettfahrerin, die sich wichtig machen will. Oder es ist wirklich nur eine Studentin, die eine Verabredung mit ihrem Vater vergessen hat. Oder sie hat ein Date gehabt und wollte es ihrem Vater nicht sagen. Mensch, da gibt's so viele Möglichkeiten. Außerdem brauchen wir für einen Serienmord der Definition nach drei Tote." Er sah Henry in die Augen und überprüfte offensichtlich, ob sie sich beruhigte, aber sie starrte auf die Pinnwand hinter Daniel und sagte nichts. Sie fühlte sich noch nicht bereit, in einer so großen Sache zu ermitteln.

„Lorenz ist erst mal wieder zu Hause. Keine Flucht- oder Verdunkelungsgefahr", stellte Faber fest. „Diese beiden Anwälte sind einfach ätzend. Gibt es die Schwere der Tat als Haftgrund nicht mehr? Ich zweifle manchmal echt an unserer Justiz. Nach dem, was da passiert ist, hätte ich das niemals gedacht. Aber die Wege des Gerichts sind unergründlich ... Sei's drum. Windisch bleibt ja in U-Haft und ich bezweifle, dass Lorenz da draußen eine Frau umlegt. Falls überhaupt einer der drei etwas mit Carla Hofmann zu tun hatte. Die haben auch gar kein Motiv für Serienmorde. Klar, das Mädel hat laut den Ermittlungen ab und zu mal einen Joint geraucht und so manche Line Koks gezogen, aber warum sollte unser Gaunertrio die denn eliminieren? Man bringt doch nicht seine eigenen Kunden um. Außer, sie hat nicht bezahlt oder sie bedroht oder was weiß ich."

„Ebert ist bisher nicht aufgetaucht", sagte Henry. Ihr Kopf drehte sich schon zu den Kollegen, aber ihr Blick blieb noch einen kurzen Moment an der Pinnwand haften. Sie löste ihn ruckartig, als zöge sie ein Pflaster von der Haut, und blickte abwechselnd zu Jim und Daniel. „Ich habe in der letzten Woche ein wenig recherchiert. Wusstet ihr, dass er hochbegabt ist und in der Schule insgesamt zwei Klassen übersprungen hat?"

Faber rümpfte die Nase. „Worin hochbegabt? Im Betrügen? Im Kiffen?"

Henry verdrehte die Augen. „Nein, so richtig. Er war sogar mal Mitglied bei Mensa."

„Pah!" Faber lachte künstlich. „Also dafür hat er eine beispiellose Karriere hingelegt."

„Ist manchmal so." Henry zwirbelte an einer Haarsträhne. „Genie und Wahnsinn liegen oft nah beieinander. Wie viele gescheiterte Existenzen gibt es hier? In Schweden sind die Unistädte voll von klugen Menschen, die irgendwann auf die schiefe Bahn geraten sind. Du sagst doch selbst, dass das in Tübingen nicht anders ist."

Jim ließ die Knöchel seiner Hand knacken. „Schluss mit Kaffeeklatsch. Lasst uns doch direkt mal was über die Vermisste herausfinden. Womöglich gibt es hier Parallelen zu Carla Hofmann."

Henry kräuselte die Stirn. „Aber sie ist noch nicht einmal vierundzwanzig Stund..."

„Papperlapapp", unterbrach sie Jim. „Was ist, wenn sie nicht ihr junges Leben genießt und sich nur darum bei keinem mehr meldet, sondern wenn ihr wirklich was passiert ist? Was ist, wenn sie sich in den Händen unseres Mörders befindet? Könnt ihr dann noch in den Spiegel schauen, wenn wir nichts unternommen haben?"

„Jim." Daniel lehnte sich in seinem Schreibtischstuhl zurück und schüttelte den Kopf. „Das ist doch kein Tarantino hier." Er breitete die Arme in Richtung Fenster aus und präsentierte die Aussicht wie ein Museumsführer das neueste Gemälde. „Wir sind in Tübingen! Nicht im Wilden Westen." Als wäre es geplant gewesen, landete in diesem Moment ein Rotkehlchen auf dem Fensterbrett.

„Sorry, Daniel." Jim stand auf. „Mein Gefühl sagt mir, dass hier was nicht stimmt. Und ich befasse mich immerhin seit über zehn Jahren fast ausschließlich mit Morden. Bei uns gibt es nur Tarantino."

18. Juni, abends

Langsam ließ die Hitze nach. Henry war froh, dass sie mit dem Fahrrad nach Hause fahren und sich am Fahrtwind abkühlen konnte. Zwei Wochen zuvor war das Rad in der Reparatur gewesen und sie war mit dem VW Käfer gefahren, der nach zwei Stunden in der Sonne über sechzig Grad im Innenraum hatte. Auf dem Armaturenbrett hatte eine Miniaturausgabe desselben Modells der Marke Märklin gestanden. Als Henry nach einem langen Arbeitstag in ihr Auto gestiegen war, fand sie vor dem Lenkrad eine blaue, erstarrte Pfütze. Sie hatte kurz gebraucht, um zu realisieren, dass das mal das VW-Modell gewesen war.

Ein paar Kinder kühlten sich in der Steinlach ab, die nur noch wenig Wasser führte. Eine Gruppe junger Leute hatte eine Bierbank in den Fluss gestellt, der Grill stand am Ufer. Obwohl Henry Vegetarierin war, fand sie den Duft frisch gegrillten Fleischs herrlich. Der Asphalt war erhitzt, und sie spürte, wie Schweißtropfen ihre Wirbelsäule entlang kitzelten.

Zu Hause angekommen, stellte sie sich zehn Minuten unter die kalte Dusche, ohne sich zu bewegen. Am liebsten wäre sie gar nicht mehr rausgekommen, aber sie wollte noch Christian anrufen. Sie trocknete sich nicht ab und setzte sich nur in Unterwäsche auf ihr Sofa.

Der ehemalige Kollege freute sich sehr über ihren Anruf, und Henry berichtete direkt von den Neuigkeiten. Auch vom neuen Mordfall, über den sie eigentlich nicht reden durfte, aber Christian war schließlich Jurist, und vielleicht hatte er noch eine Idee. Seit Jahrzehnten sammelte er leidenschaftlich Berichte von skurrilen Mordfällen vom Mittelalter bis heute. Aber in diesem Fall hatte er keine Idee. Noch nicht.

Zu den neuesten Schikanen ihres Chefs hatte Christian jedoch durchaus eine Meinung.

„Ich glaub, dass mit dem irgendwas komisch is", sagte er. Henry liebte den wienerischen Dialekt, weshalb sie es vorzog, mit Christian zu telefonieren, statt ihm zu schreiben. „Der hat irgendwie Dreck am Stecken. Mensch, Madl, lass dich von dem ned runterziehen. Aber behalt ihn im Auge, des is doch ned normal, dass einer sich so festbeißt. Du hast dem ja nix getan."

Da musste Henry zustimmen. Tatsächlich war sie immer besonders freundlich zu ihrem Chef und wollte ihm alles recht machen. Ihre Kollegen hatten gesagt, es liege an Pankows Vergangenheit mit Frauen. Daran, dass seine Freundin ihn vor zwei Jahren hatte sitzen lassen. Sowohl bei der Polizei als auch unter Juristen hatte sie gelernt, sich durchzusetzen. Es gab immer Männer, die mit starken Frauen nicht zurechtkamen, die ihre Macht demonstrieren mussten. Bislang hatte sie Pankow für einen einfachen Chauvinisten gehalten. Aber vielleicht hatte Christian recht, und es steckte mehr dahinter, als sie bisher geahnt hatte.

Er unterbrach ihren Gedankenfluss. „Jetzt kannst ihm doch mit dem neuen Fall beweisen, was du draufhast."

Auch das konnte Henry nicht leugnen. Es war ihr trotzdem unangenehm, darüber zu sprechen. Sie kam sich vor wie eine Schülerin, die Ärger mit einem Lehrer hatte.

„Wie geht's Kjell?", fragte sie jetzt, um das Thema zu wechseln.

„Geh, bitte." Christian seufzte so laut in den Hörer, dass es rauschte und Henry ihr Smartphone vom Ohr weghalten musste. „Die Scheidung läuft schleppend. Seine Sandra will ihm des Sorgerecht für den Jungen entziehen, und dann will sie doch wieder die Ehe fortführen. So genau komm ich da nimmer mit. Aber sei froh, dass den los bist. Der ist nur ätzend."

„Inwiefern?" Henry wusste, dass Christian und Kjell noch nie Freunde gewesen waren und es auch nie werden würden, und es tat ihr leid, dass sie ihn mit Kjell allein gelassen hatte. Immerhin mussten sie zusammenarbeiten.

„Schlecht gelaunt is der. Mault uns alle den ganzen Tag an. Also des war kein Verlust mit dem Kjell, glaub's mir."

„Das musst du mir nicht immer sagen, ich weiß das. Ich vermisse ihn kein Stück. Dich dagegen schon."

Sie ließ nicht zu, dass die Erinnerungen an Kjell sich bis in ihr Herz vorkämpften. Wie lang war sie überzeugt davon gewesen, er würde seine Frau doch noch für sie verlassen? Er hatte ihr viele Höhenflüge verschafft. Momente des Glücks, in denen alles so real gewesen war. Sie erinnerte sich daran, wie sie nachts mit Kjell durch Gamla Stan, die Stockholmer Altstadt, spaziert war. Sie hatte vorsichtig seine Hand genommen, und für einen Moment hatte es sich angefühlt, als führten sie eine Beziehung. Als gehörten sie zusammen. Bei jedem Geräusch und jeder Person, die ihnen entgegengekommen war, hatte Kjell seine Hand zurückgezogen und sie tief in seiner Jackentasche vergraben. Dieses Gefühl würde Henry nicht mehr vergessen, und es überdeckte jede positive Erinnerung an ihn. Am Ende war sie der Kollateralschaden von Kjells Freiheitsdrang gewesen, dem Drang, noch einmal aus seinem Leben auszubrechen.

Heute war sie klüger. Sie war sich darüber im Klaren, dass sein Gerede von Seelenverwandtschaft und Platons Kugelmenschen nur dazu gedient hatte, sie in die Horizontale zu bewegen. Sollte er doch in seiner grünen Hölle verschmoren, sich von seiner Frau mit Bio-Gemüse bekochen lassen und seine heile Welt streicheln. Das Interesse an Henry hatte einzig auf einem winzigen Aufbegehren beruht, einer Midlife-Crisis, die sich nach etwas Abenteuer sehnte. Das kleine Fünkchen Hoffnung auf ein spannendes Leben, das er leider verpasst hatte, hatte ihn eingeholt. Und jetzt lag er offensichtlich immer noch, zumindest zeitweise, in seinem warmen Nest aus Bio-Baumwolle und kuschelte sich in die Decke der vertrauten Langeweile, während er von abenteuerlichen Ritten auf dem Phönix träumte, der immer wieder aus der Asche stieg.

Sollte Sandra ihn behalten. Sie hatten sich verdient.

Henry seufzte leise. Wie dumm sie gewesen war. Manchmal zweifelte sie am Ergebnis des Intelligenztests, den sie vor Jahren abgelegt hatte, wenn sie sich vorstellte, wie naiv sie gewesen war. Dass sie, die sie eigentlich eine so gute Menschenkenntnis besaß, immer wieder auf Kjells Versprechen reingefallen war.

Sie würde sich nie mehr auf einen verheirateten Mann einlassen, dem sie nur dazu diente, seine Ehe zu beleben.

„Ich vermiss dich auch", sagte Christian. „Bin froh, wenn ich den Laden los bin. Ich find aber einfach nix. Also wennst mal irgendwo was hörst, dass eine Stelle frei wird, die für mich infrage käm, gibst mir Bescheid."

Henry sicherte ihm das zu. Nichts wäre schöner, als wenn ihr alter Freund in Tübingen arbeiten würde. Auf ihn konnte sie sich immer verlassen, und ohne ihn und seinen wienerischen Dialekt wäre sie vielleicht gar nicht mehr am Leben.

„Ja und wie sieht's aus mit den Männern? Dass dein Chef ein ..." Er holte tief Luft und sagte in breitestem Wienerisch: „Oaschloch is, des weiß ich jetzt. Aber es wird doch auch normale Männer in so einer schwäbischen Unistadt geben?"

Er fragte sie das beinahe jedes Mal, wenn sie telefonierten.

„Hör auf mit der Großeltern-Nummer", brummte sie ins Telefon. „Wann und wo hätte ich hier einen Mann kennenlernen sollen?"

Sie war nicht auf der Suche nach einem Partner. Die letzten Male, wenn sie sich für jemanden interessiert hatte, war spätestens an der Stelle Schluss gewesen, als sie offenbart hatte, dass sie Polizistin war. Anscheinend konnten Männer mit der Vorstellung nicht umgehen, aber es war Henry auch egal. Sie war viel zu beschäftigt, um jemanden kennenzulernen. Für Hobbys blieb ihr im Moment gar keine Zeit, und bis auf ein paar Radausflüge an den Wochenenden machte sie nichts. Manchmal begleitete sie ihr Vater oder ihr Bruder Sebastian, oft fuhr sie aber einfach allein in die Natur. Durch den kühlen Rammert bis in die Nachbarstadt, um dort ein Eis zu essen, und wieder zurück. Das genügte ihr in der Regel, um den Kopf einigermaßen frei zu bekommen. Die einzigen Männer, mit denen sie Kontakt hatte, waren mit ihr verwandt oder ihre Kollegen sowie Christian als platonische Fernbeziehung. Und das alles war für Henry in etwa dasselbe wie Verwandtschaft.

Sie verabschiedeten sich, Henry zog sich ein weites T-Shirt über und setzte sich auf den Balkon. Sobald der Mordfall abgeschlossen war, würde sie sich an Pankow hängen. Seine Intuition täuschte Christian so gut wie nie, und wenn er das Gefühl hatte, dass mit Henrys Chef etwas nicht stimmte, dann war da auch was dran. Morgen musste sie erst einmal zum Schießtraining. Hoffentlich würde Pankow nicht dabei sein. Sie traute ihm durchaus zu, dass er sie wieder kontrollierte. Fürsorglich wie er war.

Ein paar Fledermäuse flatterten lautlos zwischen Henrys Balkon und der Straßenlaterne hin und her. In Gedanken ging sie die letzten Wochen durch. Hatte es auffällige Äußerungen von Pankow gegeben? Gab es Kollegen, die vielleicht mehr wussten? Sie schüttelte sich. Nicht reinsteigern, dachte sie. Es war nicht auszuschließen, dass er sie einfach nicht mochte. Weil sie eine Frau war oder weil sie Schwedin war. Unter Umständen auch, weil sie die Tochter von Jakob Winter war.

Henry schloss die Augen. Sie hörte ihre Nachbarn leise auf dem Balkon nebenan sprechen. Die beiden rauchten ihre letzte Zigarette. Der Rauch zog zu Henry herüber und erinnerte sie an die Abende, die sie mit Kjell in Stockholm verbracht hatte. Er hatte immer nach dieser Mischung aus Hugo Boss Bottled und Zigarettenrauch gerochen. Selbst wenn er den ganzen Abend nicht geraucht hatte, hatte Henry ihre Klamotten nach einem Date mit Kjell waschen müssen. Sie war froh, diese toxische Beziehung mit ihm beendet zu haben. Warum nur mussten schöne Geschichten so oft im Desaster enden? Henry dachte wieder an Carla Hofmann und erinnerte sich an den Anblick ihrer fahlen Haut. Welches Drama steckte hinter ihrem Tod? Wer hatte solchen Hass auf Carla gehabt, dass er es übers Herz brachte, eine junge Frau zu töten?

Henry stellte ihre nackten Füße auf den Balkonstuhl und zog das T-Shirt über die Knie, die allmählich kühl wurden.

Es war kurz vor zehn, als Henry ihre Jeans über die Beine streifte, ihre schwarzen Chucks anzog, den Autoschlüssel vom Schlüsselbrett nahm und in die Tiefgarage ging. Der Käfer sprang sofort an. Der Geruch nach altem Leder beruhigte ihren Herzschlag. Sie streichelte kurz übers Lenkrad und sah sich dann um, ob sie jemand dabei beobachtet hatte. Das Klingeln der Ventile prallte am Sichtbeton der Tiefgarage ab und durchbrach die Stille der Nacht.

Henry fuhr nicht wie Beiler über den Radweg, sondern stellte ihr Auto am Freibad ab. Den Rest ging sie zu Fuß. Aus verschiedenen Richtungen vernahm sie Stimmen, und es war doch schon dunkler, als sie gehofft hatte.

An einer Bootseinsatzstelle, die – wie sie seit dem Leichenfund wusste – vom Verein der Paddelfreunde genutzt wurde, saßen Jugendliche und tranken Bier. Neben ihnen stand eine Bluetoothbox und lieferte die passende Hintergrundmusik. Henry musste die Stelle, an der Carla Hofmann gelegen hatte, kurz suchen. In der Nacht sah alles anders aus, und die Sträucher, die am Flussufer wuchsen, hüllten den Boden in Dunkelheit.

Als sie die Stelle gefunden hatte, blieb sie stehen und sah sich um. Kaltenbach war sich sicher, dass der Fundort der Tatort war. Was hatte sie dann als Letztes gesehen? Henry konnte zwischen den Büschen das Glitzern des Neckars erkennen. Wenn sie sich nach links drehte, sah sie nur das Schwarz der Nacht. Sie hörte Stimmen, vermutlich von Spaziergängern. Auf der anderen Seite war der Steg, auf dem sicherlich jeden Abend im Sommer junge Leute saßen, so wie an diesem Tag auch. Hinter ihr war das Gelände des Bootshauses. Sie setzte sich neben die Stelle, an der man Carla aus ihrem Grab gehoben hatte. Es war nahezu unmöglich, hier unbemerkt jemanden zu töten, auch wenn es in dieser Nacht geregnet hatte. Es war Sommer, hier waren doch immer Spaziergänger unterwegs. Frauke Simon und ihr Begleiter waren das beste Beispiel. Warum genau hatte der Mörder es hier getan? Selbst wenn Carla schon tot gewesen und mit dem Auto hierher transportiert worden war, musste es einen Grund dafür geben, warum sie ausgerechnet an dieser Stelle beerdigt worden war. Daniel hatte recht. Es gab tausend bessere Orte, an denen der Mörder nicht Gefahr gelaufen wäre, erwischt zu werden. Warum genau hier? Entweder er hatte einen persönlichen Bezug zu der Stelle oder er wollte, dass die Leiche möglichst schnell gefunden wird. Henry konnte zum Haus von

Windisch, Ebert und Lorenz sehen, aber auch den Balkon von Heinrich und Renate Vogel erkannte sie. Die Wohnung des Gaunertrios lag auf der anderen Seite. In die der Vogels konnte sie hineinsehen. Es brannte noch Licht. Ausnahmsweise stand Herr Vogel nicht auf dem Balkon, um seinen Kiez zu überwachen. Schade, dachte sie. Er hätte sich sicherlich gefreut, wenn sie ihm gewunken hätte.

Als sie sich gerade auf die Erde gekniet hatte, hörte sie Schritte. Sie dachte sich nichts dabei, weil sie mit Spaziergängern rechnete. Die Schritte wurden lauter, und als sie direkt hinter ihr waren, verstummten sie. Zwischen ihr und der Person waren nur noch ein Strauch und die aufkommende Dunkelheit. Sie wusste nicht, ob man sie sehen konnte, und so verhielt sie sich ruhig. Sie war unbewaffnet.

Die Stimmen der Jugendlichen, die an der Einsatzstelle saßen, drangen nur noch gedämpft an ihr Ohr. Henrys Atmung wurde flach, sie kniete regungslos auf der Erde. Ein kleiner Kieselstein drückte sich durch ihre Jeans und bohrte sich in ihre Kniescheibe. Die Person, die vielleicht einen Meter von ihr entfernt hinter ihr stand, bewegte sich ebenso wenig. Sie wagte nicht, den Kopf zu drehen, um nachzusehen, wer es war oder was er oder sie tat. Da war nur dieses Gefühl, dass ein Blick sich in ihren Rücken bohrte. Während Henry noch über ihre nächsten Schritte nachdachte, spürte sie in der hinteren Hosentasche ein eindringliches Vibrieren. Es war ihr Smartphone. Sie spürte es nicht nur, es war laut. Viel zu laut. Als sie ein Knacken hinter sich hörte, sprang sie auf, drehte sich schlagartig um und nahm eine Verteidigungshaltung ein. Vor ihr stand eine dunkle Gestalt, sie konnte kein Gesicht erkennen, von der Statur her musste es sich um einen Mann handeln. Der schien genauso erschrocken wie sie. Einige Sekunden standen sie einander wie gelähmt gegenüber. Die Kommissarin war so erstarrt, dass sie sogar den Atem anhielt. Im nächsten Moment drehte der Mann sich um und rannte den Radweg entlang in die Dunkelheit. Geistesgegenwärtig jagte Henry ihm hinterher. „Stehen bleiben, Polizei!", rief sie, während sie versuchte, ihn einzuholen. Sie konnte nichts sehen und folgte nur dem Geräusch der Schritte. Instinkte trieben sie an, und sie ignorierte die Gefahr. Mit geballten Fäusten lief sie hinter ihm her, bis sie irgendwann nichts mehr hörte und stehen blieb. Ihr eigenes Keuchen war das Einzige, das die Stille durchbrach. Ihr Körper zitterte, und die Beine taten ihr weh. Henry fiel wieder ein, dass sie unbewaffnet war, und plötzlich überkam sie die Angst. Er war weder zu hören noch zu sehen. Aber er war da draußen, irgendwo in der Nähe, vielleicht beobachtete er sie. Was, wenn Carlas Mörder zum Tatort zurückgekehrt war und sie sein nächstes Opfer würde? Blitzschnell drehte sie sich um und rannte den Weg zurück. Die stechenden Schmerzen in ihren Muskeln ignorierend, mobilisierte sie ihre letzten Kraftreserven, als ob ihr Leben davon abhinge, die Finsternis sofort zu verlassen. Sie war sich nicht sicher, ob sie Schritte hinter sich hörte, die Angst ließ sie nicht nachdenken, nur rennen.

So schnell, wie sie in die Dunkelheit gelaufen war, so schnell war sie wieder an der Einsatzstelle bei den jungen Leuten, die immer noch ihr Bier tranken. Offenbar hatten sie nichts mitbekommen. Ihre Bluetoothboxen waren zu laut.

Henry stützte ihre Hände auf den Oberschenkeln ab und atmete laut ein und aus.

„Bisschen spät für nen Sprint, was?", lachte einer der Jugendlichen.

„Ja ja." Henry schüttelte ihre Haare in den Nacken und versuchte, ihre Atmung zu beruhigen.

Langsam ging sie zurück zu ihrem Käfer, der immer noch am Parkplatz des Freibades auf sie wartete. Sie setzte sich hinein, drückte den Verriegelungsknopf nach unten, schloss die Augen und lauschte ihrem eigenen Atem. Die Anspannung ließ nach und wich der Wut. Fast hätte sie ihn erwischt.

19. Juni, morgens

„Und? Getroffen?" Daniel pinnte gerade Post-its und Fotos an die Wand.

„Jedes Mal ins Schwarze", sagte sie grinsend. „Und weißt du, was das Beste war?" Sie machte eine theatralische Pause und wartete Daniels Nachfrage ab.

„Was denn?"

„Pankow war dabei! Ha!" Triumphierend ballte sie die Faust. „Der hat gedacht, er kann mir wieder eine reinwürgen. Stattdessen hab ich es ihm gezeigt."

„Sehr gut." Daniel nahm seine Tasse und prostete ihr zu. „Und wieso bist du so früh zurück?"

„Keine Ahnung." Henry zuckte mit den Schultern. „Er meinte, ich könne dann jetzt wieder aufs Kommissariat fahren."

„Tja, er hat wohl gehofft, dass die Ergebnisse deiner letzten Übung Zufall waren."

Henry stellte ihre Tasche ab und bewunderte das Kunstwerk, das sie an amerikanische Thriller erinnerte. Die Fotos und Zettel waren mit Pins befestigt, die untereinander mit Schnüren verbunden waren. An manchen Stellen hingen Papierfetzen mit einem Fragezeichen darauf.

„Und das hilft?", fragte Henry skeptisch.

„Schaden wird's nicht." Daniel zuckte mit den Schultern. „Mindmapping schadet nie."

„So hat halt jeder seine Methode", sagte Henry und dachte dabei an den Vorabend. Es hatte ihr früher schon immer geholfen, noch einmal allein an einen Tatort zu gehen. Nur dann konnte sie ihren Gedanken freien Lauf lassen. Als sie mit Daniel dort gewesen war, war sie viel zu abgelenkt von den Kolleginnen der Spurensicherung gewesen. Sie hatten den Ort ja auch recht schnell verlassen, um die Vogels zu befragen. Wenn sie aber alleine war, konnte sie sich in die Beteiligten hineinversetzen. In ihrer Fantasie war sie dann entweder das Opfer oder der Täter. Allerdings war sie diesmal nicht unbedingt stolz auf ihre Arbeit.

„Wo bleibt eigentlich Jim?", fragte Daniel.

Kaum hatte er die Frage ausgesprochen, öffnete sich die Tür, und Schätzle kam herein. Seine Haare trug er offen, und Henry fragte sich, ob sie noch feucht von der Dusche waren oder ob er so früh am Morgen schon durchgeschwitzt war. Durch die Feuchtigkeit hatten sich elegante Locken gebildet.

„Morgen, Leute. Ich war auf der Suche nach Sven Ebert. Eine Kollegin aus Reutlingen will ihn gestern Abend gesehen haben." Er kramte aus seiner Hosentasche ein Zopfgummi hervor und schlang es um sein Handgelenk. „Ich habe mal versucht rauszufinden, welche Kontakte er überhaupt hat, aber das ist nicht so einfach. Daher war ich gerade in der JVA in Rottenburg."

Henry sah auf die Wanduhr. Es war halb zehn.

„Ja, der frühe Vogel fängt den Wurm", sagte Jim, legte seinen Kopf in den Nacken, schüttelte sein langes schwarzes Haar und band es zusammen. „Der Bruder von Windisch will von nichts eine Ahnung haben. Wenigstens hat er mir zwei Adressen in Reutlingen genannt, wo die drei Kleinganoven öfter mal unterwegs sind. Ich habe schon eine Streife hingeschickt. Halte es aber eher für eine Sackgasse. Warum sollte er mir irgendwas sagen?"

Jetzt sah auch er die vollgepinnte Wand. „Uff, sag mal. Das sieht aus wie bei John Doe in ‚Sieben'."

„Ich gehöre aber zu den Guten", sagte Faber und setzte sich auf seinen Stuhl, um sein Kunstwerk aus der Ferne zu betrachten. Er kratzte sich am Bart.

„Wo hat die Kollegin Ebert denn gesehen?", fragte Henry zögerlich.

„In der Reutlinger Innenstadt." Jim drückte wild auf die Knöpfe der Kaffeemaschine. „Komm schon, du Scheißteil." Er drehte sich zu seinen Kollegen und sagte entschuldigend: „Ich hatte heute noch keinen."

Henry zog nachdenklich die Lippen zur Seite.

„Wieso willst du das wissen?" Er holte seine Tasse und stellte sie unter den Auslass des Vollautomaten.

„Ich war gestern Abend noch am Fundort."

Daniel drehte sich zu ihr und legte die Stirn in Falten. „Solltest du nicht Feierabend machen?"

„Ich wollte einfach noch mal dort sein. Manchmal inspiriert einen das ja. Aber dann war da dieser Kerl."

Jim schlürfte den Kaffee aus der übervollen Tasse. „Was für ein Kerl?"

Henry erzählte die Geschichte vom Vorabend. Sven Ebert konnte es nicht gewesen sein, wenn die Kollegin sich sicher war, ihn in Reutlingen gesehen zu haben. Jim und Daniel reagierten, wie Henry es erwartet hatte. Lügen war ihr schon immer schwergefallen.

„Sag mal", platzte es aus Faber heraus. „Wieso informierst du uns denn nicht über so was? Das kann echt nach hinten losgehen!"

„Bitte, Henry, das nächste Mal gib uns vorher Bescheid", sagte jetzt Jim besänftigend. „Wir passen doch alle aufeinander auf." Er legte ihr die Hand auf die Schulter.

„Also jetzt macht mal halblang." Ihre Gesichtszüge entgleisten. „Da sitzt eine Horde junger Leute am Ufer und trinkt Bier, aber ich darf nur bewaffnet dort entlanggehen?" Sie holte schnell Luft, damit sie keiner der beiden unterbrechen konnte. „Wenn ich ihn gefasst hätte, dann wäre ich heute Morgen mit Kniefall begrüßt worden. Auf mich muss niemand aufpassen. Und jetzt zurück zur Sache, meine Herren."

„Aye aye, Ma'am." Faber salutierte. „Sah er aus wie einer von denen?" Er zeigte auf die Pinnwand.

Henry stand auf, um sich die Fotos genauer anzusehen. „Es war auf jeden Fall keine Frau." Sie klopfte auf das Bild von Frauke Simon. „Aber ich habe keinen unserer Verdächtigen erkannt. Es war zu dem Zeitpunkt dunkel."

„Wäre auch ein riesiger Zufall gewesen. Die Eltern von Carla Hofmann kommen um zehn."

„Na, hoffentlich nicht in unser Büro", sagte Henry und deutete mit dem Kopf auf die Wand, an der auch Fotos vom Tatort hingen. „Nicht, dass Herr Hofmann wieder zusammenklappt."

„Die Hofmanns gehen direkt in das Vernehmungszimmer. Falls das nicht frei ist, können wir in Charlys Büro. Gruß von Jonas übrigens." Faber klebte immer noch auf seinem Stuhl und betrachtete die Pinnwand.

Henry rührte sich einen Kakao an. „Wie geht's Juno?"

„Wird heute entlassen. Aber leider sieht es wirklich so aus, dass sie nicht mehr als Diensthund eingesetzt werden kann. Jonas will in den nächsten Tagen einen Aushang machen, ob jemand den Hund nimmt. Wäre das nichts für dich, Henry?"

Sie nippte an ihrem Kakao. „Ein Hund? Und was mache ich mit dem, wenn ich arbeite?"

Faber drehte sich in seinem Stuhl um und zeigte auf eine Ecke des Büros, in der sich Kartons voller Akten auftürmten. „Da ist doch noch Platz für eine Decke?"

Wieder kamen die Schuldgefühle in Henry hoch. Sie fühlte sich nahezu verpflichtet, den Hund bei sich aufzunehmen. Sie liebte Tiere, hatte jedoch bisher immer Gründe gefunden, keines zu halten. Es wunderte sie ohnehin, dass Pankow sie noch nicht auf den misslungenen Einsatz angesprochen hatte. Aber hatte sie überhaupt Zeit für einen Hund? Eigentlich war sie eher der Katzentyp.

Die Kühle der Nacht hatte sich längst verflüchtigt. Jim schloss die Fenster und ließ die Jalousien herunter.

„Mal sehen", sagte Henry schnell. „Legen wir jetzt los?"

Ihr fiel direkt auf, wie gepflegt die Eltern von Carla Hofmann waren. Es schien, als lebten sie in einer eigenen, in einer kühleren Parallelwelt, in der man auch mit Anzug, Krawatte oder Blazer keinen einzigen Tropfen Schweiß am Körper hatte. Obwohl es im Vernehmungszimmer über dreißig Grad hatte und man ihre Tochter tot aufgefunden hatte, bewegten sich Carlas Eltern völlig entspannt. Henry schätzte sie auf Mitte fünfzig, sie wirkten aber jünger.

Gleich nach der Begrüßung schob Carla Hofmanns Vater sein Smartphone zu Henry. Auf dem war eine Nachricht geöffnet, am oberen Bildschirmrand konnte sie sehen, dass der Text von Carla war, und zwar vom Abend des 16. Juni: ‚Papa, Andreas will noch mal mit mir reden. Was mach ich jetzt?'

„Wer ist Andreas?" Henry gab das Smartphone zurück.

„Carlas Ex-Freund, Andreas Freitag", sagte Herr Hofmann. „Sie hat ihn vor drei oder vier Wochen verlassen. Wegen eines anderen. Es ist doch eindeutig, dass er was damit zu tun hat."

Henry notierte sich den Namen des Ex-Freundes und fragte, ob Carla sich mit ihm getroffen habe. Aber dazu wussten die Eltern nichts zu sagen. Vielmehr hatten Henry und Jim das Gefühl, sie würden lieber den Verdacht gegen Freitag erhärten wollen, denn sie erzählten knapp zehn Minuten lang, wie schlimm die Beziehung gewesen war. Von der Subjektivität Angehöriger durfte man sich nicht beeindrucken lassen, aber Henry musste zugeben, dass dieser Freitag durchaus in Betracht kam. Aufbrausend sei er gewesen, nahezu cholerisch. Und vor allem eines: eifersüchtig. Henry wusste, dass Eifersucht und Trennungen die Hauptmotive bei Femiziden waren. Dennoch wollten sie und Jim noch den Namen des neuen Partners von Carla Hofmann wissen. Fast dreißig Prozent aller Tötungsdelikte waren Beziehungstaten innerhalb einer Partnerschaft. Vielleicht wollte Carla doch wieder zu ihrem Ex-Freund zurück. Henry hatte das schon oft im Freundeskreis erlebt. Jemand lernte einen neuen Mann oder eine neue Frau kennen, und plötzlich wurde wieder um die alte Beziehung gekämpft. Dann kam auch der Neue für einen Femizid in Betracht.

Frau Hofmann lehnte sich nach vorn. Dabei drang ein Duft nach teurem Parfüm zu Henry herüber. Die Kommissarin vernahm einen Hauch von Bergamotte. Henry war der Duft unangenehm und sie atmete durch den Mund. „Wegen Andreas hat sie auch erst mit dem Kiffen angefangen. Das müssen Sie sich mal vorstellen. Unsere Tochter! Und dazu eine Medizinstudentin!" Sie schüttelte den Kopf. Ihre Frisur bewegte sich dabei keinen Zentimeter. „Und wenn mich nicht alles täuscht, hat sie sogar Kokain konsumiert. Glauben Sie mir, wir haben sie gut erzogen. Egal, was Ihre Ärzte da rausfinden, unsere Tochter war ein gutes Mädchen."

Henry nickte. „Das glaube ich Ihnen, Frau Hofmann, keine Sorge."

Jetzt mischte sich Schätzle ein. „Sagen Ihnen die Namen Peter Windisch, Uwe Lorenz oder Sven Ebert etwas?"

Die Eltern sahen sich an.

„Kennen wir nicht", sagte jetzt wieder Herr Hofmann und legte die Stirn in Falten.

Bei der Kälte, die das Ehepaar ausstrahlte, wunderte es Henry nicht, dass sie nicht schwitzten.

Es stellte sich heraus, dass die Eltern Hofmann auch mit Carlas neuester Errungenschaft, dem Doktoranden Taner Akbulut, nicht einverstanden waren. Weil er in BWL promovierte.

„Überlegen Sie doch mal", sagte Herr Hofmann. „Was soll da aus unserer Carla werden? Darf sie dann in einem türkischen Supermarkt arbeiten?" Jetzt schüttelte auch er den Kopf.

Henry verkniff sich, ihr Gegenüber daran zu erinnern, dass seine Tochter gar nichts mehr tun würde.

„Wie wäre denn der perfekte Schwiegersohn für Sie gewesen?" Alle Anwesenden konnten den Zynismus aus der Stimme der Kommissarin heraushören.

Carla Hofmanns Eltern sahen sich wieder fragend an.

„Jedenfalls nicht so ein Taugenichts wie dieser Andreas oder dieser Taner."

Jim lehnte sich nach vorne. Seine Brustmuskeln drückten sich durch das strahlendweiße T-Shirt. „Jemand, der promoviert, ist in Ihren Augen ein Taugenichts?"

Herr Hofmann lachte. Sein Gesicht wurde dabei faltig. „Es ist doch nur BWL!"

„Warum? Worin haben Sie denn promoviert?", fragte jetzt wieder Henry, die solche Typen gefressen hatte und selbstverständlich wusste, dass ihr Gegenüber keinen Doktortitel innehatte.

„Tut das was zur Sache? Finden Sie lieber den Mörder unserer Tochter, anstatt sich mit Banalitäten zu beschäftigen!" Er stand auf und legte seine Hand auf die Schulter seiner Frau. „Komm, Barbara, wir gehen."

Nachdem die Zeugen gegangen waren, äußerte Jim seine Skepsis. „Seltsam, wie die drauf waren. Ihr einziges Kind wurde ermordet."

Daniel Faber kam zurück ins Büro und hielt zwei Eiskaffee in der Hand. „Tataa!" Er präsentierte die Gläser voller Kaffee und Vanilleeis mit einem Schwung, der jede Hostess hätte erbleichen lassen.

Jim stellte sofort die Kaffeemaschine aus und steckte sich den Strohhalm freudig in den Mund wie ein Ladekabel, das er dringend gebraucht hatte.

„Moooment", sagte Daniel jetzt und verließ wieder den Raum, um kurz darauf ein weiteres Glas zu präsentieren. Es war bis zum Rand gefüllt mit Kakao, in dem kleine Vanilleeiskugeln schwammen.

„Das ist das reinste Paradies hier bei euch", nuschelte Schätzle, immer noch den Strohhalm im Mund.

„Das liegt nur an Daniel." Henry lächelte ihren Kollegen dankbar an und kühlte sich mit dem Glas die Wangen.

„Wie waren die Eltern von Carla Hofmann drauf?", fragte Faber.

„Eloquent und nüchtern", sagte Henry.

„Gut zusammengefasst", bestätigte Jim.

Sie nahm zwei Post-its von Daniels Schreibtisch und schrieb auf beide einen Namen. ‚Andreas Freitag' und ‚Taner Akbulut'. Dann heftete sie sie an Fabers Pinnwand, holte ein Stück Schnur vom Tisch und verband jedes Post-it mit dem Bild von Carla Hofmann.

„Du musst bei einem Genie gelernt haben", sagte Faber und schlürfte lautstark die Reste seines Eiskaffees aus dem Glas.

Henry und Jim berichteten von dem Gespräch mit den Eltern und von den beiden Männern in Carlas Leben. Daniel war der Meinung, die Hofmanns verdrängten den Mord. Schließlich war er dabei gewesen, wie der Vater einen Nervenzusammenbruch in der Gerichtsmedizin erlitten hatte. Henry und Jim fanden seine Erklärung schlüssig.

„Die Kriminaltechnik ist übrigens fertig. Carla Hofmann ist bei ihrem Freund ausgezogen." Er räusperte sich. „Und wohnte wieder bei ihren Eltern."

„Ja und? Haben die Kollegen was gefunden?" Henry füllte die Kaffeemaschine auf. Sie trank nicht gerne Kaffee, aber sie liebte den Duft der gerösteten Bohnen.

„Einen Laptop und einen Kalender. Den Laptop haben sie mitgenommen."

„Ja und? Hatte sie am Tattag was drinstehen, was uns weiterbringt? Irgendwas zu ihrem Date oder so?"

„Sie hätte nächste Woche einen Termin beim Oto-Rhino-Laryngologen gehabt." Er grinste.

„Hä?" Henry zog die Oberlippe hoch.

„Hals-Nasen-Ohren-Arzt."

Schätzle grunzte. „Kollege Faber will dich nur ein bisschen beeindrucken. Wenn er bei der Vernehmung von Uwe Lorenz dabei gewesen wäre, würde er das gar nicht erst versuchen."

„Na super", stöhnte Henry und ignorierte Jims Kommentar. „Wir schicken die Kriminaltechniker hin, und das Einzige, was die finden, ist ein Termin beim Hals-Nasen-Ohren-Arzt?" Sie schnaubte. „Das ist doch wohl ein Witz?"

„Und welcher HNO war das?" Jetzt klang Jim interessiert.

Henry nahm Fabers Kaffeetasse und stellte sie unter den Vollautomaten. „Warum soll das wichtig sein? Gab es sonst überhaupt nichts? Fotos von irgendwelchen Typen an der Wand oder so?"

Faber schüttelte den Kopf.

„Alles kann wichtig sein. Machst du mir einen?" Jim zeigte erst auf die Kaffeemaschine, dann auf das leere Eiskaffeeglas. „Wie heißt er denn jetzt?"

Daniel durchblätterte die Akte auf seinem Schreibtisch. „Doktor Hensel."

„Hänsel wie Gretel?"

„Nein, mit E."

Jim nickte. „Ist klar. Ich wollte wissen, mit wie vielen E."

„Mit zwei, du Besserwisser." Daniel hustete.

„Dann wird einer von uns mal zu diesem Doktor Hensel fahren."

Henry stellte Daniel die volle Tasse hin. Sie erinnerte sich an den Moment, in dem sie geknebelt und gefesselt auf einem Stuhl gesessen und wegen ihrer schiefen Nasenscheidewand und eines Schnupfens fast keine Luft mehr bekommen hatte. Direkt danach hatte sie sich fest vorgenommen, mit einem Hals-Nasen-Ohren-Arzt über eine entsprechende OP zu reden, aber durch die viele Arbeit war das alles wieder in Vergessenheit geraten. Vielleicht würde sie in diesem Zusammenhang danach fragen können. „Wenn es sein muss, kann ich das machen."

✶✶✶

Er wusste, dass die Polizei ihm auf den Fersen war. Erst am Vorabend hatte er Henrietta Winter auf ihrem Fahrrad gesehen und war ihr gefolgt. Sie hatte ihr Rad an die

Hauswand gelehnt und das Haus, in dem sie wohnte, betreten. Es war ein typisches Südstadthaus, auf den Balkonen wuchsen verschiedene mediterrane Kräuter in Tontöpfen. Dass sie ihr Rad nicht einmal abschloss, wunderte ihn. Offensichtlich hatte ihr niemand gesagt, dass das in Tübingen mehr als riskant war. Ihm selbst waren schon einige Räder gestohlen worden, aber was kümmerte ihn das. Auch die Kommissarin würde es irgendwann nicht mehr interessieren. Klaus Pankow hatte ihm versprochen, dass sie ihm nicht zu nahe kommen würde, aber so sicher war er sich da nicht mehr. Es war besser, wenn er sie im Auge behielt. Sie war zu neugierig und vor allem zu unkonventionell. Nur wenn die Polizei sich an ihre eigenen Regeln hielt, war er sicher. Auf eine weitere Tote würde es nicht ankommen, ganz im Gegenteil: Er fand langsam Gefallen an dem, was er tat. Trotzdem war er sich bewusst, dass es vermutlich nicht viel bringen würde, die Kommissarin zu töten. Er hätte die Gelegenheit gehabt, als sie am Vortag am Tatort aufgetaucht war. Aber er war selbst zu überrascht gewesen, sie dort zu sehen, und so hatte er zu langsam reagiert. Sein Ziel war ein anderes, und Henrietta Winter gehörte nicht in sein Beuteschema. Eigentlich. Vielleicht musste er nur lange genug über sie recherchieren. Sie war eine Frau, und kaum eine Frau war in dieser Sache frei von Schuld. Wenn er ihr nachweisen konnte, dass sie genauso wie Carla und Britta war, dann war es legitim, die Kommissarin in diese Liste der Gerechtigkeit einzusortieren.

Er lehnte sich in seinem Schreibtischstuhl zurück und starrte auf die Chats vor ihm. Niemand würde ihn aufhalten können, nicht einmal diese Kommissarin Winter. Dafür würde er Sorge tragen.

Zwei Tage zuvor, 17. Juni, abends

Britta Enßle genoss die kühle Flüssigkeit, die frische Luft, die süßen Erdbeeren. Vorsichtig lehnte sie sich an Richard. Sie spürte die Wirkung des Alkohols, aber die leichte Benommenheit fühlte sich irgendwie anders an. Instinktiv drehte sie ihren Kopf zu ihm. Verschwommen sah sie, dass sein Lächeln verschwunden war. Sie spürte plötzlich Panik und fühlte sich so, als wäre sie ferngesteuert, während ihr Körper mit einem Adrenalinstoß dagegen anzukämpfen versuchte. Es war vergebens. Ihre Muskeln reagierten kaum mehr. „Was ist los?", fragte sie mit letzter Kraft. Dann wurde sie von der Dunkelheit erfasst, aus der sie nie wieder erwachen sollte.

Die K.o.-Tropfen im rosafarbenen Becher hatten schneller gewirkt, als er erwartet hatte. Zu gerne hätte er sie noch einmal umarmt. Zu gerne hätte er noch ein paar Zärtlichkeiten von ihr erhalten, aber bevor Britta Enßle ihr Glas leer getrunken hatte, bevor die Sonne hinter den Baumwipfeln verschwunden war, sackte sie in den Armen von Romeo alias Richard zusammen. Er legte ihren Körper behutsam auf der Bank ab und verstaute die Becher im Rucksack. Noch einmal sah er ihr Gesicht an und streichelte ihre Wange. Sie tat ihm kein bisschen leid.

Dann zog er Britta in den Wald, damit niemand sie finden würde, während er ihr Auto holte. Das neue blaue Sommerkleid mit den kleinen gelben Blumen darauf wurde vom Waldboden braun. Es blieb an einem Zweig hängen und riss ein paar Zentimeter auf. Vorsichtig legte er sie ab und überprüfte, ob sie noch atmete. Es war wichtig, dass sie nicht sofort starb. Er zog ein zerknülltes Papiertaschentuch aus seiner Hosentasche und warf es an der Stelle, an der er sie ins Dickicht gezogen hatte, an den Rand des Waldweges.

Den Schlüssel fand er in Brittas Handtasche, und so ging er ruhig in Richtung ihres Wagens. Ein Gefühl von innerem Frieden breitete sich in ihm aus. Ganz so, als hätte er an einem kalten Wintertag einen heißen Tee getrunken, der sich jetzt warm in seinem Körper verteilte. Sogar das Zittern in seinen Händen war verschwunden. So ähnlich hatte es sich angefühlt, als er Carla vergraben hatte. Die ewige Unruhe in ihm kam schlagartig zum Erliegen. Sein Puls verlangsamte sich mit jedem Herzschlag.

Im Kofferraum von Brittas Wagen fand er eine Decke, die er auf dem Fahrersitz ausbreitete. Es war nicht optimal, dass er mit ihrem Auto fahren musste, und obwohl das Wasser vermutlich die meisten Spuren vernichten würde, war er vorsichtig. Die Decke würde er später mitnehmen und verbrennen. Wenn sie mit dem Bus gekommen wäre, hätte er sich das alles sparen können.

Ohne Eile fuhr er mit Brittas Wagen den Waldweg entlang. Erst jetzt bemerkte er, dass es mehrere Sitzbänke in regelmäßigen Abständen gab, und er wurde unruhig.

Die Bänke sahen alle gleich aus, genauso wie die Bäume, die sich darüber beugten wie stumme Zeugen. Er hätte die richtige Stelle fast übersehen, doch dann entdeckte er das Papiertaschentuch, das weiß inmitten des Waldes leuchtete. Er hielt an der Bank, auf der er noch vor wenigen Minuten mit Britta gesessen und sich ihre Lebensgeschichte angehört hatte. Er zerrte sein Opfer wieder aus dem Wald heraus, legte sie auf die Rückbank ihres eigenen Autos und wunderte sich, wie schwer sie war. Diese Mädchen hatten so leicht ausgesehen, so unbeschwert und leicht.

Romeo fuhr aus dem Wald heraus und stellte das Fahrzeug auf einem Parkplatz ab. Zu seinem Glück waren die hinteren Scheiben des Golfs getönt, und so konnte er sich zu Britta auf die Rückbank setzen, ohne dass Spaziergänger ihn sehen konnten.

Immer noch war er ruhig und gelassen, bis zu dem Moment, in dem sich die junge Frau plötzlich bewegte. Hektisch holte er die K.o.-Tropfen aus dem Rucksack und pipettierte einige auf die trockene Zunge seines Opfers.

Als die Dunkelheit sich endlich über den Wald gelegt hatte, startete er den Motor und fuhr mit der bewusstlosen Britta ans Ufer des Neckars. Auf dem Weg hielt er kurz an, um einen großen Stein, der vor einer Gartenhütte lag, ins Auto zu heben.

Es war nicht möglich, an dieselbe Stelle zu fahren, an der er Carla vergraben hatte. Niemand konnte dort ungesehen ein Auto versenken. Aber der Neckar war lang, und es gab genügend Stellen, an denen das Wasser tief war.

Behutsam fuhr er eine Böschung hinunter und stoppte das Fahrzeug mit der Handbremse kurz vor dem Wasser, das schwarz und für den Neckar außergewöhnlich still vor ihm lag. Jetzt war er froh, dass Britta nicht mit dem Bus gekommen war. Er selbst war überhaupt nicht auf die Idee gekommen, sie samt ihrem Auto verschwinden zu lassen. Es erschien ihm jetzt so viel besser, so viel dramatischer und so viel passender zu seinem Anliegen. Also setzte er Britta ans Steuer wie eine Puppe, schnallte sie an und legte sanft ihre Hände übers Lenkrad, obwohl ihm klar war, dass sie dort nicht bleiben würden.

Sein Opfer stöhnte kurz auf, aber er hatte keine Zeit, ihr noch einmal Tropfen zu verpassen. Irgendetwas stimmte mit diesem Chemiezeug nicht. Warum wirkte es bei Britta nicht richtig? Er wusste, dass es jetzt ganz schnell gehen musste, bevor ihn jemand sah. Tübingen war im Sommer hochfrequentiert, auch hier draußen und auch nachts.

Er nahm Brittas Handy, löste mit ihrem eigenen Finger die Sperre und suchte ihren gemeinsamen Chat. Dann löschte er alle Nachrichten, bevor er das Telefon in seine Hosentasche schob. Er erinnerte sich daran, wie er Carlas Handy in einer Kurzschlussreaktion im Neckar versenkt hatte.

Den Stein, den er auf dem Weg eingesammelt hatte, nahm er jetzt aus dem Beifahrerfußraum, stieg aus dem Wagen und klemmte ihn unter das linke Vorderrad.

Dann ging er wieder zu Britta, die immer noch bewusstlos hinter dem Lenkrad saß, startete den Motor und löste die Handbremse. Das Fahrerfenster kurbelte er ein wenig hinunter, damit das Auto schneller volllief. Er klopfte ans Fenster, als verabschiede er sich von einem Kumpel, der ihn nach Hause gefahren hatte, ging vor das Auto, zog den Stein unter dem Reifen weg, und das Auto rollte los. Den Stein warf er ein paar Meter weiter ebenfalls ins Wasser. Zwar hatte er die ganze Zeit Handschuhe getragen, aber es schadete nicht, wenn auch dieses Corpus Delicti in den Tiefen des Flusses versank.

Es erstaunte ihn, mit welcher Geräuschlosigkeit das Fahrzeug im dunklen Wasser verschwand. Er hatte mit einem geräuschvollen Platschen gerechnet, aber es war nicht lauter als der Stein, den er in den Neckar geworfen hatte. Nach wenigen Sekunden sah man nur noch das Autodach. Der Neckar hatte Britta mitsamt ihrem Auto in Sekundenschnelle verschluckt. Der Starkregen am Vortag hatte ihm in die Karten gespielt. Ansonsten wäre der Neckar nicht tief genug gewesen. Obwohl er nicht geplant hatte, ein Auto im Fluss zu versenken, war er jetzt sehr zufrieden mit sich selbst und seiner Flexibilität. Britta hätte zwar durchaus ertrinken sollen, aber er hatte sich das klassisch mit einem Stein an den Füßen gedacht. Er war ohnehin nicht ganz sicher gewesen, ob sein Plan funktionieren würde, umso besser war es im Nachhinein, dass sie mit dem Auto gekommen war.

Dieser Klaus Pankow würde seine Truppe ordentlich zusammenfalten. Dieser Polizist, der sich für so wichtig hielt, hatte es nicht geschafft, Britta zu schützen, und nun wurde eine Mordserie daraus. Die Vorstellung, dass er es diesem Fiesling gezeigt hatte, erfüllte ihn.

Stoisch zog er seinen Rucksack wieder auf und machte sich auf den Weg nach Hause. Er wusste, dass man Britta schnell finden würde.

19. JUNI, MITTAGS

Andreas Freitag wohnte im Stadtteil Waldhäuser Ost, dem höchstgelegenen Teil Tübingens. Daniel griff an die Lüftungsschlitze in Henrys VW Käfer. „Also bei den Temperaturen wäre eine Klima schon nett. Wieso braucht Schätzle auch unbedingt heute den Dienstwagen?"

„Wir hätten gerne mit deinem Auto fahren können", rief sie, um den Motor zu übertönen, „hättest du nicht im Halteverbot geparkt und wärest abgeschleppt worden. Aber kleine Sünden werden immer sofort bestraft. Du kannst mich auch ans Steuer lassen."

„Nee, ich wollte schon ewig mal wieder Gokart fahren."

„Heißt das nicht außerdem ‚das' Klima?" Henry öffnete das Dreiecksfenster und drehte es zu sich, sodass der Fahrtwind ihr ins Gesicht blies.

„Ich meinte die Klimaanlage, kurz: die Klima. Kein Wunder, dass du das noch nie gehört hast. Das Wort hat deine Mutter sicher in Schweden nie benutzt. Und auf Schwedisch gibt's das garantiert nicht."

„Spotte du nur." Henry band sich die langen braunen Haare zusammen, damit frische Luft ihren Nacken kühlen konnte. „Auf Schwedisch sagen wir einfach nur AC. Aber ja, in Schweden schmilzt man nicht im Juni, sobald man das Haus verlässt. Egal, wo in Schweden man wohnt.

Ich war mal mit meiner Freundin Janne bei deren Oma in Nordschweden. Das ist Tundra. Da kannst du froh sein, wenn dir beim Sprechen nicht die Lippen zusammenfrieren."

„Du übertreibst." Faber wandte den Blick kurz von der Straße ab, damit Henry sehen konnte, dass er dabei grinste. „Ihr Schweden seid doch eigentlich nur bei Minustemperaturen glücklich, oder?"

„Falsch gedacht. Ich bin nur bei vierundzwanzig Grad glücklich. Ich hasse Kälte, und ich hasse Hitze. Eigentlich hasse ich alles." Die Monotonie ihrer Stimme sollte die Ernsthaftigkeit der Aussage unterstreichen.

„Ich weiß, ich weiß." Faber trommelte mit den Fingern auf dem Siebzigerjahre-Sportlenkrad. „Temperaturen, Menschen, Männer, alles. Das erklärt auch, warum du Single bist. Du strahlst so viel Lebensfreude aus wie Wednesday Addams."

Henry dachte daran, dass sie sich vor einigen Wochen auf einer Partnerbörse angemeldet hatte. Es war ihr so albern vorgekommen, und sie hatte sich gefühlt wie auf einem orientalischen Basar. Jeder, der ihr geschrieben hatte, hatte sie ausgefragt. Wie sie zu Kindern stehe, was sie so in ihrer Freizeit mache, wie oft sie Sport treibe. Als wäre sie ein Gebrauchtwagen, dessen Ausstattung man vor dem Kauf zu überprüfen hatte. Ihr fiel ein, dass sie sich aus der Börse nicht abgemeldet hatte. Sicher war ihr Postfach am Überlaufen. Christian hatte mal gesagt, dass Frauen dort unendlich viele Nachrichten bekämen, Männer hingegen kaum welche. Er hatte ihr nie verraten wollen, woher er das wusste.

„Ich bin Single, weil mich der Job zu sehr einnimmt", sagte sie. „Oder siehst du hier irgendwo ein Privatleben? Außerdem bist du doch selber Single."

„Ja, und ich bin froh darüber. Ein Privatleben gibt es übrigens nicht, wenn man einen Mordfall hat. Kommt schon wieder."

„Ich bin vielleicht auch gerne Single?" Henry verdrehte die Augen. „Ich bin ganz glücklich, dass mir niemand die Bude mit seinem Müll vollstellt, dass der Klodeckel immer unten ist, nirgendwo offene Zahnpastatuben rumliegen", sie lachte, „und dass es in meinem Bad keine morgendliche Herrenrasur gibt, wonach das Waschbecken aussieht, als wäre ein Igel explodiert."

Das laute Ratschen der Handbremse setzte einen Schlusspunkt unter das Gespräch. Henry schüttelte sich. „Hat dir keiner beigebracht, dass es einen Knopf an der Handbremse gibt? So macht die Sperrklinke meine Zähne kaputt. Dich lass ich nicht mehr mit meinem Auto fahren." Tröstend streichelte sie über das Armaturenbrett des alten Volkswagens.

Faber sah sie mit weit geöffneten Augen an, beugte sich zu ihr herüber, setzte seinen Daumen an ihr Kinn und zog es langsam nach unten. „Deine Zähne? Also die sehen aus, als wärst du die Tochter von Doktor Best. Tadellos! Und das, obwohl keine offenen Zahnpastatuben bei dir herumliegen."

„Du bist ein Idiot", sagte Henry trocken. „Ich meine die Zähne meiner Handbremse. Aber das weißt du eigentlich auch."

„Schon klar. Wir Männer brauchen das Geräusch halt." Und nach einer Pause, in der er immer noch über das Gesagte nachzudenken schien, sagte er: „Dann mal los, Frau Kollegin." Er kontrollierte seine Dienstwaffe und steckte sie in sein Schulterholster.

„Glaubst du, du brauchst die?" Henry sah ihn an.

„Na ja, nach dem Vorfall vor zwei Tagen glaube ich an alles und nichts. Es wird jedenfalls nicht schaden, sie dabeizuhaben. Ich rechne sowieso nicht damit, dass er um die Uhrzeit daheim ist." Er stieg aus dem Oldtimer und blickte an dem Hochhaus hoch, das sich ehrfurchterregend über den Rest der Häuser erhob. Er drehte sich zu Henry. „Und danke für die Nostalgiefahrt."

Während sie die Hausnummer suchten, sah Henry immer wieder an den riesigen Gebäuden hoch. Der kleine Spaziergang, hindurch zwischen diesen lautgrauen Plattenbauten, legte ein Spotlight auf die Bedeutungslosigkeit von architektonischer Kunst.

Sie mussten kurz suchen, bis sie den Namen ‚Freitag' inmitten der vielen Klingelschilder fanden. Zu ihrem Glück war er zu Hause.

Der Aufzug roch nach Urin. Im zwölften Stock stiegen sie aus.

„Entschuldigen Sie meinen Auftritt", sagte Andreas Freitag, der ihnen mit Wandfarbe verschmiert die Tür geöffnet hatte. „Kommen Sie herein." Sein braunes Haar war gesprenkelt von Farbtupfern, und sogar durch sein Gesicht zog sich die weiße Farbe.

Henry und ihr Kollege staksten über die am Boden ausgebreitete Malerfolie und versuchten, nicht in die Farbpfützen zu treten.

„Renovieren Sie?" Henry sah sich in dem fast leeren Wohnzimmer um.

„Nein, ich übe für einen Paintballwettbewerb." Freitag wischte sich mit dem Unterarm über die Stirn. „Wie kann ich Ihnen denn helfen?"

„Können wir uns irgendwo setzen?" Faber sah sich in dem kleinen Wohnzimmer um.

Er zeigte auf ein mit Folie abgedecktes Sofa. „Klar können Sie, aber womöglich bekommen Sie einen weißen Hintern. Ich habe nicht mit Besuch von der Polizei gerechnet. Wer tut das schon?"

„Wir müssen Ihnen leider eine traurige Mitteilung machen", sagte jetzt Henry.

Andreas Freitag legte seine Stirn in Falten. Die Farbe, die darauf getrocknet war, bekam Risse. „Das ist nicht gut, wenn Sie so anfangen. Geht es um Carla?"

„Wie kommen Sie auf die Idee, dass es um Carla geht?"

„Ich versuche seit Tagen, sie zu erreichen, und sie antwortet nicht. Das passt eigentlich gar nicht zu ihr."

Henry krempelte ihre Hose hoch. Die Schlaghosen, die sie trug, waren immer ein bis zwei Zentimeter zu lang und schleiften leicht auf dem Boden. Sie scannte den Untergrund nach Farbklecksen ab. „Waren Sie nicht getrennt?"

„Was ist denn mit Carla?" Freitag fuhr sich wieder nervös mit der Hand durch die Haare.

„Es tut uns sehr leid", sagte Henry jetzt leise. „Wir haben Carla Hofmann tot aufgefunden."

Er stützte sich an den abgeklebten Rahmen seiner Balkontür. „Was ist passiert?" Sein Atem beschleunigte sich.

„Möchten Sie sich nicht doch lieber setzen?" Henry legte ihre Hand an seine Schultern und zeigte auf das Sofa, neben dem Daniel stand, aber Freitag reagierte nicht.

„Wir müssen leider von einem Fremdverschulden ausgehen." Henry fand diesen Satz deplatziert. Fremdverschulden klang so nach kaputtem Blech bei einem Verkehrsunfall. Aber was sollte sie sonst sagen? Sie konnte ihm nicht erzählen, dass seine Ex-Freundin lebendig begraben worden war. Für den Moment war das außerdem Täterwissen und sollte es auch bleiben.

Der Mann mit den Farbtupfern im Haar, der größer war als Faber und trotzdem mindestens zwanzig Kilo weniger wog, wurde blass. „Was ist passiert?", wiederholte er.

„Das können wir Ihnen leider zum jetzigen Zeitpunkt noch nicht sagen. Wann haben Sie Ihre Ex-Freundin denn das letzte Mal gesehen?"

„Ich ... Ich weiß nicht."

„Möchten Sie ein Glas Wasser?", fragte Daniel, der Henry bis dahin das Zepter überlassen hatte. Seine Kollegin kniff die Augen zusammen.

Freitag antwortete nicht, also ging Daniel ungefragt in die Küche, öffnete mehrere Schränke, bis er den richtigen gefunden hatte, und füllte ein Glas mit kühlem Leitungswasser, das er dem Befragten hinhielt.

„Danke", sagte Andreas Freitag, nahm das Glas und stellte es, ohne einen Schluck genommen zu haben, auf das Fensterbrett. Dort lagen mehrere Pinsel, manche voller Farbe, andere noch neu, und er begann, sie nach Größe zu sortieren. Er sah die Kommissare nicht an. „Ich weiß nicht, vor ein paar Tagen. Ich habe mit ihr geschrieben, aber ..." Er sah zum Fenster hinaus.

Man konnte über ganz Tübingen sehen. Henry dachte, dass Hochhäuser vor allem von außen schrecklich waren. Von innen hatte man eine tolle Aussicht. An Silvester war das sicher eine Wucht hier oben. Aus Schweden kannte sie so etwas nicht. Da gab es Hochhäuser nur in Großstädten, weil man auf dem Land genug Platz hatte, um in die Breite zu bauen. Meistens gab es nicht einmal Keller.

„Sie wollten sich mit ihr treffen, ist das richtig?", fragte Faber, weil Henry keine Anstalten mehr machte zu sprechen.

„Ich wollte noch mal mit ihr reden, wegen allem, was passiert ist." Nachdem die Pinsel akkurat nach Größe sortiert auf dem Fensterbrett lagen, suchte sich Andreas Freitag etwas anderes, um seine Hände zu beschäftigen. Er nahm eine neue Malerrolle vom Boden, wickelte sie aus ihrer Verpackung und drehte daran. „Kann ich sie noch mal sehen?"

„Das geht leider nicht. Sie befindet sich im Moment in der Gerichtsmedizin."

Andreas Freitag stoppte die Malerrolle abrupt. „Sie lassen sie aufschneiden?"

Henry biss sich auf die Unterlippe. „Das ist ein normales Vorgehen, wenn wir von einem Fremdverschulden ausgehen. Man wird aber danach nichts mehr davon sehen. Wenn die Eltern von Carla Hofmann das wünschen, kann sie im Anschluss ganz normal aufgebahrt werden."

„Ausgerechnet Carlas Eltern", zischte Freitag.

„Warum hat Frau Hofmann die Beziehung denn beendet?", fragte Faber, während er die Balkontür öffnete, um frische Luft hereinzulassen.

„Sie hat Schluss gemacht, nachdem wir einen richtig heftigen Streit hatten."

„Worum ging es dabei?" Daniel Faber stellte fest, dass die warme Luft vor der geöffneten Balkontür stehen blieb.

„Ach, das weiß ich überhaupt nicht mehr. Um das Kind oder was weiß ich, vielleicht ..."

„Welches Kind?", unterbrach ihn der Kommissar.

Freitag ging an Faber vorbei auf den Balkon. „Ich meinte das Thema Kind. Carla wollte auf keinen Fall Kinder. Wir seien zu jung dafür. Als ich sie fragte, wann wir alt genug wären, wurde sie ungehalten."

Henry wurde stutzig. Hier stimmte irgendwas nicht. „War Ihre Freundin schwanger, Herr Freitag?"

Er schüttelte den Kopf. „Nein. Sie hat großen Wert auf Verhütung gelegt. Zumindest bei mir. Muss man schließlich, wenn man eine Affäre hat. Fragen Sie doch mal diesen Taner. Ich hoffe, die haben auch verhütet."

„Nun sind wir erst einmal bei Ihnen", mischte sich jetzt wieder Daniel ein. „Sind Sie im Streit auseinandergegangen?"

„Klar, deshalb wollte ich mit ihr reden. Oh Gott, was hab ich getan?" Er fuhr sich mit weißen Fingern durch die Haare.

„Was haben Sie denn getan?" Henry ging an Daniel vorbei ebenfalls auf den Balkon. Von hier aus hatte man einen Blick bis zur Schwäbischen Alb, wo sie als Kind ein paarmal ihre Großmutter besucht hatte. Sogar die Burg Hohenzollern konnte man von hier aus sehen.

„Wenn wir uns nicht so gestritten hätten, wäre das alles vielleicht gar nicht so weit gekommen. Nur meinetwegen hat sie sich auf Taner eingelassen." Er schüttelte den Kopf.

„Das wissen Sie doch gar nicht", sagte Henry, die immer noch in die Ferne sah. „Manchmal lebt man sich auch einfach auseinander." Kaum hatte sie diesen Satz ausgesprochen, ärgerte sie sich darüber. Ihre Mutter hatte ihn oft zu ihr gesagt, wenn Beziehungen auseinandergegangen waren. Jetzt redete sie selbst so daher. „Wo waren Sie denn in der Nacht vom 14. auf den 15. Juni?"

Andreas Freitag setzte sich nun doch auf das abgedeckte Sofa. Daniel trug ihm das immer noch volle Wasserglas hinterher.

„Ich war hier und habe abends die Möbel ins Schlafzimmer getragen, damit ich streichen kann. Und danach bin ich natürlich ins Bett. Wie jeder normale Mensch. Wissen Sie, nachdem Carla sich getrennt hatte, wollte ich hier eine Veränderung. Mich hat alles an sie erinnert." Er zeigte auf eine ungestrichene Wand in Pastellgrün. „Die ganzen Farben hat sie ausgesucht."

„Das kann ich verstehen." Henry kam wieder in die Wohnung. Der Geruch nach Wandfarbe stach ihr in die Nebenhöhlen.

„Fremdverschulden sagten Sie?" Andreas Freitag sah Henry in die Augen, es fühlte sich aber an, als blickte er durch sie hindurch. „Sie meinen also Mord?"

„Ob es Mord war, entscheidet nachher ein Richter. Fremdverschulden heißt erst einmal, dass Frau Hofmann weder Suizid begangen noch einen selbst verursachten Unfall gehabt hat."

„Und haben Sie schon eine Idee, wer es war?"

Henry verkniff sich, zu sagen, dass sie deswegen hier waren. „Nein, wir ermitteln erst einmal in alle Richtungen."

„Dann nehmen Sie mal diesen Taner Akbulut unter die Lupe." Andreas Freitags Stimme wurde immer leiser.

„Warum denken Sie an ihn?"

„Es ist nicht auszuschließen, dass Carla zu mir zurückwollte und Taner nicht damit leben konnte."

Henry sah Faber an, der ihr zunickte. Er zog eine Visitenkarte aus der Hosentasche und gab sie Andreas Freitag. „Melden Sie sich bitte, wenn Ihnen noch was einfällt. Und es wäre gut, wenn wir Sie ebenfalls erreichen könnten, falls wir was von Ihnen brauchen."

Freitag starrte immer noch die pastellgrüne Wand an. Er nickte kaum sichtbar.

„Wir finden den Weg", sagte Henry. Sie sah Faber an und machte eine Kopfbewegung in Richtung Tür.

„Irgendwie tut er mir leid", sagte Henry, als sie in den Wagen stiegen. Sie wollte selbst zurückfahren. Das Auto war ihr heilig, und sie hatte die Kritik an der fehlenden Klimaanlage fast schon persönlich genommen. Daniel hatte versucht zu intervenieren, weil Henry immer ein paar Stundenkilometer über der erlaubten Höchstgeschwindigkeit fuhr, aber sie hatte sich auf keine Diskussion eingelassen.

„Ja, was macht das mit einem, wenn die Frau, die man liebt, stirbt? Und dann erfährt er auch noch, dass sie ermordet wurde. Fahren wir gleich zu Taner Akbulut?"

Henry nickte, zog ihr Schulterholster aus und sah auf ihr Smartphone. „Jim hat angerufen, ich rufe mal zurück."

Faber kurbelte gespielt angestrengt und dramatisch schnaufend sein Fenster hinunter und legte den Arm ab. „Das ist aber unbequem hier", maulte er und deutete auf die harte Gummidichtung in der Tür, in der die Scheibe versenkt wurde.

„Tut mir leid, meine Stretch-Limo ist gerade bei der Inspektion." Henry stellte ihr Telefon auf laut und öffnete die Tür, um den eingeklemmten Sicherheitsgurt zu befreien.

„Ich hätte da was für euch", sagte Jim. „Wo seid ihr?"

„In der kleinsten Sauna der Welt", stöhnte Faber ins Telefon.

„Wir waren bei Freitag", sagte Henry. „Wie besprochen."

„Hatte ich nicht gesagt, Britta Enßle sei nicht mehr aufgetaucht?"

„Ist sie wieder da?"

„Nun, zumindest ihr Auto taucht in ein paar Minuten auf. Im wahrsten Sinne des Wortes. Wenn wir Pech haben, sitzt sie noch drin."

„Was meinst du damit?"

„Wir fischen gleich einen blauen Golf aus dem Neckar. Bitte einmal nach Lustnau kommen."

Faber sah Henry an und deutete gestisch an, sie solle den Zündschlüssel drehen und starten.

„Wir fahren los", sagte sie, legte auf und warf ihr Smartphone in Fabers Schoß.

Daniel stellte nun auch sein Fenster quer und genoss den Wind in seinem Gesicht.

„Was ist das?", fragte Henry in einem Tonfall, der ihre Abscheu deutlich zum Ausdruck brachte. Sie deutete dabei auf mehrere Hochhäuser. Die grauen Riesen schoben ihren Waschbeton in ihr Blickfeld, mit einer Konsequenz, als ginge es um Leben und Tod. In diesem Fall eher um Tod als um Leben.

„Die Morgenstelle." Daniel lachte. „Das sind die naturwissenschaftlichen Institute der Uni."

Nicht einmal die Sonne konnte über die Hässlichkeit dieses Flurstücks hinwegtäuschen, fand Henry. Als Schwedin wollte sie sich nicht an diese Ungetüme gewöhnen. Hoffnungslos versuchte die Sonne, ein wenig Licht auf den Beton zu werfen, doch die grauen Platten fraßen jeden Strahl blitzschnell, als wären sie schwarze Löcher. Knorrige Sträucher bedeckten mit verzweifeltem Grün die fahlen Wände.

„Du solltest die Dinger mal von innen sehen." Daniel prustete. „Da verklumpt die Mischung aus Linoleum und Sichtbeton irgendwo auf dem Weg von deiner Netzhaut zum Sehzentrum."

„Mein Gehirn würde sich weigern, so viel Tristesse zu verarbeiten. Und da arbeiten Menschen?" Sie schüttelte den Kopf. „Ist das artgerecht?"

„So schlimm ist es gar nicht. Vielleicht führt genau das zu wissenschaftlicher Höchstleistung." Daniel grinste. „Die Uni hat immerhin Exzellenzstatus. Es gibt hier oben einen recht ansehnlichen Botanischen Garten. Der gleicht das ein wenig aus. Ich habe im Fachbereich Biologie mal ein paar Befragungen gemacht. Es ist halt so wie an allen Universitäten: viele Fachidioten, die absolut für ihr Thema brennen. Da schleichen emeritierte Professoren ihre letzten Lebensjahre wie Geister ihrer eigenen Jugend durch die Gebäude. Was halt so mit klugen Köpfen passiert, wenn sie nichts mehr zu tun haben." Er lachte. „Ein Sammelbecken für geistige Brillanz. Bei denen ist sogar der Studienberater hochintelligent. Und sehr sympathisch." Er hielt kurz inne, als müsse er selbst über das Gesagte nachdenken, und fügte hinzu: „Könnte mir nicht passieren, dass ich nach der Pensionierung noch durch das Kommissariat streife."

Henry erinnerte sich an ihre Unizeit, die für sie alles andere als leicht gewesen war.

19. Juni, nachmittags

Als Henry und Daniel an der Fundstelle ankamen, zog gerade ein Kran Brittas Auto aus dem Neckar.

Jim, der bereits einen Schutzanzug der Spurensicherung trug, kam auf seine Kollegen zu. „Dafür, dass ihr mit dem Blecheimer gekommen seid", er zeigte auf Henrys Wagen, „wart ihr aber schnell."

„Sehr witzig", knurrte die Kommissarin. „Den Schutzanzug gab's offenbar nicht von Ralph Lauren?"

Faber wischte sich den Schweiß von der Stirn. „Du wirst lachen, aber bei der Kollegin hier hat sogar eine Fahrt mit einem 34-PS-Oldtimer mindestens tausend Mikromort."

„Mikrowas?" Henry nahm einen der Schutzanzüge, die Jim ihnen entgegenhielt. Sie standen hinter einem Van, und sie versuchte, durch die Fensterscheiben hindurch das Fahrzeug zu sehen, das gerade aus dem Wasser gezogen wurde, aber sie war im falschen Winkel.

„Mikromort", wiederholte Faber und schnappte sich ebenfalls einen Schutzanzug. „Das ist eine Maßeinheit für das Risiko. Die Wahrscheinlichkeit von eins zu einer Million, zu sterben."

Henry stöhnte, wobei nicht ganz klar war, ob sie es wegen der Hitze, wegen des Anzugs oder wegen Daniels schulmeisterlicher Ausführung tat.

„Das Trinken eines halben Liters Wein", fuhr Faber fort, „hat beispielsweise ein Mikromort. Genauso wenn du vierzig Esslöffel Erdnussbutter isst."

„Pfui Teufel." Henry hüpfte auf einem Bein, während sie den Schutzanzug hochzog.

„Die Wahrscheinlichkeit, von vierzig Esslöffeln Erdnussbutter zu sterben, liegt also bei eins zu einer Million."

Henry zog die Kapuze des Anzugs über die Haare. „Ich hätte schwören können, das Risiko sei höher."

„Ein Kaiserschnitt hat dagegen schon hundertsiebzig Mikromort und die Besteigung des Mount Everest fünfunddreißigtausend ..."

„Du willst mir also eigentlich mitteilen", unterbrach ihn Henry, „dass du mal wieder maßlos übertrieben hast."

„Genau das will er." Jim grinste. „Und er wollte direkt die Gelegenheit nutzen, dir zu zeigen, dass er Wikipedia bedienen kann. Seid ihr so weit?"

Daniel und Henry nickten, Jim bedeutete ihnen, ihm zu folgen. „Das Fahrzeug muss hier während oder nach dem Starkregen ins Wasser gefahren sein. Ansonsten hätte man es vermutlich viel früher entdeckt. Die Trockenheit hat den Pegel wieder sinken lassen, und voilà ..." Er breitete die Arme aus und präsentierte das Auto wie die neueste Kollektion von Dolce & Gabbana.

Als das Fahrzeug an die Oberfläche kam und über das Ufer ruckelte, trat ein wasserfallartiger Schwall aus dem Fenster und an den Rändern der Türen des alten Zweiergolfs aus.

Daniel legte den Kopf schräg, als betrachte er ein Kunstwerk in der Staatsgalerie. „Die Dichtungen taugen nix mehr."

Es wirkte, als lasse man das Wasser eines Aquariums ab, zum Vorschein kam auf dem Fahrersitz der Körper einer jungen Frau, augenscheinlich Britta Enßle.

„Scheiße", sagte Henry und ging dem Auto so weit entgegen, wie sie konnte. Wie es so in der Luft hing, warf es einen riesigen Schatten auf die Kommissare. Der Kran war unangenehm laut. Vorsichtig ließ er das Fahrzeug ab. Die Person, die sich auf dem Fahrersitz befand, fiel nach hinten in den Sitz. „Hätte man das Auto nicht einfach rausziehen können?"

„Geht nicht", antwortete Jim und zeigte auf die hohe Böschung. „Haben wir probiert."

„Na, wieder zufällig da gewesen?", fragte Daniel Faber in Richtung Doktor Kaltenbach, der zielstrebig mit einem Koffer auf das Auto zuging.

„Nee, dieses Mal haben die mich angerufen." Er deutete auf die Schutzpolizisten, die einige Meter weiter einen Zeugen vernahmen, vermutlich den Finder des Fahrzeugs.

„Wieso rufen die nicht einen Arzt an?", fragte Henry.

Kaltenbach stoppte direkt neben ihr und sah ernst über die Ränder seiner Brille. „Was glauben Sie, Frau Winter, was ich bin?"

Henry errötete. „So meinte ich das nicht. Aber ruft man nicht normalerweise erst mal einen Notarzt oder so?"

„Doch, nur haben die Taucher schon gesehen, dass da jemand im Fahrzeug ist. Und wer eine Weile da unten im Neckar im Auto sitzt, der braucht keinen Notarzt mehr, glauben Sie mir. Den Tod kann ich ganz gut feststellen, vermutlich besser als jeder andere Mediziner." Er zwinkerte. „Der Tod ist sozusagen mein bester Kunde."

Zwei Taucher kletterten die Uferböschung hoch und zogen ihre Neoprenanzüge aus. „Wie erwartet", sagte einer zu Schätzle.

Henry, Daniel und Jim traten näher an das Fahrzeug. Nach der letzten Obduktion hatte Henry gedacht, dass es nichts Schlimmeres gebe als Leichen. Jetzt musste sie sich eingestehen, dass es doch eine Steigerung gab: Wasserleichen. Während ihres Praktikums bei der Wasserschutzpolizei in Hamburg war sie bei einer Leichenbergung dabei gewesen. Es hatte sich um einen jungen Mann gehandelt, der sich mehrere Kilometer vor Hamburg in die Elbe gestürzt hatte und erst nach Wochen am Wehr gefunden worden war. Den Anblick des aufgequollenen Körpers, überzogen von Leichenlipiden, würde sie nie vergessen. Als man ihn aus dem Wasser geholt hatte, war sein linker Arm abgerissen wie bei einem Knetmännchen. Sie schüttelte sich jetzt noch bei der bloßen Erinnerung an die Szene.

Doktor Kaltenbach sah sich Britta Enßle an, die in sich zusammengesackt am Steuer saß. Ein blaues Kleid mit verwaschenen gelben Blumen klebte an ihrem Körper.

„Können Sie schon was sagen?", fragte Henry, die sich mit der Hand Luft zufächerte.

„Sie ist tot", antwortete Kaltenbach.

Henry schnaubte. „Ich meinte jetzt eher irgendwas, was Ihr Medizinstudium rechtfertigt."

„Ihre Aufgeschlossenheit gegenüber den Fähigkeiten der Medizin erfreut mich, Frau Winter." Er wandte sich der Toten zu. „Wir haben hier bereits eine Hypostase." Er zeigte auf die Totenflecken an Britta Enßles linker Hand. „Die liegt nicht seit heute Morgen hier drin. Aber noch keine Bildung von Leichenlipid. Ich schätze, sie war drei bis vier Tage im Wasser."

„Geht das etwas genauer?", fragte Jim, der an seiner Schutzkleidung herumzupfte.

Kaltenbach verdrehte die Augen. „Klar, wenn die Dame auf meinem Seziertisch liegt, kann ich es Ihnen sehr viel genauer sagen, Herr Kriminalhauptkommissar Schätzle. Aber wenn Sie so ungeduldig sind ..." Er drückte kräftig mit einem Finger gegen die Totenflecken. „Die ist länger als sechsunddreißig Stunden tot."

„Und das sehen Sie durch das Draufdrücken?" Jim klang interessiert. Henry dagegen wollte das alles gar nicht so genau wissen.

„Die Livores, wie wir die Totenflecken nennen, sind bis zu sechsunddreißig Stunden wegdrückbar. Das liegt daran, dass das Blut in den Adern noch beweglich ist." Kaltenbach genoss seinen Vortrag sichtlich. „Wenn die Flecken frisch wären, wäre jetzt ein hellerer Druckpunkt entstanden, ähnlich wie bei einem Sonnenbrand, auf den Sie drücken." Er wartete Jims verständiges Nicken ab. „In diesem Zustand hier", Kaltenbach zeigte auf Britta Enßle, „ist bereits so viel Serum aus den Gefäßen entwichen, dass das Blut dicker ist, als es sein sollte, und man kann die Flecken nicht mehr großflächig wegdrücken. Mit einer Pinzette oder einem ähnlichen Gegenstand würde das noch gehen."

Jim zog die Mundwinkel nach unten und nickte wieder anerkennend.

Henry sah sich um. Es war durchaus möglich, dass Britta Enßle selbst ins Wasser gefahren war. Oberhalb der Fundstelle war ein Parkplatz. Vielleicht hatte sie im Dunkeln nicht gesehen, dass direkt dahinter der Neckar war? Sie betrachtete die Tote, deren lange blonde Haare traurig an den Seiten hinunterhingen. Ihr Handy klingelte. Es war Christian.

„Du, ist gerade ganz schlecht, wir haben einen Leichenfund am Neckar. Kann ich dich heute Abend anrufen?"

Daniel warf ihr einen missbilligenden Blick zu, weil sie, wem auch immer, von dem Fund berichtete.

„Was is denn in Tübingen los?", fragte Christian. Seine Stimme klang so weit weg, als rufe er nicht aus Stockholm, sondern aus Tansania an. „Hat der Irre scho wieder eine verbuddelt?"

„Nee", sagte Henry leise und entfernte sich einige Schritte. Sie hielt sich das andere Ohr zu, weil sie Christian durch die Stimmen der Kollegen noch schlechter hören konnte. „Eine junge Frau ist mit dem Auto ins Wasser gefahren. Oder gefallen. Hat aber vermutlich nichts mit dem anderen Mord zu tun."

„Des is jetzt nur mehr a oide Kraxn."

„Hä?"

„So was wie dein Käfer. Ein altes Auto."

„War's vorher schon. Ist ein Zweiergolf."

„Ha!", stieß Christian aus. „Da musst glei mal den Fahrersitz überprüfen. Da gab's mal a Folge von Columbo, wo einer überführt wurde, weil er vergessen hat, den Fahrersitz auf die Größe seines Opfers einzustellen."

Christian hatte ein Faible für Krimis aus jedem Jahrzehnt. Sie erinnerte sich daran, wie er sich gefreut hatte, als sie ihm ein von ihrem Vater handsigniertes Exemplar seines neuesten Kriminalromans geschenkt hatte.

„Das hätte ich jetzt sowieso gemacht", sagte Henry. „Du, ich muss Schluss machen. Ich ruf dich heute Abend mal an, okay?"

„Alles klar. Pass auf di auf, Madl. Bis später."

Sie legte auf und ging zurück zum Fahrzeug, an dessen Fahrerseite jetzt drei Beamte und der Professor standen. Eine Schutzpolizistin war von Kaltenbachs Ausführungen wohl genauso fasziniert wie Jim.

„Überprüft mal, ob der Fahrersitz richtig eingestellt ist." Es klang wirklich so, als wäre es Henrys eigene Idee gewesen.

Kaltenbach streckte behutsam das Bein der Toten in Richtung der Pedale und stellte fest, dass die Länge ganz gut passte. „Ob man bei der alten Kiste überhaupt noch den Sitz verstellen kann, ist die Frage."

„Kraxn", murmelte Henry.

Daniel sah sie an und lächelte verschmitzt. „Dann weiß ich jetzt, mit wem du telefoniert hast. Die Standleitung nach Stockholm scheint also noch zu stehen."

„Seit wann redet man in Schweden österreichisch?" Jim sah irritiert von Daniel zu Henry und wieder zurück.

„Wenn ihr mich fragt, dann ist die hier selber reingefahren", intervenierte jetzt Kaltenbach. „Vielleicht betrunken? Das lässt sich schnell rausfinden." Er zeigte auf das volle Blutentnahmeröhrchen in seinem Koffer.

„Es ist kein Gang eingelegt", stellte Henry fest.

„Stimmt." Faber wackelte am Schaltknauf. „Es könnte sogar sein, dass das ursächlich war. Womöglich ist sie deshalb die Böschung runtergerutscht? Wahrscheinlich ist sie eingeschlafen, und das Auto hat sich einfach in Bewegung gesetzt." Er beugte sich noch einmal in den Wagen. „Der Zündschlüssel steht auf Zündung, also dürfte der Motor gelaufen sein, das würde unsere Annahme unterstützen."

Henry sah ihn skeptisch an. „Wenn du mir jetzt noch erklärst, warum eine junge Frau auf diesem Parkplatz in ihrem Auto einschlafen sollte, dann wird vielleicht ein Schuh draus."

„Oder jemand hat sie hier reinfahren lassen", sagte Jim, „und vergessen, dass er, damit es wie ein Unfall aussieht, einen Gang einlegen muss."

„Dann wäre das Auto aber nicht gerollt", sagte Henry.

„Das ist das Problem daran", stimmte Jim zu. „Mit einem Automatikgetriebe wär das kein Problem gewesen."

Kaltenbach kratzte sich am Kopf. „Ein schöner Tod war das jedenfalls nicht." Er hatte mittlerweile einen Kugelschreiber in der Hand, mit dem er jetzt auf den Mund der Toten deutete. „Sehen Sie das?"

Die vier Polizisten beugten sich nach vorne und starrten auf das aufgequollene Gesicht von Britta Enßle wie eine Handvoll Schüler, die im Schulbuch versuchten, die richtige Antwort auf eine Frage des Lehrers zu finden.

Kaltenbach erlöste sie. „Schaum", sagte er monoton.

Alle vier nickten.

„Was bedeutet das?", fragte Faber. „Wurde sie vergiftet?"

„Das ist keinesfalls die Schlussfolgerung daraus." Doktor Kaltenbach klickte mit dem Kugelschreiber, obwohl er nichts geschrieben hatte, und steckte ihn in seinen Koffer. „Das ist ein sogenannter Schaumpilz. Kurz vor dem Tod kommt es zu sehr angestrengten Atembewegungen, was zu einer Vermischung des eingeatmeten Wassers mit der Restluft in den Bronchien führt. Dadurch wird vermehrt Sekret gebildet, was in dieser Schaumbildung hier resultiert." Er sah Henry an, als erwarte er von seiner neuen Schülerin die Rückschlüsse daraus.

„Ähm ..." Die Kommissarin legte Daumen und Zeigefinger ans Kinn. „Das spricht für einen vitalen Ertrinkungsvorgang, oder?"

Doktor Kaltenbach nickte zufrieden. „Sehr gut, Frau Winter."

„Streberin", sagte Faber lächelnd. „Bei der Obduktion erkennt das jeder. Es muss dann Wasser in der Lunge sein."

Henry drückte ihren Rücken durch und stellte sich grinsend vor ihren Kollegen. „Was sind denn das für Fernsehkrimi-Weisheiten? Und das ausgerechnet von Ihnen, Herr Faber. Süßwasser wird sofort aus den Atemwegen transportiert. Osmose nennt man das. Hast du bestimmt im Biologieunterricht auch mal gelernt, oder?"

Faber zupfte an seinem Kragen herum, ließ sich die Belehrungen der jungen Kollegin aber gerne gefallen. Er freute sich, wenn Henry zwischendurch etwas Selbstbewusstsein fand.

„Die Ertrinkungslunge", fuhr sie fort, „sieht grauweiß aus und ist aufgebläht. Beim Aufschneiden knirscht es in etwa so, wie wenn man durch Schnee läuft. Vergiss den Baywatch-Schwall."

Professor Doktor Kaltenbach starrte Henry an. „Falls es Ihnen bei der Polizei irgendwann langweilig wird, hätte ich sicher ein Plätzchen für Sie."

Sie kniff die Augen zusammen. „Ihr Seziertisch ist mir für alles, was Sie mit mir vorhaben, zu unbequem."

Jim knuffte Daniel in die Seite und zuckte grinsend mit den Schultern.

„Nix da!", intervenierte der Kommissar. „Die habe ich mühsam von der Juristerei wegbekommen. Ich will sie jetzt nicht an die Medizin verlieren!"

„Das war jedenfalls schon mal sehr gut, Frau Winter", lobte Kaltenbach. „Differenzialdiagnostisch gebe ich aber zu bedenken, dass ein eher rötlicher Schaumpilz wie dieser hier bei jeder Form der Gewebswassersucht, sprich: bei Ödemen der Lunge auftreten kann. Aber eben auch bei einer Betäubungsmittelvergiftung."

„Das heißt, man muss die Laboranalysen abwarten", sagte Jim, mehr zu sich selbst.

Kaltenbach nickte wieder. „Exakt."

„Dann hätten wir uns die ganze Vorlesung hier sparen können", grummelte Faber.

„So, liebe Kollegen, Sie sind herzlich zur Obduktion morgen früh eingeladen."

„Danke, ich verzichte", sagte Henry und schüttelte den Kopf.

Der Professor sah sie verständnisvoll an. „Ich merke schon, Sie sind eher die Theoretikerin."

Henry rümpfte schulterzuckend die Nase. Die Schutzpolizistin, die zugehört hatte, trat einen Schritt vor. „Ich mache das gerne."

„Na also." Doktor Kaltenbach streckte seine Knie durch. „Sie können mich auch einfach anrufen, Frau Winter."

Henry lächelte erleichtert.

„Keine Lust, auf eine weitere Folge ‚Sendung mit dem Kaltenbach'?", fragte Faber flüsternd.

Die Kommissarin verdrehte die Augen. „Nee, lass mal." Dann stapfte sie hinter dem Professor her, der gerade seinen Koffer ins Auto lud. „Ich hätte noch eine Frage zu Carla Hofmann."

„Ja?" Er drehte sich zu ihr.

„Gibt es Anzeichen dafür, dass sie schwanger war?"

Kaltenbach dachte länger nach, als es nötig gewesen wäre. „Nein."

„Deutete etwas darauf hin, dass sie überhaupt irgendwann mal schwanger war und eventuell abgetrieben hat?"

„Also die Gebärmutter haben wir nicht untersucht", sagte er zögerlich. „Ich muss zugeben, dass wir im Moment ziemlich viel zu tun haben. Es ging um die Todesursache, da war das für mich irrelevant. Na, wir schauen mal. Ich muss jetzt aber los, Frau Winter."

Er ließ die Kommissarin stehen und stieg in seinen Wagen.

Henry beobachtete die Szenerie, die sich an Britta Enßles Auto abspielte. Jim, Daniel und die Schutzpolizisten untersuchten das Fahrzeug von allen Seiten. Am gegenüberliegenden Ufer versammelten sich immer mehr Schaulustige. Manche machten Fotos mit ihren Smartphones.

Sven Ebert und Uwe Lorenz hatten sich auf einem Wanderparkplatz hinter dem Tübinger Ortsteil Bebenhausen verabredet. Ebert hatte Lorenz von einer Telefonzelle aus angerufen, weil er sein Handy nicht mehr hatte einschalten wollen. Er war sich sicher, die Polizei würde es orten. Und da er auch annahm, dass Lorenz abgehört wurde, hatte er auf die alte Methode zurückgegriffen, die sie schon in der Schule verwendet hatten: Orte und Zeitpunkte so zu umschreiben, dass nur sie es entschlüsseln konnten. Etwaige Verfolger würde Lorenz irgendwie abhängen, davon war Ebert überzeugt. In der Stadt konnte er sich keinesfalls blicken lassen, er war sich bewusst, dass man nach ihm suchte, obwohl er noch nichts von dem Leichenfund unweit seiner WG wusste.

Uwe Lorenz stieg aus dem Bus und ging den Rest zu Fuß. Immer wieder drehte er sich um, um sich zu vergewissern, dass ihm niemand folgte. Eigentlich war es ihm egal, ob sie Sven fanden, aber er wollte es sich jetzt ungern mit der Polizei verscherzen. Wer wusste schon, was diese Kommissarin Winter vor Gericht wieder gegen ihn verwenden würde.

Sven saß auf dem obersten von sechs aufeinandergestapelten Baumstämmen im Schatten und sah, bis auf die Zigarette in seinem Mundwinkel, aus wie ein normaler Spaziergänger auf der Flucht vor der Stadthitze.

„Wo warst du die ganze Zeit?", fragte Uwe Lorenz, als er außer Atem bei ihm ankam.

„In Reutlingen bei einem Bekannten. Aber frag lieber nicht … Haben die euch hochgenommen?" Er drückte seine Kippe auf einem der Baumstämme aus.

„Na, nicht nur Peter und mich. Dich auch. Ist eine ziemliche Scheiße. Mein Anwalt hat das so hingebogen, dass ich gehen durfte. Allerdings weiß ich immer noch nicht, wie er das geschafft hat, vermute aber, dass der Richter mich nur rausgelassen hat, damit die Bullen mich observieren können." Er sah sich um. Außer ihnen beiden war niemand auf dem Parkplatz. „Gibt jetzt wohl eine Gerichtsverhandlung." Er trat gegen einen Kieselstein.

„Für mich auch?"

„Natürlich, du Depp! Die wissen doch genau, dass du dazugehörst. Es wird dir nix bringen, du musst dich stellen. Ansonsten bist du jetzt den Rest deines Lebens auf der Flucht. Schau mich an: Ich bin auf freiem Fuß und halte mich trotzdem brav zur Verfügung. Ich hab keinen Bock auf ein Leben als U-Boot."

„Mhm." Sven Ebert sah auf den Waldboden vor sich. Seine Eltern hatten immer gehofft, er würde irgendwann Medizin studieren. In der ganzen Nachbarschaft hatten sie damals rumerzählt, dass er hochbegabt sei. Erst als Sven Ebert von der Schule flog, hörten sie auf, mit ihrem Sohn zu prahlen. Stattdessen konzentrierten sie sich auf seine kleine Schwester, die zwar eher mittelmäßige Noten hatte, aber in der Zwischenzeit trotz allem erfolgreich Psychologie studierte. Hätte Sven Ebert das Abitur bereits in der Schule bestanden, so war er sicher, wäre er nicht auf die schiefe Bahn geraten, hätte stattdessen Germanistik studiert und vielleicht sogar promoviert. Was bei ihm jedoch folgte, war eine Karriere wie aus einem Ratgeber für Kleinkriminelle mit schwieriger Kindheit. Alles hatte

mit den falschen Freunden begonnen, das später nach-
geholte Abitur hatte da auch nicht mehr geholfen, er war
bereits falsch abgebogen. Es folgten Diebstähle, Drogen,
Körperverletzungen. Seine Eltern warfen ihn raus, und er
kam bei Uwe Lorenz unter. Seither hatte Sven Ebert das
Gefühl, in dessen Schuld zu stehen, und so machte er bei
allem mit, was sein Freund vorschlug.

„Und die Kacke ist noch viel mehr am Dampfen, als du
dir vorstellen kannst", sagte Lorenz.

„Wieso?"

„Weil die gegenüber von unserer Bude eine Leiche gefunden haben."

„Hä? Wie? Eine Leiche? Bei uns?"

„Bist du schwer von Begriff, Bruder? Die denken, wir
haben was damit zu tun."

„Aber ihr tötet doch keinen!" Sven Ebert ließ seinen
Blick schweifen und sprach wieder leiser. „Wer ist das
denn?"

„Irgendeine Puppe halt. Hat wohl ab und zu Gras geraucht und gekokst. Mir sagte die aber nix." Er zögerte.
„Oder hast du was damit zu tun?"

Sven Ebert stand auf und stellte sich vor seinen Freund.
„Hör mal, so was traust du mir zu? Ich bin doch kein Killer, Mann."

„Was war mit der Flamme, die dich vor zwei Wochen
auf dem Festival hat abblitzen lassen? Haste die umgelegt?"

„Bullshit!"

„Wie hieß sie denn noch mal? Zufällig Carla? Dann lag
sie nämlich bei uns fast vor dem Haus!"

Lorenz kam Ebert immer näher. Der ging einen Schritt zurück. „Hör auf damit! Ich hab keine Ahnung mehr, wie die Schnalle hieß, und es ist mir egal. Nur weil mich eine nicht will, lege ich die doch nicht um!"

„Weil eine dich nicht will? Du meinst wohl, weil dich keine will!"

Ein dunkler Van fuhr auf den Parkplatz. Auf den Vordersitzen saßen ein Mann und eine Frau, hinten offenbar zwei Kinder. Uwe Lorenz vermutete, dass Zivilfahnder nicht in einer solchen Familienkonstellation auftraten, aber sicherheitshalber setzte er sich langsam in Bewegung. „Wir sollten mal ein Stück gehen, nicht, dass doch noch jemand kommt. Ist bisschen auffällig, hier rumzustehen."

Sven Ebert folgte ihm. „Aber ich kann mich nicht stellen, hab doch gar keinen Anwalt." Er zuckte mit den Schultern.

„Wir haben unsere Anwälte vom Boss bekommen. Die waren schon gut. Meinen hat die Kommissarin aber ganz schön durch den Fleischwolf gedreht. Na ja, wenigstens durfte ich nach Hause und warte auf unsere Verhandlung." Dann fügte er flüsternd hinzu: „Wir dürfen uns jetzt halt überhaupt nichts mehr erlauben. Nichts, verstehst du?"

„Mhm", wiederholte Ebert. Plötzlich wurde er lauter. „Moah, was für eine Scheiße! Diese verdammte Bullenschlampe! Die will mir einen Mord anhängen, da komm ich doch niemals raus! Die manipulieren die Beweise, für die bin ich doch der geeignete Sündenbock!"

„Reiß dich zusammen", sagte Lorenz und deutete mit der Hand an, gleich Sven Eberts Mund zuzuhalten. „Das bringt uns jetzt alles nichts. Du gehst zu den Cops und stellst dich. Mitgefangen, mitgehangen."

„Ich hab doch gleich gesagt, dass wir zu kleine Fische für so was sind! Der Coup war einfach eine Nummer zu groß für uns. Wie kamen die überhaupt an unser Versteck?"

Lorenz erzählte ihm von der Durchsuchung und davon, dass Windisch einen Diensthund schwer verletzt hatte. „Der hat nur noch geschossen und sogar die Winter getroffen. Hatte aber eine Weste an. Der Hund nicht." Er senkte den Kopf.

„Oh Mann, der hat einen Hund abgeknallt? Der spinnt doch!" Sven Ebert seufzte. „Ich überleg's mir, okay?"

„Nee, du überlegst nicht, Sven, du machst das. Noch wissen die nur von dem Kokain. Der Boss ist gar nicht begeistert von unserer Aktion. Dem ist vor allem wichtig, dass wir unsere Strafe absitzen", beim Wort ‚unsere' deutete er Gänsefüßchen in der Luft an, „und ihn nicht mit reinziehen. Der Rest ist dem völlig wurscht. Und wenn wir das nicht machen, hackt er uns den Kopf ab."

„Aber wir landen doch im Bau! Und womöglich wegen Mordes! Ich war es doch überhaupt nicht! Okay, ich hab, wie du weißt, vor ein paar Tagen Streit mit so einer gehabt, aber umbringen? Niemals!" Ebert fuhr sich durch die Haare.

„Ja und? Dann landen wir da halt. So schlimm isses dort auch nicht, guck doch Peters Bruder an. Wenn der rauskommt, hat er eine weiße Weste und kann machen, was er will. Jedenfalls sitze ich lieber in der JVA, als dass der Boss mich jagen lässt und ich am Ende einen Kopf kürzer bin."

„Ja, das hat schon was", gab Ebert zu. „Du meinst also, wenn ich mich nicht stelle, dann suchen mich nicht nur die Bullen, sondern auch der Boss?" Seine Stimme wurde zittrig.

„Genau so ist das, kleiner Sven."

„Scheiße." Ebert blieb stehen und starrte in den Wald.

„Ja, scheiße."

***

Henry, Daniel und Jim kamen am späten Nachmittag im Kommissariat an. Auf Fabers Schreibtisch lag eine durchsichtige Plastiktüte mit einem Smartphone.

„Was ist das?", fragte er.

„Ein Handy." Jim trabte schon wieder in Richtung der Kaffeemaschine wie eine ausgehungerte Hyäne.

Henry ließ sich auf ihren Bürostuhl fallen. „Glaubt ihr, dass die Todesfälle in Verbindung stehen?"

Jim versuchte, das Mahlgeräusch des Kaffeevollautomaten zu übertönen. „Glaub ich nicht. Wir müssen überprüfen lassen, ob die beiden etwas miteinander zu tun haben. Ihr habt doch hier sicher Personal für so was?"

Daniel Faber, der das Telefon in seiner Plastikverpackung von allen Seiten inspizierte, antwortete nicht.

Ohne zu klopfen, betrat Klaus Pankow das Büro. „Ah, ich sehe schon, Sie haben es gefunden." Er zeigte auf das Mobiltelefon in Fabers Händen.

„Was ist das?", fragte Daniel jetzt noch einmal.

„Das ist das Handy von Carla Hofmann. Wir haben ein paar Taucher den Neckar an der Fundstelle absuchen lassen. Die Jungs aus der IT meinten, dass es noch funktioniert." Er sah Schätzles ungläubigen Blick und fügte erklärend hinzu: „Heutzutage sind die meisten Smartphones wassergeschützt. Das da ist sogar so ein richtig wasserdichtes Outdoor-Handy. Wir haben die Daten auch vorsichtshalber alle runtergeladen, aber das Gerät ist geladen, ihr könnt es selbst durchsehen."

„Und? Ist was dabei?", fragte Henry, die immer, wenn sie mit Pankow sprach, Angst hatte, etwas Falsches zu sagen.

Er drehte sich zu ihr. „Also auswerten müssen Sie das Ganze schon selbst."

„Okay", sagte sie brav.

Pankow kramte einen zerknitterten Zettel aus der Hosentasche. „Das ist die PIN." Er reichte ihn Faber, der sogleich das Smartphone startete.

Grußlos verließ Pankow das Büro.

Faber schüttelte den Kopf, ohne den Blick von dem Mobiltelefon abzuwenden. „Seggl."

„Was?" Henry war immer noch von der bloßen Anwesenheit ihres Chefs eingeschüchtert.

Jim setzte sich neben sie. „Ein Seggl ist so was wie ein Idiot. Auf Schwäbisch."

„Ja, warum ist er überhaupt so ein Idiot?" Henry legte die Stirn in Falten.

„Hat schlechte Erfahrungen mit Frauen im Dienst gemacht." Faber tippte die PIN von Pankows Zettel ab und begann, das Telefon zu durchforsten. „Er meint, die verdrehen den männlichen Kollegen immer den Kopf."

Henry rümpfte die Nase. „Wenn ich jemandem den Kopf verdrehe, dann höchstens, um ihm das Genick zu brechen."

„Na, sieh mal einer an!", sagte Faber plötzlich.

Henry und Jim standen synchron auf und stellten sich hinter ihren Kollegen. Der hatte den SMS-Verlauf zwischen Carla und ihrem Vater geöffnet. Die letzte Nachricht leuchtete auf dem Display: „Hilfe, Andi will mich umbringen! Freibad! Polizei!" Die SMS war nicht abgeschickt worden und hing immer noch auf Carla Hofmanns Mobiltelefon fest.

„Jetzt wird's eng für den kleinen Malermeister, würde ich sagen." Daniel sah Henry an.

„Was für ein Malermeister?" Jim schlürfte genüsslich seinen Kaffee. „Ich dachte, der Kerl studiert?"

„Kleiner Insider", flüsterte Henry.

„Sie hat die Nachricht aber nicht abgeschickt", stellte Faber fest. „Oder hatte keinen Empfang. Jedenfalls steht da ‚nicht gesendet'."

„Das ist mir fast zu offensichtlich." Henry drückte ihren Rücken durch. „Hätte die Nachricht nicht spätestens verschickt werden müssen, als die Jungs aus der IT das Gerät angeschaltet haben?"

„Tja, das müssten wir die Jungs aus der IT mal fragen." Faber zwinkerte Henry zu. „Aber soweit ich weiß, versetzen die so ein Gerät direkt in den Flugmodus. Ich glaube, es ist ohnehin nur der Entwurf einer Nachricht, die nie bewusst abgeschickt wurde."

„Gibt's sonst noch auffällige Nachrichten?" Henry ging zur Kaffeemaschine und ließ Daniel eine Tasse raus.

„Mir fällt jetzt nichts auf."

„Social Media?"

„Willst du das vielleicht machen?", fragte Faber. „Du kennst dich mit dem neumodischen Kram besser aus."

Henry tauschte die Tasse gegen das Smartphone. Während ihre Kollegen jetzt ein Kaffeekränzchen hielten und über die gute alte Zeit plauderten, durchsuchte sie das Handy nach weiteren Auffälligkeiten.

In der Fotogalerie fand sie alle möglichen Bilder von Carla und Andreas Freitag. Obwohl Henry keinerlei Bezug zu der Toten hatte, schmerzte es sie, die Fotos der fröhlichen jungen Frau zu sehen.

„Die hat über sechstausend Bilder hier drauf", stellte Henry nüchtern fest.

Faber drehte sich dynamisch in seinem Stuhl zu ihr. „Ja, so ging mir das doch damals auch bei der Influencerin, die mir ihre ganzen Selfies geschickt hat."

Nach einer halben Stunde hatte Henry das Gefühl, auf den Fotos nichts mehr erkennen zu können. Sie kniff ihre Augen angestrengt zusammen und atmete tief durch.

„Kommst du mit zum Mittagessen?", fragte Jim.

„Nee, lass mal."

Jim und Faber sahen sich schulterzuckend an und verließen den Raum.

Henry scrollte weiter durch die Fotos, wurde aber nicht fündig. Sie öffnete Carla Hofmanns Mailprogramm, wo jedoch fast nur E-Mails von Professoren aus der Uni lagen. E-Mails waren out, so viel stand fest. Im Spamordner fand Henry dann mehrere Nachrichten von einer Datingplattform namens Wanderliebe. Eine App gab es dazu offenbar nicht. Also öffnete sie den Internetbrowser und suchte die

Datingseite auf Google. Ganz oben in den Suchergebnissen wurde ihr vorgeschlagen, die dazugehörige App zu installieren. Es war schon seltsam, dass Carla dort registriert gewesen war, aber die App nicht auf dem Handy hatte.

Auf der Loginseite musste die Kommissarin feststellen, dass dort zwar ein Nickname automatisch ausgefüllt wurde, jedoch nicht das dazugehörige Passwort. „Mist", sagte Henry, legte das Smartphone auf ihren Schreibtisch und massierte sich die Schläfen. Die Sonne war mittlerweile um das Polizeirevier herumgewandert, und so ließ Henry die Jalousien hoch, um ein wenig Licht ins Zimmer zu lassen.

„Ach, ich bin so blöd", sagte sie laut zu sich selbst, nahm das Smartphone wieder in die Hand und klickte auf ‚Passwort vergessen'. Es dauerte keine dreißig Sekunden, bis ein Link zum Zurücksetzen des Passworts in Carla Hofmanns Mailordner landete.

Auf der Datingseite fand Henry jede Menge Nachrichten. Christians Theorie bestätigte sich auch hier. Leider musste sie feststellen, dass Carla Hofmann ziemlich viele davon beantwortet hatte, was es nicht einfacher machte.

Henry interpretierte die Nachrichten so, dass Carla sogar mehrere der Männer gedatet hatte. Der Letzte, mit dem sie sich verabredet hatte, nannte sich ‚Romeo'. Sie hatten sich am Freibad getroffen, was zum Fundort der Leiche passen würde. ‚Ich freue mich auf dich' lautete die letzte Nachricht im Verlauf.

„Ha!" Henry sprang von ihrem Stuhl auf, der daraufhin nach hinten rauschte und gegen die Wand krachte. In diesem Moment kamen Faber und Jim zur Tür herein.

„Gott! Erschreck uns doch nicht so!" Faber griff sich an die Brust, als habe er beinahe einen Herzinfarkt erlitten. „Was hast du gefunden?"

„Ich hab ihn! Ich hab ihn!" Sie hüpfte mit dem Smartphone durchs Büro.

„Wen denn?" Jim wollte Henry das Telefon abnehmen, doch die hielt es fest wie ein Heiligtum.

„Den Killer! Bämm!"

„Wie? Jetzt zeig doch mal." Faber wurde ungeduldig.

„Hier! Sie haben sich verabredet. ‚Romeo' und Carla."

„Nicht dein Ernst." Jim versuchte immer wieder, ihr das Handy abzunehmen. „Das müssen wir sofort noch mal der IT übergeben, damit die nach der IP-Adresse von dem Kerl suchen."

Faber wählte die Kurzwahl seiner Kollegen. „Jungs, wir bräuchten euch dringend. Ich bringe noch mal das Handy von Carla Hofmann hoch. Ihr müsst zeitnah was überprüfen."

Henry sprang immer noch durch den Raum, aber Daniel Faber war schnell, schnappte sich das Handy und verließ damit das Büro.

„Spielverderber", schmollte sie. Sie setzte sich wieder auf ihren Stuhl.

„Mach dir nichts draus, der wird schon dafür sorgen, dass Pankow mitbekommt, dass das dein Verdienst ist."

„Darum geht's mir gar nicht."

Jim lehnte sich im Stuhl zurück. „Das Mittagessen war richtig lecker." Er rieb sich den Bauch. „So Gutes gibt's bei uns nicht."

Jetzt, wo sie allein waren und es mal nicht um den Mordfall ging, konnte sie ihren neuen Kollegen endlich auf Fabers Andeutung ansprechen. „Sag mal, Jim, was hat das eigentlich mit der Kinderschänderstory auf sich?"

Schätzle öffnete seinen Zopf, beugte den Kopf nach vorne und schüttelte die Mähne, als wäre er auf einem Metalkonzert. „Ach, halb so dramatisch." Er warf die Haare in den Nacken, um sie zusammenzubinden. Das tat er bestimmt zehnmal täglich. „Ich hatte da mal so einen Beschuldigten, bei dem ich hundertpro sicher war, dass er in einen Kinderpornoring verwickelt war. Aber nachweisen konnten wir ihm das partout nicht. Ich hab mich ziemlich in der Sache festgebissen und ihn dann wochenlang observiert. Das war natürlich nicht genehmigt, aber manchmal muss man eben seinen eigenen Weg gehen. Jedenfalls habe ich ihn dann dabei erwischt, wie er mit einer fremden EC-Karte einen recht hohen Geldbetrag abgehoben hat. Die Karte hatte er wohl vorher geklaut, das war meiner Aufmerksamkeit allerdings entgangen. Ich musste schließlich zwischendurch auch schlafen. Und arbeiten." Er lächelte. „Jedenfalls habe ich ihn für diese Betrugsgeschichte in den Knast gebracht."

„Okay, das ist ja wirklich keine bahnbrechende Story und auch nicht neu. Al Capone haben sie schließlich auch wegen Steuerhinterziehung und nicht wegen Mordes eingesperrt."

Er setzte sich neben sie. „Das Schöne an der Geschichte kommt erst noch." Nach einer dramatischen Pause sprach er weiter. „Ich habe so meine Beziehungen in den Knast, und so habe ich für das Gerücht gesorgt, der Kerl säße wegen Pädokriminalität im Bau." Er sah nachdenklich an die Decke. „Es war ja nicht wirklich ein Gerücht."

„Und dann?", fragte Henry erwartungsvoll.

„Kannst du dir vorstellen, was mit jemandem im Knast passiert, wenn alle anderen wissen, dass er ein pädophiles Schwein ist? Da bist du in der Rangordnung ganz unten. Die haben schon für die gerechte Strafe gesorgt und tun es vermutlich heute noch." Er grinste stolz.

„Okay." Henry sah ihn an. „Das ist dann wirklich eine gute Story. Zumindest, wenn er tatsächlich in einen Kinderpornoring verwickelt war. Sonst wäre es ein bisschen fies. Und wegen der Observation ist dir keiner an den Karren gefahren?"

„Ach", er winkte ab, „das gab ein längeres Gespräch mit meinem Vorgesetzten, mehr nicht. Das war es mir auf jeden Fall wert."

Daniel Faber betrat das Büro. „Also, die Kolleginnen Blöm und Kowalski überprüfen, ob es Schnittpunkte zwischen Carla Hofmann und Britta Enßle gibt, außer, dass beide Studentinnen waren. Aber ich denke, das wird eher schwierig."

„Das ist sehr nett von ihnen", sagte Henry.

„Nein, das ist ihr Job." Daniel lachte. „Und ich glaub, dass die das sehr gerne machen. Schon allein für unseren Kollegen aus Esslingen." Er zwinkerte Jim zu.

„Und was ist mit der IP-Adresse?", fragte der jetzt, ohne auf Fabers Anspielung einzugehen.

„Das überprüft die IT." Daniel Faber legte einen USB-Stick auf den Tisch. „Den Rest der Daten von Carla Hofmanns Mobiltelefon können wir jetzt noch durchgucken."

„Pizza?", fragte Jim.

Daniel warf ihm einen fragenden Blick zu. „Wir kommen gerade aus der Kantine."

„Ja, bestell mal." Henry hatte seit dem Frühstück, das nur aus einer Butterbrezel bestanden hatte, nichts mehr gegessen.

19. Juni, abends

Die Durchsicht der Daten des Mobiltelefons war schneller gegangen, als Henry befürchtet hatte. Ausnahmsweise hätte sie vor neunzehn Uhr Feierabend gehabt, sie beschloss aber, mit dem Fahrrad einen kleinen Umweg zu fahren.

Weil das Wartezimmer des HNO-Arztes immer noch voll war, zog Henry schon auf dem Weg zum Empfang ihren Dienstausweis aus der Tasche. Er war ihre Respekt verschaffende Eintrittskarte, ein Katalysator für Wartezeiten, ein Türöffner, und vor allem verhinderte er unnötige Erklärungen.

Sie musste sieben oder acht Jahre alt gewesen sein, als sie das letzte Mal bei einem Hals-Nasen-Ohren-Arzt gewesen war. Aus kindlicher Dummheit heraus hatte sie sich eine Holzperle in die Nase gesteckt. Sie wurde nie gefunden, und Henry überlegte, ob es möglich war, dass sich die Perle heute noch irgendwo in ihrem Körper befand.

Nachdem eine Patientin mit einem dicken Nasenverband das Behandlungszimmer verlassen hatte, durfte Henry eintreten. Herr Doktor Hensel tippte noch etwas in einen Computer und sah sie nicht an.

„Henrietta Winter." Sie sah sich in dem kleinen Raum um und suchte eine Sitzgelegenheit, aber es gab nur den Stuhl für die Patienten.

„Kripo also?" Dynamisch drehte sich der Arzt in ihre Richtung. Mit einer Handbewegung bedeutete er ihr, auf dem Behandlungsstuhl Platz zu nehmen.

Zögerlich setzte sich Henry, ließ aber weiter ihren Blick durch den Raum schweifen. Die medizinischen Geräte verunsicherten sie. „Herr Doktor Hensel, sagt Ihnen der Name Carla Hofmann etwas? Müsste eine ..."

„Ja, das ist eine Patientin von mir", unterbrach sie der Arzt. Genau wie Daniel Faber trug er einen Chin-Puff-Bart, nur war der noch nicht so weiß wie der ihres Kollegen.

Henry legte ihre Hände in den Schoß. Ärzte lösten in ihr immer dieses Gefühl von Ehrfurcht aus. Das war spätestens so, seit Doktor Frobenius, ihr ehemaliger Psychiater, von seinem Studium erzählt hatte. Es war ihr unangenehm, dass Mediziner ihren Körper besser kannten als sie selbst. Sie räusperte sich. „Frau Hofmann ist leider verstorben."

Doktor Hensel, der Henry durchaus sympathisch war, sah sie betroffen an. „Frau Hofmann hat nächste Woche einen Termin bei mir."

Henry war überrascht, dass der Arzt seine Termine offenbar im Kopf hatte. „Deshalb bin ich hier." Ihre Stimme klang belegt. „Worum ging es denn dabei?"

Der HNO-Arzt, der vielleicht zehn oder fünfzehn Jahre älter war als Henry, verschränkte die Arme. „Frau Hofmann litt unter einem chronisch geschwollenen Lymphknoten. Wir wollten den schon vor vier Wochen entfernen, allerdings ..." Er holte Luft. „Darf ich Ihnen das überhaupt alles sagen?"

224

„Oh." Henry beugte sich vor und versuchte sich an einem seriösen Gesichtsausdruck. „Aber ja. Zumindest wenn Sie davon ausgehen, dass es Frau Hofmanns mutmaßlichem Willen entspricht, dass ich das weiß. Ihre Patientin wurde Opfer eines Gewaltverbrechens, und ich möchte gerne wissen, was passiert ist." Sie setzte sich gerade hin. „Es wird im Interesse Ihrer Patientin sein, dass ich ihren Tod aufkläre."

Der Arzt lächelte. „Die Operation musste verschoben werden, weil Frau Hofmann schwanger war."

Henry schoss so abrupt auf dem Stuhl hoch, dass sie beinahe vornübergekippt wäre, wenn Doktor Hensel sie nicht blitzschnell aufgefangen hätte. „Immer mit der Ruhe." Er hielt sie am Oberarm fest, und Henry sah, dass er sich ein Lachen verkniff. „Für einen Nasenbruch habe ich heute keine Zeit mehr."

Sie wusste nicht, ob es daran lag, dass er Mediziner war, oder schlicht an seiner erfrischenden Art, jedenfalls störte es sie nicht, dass er ihre Komfortzone für einen Moment durchbrochen hatte. „Sie war schwanger? Wissen Sie mehr darüber?"

Der Arzt ließ vorsichtig ihren Arm los und vergewisserte sich, dass Henry sicher saß. „Na ja. Sie meinte dann, dass sich das Problem", er malte Gänsefüßchen in die Luft, „ohnehin bald löse und sie dann einen neuen Termin für die OP vereinbaren werde. Ich habe nicht weiter nachgefragt, ich bin schließlich kein Gynäkologe. Vor ungefähr zwei Wochen rief sie dann nochmals an und bat um ein normales Beratungsgespräch, weil sie jetzt nicht mehr weiterwusste. Mehr wollte sie mir am Telefon nicht sagen, daher der Termin nächste Woche."

„Verstehe." Henry fuhr sich durch die Haare. „Wow. Davon wussten wir nichts." Sie spürte einen kalten Schauer auf der Haut und hoffte, Doktor Hensel würde nicht merken, dass sie zitterte.

„Was ist ihr denn widerfahren?", er kratzte sich am Kopf, an dem das Haar langsam lichter wurde.

„Darüber darf ich leider nicht reden. Auch nicht im Interesse Ihrer Patientin." Sie zuckte die Schultern.

„Na gut", sagte er und sah auf die Uhr. „Ich will Sie ungern rauswerfen, aber Sie haben sicher das volle Wartezimmer gesehen, und irgendwann will ich auch noch Feierabend machen."

Henry sprang auf. „Oh ja, tut mir total leid. Vielen Dank, das war sehr aufschlussreich." Fast nicht zu bemerken hüpfte sie leicht von einem Bein auf das andere. „Ich komm vielleicht noch mal. Aber wegen meiner Nasenscheidewand." Sie wurde rot. „Also die müsste man mal …"

„Begradigen?" Doktor Hensel zog die Augenbrauen hoch.

Henry hasste diese Situationen, in denen ihr die Worte fehlten, in denen sie Fremdwörter falsch verwendete oder anfing zu stottern. Meistens kannte sie nicht einmal den Grund dafür. So auch jetzt.

Sie nickte. „Aber nicht heute. Versprochen."

Vor der Tür schloss sie die Augen und atmete bewusst ein und aus. Dann wählte sie die Nummer der Gerichtsmedizin. Das Sekretariat teilte ihr aber mit, dass Doktor Kaltenbach bereits im Feierabend war.

Henry ließ die Information von Doktor Hensel keine Ruhe.

Vor einem Monat hatte sie eine Frauenärztin gefunden, die noch neue Patientinnen aufnahm. Sie wusste nicht, wen sie sonst fragen sollte. Professor Doktor Kaltenbach war jetzt nicht mehr erreichbar, und Henry hatte die Angewohnheit, alles sofort wissen zu müssen. Sie hatte einen Verdacht, und damit wollte sie auf keinen Fall bis zum nächsten Tag warten, bis der Professor wieder in der Gerichtsmedizin war.

Die Praxis der Ärztin war immer noch genauso voll wie die des HNO-Arztes, obwohl es bereits halb acht war. Polizisten waren offenbar nicht die Einzigen, die Überstunden machten an diesem heißen Sommerabend.

„Ich würde gerne mit Frau Doktor Neunhoeffer sprechen." Henry zeigte routiniert ihren Dienstausweis, obwohl das eigentlich nicht nötig war. In dem Moment kam die Ärztin ohnehin aus dem Behandlungszimmer.

„Könnte ich Sie bitte kurz sprechen?" Weil Henry nicht sicher war, ob sich die Ärztin noch an sie erinnerte, zeigte sie auch ihr ihren Ausweis. „Ich bin beruflich hier."

„Geht's schnell?" Eva Neunhoeffer wirkte in Eile, was Henry angesichts des vollen Wartezimmers nachvollziehen konnte.

„Sehr schnell, versprochen." Die Kommissarin lächelte, und die Ärztin lud sie gestisch ins Behandlungszimmer ein.

„Entschuldigen Sie den Überfall." Etwas beschämt steckte Henry ihren Dienstausweis in die Hosentasche. „Ich habe nur eine einzige Frage. Ich weiß nicht, wen ich sonst fragen soll, und vielleicht wissen Sie es auch gar nicht ..."

„Jetzt fragen Sie schon." Die Ärztin nickte freundlich. „Wenn's wichtig ist, habe ich dafür selbstverständlich Zeit."

„Angenommen, jemand hat ein Kind abgetrieben. Könnte man so etwas post mortem noch feststellen?"

Eva Neunhoeffer sah in die Luft. „Klar. Kommt natürlich drauf an, wann. Kurz danach sieht man das an der Gebärmutter ganz sicher. Wenn die Schwangerschaft schon länger her ist, müsste man im maternalen Blut trotzdem noch DNA des Kindes finden."

Henry kniff die Augen zusammen. „Ich bin nicht vom Fach. Vielleicht können Sie das noch mal für Laien erklären?"

Die Ärztin lachte. „O je, entschuldigen Sie. Im Blut der Mutter findet man häufig DNA-Reste des Kindes, mit dem sie schwanger war. Unter Umständen sogar viele Jahrzehnte."

„Das heißt, man könnte mit den DNA-Resten des Kindes auch den Vater feststellen, oder?"

Die Ärztin nickte.

„Oh wow." Henry staunte. „Damit haben Sie mir sehr geholfen, danke! Ich will Sie auch nicht länger aufhalten, ich habe gesehen, wie voll das Wartezimmer ist. Jedenfalls kann unser Gerichtsmediziner eine Schwangerschaft auf jeden Fall feststellen. Auch wenn sie länger her ist."

Die Ärztin nickte. „Schön, wenn ich Ihnen helfen konnte." Sie stand auf und brachte sie zur Tür. „Ich nehme an, Sie dürfen mir nicht verraten, worum es geht?"

Henry schüttelte den Kopf. Sie hatte in diesem Fall schon viel zu viel mit Menschen geredet, die eigentlich nichts wissen durften.

Bevor sie auf ihr Fahrrad stieg, schrieb sie eine E-Mail an Professor Doktor Kaltenbach. Er musste das einfach überprüfen. Es wäre vielleicht ein Tatmotiv für Andreas Freitag, vor allem dann, wenn Carla Hofmann von Taner Akbulut schwanger gewesen war.

Henry zog die Rollläden in ihrem Wohnzimmer hoch, die sie wegen der Sonne tagsüber unten hielt, füllte sich Eistee in ein Glas, warf drei Eiswürfel hinein und setzte sich auf ihren Balkon.

Sie dachte an Christian, mit dem sie in der Mittagspause oft in ein Stockholmer Café gegangen war. Häufig hatte es im Sommer geregnet, oder sie hatte bei siebzehn Grad mit einer Strickjacke dagesessen. ‚Frostbeule' hatte er sie immer genannt. Christian! Sie sprang von ihrem Stuhl auf und kramte in ihrer Tasche nach ihrem Smartphone. Am Morgen hatte sie versprochen, ihn anzurufen.

„Singer?" Seine Stimme klang rau. Vermutlich war er am Vorabend mal wieder zu lang unterwegs gewesen.

„Hej, ich bin's."

„Henry, wie schön. Was macht eure Leiche? Hast des mit dem Sitz überprüft?"

„Klar! War aber eine Sackgasse. Die Idee war trotzdem super. Danke dafür. Ohne dich bin ich wohl echt lebensunfähig."

„Jetzt übertreibst, Madl."

Sie fand nicht, dass sie übertrieb. Oft war es Christian, der sie aus dem Sumpf zog. Egal, ob es Präsentationen gewesen waren, die er in letzter Sekunde dann doch für sie gehalten hatte, oder einfach freundschaftliche Ratschläge. Er war der einzige Grund gewesen, der sie hatte zögern lassen, ob sie die Stelle bei der Polizei Tübingen annehmen sollte.

Henry erkundigte sich nach Beates Befinden. Im Haus der Singers war sie ein- und ausgegangen und hatte sich dort immer wohlgefühlt. Es hatte sogar eigens für sie eine Packung Kaba gegeben. Das Pulver war sicher längst abgelaufen.

Dann folgte der übliche Tratsch aus Bullerbü. Kjell wollte bei ‚One Earth' kündigen und nach Jokkmokk in Nordschweden ziehen. Henry und Christian fanden beide, dass das eine ganz hervorragende Idee war, weil er dort niemandem mehr schaden konnte.

„Da kann er ja eine Rentierfarm eröffnen", lachte Henry.

„Geh, die armen Viecher. Dann geht er denen auf den Sack."

Magnus terrorisierte Christian und Håkan weiterhin, und ihr österreichischer Kollege sehnte sich umso mehr nach einer Stelle in Wien. Der Arbeitsmarkt war dort für hochrangige Juristen im Moment wie leer gefegt, und Henry nahm sich fest vor, sich in den Kreisen der Tübinger Justiz umzuhören, ob nicht hier eine Stelle für ihn frei war. Genau genommen wünschte sie sich sehr, dass Christian und Beate in die schwäbische Unistadt kamen, aber sie wusste auch, dass es eigentlich nicht das Ziel ihres Freundes war. Er hatte nur noch wenige Jahre bis zur Pensionierung, und die wollte er nicht bei den ‚Piefkes‘, wie er die Deutschen liebevoll nannte, verbringen, sondern da, wo das Wiener Schnitzel aus Kalbfleisch hergestellt wurde. Als sie noch in Schweden war, hatten sie oft darüber gesprochen, dass er sie mal mit nach Wien nehmen wollte. Jetzt erschien dieser Plan in viel weiterer Ferne, als er ohnehin schon immer gewesen war.

Nachdem Henry Christian die neuesten Erkenntnisse über den Mord an Carla Hofmann berichtet hatte, mussten sie das Gespräch wegen des ‚mörderguatn Kaiserschmarrns‘ von Beate, der auf ihn wartete, beenden.

„Der riecht so fantastisch“, schwärmte Christian.

„Ja, du sollst ihn natürlich nicht nur riechen, sondern auch schmecken.“

„Ah geh, des is bei uns manchmal desselbe.“

„Jetzt fang nicht wieder mit lebensgefährlichen Missverständnissen an.“ Henry kicherte.

Sie erinnerten sich gemeinsam an die Situation, als Henry Christian einen Nusskuchen mitgebracht hatte, weil ihr nicht klar gewesen war, dass Aschantinüsse Erdnüsse waren. Auf die reagierte er leider allergisch.

Es klingelte an Henrys Tür. Sie wünschte Christian einen guten Appetit, und sie verabschiedeten sich.

Henry fragte sich, wer sie besuchen wollte. Spontan kam nie jemand vorbei. Ihr Vater und ihr Bruder kündigten sich vorher immer an, und außer ihnen und ihren Kollegen kannte sie noch niemanden in Tübingen.

Auf dem Weg zur Wohnungstür überprüfte sie kurz im Spiegel, ob sie zumutbar aussah. Das hohe Arbeitspensum sah man ihr an, aber sie konnte nicht leugnen, dass es ihr doch Spaß machte. Wenn man von den Leichen und den Augenringen, die sie mittlerweile hatte, absah.

Henry erinnerte sich nicht daran, Jonas Wenger jemals in Zivilkleidung gesehen zu haben. Er kam immer schon uniformiert auf das Präsidium. Jetzt wirkte er viel jünger und sportlicher. An der Leine hielt er Juno, die einen dicken Verband um den Vorderlauf gewickelt hatte und sich sichtlich freute, Henry zu sehen. Sie war jedes Mal erstaunt, wie weich das Fell des weißen Hundes war. Lange war sie davon ausgegangen, dass Juno einfach ein Schäferhund mit weißem Fell war. Erst jetzt erklärte ihr Jonas Wenger, dass es sich um eine eigene Rasse, einen Weißen Schweizer Schäferhund, handelte.

„Die sind bei der Polizei eher selten, weil sie so ein freundliches Gemüt haben." Jonas Wenger sah sich in Henrys kahler Wohnung um. „Man findet sie vielmehr bei der Rettungshundestaffel oder im Therapiebereich."

Henry war froh, dass Juno schon nach zwei Tagen aus der Tierklinik entlassen werden konnte. Das Ganze hatte wohl doch etwas dramatischer ausgesehen, als es tatsächlich war. Sie bot Jonas einen Eistee an, den er dankend annahm. Sie setzten sich auf den Balkon, Juno humpelte hinterher, und Jonas zog für seinen Hund einen Kauknochen aus der Tasche, vermutlich, um ihn zu beschäftigen.

Henry wusste nicht genau, wie sie anfangen sollte, es entstand eine unangenehme Sprechpause, und beide sahen auf das gegenüberliegende Haus, das von Efeu eingerahmt war. Unten stand, an einen Laternenpfahl gelehnt, ein Mann mit einer Basecap. Es sah aus, als wartete er auf jemanden. Er kam Henry unbekannt vor, und sie konnte sein Gesicht nicht erkennen.

„Jonas, ich ...", begann sie.

„Nein, lass mal. Ich weiß schon, was du sagen willst. Du kannst überhaupt nichts dafür. Ich bin ihr Hundeführer, und es war meine Aufgabe, dass ihr nichts passiert." Er tätschelte den Hund am Kopf.

„Kann sie denn wieder ... ähm ... arbeiten?", fragte Henry. „Falls man das bei Hunden so nennt."

„Durchaus nennt man das so." Er lächelte und trank von seinem Eistee. Beim Schlucken schloss er kurz die Augen. „Nein, sie kann leider nicht mehr bei der Polizei arbeiten."

„Und was machst du nun?"

„Na ja, das ist eben das Schicksal von uns Hundeführern. Ich brauche jetzt einen neuen Hund, den ich ausbilden muss. Die Hundestaffel ist so was wie meine Familie. Ohne Hund geht nicht."

„Verstehe." Henry sah betreten auf das Tier, das freudig an seinem Kauknochen nagte. „Wenn ich dir irgendwie helfen kann ..."

„Weißt du, ich habe schon öfter Hunde verloren. Einen sogar im Dienst. Das ist bei den Vierbeinern das gleiche Berufsrisiko wie bei uns. Also kein Grund, irgendwelche Schuldgefühle zu haben. Wir wissen um dieses Risiko.

Das Problem ist nur, dass kaum einer von uns die Hunde, wenn sie in ihren wohlverdienten Ruhestand eintreten, behalten kann."

Henry ahnte, was er sagen wollte, ließ ihn aber weitersprechen.

„Junos Vorgänger lebt heute bei meinen Eltern. Die sind mittlerweile aber fast siebzig und können keinen zweiten Hund bei sich aufnehmen. Ich habe in meiner Familie und bei meinen Freunden gefragt, da findet sich auch niemand. Polizeihunde finden normalerweise schon ein Zuhause, weil sie super erzogen sind. Ich habe nur ein Problem damit, die Hunde wegzuvermitteln, sodass ich sie nie mehr sehe." Er holte tief Luft. „Natürlich sind es Arbeitstiere, aber wenn wir das Büro verlassen, dann sind wir einfach Hund und Herrchen und streichen gemeinsam über die Streuobstwiesen, raufen um ein Stöckchen, gehen zusammen im Wald joggen und radfahren. Abends liegen wir auf dem Sofa und sehen uns einen Film an. Das sind nicht nur Diensthunde, sie sind auch Teil der Familie. Drogensuchhunde sowieso, das sind die freundlichsten Hunde überhaupt." Mit einem Blick voller Liebe sah er Juno an, die immer noch zufrieden den Knochen in den Pfoten hielt und daran knabberte. Die bandagierte Pfote tat sich beim Halten sichtlich schwer. „Kurzum: Könntest du dir nicht vorstellen, sie aufzunehmen?" Jetzt sah er Henry das erste Mal in die Augen.

Er hatte zweimal gesagt, dass sie sich keine Schuld geben sollte, aber sie wusste natürlich, dass er bei seiner Bitte ein wenig darauf spekulierte, dass sie eben doch ein schlechtes Gewissen hatte. Mit Jonas Wenger hatte sie nie viel zu tun gehabt, daher wäre sie sicher nicht seine erste Anlaufstelle, wenn sie nicht für den Einsatz vor zwei Tagen verantwortlich gewesen wäre.

„Ich weiß nicht recht ..." Henry kraulte Juno am Ohr. „Ich hab auch nicht so viel Zeit und bin mir nicht sicher, ob ich ihr gerecht werden kann."

„Klar, das ist eine wichtige Entscheidung. Die Kleine kann auch gut ein paar Stunden allein bleiben, das wäre nicht das Problem. Ich habe außerdem mit Klaus gesprochen." Henry wusste, dass er Pankow meinte, sie konnte sich aber nicht damit anfreunden, dass ihr Chef einen Vornamen hatte. Das erschien ihr zu menschlich, und sie konnte sich nicht vorstellen, dass er womöglich Freunde hatte. „Er hätte kein Problem damit, wenn du Juno mit ins Büro nimmst."

Henry stellte ihr Glas auf dem Tisch ab. „Seit wann ist der denn so großzügig?" Sie bereute ihre Frage direkt wieder, weil sie wusste, dass Jonas Wenger ein anderes Verhältnis zu Pankow hatte als sie, und sie hoffte, er würde nicht merken, was sie indirekt damit gesagt hatte.

„So schlimm, wie du denkst, ist der gar nicht."

Henry spürte, dass sich ihre Wangen rot färbten, und sie hielt sich schnell ihr Eisteeglas ans Gesicht.

„Kann ich darüber noch nachdenken? Ich will, dass sie es gut hat und nicht einfach bei mir abgeschoben wird."

„Aber klar kannst du das." Jonas fuhr sich mit der Hand durchs Haar. Dabei kamen die Muskeln an seinem Arm zum Vorschein, und Henry war sich sicher, dass er sich dessen bewusst war und diese Handbewegung nur aus diesem Grund machte.

Nachdem er sein Glas geleert hatte, stand er auf, um sich zu verabschieden. Henry nahm wahr, dass er noch einmal ihr Wohnzimmer inspizierte, und sie war froh, dass es nicht viel zu sehen gab. Es war ihr eher unangenehm, wenn jemand in ihr Reich drang. Auf dem Esstisch herrschte Chaos, weil sie dort in den letzten Tagen die geöffnete Post nur hingeworfen hatte. Das Glas vom Vorabend stand auch noch darauf. Andererseits fand sie, wer unangemeldet zu Besuch kam, musste damit leben, dass es nicht ordentlich war.

„Überleg's dir", sagte er. „Du kannst sie auch einfach mal zur Probe nehmen."

Henry sah ihn irritiert an. „Das ist doch kein Neuwagen, den man Probe fährt."

„Das macht der nichts aus, woanders zu sein. Hat sie schon öfter gemacht."

Henry ging in die Hocke und wuschelte dem Hund zum Abschied noch einmal über Kopf und Ohren.

Als Jonas weg war, musste sie sich eingestehen, dass die meisten Männer doch eigentlich ganz nett waren. Aber sowenig sie Zeit für einen Hund hatte, so wenig hatte sie für einen festen Freund. Da fiel ihr die Partnerbörse wieder ein, auf der sie sich registriert hatte. Sie musste dringend ihren Account löschen.

Henry zog ihren Laptop aus dem Regal. Sie blickte kurz auf die Straße hinunter, aber der Mann mit der Basecap war verschwunden. Sie stellte ihren Computer auf den Tisch und loggte sich bei der Partnerbörse ein. Es waren über fünfzig neue Mitteilungen in ihrer Mailbox.

„Schrecklich", murmelte sie.

Während sie in den Accounteinstellungen nach einer Möglichkeit suchte, ihr Profil zu löschen, dachte sie über Carla Hofmann nach. ‚Romeo' hatte sie über eine Dating-App namens Wanderliebe kontaktiert. Aber warum? Aus dem Chat, den Henry am Nachmittag auf Carlas Handy gelesen hatte, ging hervor, dass er sie angeschrieben hatte. Er hatte ihr geschrieben, dass er sie attraktiv finde. Henry wunderte sich, dass es immer noch Frauen gab, die auf so eine plumpe Nachricht antworteten. Dass sich das überhaupt nicht lohnte, hatte sich schließlich bei Carla gezeigt.

Warum schrieb er ausgerechnet Carla an? Sie musste das Profil der jungen Frau noch einmal überprüfen. Irgendetwas musste diesen Mann angezogen haben.

Vielleicht würde sich bei Britta auch ein Hinweis auf ‚Romeo' finden lassen. Aber wenn die Morde miteinander zu tun hatten, war er bestimmt nicht so blöd, zweimal die gleiche digitale Fußspur zu hinterlassen.

Endlich hatte sie den Link gefunden, auf dem sie ihr Profil löschen konnte. Der aktuelle Fall hatte ihr Vertrauen in Internetbekanntschaften nicht gerade gestärkt.

20. Juni, morgens

Taner Akbulut sah genau so aus, wie Henry sich einen BWL-Studenten vorstellte: Seine Kleidung war hochwertig und aufeinander abgestimmt, die Frisur wirkte, als wäre er gerade aus dem Friseursalon gekommen, und er duftete nach einem Herrenparfüm, das Henry nicht kannte. Normalerweise konnte sie sich an Düfte gut erinnern, und jedes Mal, wenn ein Mann Hugo Boss Bottled trug, erinnerte sie sich an Kjell. Faber musste ihr nicht sagen, wenn Jim kurz zuvor im Büro gewesen war, weil sie es an den Resten von Prada L'Homme, die in der Luft hingen, merkte. Aber das Parfüm von Taner Akbulut war ihr neu. Eigentlich hätte sie ihn gerne danach gefragt, sie wusste jedoch, dass das keinesfalls professionell wirkte.

Akbulut dagegen wirkte mehr als professionell, wie er vor ihr und Faber am Tisch saß und sein silbernes Armkettchen immer wieder ums Handgelenk drehte. Henry musste sich doch schwer wundern, wie Carla Hofmann von einem bodenständigen Typ wie Andreas Freitag zu diesem Schnösel gekommen war.

Daniel und Henry hatten sich vorher noch einmal die Mindmap mit den Fadenverbindungen angeschaut, die Daniel so kunstvoll hinter seinen Schreibtisch gesteckt hatte. Andreas Freitag und die Eltern von Carla Hofmann lenkten den Verdacht auf Akbulut. Da gab es aber noch

Dennis Beiler, Peter Windisch, Uwe Lorenz, Sven Ebert und Markus Haller. Und dann war da noch Mr. oder Ms. X. Denn Henry war klar, dass dieses Potpourri an Verdächtigen keinesfalls hieß, dass einer von ihnen der Täter war. Es bestand immer noch die Möglichkeit, dass es einen ganz anderen Täter gab oder dass Carla und Britta nichts miteinander zu tun hatten und es sich entsprechend um zwei Täter handelte. Carla Hofmanns Vater zum Beispiel. Kamen nicht auch die Eltern in Betracht, die so eiskalt vor ihr gesessen und von ihrer gerade verstorbenen Tochter erzählt hatten, als hätten sie eben erfahren, dass ihr Auto einen Totalschaden hatte? Selbst Frauke Simon kam infrage, die als Tochter eines Polizisten möglicherweise sogar eine Idee davon hatte, wie man einen perfekten Mord ausführte. Aber eine Frau vergraben, das passte eher zu einem Mann. Außerdem wusste Henry, dass nur zehn Prozent der Tötungsdelikte von Frauen begangen wurden. Aber zehn Prozent waren eben auch nicht null ... Vielleicht sollte sie sich diese Frauke Simon doch noch einmal vorknöpfen. Oder den Bekannten, mit dem sie spazieren gewesen war. Henry überlegte, wie der junge Mann hieß. Irgendwas Spanisches ... Das Schlimmste, was einem bei der Aufklärung eines Mordfalls aber passieren konnte, war ein Zufallstäter. Es war nicht auszuschließen, dass Carla Hofmann einfach am Neckar spazieren gegangen war und ihren Mörder gar nicht gekannt hatte. Dann, so vermutete Henry, würde sich dieser Mord niemals aufklären lassen. Wenn Daniel nur nicht immer so stur wäre, dachte sie. Es wäre so einfach, eine Sonderkommission zu gründen. Pankow würde eine ‚Soko Neckar‘ bestimmt genehmigen. Aber Faber musste immer alles alleine klären. Das war beim Mord an ihrer Mutter schon so gewesen. Er wollte keine Hilfe, davor hatte sie Charly Hellstern, Fabers ehemaliger Bürogenosse, schon gewarnt. Wenigstens Henry ließ er an sich heran. Jim Schätzle wurde von ihm auch nur akzeptiert, weil er ihn lange kannte und weil ihm nichts anderes übrig blieb. Wegen Fabers Sturheit mussten sie sich zu dritt um mindestens sechs Beschuldigte kümmern. Das war doch kaum zu schaffen. Vor allem jetzt, wo es noch Britta Enßle gab. Es war bisher gar nicht sicher, ob es sich um einen Unfall handelte. Was, wenn es doch auch ein Mord war und er womöglich mit dem an Carla Hofmann zusammenhing? Dann weitete sich der Kreis der Beschuldigten noch einmal um ein Vielfaches aus.

Henry bremste das Gedankenkarussell in ihrem Kopf und bemerkte jetzt erst, dass Taner Akbulut und Daniel Faber sie die ganze Zeit wortlos angeschaut hatten.

„Äh, wie war die Frage?" Sie räusperte sich.

„Ich hab dich gefragt, ob du bereit bist. Ist alles okay?" Faber runzelte die Stirn.

Henry schüttelte sich, als löse sich der Gedankenknoten dadurch. „Ja, alles gut, wir können anfangen." Ihr Smartphone vibrierte, und während Faber Taner Akbulut über seine Rechte belehrte, las sie unter dem Tisch die Mail von Professor Doktor Kaltenbach. Es war die Antwort auf ihre Nachricht vom Vorabend.

„Haben Sie Andreas eigentlich auch schon befragt?" Taner Akbulut verzog das Gesicht.

„Natürlich", sagten Daniel und Henry unisono.

„Wir befragen alle aus dem näheren Umfeld der Verstorbenen", erklärte die Kommissarin. „Wissen Sie, wir kannten Carla nicht und müssen uns erst einmal ein Bild über ihre Lebensumstände machen. Das alles hier passiert im Sinne Ihrer Freundin."

Akbulut nickte, sagte aber nichts.

„Carla Hofmann war schwanger." Henry klopfte mit dem Finger auf die Akte, die vor ihr lag, um ihrem Gegenüber zu zeigen, dass sie über umfangreiche Informationen verfügte. „Wir wissen aber noch nicht, wer der Vater des Kindes war."

Daniel und Taner Akbulut sahen sie gleichermaßen fragend an. Ihr Kollege schüttelte zaghaft den Kopf und verzog die Augenbrauen.

„Vater." Akbulut schnaubte. „Vater ist man erst, wenn ein Kind auf der Welt ist, oder? Das Kind war nicht von mir."

„Warum können Sie das so sicher ausschließen?" Sie rieb sich mit den Händen die Oberarme , als wäre ihr kalt. Vielleicht war es die innere Kälte der Zeugen im Fall Carla Hofmann, die sie frösteln ließ. Andreas Freitag war der einzige gewesen, der eine Gefühlsregung gezeigt hatte. „Weil Carla es mir gesagt hat. Ich hätte gerne Kinder gehabt."

„Wann haben Sie sie denn das letzte Mal gesehen?", fragte jetzt Faber.

„Vor einigen Wochen, ich weiß es nicht mehr. Wir waren bei mir und wollten uns aussprechen. Sie hat mir gestanden, dass sie immer noch mit diesem Andreas geschlafen hat und von ihm schwanger war. Das hat mich nicht wirklich überrascht."

241

„Warum das?", fragte Henry.

„Sie war immer nur kurz bei mir, und so richtig auf mich einlassen wollte sie sich auch nicht. Ich habe sie mehrmals gefragt, ob sie denn eine ernsthafte Beziehung mit mir führen will, aber sie hat nie wirklich darauf geantwortet, und als ich einmal das Kinderthema angeschnitten habe, ist sie fast ausgerastet." Er blickte ins Leere und schüttelte langsam den Kopf, ganz so, als sähe er die Wiederholung eines schlechten Films vor dem inneren Auge ablaufen. „Vor vier Wochen etwa, als ich von der Schwangerschaft erfuhr, habe ich ihr dann erklärt, dass ich keinen Bock auf Parallelbeziehungen habe, und habe alles beendet. Vor zwei Wochen rief sie dann noch mal an und wollte unbedingt mit mir reden. Sie war völlig aufgelöst, es hing irgendwie mit der Schwangerschaft zusammen. Mehr weiß ich nicht, ich habe das Gespräch abgebrochen. Ich war fertig mit ihr, was geht mich das alles an?"

„Hat sie Ihnen gesagt, ob sie das Kind bekommen wollte?", fragte Henry.

„Sie hat nur wirres Zeug geredet, sie habe Angst vor Andreas. Es hat mich nicht interessiert." Akbulut rieb sich die Augen wie ein müdes Kind mit den Fäusten.

„Und wo waren Sie am Abend des 14. Juni?" Henry erwartete eine unwillige Antwort, weil es nicht nur danach klang, als frage sie ein Alibi ab. Seine Reaktion war aber erstaunlich ruhig.

„Bei meinen Eltern."

„Schön. Das lässt sich ja bestimmt überprüfen."

„Natürlich", murmelte Akbulut. „Ich schreibe Ihnen gerne die Telefonnummer auf." Er deutete auf den Kugelschreiber in Henrys Hand. Sie riss von einem Papier in den Akten ein Stück ab und schob es ihm zusammen mit dem Stift hin. Faber verzog das Gesicht.

Henry überlegte, wie sicher ein Alibi von Eltern für ihren Sohn war, aber es blieb ihr nichts anderes übrig, als es so anzunehmen.

„Können Sie sich denn vorstellen, was Carla an diesem Abend am Neckar gemacht hat?" Henry legte den Papierfetzen mit der Telefonnummer in die Akte.

„Fragen Sie doch Andreas. Mit dem wird sie sich getroffen haben. Jemand anderes kommt schließlich auch nicht infrage."

„Warum denken Sie das?"

„Wahrscheinlich hat sie ihm gesagt, ich sei der Vater des Kindes. Sie war zu feige, sich für einen von uns mit allen Konsequenzen zu entscheiden. Ist Eifersucht denn nicht ein ausgesprochen klassisches Mordmotiv?"

„Das lassen Sie mal unsere Sorge sein", mischte sich jetzt Faber ein. „Beantworten Sie einfach Frau Winters Frage."

„Er hat mich gehasst."

„Okay", sagte Henry nüchtern. „Warum hat er dann nicht Sie, sondern Carla Hofmann getötet?"

„Carla hat er auch gehasst. Meinetwegen. Er wollte das Kind nicht, dafür wollte er Carla zurück. Aber die hatte wohl ihre eigenen Vorstellungen im Bezug auf die Gestaltung ihrer Zukunft", sagte er schulterzuckend. „Und dann hat er sie umgebracht. Ist doch nicht so schwer, oder?"

„Vielen Dank." Henry grinste. „Möchten Sie sich bei uns bewerben? Wir könnten einen Fuchs wie Sie gut gebrauchen. Aber bevor wir uns gleich voneinander verabschieden: Wären Sie denn bereit, einen DNA-Test zu machen?"

Faber und Akbulut sahen sie erstaunt an.

„Wegen der Schwangerschaft ..." Es klang mehr wie eine Frage als wie eine Erklärung.

Faber spitzte die Lippen und nickte.

„Das Kind war nicht von mir, das sagte ich doch bereits."

„Von Andreas Freitag offenbar auch nicht, denn der erzählte uns gar nichts von einer Schwangerschaft." Henry rümpfte die Nase. „Eine unbefleckte Empfängnis schließe ich aber aus."

„Meinetwegen." Akbulut lehnte sich wieder in seinem Stuhl zurück und fuhr sich mit beiden Händen durchs Haar, als bereite er sich nicht auf einen DNA-Test, sondern auf ein Fotoshooting vor.

Henry holte das Testkit aus der Schublade, streifte die Gummihandschuhe über und nahm das Teststäbchen aus dem Röhrchen. „Dann machen Sie mal bitte den Mund auf."

Sie ekelte sich normalerweise immer ein wenig vor den DNA-Tests, aber bei so einem gepflegten jungen Mann wie Taner Akbulut war es nicht ganz so schlimm.

„Üblicherweise sage eigentlich ich das zu Frauen, nicht umgekehrt." Er grinste.

Henry erstarrte. „Echt jetzt, Herr Akbulut?"

Sie sah, dass auch Faber den Kopf schüttelte. „Reißen Sie sich bitte zusammen. Ansonsten werde *ich* die Probe bei Ihnen nehmen." Es klang wie eine Drohung.

Kopfschüttelnd hielt Henry ihrem Gegenüber das Teststäbchen vor die Lippen. „Wer hat euch Männern eigentlich erzählt, dass derart dumme Sprüche bei Frauen gut ankommen?"

„Niemand. Tut mir leid, war nur so dahergesagt." Taner Akbulut öffnete kleinlaut den Mund und Henry entnahm die Mundschleimhautprobe.

Die Kommissare bedankten sich bei dem Zeugen und begleiteten ihn zum Ausgang.

„Eine Frage hätte ich noch", sagte Henry, als Akbulut schon draußen in der Gluthitze stand.

„Ja?" Er wandte sich ihr mit zusammengekniffenen Augen zu.

„Welches Parfüm tragen Sie da?"

Daniel Faber drehte sich zu Henry und hob fragend die Arme.

„Irgendwas von Bruno Banani."

„Irgendwas von Bruno Banani. Was soll man mit so einer Aussage anfangen?" Henry stapfte neben Faber durch den Gang des Polizeireviers.

„Wieso willst du das denn überhaupt wissen? Hat das was mit dem Fall zu tun?"

„Rein privates Interesse."

„Aha."

„Und sowieso ist das ein seltsamer Typ. Der wusste nicht mal, ob sie das Kind abgetrieben hat."

„Ja und? Ich wusste das auch nicht. Du etwa?"

„Nein, aber Kaltenbach wird es untersuchen, sobald er wieder in der Pathologie ist, sagte er mir gerade." Sie wackelte mit ihrem Smartphone vor Daniels Nase herum. „Jedenfalls hat er überhaupt nichts zu dieser Abtreibung gesagt, sondern nur zur Schwangerschaft."

„Wie will Kaltenbach denn herausfinden, dass sie ein Kind abgetrieben hat?"

Henry blieb stehen und sah Daniel an. „Kindliche DNA im maternalen Blut."

„Alles klar." Er zeigte wenig Begeisterung. „Und wo ist das Problem? Sie war schwanger, und Akbulut hat's gewusst." Faber öffnete Henry die Bürotür und deutete ihr mit einer Handbewegung, dass sie eintreten solle.

„Stimmt, aber hätte er das nicht anders formuliert, wenn er gewusst hätte, dass sie abgetrieben hat?" Sie setzte sich auf ihren Stuhl und öffnete die Akte, während Faber schon wieder auf dem Weg zur Kaffeemaschine war. „Wenn du mich fragst", fuhr sie fort, „hat der kein sauberes Mehl in der Tüte."

Faber blieb stehen und sah Henry irritiert an. „Hä? Was für Mehl in welcher Tüte? Langsam mach ich mir Sorgen um dich." Er drückte auf den Knopf des Vollautomaten, der daraufhin die Reste des letzten Kaffees ausspülte.

Henry wurde unsicher. „Das sagt man doch so. Also er ist irgendwie verdächtig, meine ich. Sagt man das auf Deutsch denn nicht?" Sie realisierte, dass es in Faber arbeitete.

„Ach so!" Er lachte. „Du meinst, dass jemand nicht ganz koscher ist, oder keine reine Weste hat."

Henry seufzte. „Ja, genau. Bei uns in Schweden hat man kein sauberes Mehl in der Tüte."

„Ergibt Sinn." Faber schmunzelte immer noch. „Aber ich weiß nicht ... Wenn er wirklich nicht wusste, ob Carla

246

abgetrieben hat, war es ihm vielleicht egal, und es stimmt, dass er nichts mehr mit ihr zu tun haben wollte. Dann kommt er als Täter eher nicht infrage."

Jim marschierte in das Büro und stellte sich hinter Faber in die Schlange der Kaffeemaschine. „Also die IT-Jungs können keine IP-Adresse rausfinden."

„Wieso nicht?", fragte Henry.

Der Kollege schüttelte die lange Mähne. „Es gibt noch keine Vorratsdatenspeicherung. Gut für den Datenschutz, schlecht für die Strafverfolgung."

„Die sollen die Menschen schützen und nicht die Daten, zur Hölle noch mal!", maulte Henry.

„Ruhig Blut, wir kriegen das auch so irgendwie hin." Jim legte beschwichtigend seine Hand auf ihre Schulter.

Sie schoss hoch und stiefelte lautstark zu Fabers Mindmap, um den Zettel mit der Telefonnummer von Akbuluts Eltern anzuheften. „Jetzt haben wir diesen ‚Romeo' gefunden und wissen nicht, wer das ist? Das kann doch nicht wahr sein." Sie marschierte zurück und ließ sich wieder in ihren Stuhl fallen.

„Aber das passt doch auch alles nicht zusammen", stellte Jim fest. „Carla schreibt eine SMS, dass Freitag sie bedroht. Gleichzeitig gibt es einen ‚Romeo', der ein Date mit ihr hat."

„Warum? Klar passt das zusammen", sagte Henry. „Es gibt zwei Möglichkeiten." Sie machte eine Pause, um die Spannung zu erhöhen. „Entweder ‚Romeo' ist Andreas Freitag, oder er wollte uns bewusst auf eine falsche Fährte führen."

„Ist das logisch?", fragte Jim, der jetzt an der Reihe war, seine Tasse zu füllen. „Das Handy wurde doch im Neckar versenkt."

„Vielleicht hat er es in der Hektik nicht mitbekommen, dass die SMS nicht abgeschickt wurde. Oder er hat sich doppelt abgesichert, falls wir das Handy doch noch finden. Jedenfalls lass ich mich nicht zum Deppen machen. Auf solche Spielchen hab ich keinen Bock, dafür bin ich zu alt."

Faber lachte. „Wir können dir gerne beim nächsten Mal einen Täter suchen, der sofort geständig ist und sich entschuldigt. Die Spielchen gehören nun mal dazu. Wie lässt sich deine These stützen?"

„Tja." Henry musste zugeben, dass genau das ihr Problem war. Ideen hatte sie immer viele, aber die Beweise zu finden war nicht so einfach. „Das kriege ich schon noch raus."

Es war gar nicht so abwegig, dass Andreas Freitag seine Ex-Freundin unter dem Namen Romeo auf der Datingplattform gesucht hatte. Vielleicht wusste er längst, dass sie da ein Profil hatte, und musste sie nur unter falscher Identität an den Neckar locken.

Daniel schaute Henry fragend an. „Aber mit Britta Enßle hat Freitag nichts zu tun."

Jim schüttelte den Kopf. „Und selbst wenn nicht. Ich glaube gar nicht, dass es sich um den gleichen Täter handelt. Das war eine völlig andere Vorgehensweise."

„Ach, hör auf!" Henrys Augen funkelten. „Das wäre schon ein arg großer Zufall, wenn zwei ungefähr gleichaltrige Frauen innerhalb weniger Tage in derselben Stadt am selben Fluss zu Tode kommen." Sie sah zum Fenster hinaus. Die Sonne stand jetzt an ihrem höchsten Punkt. „Der Modus Operandi passt ganz gut. Beide sind erstickt, die eine unter der Erde, die andere im Wasser, und beide waren Studentinnen. Wir können von einer Mordserie ausgehen."

Daniel zog die Augenbrauen nach oben. „Das heißt, dass sich der Kreis der Beschuldigten noch erheblich erweitert."

Jim schlürfte seinen Kaffee. „Sieh es positiv. Vielleicht gibt es Überschneidungen, dann haben wir es einfacher."

Da hatte er recht. Aber wer sollte das Ganze jetzt überprüfen?

„Wir schaffen das zeitlich nicht mehr, Daniel." Sie sah Faber an wie ein Kind, das um Schokolade bittet. „Können wir das nicht irgendwie outsourcen?"

Er stöhnte. „Meinetwegen. Ich frage Blöm und Kowalski, ob sie sich um den Kreis der Beschuldigten im Fall Britta Enßle kümmern können."

„Oder du fragst Pankow, ob er eine Sonderkommission genehmigt?" Henry senkte den Kopf und sah Faber von unten an.

„Vielleicht auch das." Er presste die Lippen zusammen.

20. Juni, mittags

„Japanischer Fächerahorn." Pankow nahm seine Brille ab und schüttelte den Kopf. Die Falten in seinem Gesicht folgten der Bewegung. „Sie haben wirklich Ahorn mit Hanf verwechselt?"

Henry sah zum Fenster hinaus. Die Sonne stand hoch am Himmel, und die Straßen waren wie leergebrannt. „Das ist doch eine uralte Geschichte ..." Ungefragt nahm sie einen Kugelschreiber aus dem Stifteköcher auf Klaus Pankows Schreibtisch, damit sie etwas in den Händen hatte.

„Frau Winter, wenn Ihr Ausbilder nicht nur Gutes über Sie erzählt hätte, würde ich Sie direkt und sofort in den Innendienst versetzen."

Henry beugte sich in ihrem Stuhl vor. „Weil ich in meiner Ausbildungszeit zwei Pflanzen miteinander verwechselt habe? Ich habe kein Botanikstudium absolviert und mich damals bei der Besitzerin der Blumenrabatte entschuldigt und sogar eigenhändig", sie deutete mit den Händen eine Schaufelbewegung an, „das Ganze wieder instandgesetzt." Das schier endlos dauernde laute Knarren des Stuhls untermalte das Gesagte wie die Tenorstimme eines Chors.

„Nicht deswegen. Ich habe grundsätzlich das Gefühl, dass Sie die Arbeit bei der Polizei etwas überfordert. Vielleicht wäre es doch besser gewesen, wir hätten Sie im Büro ganz sanft wieder an die Polizeiarbeit gewöhnt. Dann hätten wir unter Umständen noch einen Diensthund mehr."

Henry verschränkte die Arme und krallte dabei ihre Finger ins Fleisch. Sie dachte daran, dass Thomas, ihr Ausbilder in Hamburg, sie nur ,Abrissbirne' genannt hatte. Es hatte durchaus einen Grund gegeben, weshalb sie die Arbeit bei der Polizei schnell an den Nagel gehängt und Jura studiert hatte. Hätte sie sich nur nicht von Daniel breitschlagen lassen, wieder als Polizistin zu arbeiten. Woher wusste dieser Klappspaten überhaupt von der Aktion mit der Blumenrabatte? Thomas hatte ihm das ganz sicher nicht erzählt. Er hatte immer große Stücke auf Henry gehalten und sie in allem unterstützt und war deshalb wohl der Einzige, der traurig gewesen war, als sie der Polizei den Rücken gekehrt hatte.

„Herr Pankow", begann sie jetzt. „Der Fall nimmt ein größeres Ausmaß an, als wir erwartet hatten." Sie spielte mit dem Kugelschreiber in ihrer Hand und sah ihren Vorgesetzten nicht an. Ihr Brustkorb hob und senkte sich. Dann richtete sie ihren Blick direkt auf Pankows Augen. „Aus dem Grund wurde einstimmig beschlossen, dass im Rahmen einer umfassenden Analyse aller maßgeblichen Faktoren die Einrichtung einer Sonderkommission als einzige sachgemäße Option in Erwägung gezogen werden sollte." Wenn sie in die Enge getrieben wurde, verfiel sie häufig in Amtsdeutsch. Es war wie eine Art Schutzschild.

„Was meinen Sie mit ,einstimmig beschlossen'? Welche Stimmen sollen das gewesen sein?"

„Meine Kollegen und ich." Sie wollte nicht riskieren, dass Daniel und Jim eine Maßregelung bekamen, aber sie ging davon aus, dass sie im Zweifelsfall hinter ihr stehen würden. „Es ist nicht so, dass wir das nicht können", sie drückte ihren Rücken durch und spürte ein leises Knacken, „aber wir brauchen mehr Leute und ..."

Pankows Räuspern unterbrach ihren Monolog. „Frau Winter", sagte er in halber Sprechgeschwindigkeit. „Mit Herrn Schätzle habe ich Ihnen einen der besten Kriminalbeamten Baden-Württembergs zur Seite gestellt. Ich darf doch davon ausgehen, dass Ihnen das genügt, wenn Sie eine fähige Polizistin sind?"

Henry erinnerte sich an das Telefonat mit Christian, in dem er die Idee geäußert hatte, dass mit Pankow etwas nicht stimmte. Sollte es nicht auch in seinem Interesse sein, den Fall schnell zu lösen? Er allein würde doch die Lorbeeren ernten. Warum stellte er sich so quer? Nicht Henry war es, die dafür verantwortlich gemacht werden würde, sondern Daniel oder Pankow selbst. Das alles passte nicht zusammen. Es war nicht möglich, dass er ihnen Steine in den Weg legte, nur um Henry eins auszuwischen.

„Herr Schätzle ist eine große Hilfe." Sie versuchte, die aufkommende Wut hinunterzuschlucken. Eine Eskalation mit ihrem Vorgesetzten war das Letzte, was sie jetzt brauchte. Womöglich würde er sie von dem Fall abziehen. „Dennoch geht es einfach um eine Zeitersparnis. Ich muss Ihnen doch nicht erklären, dass die Wahrscheinlichkeit, einen Mord aufzuklären, mit jeder Stunde sinkt. Wenn wir mehr Leute hätten, dann könnten wir effektiver arbeiten."

„Wenn Sie Hilfe benötigen, fragen Sie Frau Blöm und Frau Kowalski. Oder Herrn Köhler. Und jetzt beweisen Sie mir, dass es kein Fehler war, Sie bei uns aufzunehmen."

Aufnehmen. Henry nahm einen tiefen Atemzug, um nicht auszurasten. Er redete über sie wie über ein Kaninchen aus dem Tierheim.

„Der Köhler kriegt doch schon einen Burn-out, wenn er nur seine Teetasse in die Spülmaschine stellen muss." Sie schnaubte.

„Wir sind dann fertig", sagte er laut. Er sah sie nicht an und machte stattdessen eine Handbewegung, mit der er Henry regelrecht aus seinem Büro kehrte.

Als sie zurückkam, beachtete sie Daniel und Jim überhaupt nicht, sondern setzte sich eilig auf ihren Schreibtischstuhl. Sie fuhr ihn nach oben und warf Jim, der neben Daniel stand und irgendwas in dessen Computer ansah, einen vorwurfsvollen Blick zu. Wieso musste er eigentlich immer auf ihrem Stuhl sitzen?

„Alles okay bei dir?", fragte Daniel.

Henry schüttelte den Kopf. „Pankow hat mal wieder auf der Klaviatur der Unverschämtheit gespielt."

„Was wollte er denn schon wieder von dir?" Daniels Stimme klang, als würde er gerade eine Bombe entschärfen.

Henry war froh, dass das Telefon klingelte. Der Kollege zuckte zusammen.

„Seit wann bist du so schreckhaft?", fragte sie und nahm den Hörer ab. Am anderen Ende der Leitung war Heinrich Vogel. Plötzlich war ihm ein Streit eingefallen, den er in der Tatnacht gehört haben wollte. Henry war sich sicher, dass dieser Wallander für Arme sich nur wichtig machte.

„Ich notiere mir das", sagte sie und betrachtete den leeren Notizblock vor sich. Die Wichtigtuerei des Rentners konnte sie sich gerade noch merken.

„Ja, Herr Vogel. Alles notiert. Vielen Dank für Ihre Hilfe." Sie lächelte gespielt übertrieben und sah dabei abwechselnd zu Jim und Daniel. Dann legte sie den Hörer behutsam zurück auf seine Station.

„Der komische Vogel meint, irgendwas gehört zu haben. Zwei Leute sollen gestritten haben in der Tatnacht."

„Konnte er sagen, was das für Leute waren?" Jim lehnte sich gegen das Regal hinter ihm, das daraufhin bedrohlich wackelte.

„Ein Mann und eine Frau. Aber mehr konnte er nicht sagen. Hat nicht verstanden, worüber sie gestritten haben, und auch sonst war er mal wieder sehr hilfreich, der Sheriff vom Neckar."

„Notiere das trotzdem", sagte Daniel streng. „Manchmal offenbart sich der Zusammenhang erst später."

„Alles klar, Chef." Henry presste die Lippen zusammen, zog ein Post-it vom Block, kritzelte lieblos eine Notiz darauf und pappte den Zettel an die Wand hinter Daniel Faber.

„Gehen wir dann?" Jim deutete Henry gestisch den Weg zur Tür.

Sie wollte gerade das Büro verlassen, als Daniel sie am Arm festhielt. „Alles okay? Ich meine wegen Pankow."

„Nix ist okay. Und das mit der Soko brauchst du ihn gar nicht zu fragen. Hab ich schon versucht."

Daniel stieß einen lauten Seufzer aus, und Henry war sich nicht sicher, ob er Pankow oder ihr galt.

„Ich glaube nicht, dass es eine Verbindung zwischen Andreas Freitag und Britta Enßle gibt", sagte Jim auf dem Weg zum Dienstwagen.

„Ich will ihn trotzdem befragen." Henry kickte einen Kieselstein zur Seite. „Denn es gibt schließlich mehrere Möglichkeiten."

„Du wirst mir sicher gleich sagen, welche das sind." Jim wickelte seinen Zopf zusammen und hielt ihn am Kopf fest, vermutlich um frische Luft an seinen Nacken zu lassen.

„Die erste Möglichkeit wäre", Henry stieg in den Wagen, „dass Andreas Freitag und Britta sich kannten. Die zweite, dass sie sich nicht kannten und Britta ein Zufallsopfer von ihm wurde. Die dritte, dass die Morde nichts miteinander zu tun haben und der zweite Mörder quasi eine Art Trittbrettfahrer ist, und die vierte Möglichkeit ist, dass ein anderer Täter beide umgebracht hat und wir nur noch nicht wissen, was die Frauen verbindet. Die fünfte Mög..."

„Stopp." Schätzle sah ihr tief in die Augen, und das erste Mal fiel Henry auf, dass seine Iris fast so schwarz war wie seine Pupillen. „Da redest du den ganzen Tag gar nichts, und dann erwischt man irgendeinen Trigger und du laberst plötzlich wie ein Wasserfall." Jetzt erst ließ er die Haare wieder los. Der Zopf fiel in seinen Nacken und klebte direkt fest. „Wir fahren zu Andreas Freitag. Wenn er an sein Telefon gehen würde, hätten wir ihn auch einfach einbestellt, aber du hast recht, wir müssen ihn definitiv genauer ins Visier nehmen. Und zu deiner Beruhigung: Blöm und Kowalski sind immer noch dran, mögliche Schnittpunkte zwischen Carla Hofmann und Britta Enßle zu finden. Darum müssen wir uns überhaupt nicht kümmern, okay?"

Henry biss sich auf die Unterlippe. „Okay. Sorry, Jim."

„Wofür?" Er startete den Motor. „Ich mag das, dass du auch um die Ecke denken kannst und so einen Fall aus verschiedenen Blickwinkeln beleuchtest. Leute wie dich brauchen wir bei der Polizei."

Henry sah zum Fenster hinaus. Jedes Wort, das Pankow vorhin zu ihr gesagt hatte, das schlechte Gefühl, mit dem sie sein Büro verlassen hatte, die Sehnsucht nach ihrem alten Job ... Das alles war mit einem Schlag wie weggeblasen. Sie kratzte sich an der Nase, um mit ihrer Hand das stolze Grinsen zu verbergen, für den Fall, dass Jim sich noch mal zu ihr drehte.

Als ihre Gesichtszüge sich wieder entspannt hatten, wandte sie sich ihm zu. „Was meinte Daniel eigentlich damit, dass Sabine Blöm und Julia Kowalski das gerne für den Kollegen aus Esslingen machen?"

„Keine Ahnung?" Im Gegensatz zu Henry verbarg Jim sein Grinsen nicht.

„Da, wo ich herkomme, bezeichnet man Männer wie dich als Pigtjusare."

„Da, wo du herkommst? Das klingt ja, als wärst du aus dem Urwald von Nangijala entflohen. Ich dachte immer, Schweden sei eines unserer Nachbarländer."

„Oh, wow! Du kennst die Brüder Löwenherz?" Ihre Stimme klang aufgeregter, als sie es beabsichtigt hatte.

256

Jim lachte. Er sah sie nicht an, sondern konzentrierte sich auf den Verkehr. „Du glaubst auch, wir Deutschen sind auf der Brennsuppe dahergeschwommen. Natürlich kenne ich die Brüder Löwenherz. Ich kenne Michel aus Lönneberga, Pippi Langstrumpf, die Kinder von Bullerbü ...“

„Was für eine Suppe?“ Henry zog die Augenbrauen hoch. Kurz überlegte sie, ob das ein guter Moment war, um Jim nach seiner eigenen Herkunft zu fragen. Aber sie traute sich nicht. Bei diesem Thema konnte man unendlich viel falsch machen. Sie würde bei nächster Gelegenheit Daniel ausquetschen.

„Vergiss es. Was ist jetzt dieser Pig...“ Er wedelte mit den Händen in der Luft herum.

„Pigtjusare?“

„Genau. Was ist das? Hat das was mit Schweinen zu tun?“ Weil der Wagen an einer roten Ampel zum Stehen kam, sah er Henry jetzt an.

„Nein, nein. Piga ist ein altes Wort für Magd. Wörtlich übersetzt ist ein Pigtjusare am ehesten einer, der eine Magd verzaubert. Ich weiß nicht, wie man das auf Deutsch nennt.“

Henry musste sich eingestehen, dass sie Jim von Tag zu Tag sympathischer fand. Sie mochte seine charmante Art.

„Magdverzauberer klingt doch prima. Welche Magd verzaubere ich denn so?“ Er lächelte verschmitzt.

Henry merkte, wie das Blut in ihre Wangen schoss. „So war das nicht gemeint. Ich dachte eher wegen ... Sabine Blöm und Julia ...“

„Schon gut, Henry, ich wollte dich nur ärgern.“

Die Ampel wurde grün, und sie war froh, dass Jim wieder auf die Straße sah.

„Aber danke für das Kompliment." Und nach einer Pause fügte er hinzu: „Es war doch eines, oder?"

„Äh ... Ja, natürlich." Henry wünschte, sie könnte die Zeit zurückdrehen. Jetzt klang das alles, als wollte sie Jim anbaggern, dabei war das überhaupt nicht ihre Intention gewesen. Er war auch gar nicht ihr Typ. Viel zu eitel.

Jim drückte auf den Klingelknopf.

Tatsächlich meldete sich Andreas Freitag über die Gegensprechanlage. Der Aufzug brachte die Kommissare nach oben.

In der Wohnung roch es immer noch nach frischer Farbe, aber Klebeband, Abdeckvlies und Pinsel waren verschwunden. Auch die Möbel standen wieder an ihrem Platz.

Die Frage, warum er nicht ans Telefon gegangen war, beantwortete Andreas Freitag schnell: Er hatte es nach der Todesnachricht auf lautlos gestellt und ignorierte alle Anrufe. Außerdem wusste er nicht, dass die Tübinger Festnetznummer, die ihn mehrfach versucht hatte zu erreichen, die der Polizei gewesen war.

Henry zog aus der Hosentasche ein zusammengefaltetes Blatt Papier und reichte es ihm. Sie erklärte, dass man auf Carla Hofmanns Handy eine SMS gefunden hatte, die nicht abgeschickt worden war.

Freitag faltete das Blatt auf und las die Textnachricht auf dem Screenshot, den Henry ausgedruckt hatte.

„Was zur Hölle?" Er fuhr sich mit den Händen durch die Haare. „Ich hätte ihr niemals was angetan. Geliebt habe ich sie! Woher soll ich wissen, warum sie das geschrieben hat?"

Jim sah sich in der Wohnung um, während er das Gespräch seiner Kollegin überließ.

„Herr Freitag, beruhigen Sie sich. Uns ist natürlich klar, dass diese Nachricht auch fingiert sein kann."

„Ja! Genau! Das muss jemand gefälscht haben! Außerdem hat Carla mich überhaupt nicht Andi genannt, sondern immer Andreas. Ich hasse es, wenn man mich Andi nennt, und das wusste sie auch."

Henry sah zu Jim und deutete ein Schulterzucken an. Beide wussten, dass das ein guter Punkt war, der Andreas Freitag in irgendeiner Weise entlasten würde und der sich dazu leicht überprüfen ließ.

„Ich will Ihnen nichts vormachen, ich habe dieses wilde Leben immer gehasst. Partys, Drogen ... Mit alldem wollte ich nichts zu tun haben. Nennen Sie mich einen Langweiler. Es war einfach nicht meins. Der Türke war da vielleicht ein bisschen cooler als ich."

Sowohl Carla Hofmann als auch Britta Enßle hatten gerne Partys gefeiert, und beide schienen Drogen nicht abgeneigt gewesen zu sein. Hatte Andreas Freitag ihr gerade unfreiwillig ein Motiv genannt? Selbst, wenn er es nicht gewesen war, dann könnte dies eine Verbindung sein. Womöglich waren Carla und Britta sich auf einer Party begegnet? Vielleicht hatten sie sich doch gekannt. Bislang waren die Ermittler davon ausgegangen, dass sie sich nie getroffen hatten, da keine die Nummer der anderen im Mobiltelefon eingespeichert hatte. Aber es könnte doch sein, dass sie sich trotzdem auf einer Party begegnet waren. Möglicherweise hatten sie sich nicht ausstehen können. Oder sie hatten ihre Drogen von der gleichen Person bezogen. Ja, das war es. Das würde auf die drei Drogenhändler hinweisen. Sie sollten sich Peter Windisch noch einmal vorknöpfen. Vielleicht als Warnung an andere, die nicht zahlen wollten? Henry musste Professor Doktor Kaltenbach anrufen. Womöglich hatte er doch noch irgendwelche Substanzen im Blut der beiden Toten gefunden. Und falls er nicht danach gesucht hatte, sollte er es jetzt dringend tun.

„Auf welchen Partys war Carla denn in der letzten Zeit so?"

Andreas Freitag dachte nach. „So vor zwei Wochen war sie auf diesem Ract-Festival." Er ballte die Hände zu Fäusten. „Und ich bin mir ziemlich sicher, dass dieser Taner mit dabei war. Der hat sich bestimmt liebend gerne mit ihr dort besoffen!"

„Warum haben Sie uns eigentlich verschwiegen, dass Carla schwanger war?", fragte Henry in ruhigem Tonfall.

„Was?" Freitag wurde laut. „Schwanger? Wie denn? Carla hat doch die Pille genommen. Sie wollte unter keinen Umständen Kinder, das habe ich Ihnen doch bereits gesagt. Wenn sie schwanger geworden wäre, hätte sie sofort abgetrieben. Wir haben da auch mal drüber gesprochen. Das kann nur dieser Taner gewesen sein, der ihr den Kopf verdreht hat."

„Nun", Henry kratzte sich am Kinn. „Er meint, Sie seien der Vater gewesen."

Andreas Freitag zitterte am ganzen Körper. „Dieses Miststück hat mein Leben zerstört. Sie hat es nicht besser verdient. Karma ist ein Arschloch."

„Herr Freitag, Ihnen ist aber bewusst, was Sie da gerade sagen?", fragte Jim eindringlich. „War das gerade eine Art Geständnis?"

Freitag riss die Augen auf. „Um Gottes willen, nein! Ich habe diese Frau geliebt, aber manchmal sind es die Menschen einfach nicht wert. Ich bin kein Mörder."

Vermutlich weil er von der Information der Kommissare überrumpelt war, stimmte er zu Henrys Überraschung einem DNA-Test sofort zu.

Sie wusste aber, dass aus diesem Mann für den Moment nichts herauszubekommen war. Er war viel zu aufgewühlt. Trotzdem blieb die Frage bestehen, ob seine Reaktion über die Schwangerschaft nur gespielt war. Die Puzzleteile in Henrys Kopf fügten sich zusammen. Sowohl gegenüber Akbulut als auch gegenüber Freitag hatte Carla Hofmann geäußert, dass sie niemals Kinder wolle. Wenn das Kind von einem der beiden Männer war, musste der andere doppelt getroffen worden sein von der Tatsache, dass sie ihn betrog und dann sogar schwanger von dem jeweils anderen war. Es war wichtig, herausfinden, wer der Vater des Kindes war.

20. Juni, nachmittags

Hanna Kästner und Katharina Weigand waren das erste Mal seit zwei Jahren wieder auf dem Stocherkahnrennen. Hanna hatte sich eigentlich geweigert, weil sie keine Lust auf so viele Menschen hatte. Ihre Freundin hatte sie aber überredet, um sie auf andere Gedanken zu bringen.

Menschenmassen drängten sich auf der Eberhardsbrücke und auf der Neckarinsel.

„Schau, wir gehen einfach runter an die Böschung", brüllte Katharina und zog die Freundin an der Hand hinter sich her. Die Menge schloss sich hinter ihnen sofort wieder, als wäre sie flüssig.

Sie drückten sich durch die schweißnassen Körper nach vorne bis zu einem freien Platz am Ufer des Neckars.

„Ich weiß schon, warum ich nicht mitwollte", jammerte Hanna und rieb sich die nackten Arme, als wolle sie den fremden Schweiß abwischen.

„Du wirst es nicht bereuen." Katharina grinste und zog zwei Flaschen Coke Zero aus einer Kühltasche, die sie in ihrem Rucksack versteckt hatte. „Eisgekühlt. Bitte sehr."

Hannas Augen leuchteten. „Okay, du hast mich überzeugt."

Sie setzten sich ins Gras und sahen auf den Neckar. Die Kostümparade war schon fast vorbei. Auf einem Kahn war eine als Schlümpfe verkleidete Gruppe Studenten. Ein anderer Stocherkahn war zu einem Wikingerboot umfunktioniert. Auf nahezu jedem Kahn wurde laute Musik gespielt. Hanna fand, dass der Kostümwettbewerb das Beste am Stocherkahnrennen war. Die einzelnen Besatzungen scheuten oft keine Kosten und Mühen, um den Preis für die originellste Kostümierung zu gewinnen.

Die Sonne reflektierte ihre Strahlen auf der Oberfläche des Neckars, und in der Luft lag der Duft nach Algen und Sonnencreme.

„Gleich geht das Rennen los." Katharina öffnete beide Flaschen mit dem Feuerzeug. „Das Gewinnerboot bekommt ein Spanferkel."

„Wer will das schon?", fragte Hanna und hielt ihrer Freundin die Flasche entgegen, um mit ihr anzustoßen.

„Auf uns!" Katharina strahlte.

Nachdem die Kostümparade vorbei war, ging es ans eigentliche Rennen. Die Freundinnen saßen nicht weit von der Eberhardsbrücke, an der die brenzligste Stelle des Rennens war. Sie beneideten die Teilnehmer, die in das kalte Wasser fielen, und sie waren sich einig, dass manche davon freiwillig in die Abkühlung stürzten.

„Die stecken wieder alle im Nadelöhr fest." Katharina kicherte.

„Ja, jedes Jahr dasselbe!", sagte plötzlich ein junger Mann, der nicht weit von ihnen entfernt ebenfalls das

Treiben auf dem Wasser beobachtete. „Ihr seid also nicht das erste Mal dabei?"

Hanna drückte sich die kühle Flasche an die Wange. „Nein, ich hab es schon mal gesehen. Ist mir eigentlich immer zu voll", gab sie zu.

„Mir auch." Der junge Mann neben ihr lächelte. „Ich bin Tobias." Er streckte ihr die Hand entgegen.

Irritiert reagierte Hanna auf die förmliche Geste, indem sie ihre kalte Flasche zwischen die Oberschenkel klemmte und ihm die Hand gab. „Hanna. Freut mich. Was machst du dann hier, wenn es dir zu voll ist? Ich meine, so ganz allein?" Die Frage klang, jetzt, wo sie ausgesprochen war, eindeutig nach Anmache. Das kalte Glas hinterließ rote Abdrücke auf ihrer Haut.

„Mein Kumpel hat mich hierhergeschleppt. Aber den habe ich an eine Gruppe Mädels verloren." Er lachte und zeigte hinter sich in die Menschenmenge.

„Kommst du von hier?" Hanna nahm einen Schluck der kühlen Cola.

Tobias nickte. „Ich hab sogar schon mal mitgemacht." Er beugte sich zu ihr vor, sah sich nach links und rechts um und fügte leise hinzu: „Man munkelt, ich sei der beste Stocherer Tübingens."

Katharina verzog das Gesicht. „War das jetzt zweideutig?" Sie ließ ihren Mund absichtlich offen stehen.

Tobias zuckte zurück. „Oh Gott, nein! Man nennt den Kerl, der die Stocherstange bedient, wirklich so."

Hanna lachte. „Das ist so."

„Und ihr? Ihr seid sicher Studentinnen."

„Wie kommst du darauf?", fragte sie.

Er tippte sich an den eigenen Nasenflügel. „Wegen deines Piercings."

Katharina mischte sich wieder ein. „Ist das ein Hinweis darauf, dass man studiert?" Sie nahm den letzten Schluck aus ihrer Flasche und leerte die übrigen Tropfen in die Wiese.

Hanna wollte die Frage nicht beantworten, weil sie gelernt hatte, dass es besser war, wenn man am Anfang nicht so viel von sich preisgab. „Ist das eigentlich schwierig?", fragte sie. „Das mit dem Stochern."

„Ich glaube, es ist anstrengender, als es aussieht. Wenn es jemand kann, wirkt das Ganze kinderleicht. Aber an manchen Stellen braucht man schon Kraft." Er lächelte. Eine braune Haarsträhne fiel ihm in die Stirn. „Wenn du willst, kann ich es euch morgen zeigen. Aber ich warne dich vor: Anfänger fahren meistens erst mal unfreiwillig im Kreis."

Katharina schüttelte wie in Zeitlupe den Kopf. „Also ich kann morgen nicht. Aber unsere Hanna hier hat Zeit."

„Was? Wieso hab ich Zeit?" Hanna sah ihre Freundin fragend an.

„Weil du mir vorhin gesagt hast, dass du überlegst, ob du morgen an den Baggersee gehst?"

Verräterin, dachte Hanna. Sie hatte Katharina auf der Busfahrt ausgiebig erläutert, warum sie es vorzog, alleine zum Baggersee zu fahren. Im Moment wollte sie möglichst wenige Menschen um sich herum haben, und dieses Event heute reichte ihr mindestens bis zum Schokoladenfestival im Dezember. Dann würde Katharina sie wieder mit ihrem ständigen ‚Ach komm, nur einmal' dazu überreden, sich von den Menschenmassen durch die vollgestopften Straßen der Altstadt schieben zu lassen.

Hanna zögerte kurz und kam dann zu dem Schluss, dass es nicht schaden würde, mal wieder auszugehen. Außerdem hatte sie ewig nicht auf einem Stocherkahn gesessen. Sie erinnerte sich an ihre erste Fahrt. Bis spätabends war sie mit Kommilitonen über den Neckar gefahren. Der Mond hatte sich im Wasser gespiegelt, und ganz ruhig hatte jemand auf der Neckarinsel Gitarre gespielt, während auf dem Kahn das Fleisch gegrillt worden war.

Tobias machte einen netten Eindruck, und es war immer gut, neue Leute kennenzulernen. Einen Stocherer im Freundeskreis konnte man sicherlich gebrauchen. Vielleicht würde sie ihre nächste Geburtstagsparty auf einem Kahn feiern. Genau dafür hatte sie ihre Heimat, das kleine Dorf in der Pfalz, verlassen. Der Altersdurchschnitt dort hatte über fünfzig Jahren gelegen. Tübingen dagegen war eine junge Stadt, und von ihren Eltern wusste Hanna, dass man so manchen Freund aus Studientagen für ewig behielt. In ihrem ersten Semester hatte sie Dennis kennengelernt, mit dem sie heute noch befreundet war.

Sie sagte dem Treffen zu.

Es war nicht ungewöhnlich, dass Jakob Henry am helllichten Tag anrief. Ihr Vater schrieb seine Krimis üblicherweise abends oder nachts, und so stand er häufig erst am späten Vormittag auf. Nachdem er gefrühstückt hatte, meldete er sich manchmal bei seiner Tochter. Tat er dies am Abend, dann höchstens, weil er bei Henry Inspiration oder Ablenkung suchte.

„Wie steht es denn um deinen aktuellen Fall?"

Sie drückte ihr Telefon ans Ohr, damit ihre Kollegen, die sich im selben Raum befanden, Jakob nicht hörten.

„Danke der Nachfrage, mir geht es gut, und dir?" Sie hoffte, dass er ihren Hinweis verstand. Auf keinen Fall konnte sie über laufende Ermittlungen sprechen, und schon dreimal nicht, wenn zwei ihrer Vorgesetzten neben ihr saßen.

„Mir geht's prima, aber ich hab dich nach deinem aktuellen Fall gefragt."

Henry verdrehte die Augen. „Ja, ich melde mich dann später bei dir, ich bin nämlich auf der Arbeit." Das letzte Wort betonte sie.

„Ach so, du kannst nicht sprechen?"

„Ja, genau." Henry klang erleichtert.

„Wie geht's dem Hund? Das ist doch sicher gestattet, mir davon zu erzählen, oder?"

„Ja. Juno ist auf dem Weg der Besserung, aber sie darf nicht mehr als Polizeihund arbeiten. Deshalb sucht ihr Hundeführer jetzt ein neues Zuhause für sie." Henry sah, dass Jim in irgendwelchen Akten blätterte. Daniel aber schaute sie fragend an. Es schien, als versuchte er herauszufinden, wer am anderen Ende der Leitung war. „Du bist doch eh den ganzen Tag daheim und schreibst Bücher. Vielleicht wäre es eine gute Abwechslung, wenn du hin und wieder mit einem Hund rausgehen könntest?"

Jakob lachte. „Nein, lass mal. Erstens habe ich die beiden Katzen, die sich bedanken werden, wenn ich einen Hund hier anschleppe, und zweitens bin ich so oft auf Lesungen und sitze da nur in Hotels rum, das wäre kein gutes Leben für einen Hund."

Henry nickte, obwohl Jakob sie nicht sah. „Da hast du auch wieder recht."

„Aber was ist mit dir?"

„Jetzt fang du nicht auch noch damit an. Ich habe gar keine Zeit für einen Hund. Mindestens so wenig wie du."

„Überleg's dir. Dann wartet wenigstens daheim jemand auf dich."

Henry war froh, dass Daniel das Gespräch nur zur Hälfte hören könnte. Er hätte sicher noch einen dummen Spruch dazu auf Lager gehabt. Der schien wieder an seinem Computer zu arbeiten, was vermutlich daran lag, dass er spätestens seit dem Hinweis mit dem Bücherschreiben wusste, dass es nur Henrys Vater war. Und von dem hielt er Abstand. Immerhin hatte er ihn schon einmal in U-Haft gesteckt und entsprechend ein schlechtes Gewissen, jedes Mal, wenn er ihn sah. Dabei trug Jakob ihm das überhaupt nicht nach. Schließlich hatte er nur seinen Job gemacht. Henry kam es sogar so vor, als sei Jakob auf diese Erfahrung mittlerweile ganz stolz, und vermutlich fand er sie für seine Krimis auch recht brauchbar. Welcher Krimiautor konnte denn von sich behaupten, schon einmal in U-Haft gesessen zu haben?

Es klopfte an der Bürotür, und Engelmann steckte seinen Kopf herein. „Da ist Besuch für euch."

„Papa, ich muss Schluss machen", sagte Henry. „Wir haben Kundschaft."

Es war entweder Dennis Beiler oder Frauke Simon. Die Kommissare hatten am Morgen beschlossen, beide noch mal vorzuladen. Obwohl der Bekannte von Beiler das Alibi für den Abend bestätigt hatte, reichte Daniel die Ausrede nicht, dass er mit dem Auto über den Radweg gefahren sei. Einer, der alles mit dem Fahrrad machte, fuhr laut ihm nicht mit dem Auto nach Hirschau. Erstens gab es, wie Beiler offenbar wusste, einen wunderbaren Radweg zwischen Tübingen und Hirschau, und zweitens traute Daniel ihm nicht zu, einfach über einen Radweg zu fahren. Die Spurensicherung hatte keine Reifenspuren gefunden, aber wenn Beilers Aussage stimmte, müssten sie den kompletten Weg absuchen. Das waren knapp sechs Kilometer.

Frauke Simon dagegen war Henry zu cool gewesen. Warum hatte sie nichts gesehen in der Nacht, wo sie doch an genau der Stelle einen Spaziergang gemacht hatte? Und war es womöglich Frauke Simon gewesen, die sich mit Sancho, ihrem Bekannten, gestritten hatte? Falls ja, konnte sie den Hinweis von Heinrich Vogel zu den Akten legen. Sancho alias Alexander Hahn hatte Frauke Simons Aussagen am Telefon bestätigt. Er selbst war aber seit drei Tagen auf Dienstreise und konnte somit nicht vorgeladen werden.

Den anderen Corsafahrer, Markus Haller, hatten sie vorerst in die zweite Reihe gestellt. Es hatte sich keinerlei Verbindung zu Carla oder Britta herstellen lassen, und seine Nachbarn konnten auch keinen außergewöhnlichen Andrang junger Frauen in seinem Haus bestätigen.

Klaus Pankow war dagegen gewesen, Simon und Beiler noch einmal zu befragen, aber Daniel Faber fand, wenn Henry so ein Gefühl hatte, dann musste man dem nachgehen.

„Was ist mit diesem Ract-Festival?", fragte die Kommissarin. „Sollen wir überprüfen, wer alles dort war?"

Daniel lachte. „Vergiss es. Da war in der Altersgruppe die halbe Stadt."

Henry bat ihre Kollegen, die Vernehmung ohne sie durchzuführen. Sie selbst wollte mit Kaltenbach sprechen. Vorher aber musste sie ein wenig recherchieren. Manchmal war es ganz schön, allein im Büro zu sein. Henry machte sich einen Kakao und setzte sich an ihren Computer.

Was hatte Beiler über seine Frau gesagt? Sie hatte Depressionen und hat sich deshalb das Leben genommen? Henry suchte den Suizid im Aktenverwaltungssystem.

Charlotte Beiler hatte sich zwei Jahre zuvor von der Aichtalbrücke gestürzt. Sie war mit ihrem Auto über die B 27 von Tübingen gekommen und hatte ihr Fahrzeug auf der Brücke abgestellt. Nach Osten blickend, war sie kurz nach sechs Uhr in die Tiefe gesprungen. Außer ihr hatte sich niemand vor Ort befunden. Mehrere Verkehrsteilnehmer hatten die Polizei verständigt und von dem auf der Brücke geparkten Fahrzeug berichtet. Aber den Sprung selbst hatte laut dem Bericht keiner gesehen. Was, wenn Beiler seine Frau von der Brücke gestoßen hatte?

Henry nahm den Hörer und rief Julia Kowalski an. Sie sollte überprüfen, ob Britta Enßle auf dem Ract-Festival gewesen war. Danach wählte sie die Nummer der Gerichtsmedizin.

„Frau Winter!" Kaltenbach klang, als wäre er gerade in den vierten Stock hochgejoggt, aber Henry wagte nicht, ihn zu fragen, wobei sie ihn gestört hatte.

Sie erklärte ihm, dass sie den Verdacht hatte, Carla und Britta hätten die gleichen Drogen konsumiert, aber Kaltenbach war ihr einen Schritt voraus. Er hatte Blut, Urin und Haare der beiden Toten auf sämtliche handelsübliche Substanzen getestet.

„Bis auf ein bisschen THC und minimale Mengen Kokain in den Haaren habe ich bei Carla Hofmann nichts gefunden. Aber vom Kiffen stirbt man ja nun nicht. Bei Britta Enßle war aktuell alles sauber. Das bedeutet nicht, dass sie keine Drogen genommen hat. Vielleicht hat sie im Moment einfach pausiert. Ich kann vieles finden, aber nicht alles."

„Hmm ..." Henry dachte nach. „Mit den Drogen kann es dann nichts zu tun haben", murmelte sie mehr zu sich selbst. „Also fallen die Dealer doch eigentlich raus."

„Da kann ich Ihnen nicht helfen. Um die Lebenden müssen Sie sich kümmern. Ich befrage nur die Zeugen, die nicht mehr sprechen können." Bevor sie etwas dazu sagen konnte, redete der Professor bereits weiter. „Ich habe was ganz anderes für Sie, bei dem Sie mit hoher Wahrscheinlichkeit sofort aus den Latschen kippen."

Henry setzte sich aufrecht in ihren Schreibtischstuhl. „Ich bin gespannt."

„Carla Hofmann und Britta Enßle waren schwanger."

„Was?" Henry fiel vor Schreck der Hörer aus der Hand, und sie fischte ihn mithilfe des Telefonkabels unter dem Tisch hervor. „Britta Enßle auch?"

„Hofmann war immer noch schwanger. Im vierten Monat. Enßle war es nicht mehr."

„Oh mein Gott!" Henry schnappte nach Luft. „Carla Hofmann hat das Kind behalten. Das heißt ..."

„Dass der Täter vermutlich gleich drei Menschen getötet hat."

„Natürlich! Das muss die Verbindung sein! Herr Doktor Kaltenbach, Sie sind ein Genie!"

Henry wusste, dass der Professor grinsend am anderen Ende der Leitung saß. Sie glaubte, er habe diesen Job nur ergriffen, weil er solche Nachrichten überbringen konnte.

Nachdem sie sich von ihm verabschiedet hatte, rannte sie zum Vernehmungsraum. Normalerweise betrat sie diesen während einer Befragung nicht, aber jetzt konnte sie nicht anders. Ihr schnelles Klopfen klang dringend. Daniel und Jim saßen mit Frauke Simon am Tisch. „Kommt sofort raus!"

Die Kollegen sahen sich an und nickten.

„Was ist denn so wichtig?" Daniel flüsterte, weil sie sich immer noch vor der Tür des Vernehmungsraums befanden.

„Das glaubt ihr mir nie!" Sie hüpfte beinahe.

„Jetzt mach's nicht so spannend." Jim stopfte eine Haarsträhne zurück in seinen Zopf.

„Beide Opfer waren schwanger."

„Ach!" Daniel sah von Henry zu Jim, dann wieder zu Henry.

„Also immer noch oder im Perfekt?", fragte Jim.

„Was für ein Perfekt?" Faber sah ihn irritiert an.

„Na, waren sie schwanger, oder sind sie schwanger gewesen?"

Faber legte die Stirn in Falten. „Ist das jetzt die Rache, weil du nicht wusstest, was ein Oto-Rhino-Laryngologe ist?"

„Hört doch auf. Beides. Carla Hofmann war schwanger", bestätigte die Kommissarin. „Zum Todeszeitpunkt war sie es immer noch. Britta Enßle dagegen war zum Todeszeitpunkt nicht mehr schwanger. Jetzt kann mir keiner erzählen, dass es sich um einen Zufall handelt, wenn zwei Frauen sterben, die beide schwanger gewesen ... waren."

„Das war jetzt aber Plusquamperfekt", sagte Jim stumpf.

„Sind wir hier im Wortdezernat?" Faber schnaubte verächtlich. „Keine Zeit für Deutschunterricht. Da haben wir aber auf jeden Fall einen neuen Anhaltspunkt. Sehr gut, Frau Kollegin."

„Oh, danke, aber das sind nicht meine Lorbeeren, sondern die von Profess..."

„Gehen wir wieder rein", unterbrach sie Jim und berührte sie dabei am Arm. „Danke, vielleicht können wir das im weiteren Gespräch hier gebrauchen."

Henry nickte stolz und schlenderte zu ihrem Büro zurück wie eine Schülerin, die eine Eins im Referat bekommen hatte. Möglicherweise war das der Durchbruch. Jetzt mussten auch Jim und Daniel ihr glauben, dass die Fälle etwas miteinander zu tun hatten und es weder Zufall noch ein Trittbrettfahrer war.

***

Jim kam als Erster zurück. „Beiler ist gerade noch aufgetaucht, und Daniel will ihn auch direkt vernehmen. Ich bin aber durch für heute, glaub ich." Er stöhnte. „Reif fürs Sofa. Die Erde von Beilers Kotflügel stammt übrigens schon vom Tatort. Sagt die KT."

„Ach!" Henry grinste. „Die gute Kriminaltechnik."

„Aber ich muss dich enttäuschen. Er hat doch schon zugegeben, dass er über den Radweg gefahren ist. Die Erkenntnis bringt uns leider nicht wirklich weiter."

Henry seufzte. „Wo wohnst du eigentlich, wenn du in Tübingen bist? Im Hotel?"

„Nee, beim Chef hier." Er deutete auf Daniels Schreibtisch.

„Schätzle und Hase teilen sich also ein Bett?", fragte sie schmunzelnd.

„Na ja, so weit sind wir noch nicht. Zumindest teilen wir uns den Frühstückstisch."

Henry ließ die Jalousien herunter. Die Nachmittagssonne war immer am unangenehmsten. „Was habt ihr aus Frauke Simon herausbekommen?"

„Die hatte tatsächlich eine etwas lautere Diskussion, wie sie es nannte, mit ihrem Kumpel Sancho. Der Vogel hat also ganz gut aufgepasst."

Henry hatte Zweifel an Vogels Aussage gehabt. Aber was brachte diese Information? Frauke Simon war schließlich nicht das Opfer. Und Alexander Hahn alias Sancho hatte nicht aus Wut auf seine Bekannte plötzlich eine fremde Frau getötet. Sie sah aus dem Fenster, wo sie Frauke Simon quicklebendig an der Bushaltestelle erkannte. „Die Info bringt uns überhaupt nichts", sagte sie.

Jim lehnte sich mit seiner Kaffeetasse gegen das Wandregal. Henry fragte sich, von wann der Kaffee war, und es schüttelte sie allein bei dem Gedanken daran, längst erkalteten Milchkaffee trinken zu müssen.

„Du kannst viel, das merke ich schon. Aber eines musst du noch lernen." Er nippte an seiner Tasse und verzog das Gesicht. „Auch Informationen, die dazu führen, dass man etwas ausschließen kann, sind hilfreich. Im Endeffekt sind alle Informationen nützlich."

„Du hast recht", sagte Henry kleinlaut. „Da war ich wohl etwas zu voreilig."

Jim ging zum Kaffeeautomaten und legte im Vorbeigehen seine Hand auf Henrys Schulter. „Ansonsten haben wir aus Frauke Simon nicht mehr so viel herausbekommen. Mit Schwangerschaften scheint sie nichts am Hut zu haben. Ist ihr mehr als wichtig, dass man ordentlich verhütet, und so hat sie uns alles Mögliche erzählt. Viele Dinge, die wir nicht wissen wollten." Dann sprach er lauter, um das Mahlgeräusch zu übertönen. „Auf welche Sexpraktiken sie sich spezialisiert hat beispielsweise. Aber eigentlich ist sie eine ganz brave Lehramtsstudentin, Englisch und Sport. Ich glaub, der Auftritt im Zuckerbäcker war nur ein bisschen Wichtigmacherei. Vielleicht wollte sie uns beeindrucken oder so."

„Möglich." Henry nickte. „Hat jemand überprüft, ob Carla ihren Ex-Freund Andi genannt hat?"

„Jepp. Hat sie laut den Eltern durchaus."

Henry schloss die Augen und massierte sich mit Daumen und Zeigefinger die Nasenwurzel. „Mir ist übrigens eingefallen, was ein Pigtjusare auf Deutsch ist."

„Und?" Jim zog eine Augenbraue hoch.

„Ein Weiberheld. Oder?"

Er nickte zögerlich. „Aber das mit dem Magdverzauberer gefiel mir irgendwie besser. Apropos, Sabine und Julia waren vorhin unten. Sie haben tatsächlich im Bekanntenkreis keine Überschneidung zwischen Carla Hofmann und Britta Enßle finden können. Das ist in dieser Altersgruppe in einer Studentenstadt schon eine Seltenheit. Trotzdem: keine gemeinsamen Bekannten." Er schüttelte den Kopf. „Und ich soll dir ausrichten, Henry, dass Britta Enßle mit einer Freundin auf dem Ract-Festival war. Sie haben dort aber niemanden kennengelernt, behauptet die Freundin. Sie sind zusammen gekommen und gegangen."

„Es muss doch auch keine gemeinsamen Bekannten geben", sagte Henry. „Es gibt genügend Spinner da draußen. Jean-Baptiste Grenouille hat auch lauter Rothaarige um die Ecke gebracht, die nichts miteinander zu tun hatten."

Jim kräuselte die Stirn. „Welcher Jean-Baptiste?"

„Ach, nicht so wichtig. Nur so ein Typ aus einem Buch."

„Da musst du nicht mal in die Literatur gehen", antwortete Jim. „Solche Frauenmörder gibt's auch in der Realität immer wieder. Denk nur an Jack the Ripper."

„Eben." Henry nickte eifrig. Jim hatte sie verstanden. „Deshalb ist es auch nicht erforderlich, eine persönliche Verbindung zwischen den beiden zu suchen. Es reicht, wenn wir eine Gemeinsamkeit finden, die dem Mörder als Motiv genügt. Und die haben wir doch jetzt."

Jim, der nun eine Mischung aus abgestandenem kalten und frisch aufgebrühtem Kaffee trank, hielt inne. „Und zwar?"

„Na, hab ich euch doch vorhin gesagt. Britta Enßle war schwanger und Carla Hofmann ebenso."

„Es ist doch nicht außergewöhnlich, dass Frauen in dem Alter Kinder bekommen, oder?"

„Es ist aber außergewöhnlich, dass sie umgebracht werden. Denk doch mal nach." Sie klopfte sich mit dem Finger an die Schläfe. „Vom Aussehen waren sie sich nicht sehr ähnlich, beruflich und privat gab es ebenfalls keine nennenswerten Gemeinsamkeiten. Aber schwanger waren sie beide, wenn auch die eine abgetrieben oder das Kind verloren hat und die andere nicht." Nachdem Jim immer noch nicht reagierte, fügte sie hinzu: „Hast du mir nicht gerade erst gesagt, dass jede Information wichtig ist?"

Henry erinnerte sich an die Aussage von Doktor Hensel. Carla hatte ihm mitgeteilt, das Problem löse sich ohnehin bald. Wollte sie das Kind womöglich abtreiben lassen?

„Okay, okay." Jim schien nachzudenken. „Du hast recht."

Sie stellte sich vor Daniels Pinnwand und dachte über ein mögliches Motiv nach.

Henry wusste nicht, wie viel Zeit vergangen war, als Daniel endlich das Büro betrat. Er war völlig durchgeschwitzt.

Auf seinem Schreibtisch stand seit Tagen eine Sprudelflasche. Er öffnete sie und kippte den Rest des abgestandenen Wassers in sich hinein. Es musste furchtbar schmecken. Henry beobachtete ihren Kollegen, aber der schien sich nicht daran zu stören.

Sie und Jim sahen ihm zu wie dem Hauptdarsteller eines Theaterstücks und warteten gespannt auf den Höhepunkt des Dramas. Als Daniel aber nichts sagte, wagte Henry nachzufragen: „Was gibt's Neues von Beiler?"

Während der Kommissar die völlig unwichtigen Informationen überbrachte, wurde Henry immer müder. Dieser Fall war anstrengend, aber sie wusste auch, dass wieder ruhigere Tage kommen würden. Einen Mord musste man möglichst schnell aufklären. Von Tag zu Tag schwand die Wahrscheinlichkeit, den Täter zu finden. Sie hatte schließlich schon versucht, Pankow das Ganze klarzumachen, aber der wollte davon nichts wissen. Eigentlich durfte keiner von ihnen jetzt schlafen, aber ganz ohne ging es eben auch nicht. Immer wieder fielen ihr beim Zuhören die Augen zu, als ob Daniel ein netter alter Märchenerzähler war, der ihr eine Einschlafgeschichte vorlas. So ganz konnte sie ihm nicht folgen. Dennis Beiler hatte ein Alibi. Die Glaubwürdigkeit des Freundes war nicht wirklich hoch, aber es war eben doch ein Alibi.

Zwischendurch hatte Daniel Faber mit Kaltenbach telefoniert, der ihm eröffnet hatte, dass das Kind von Carla Hofmann weder von Taner Akbulut noch von Andreas Freitag war. Das machte die Sache nicht einfacher.

Henry versuchte, sich zu konzentrieren. Sie warf einen Blick auf die Pinnwand hinter Daniel und kniff die müden Augen zusammen, um scharf sehen zu können. Ob Sven Ebert ein Alibi hatte, war unklar. Auf jeden Fall war er den ganzen Tag nicht da gewesen. Andreas Freitag hatte ein Motiv und kein Alibi. Taner Akbulut hatte wohl auch ein

Motiv, aber das Alibi seiner Eltern. Beide hatten jedoch keinerlei Verbindung zu Britta Enßle.

„Nein", sagte Faber. „Akbulut hat jetzt ein anderes Alibi. Carla Hofmann hat ihm zwei Wochen vor ihrem Tod am Telefon erzählt, dass das Kind von einem anderen ist. Weder von ihm noch von Andreas Freitag. Und sie wollte es behalten, wo sie den beiden Männern immer gesagt hatte, sie wolle keine Kinder."

„Das ist doch ein starkes Motiv", sagte Henry nachdenklich.

„Wäre es", antwortete Daniel. „Nur hat sich der junge Mann in der Nacht, in der Carla ums Leben gekommen ist, mit einer anderen Frau vergnügt. Er wollte das nicht erzählen, um seine Ehre zu retten. Aber das Alibi ist, wenn wir es überprüft haben, absolut wasserdicht, und Taner Akbulut ...", er stand auf und nahm das Post-it mit Akbuluts Namen von der Pinnwand, „ist raus."

„Okay. Und der Kumpel von Beiler bestätigt, dass er bei ihm war?", fragte Henry.

„Ja, wie gesagt." Daniel zuckte mit den Schultern.

Aber Beiler kannte weder Britta noch Carla. Warum er mit dem Auto nach Hirschau gefahren war, konnte er nach wie vor nicht schlüssig begründen.

„Er meinte wegen des", Daniel zeichnete Gänsefüßchen in die Luft, „aufkommenden Regens habe er das Auto genommen." Henrys Kopf sank immer weiter in Richtung der Tischplatte.

„Hat er denn ein Motiv?", mischte sich jetzt Jim ein.

Daniel stöhnte. „Nicht wirklich. Es gibt einfach keine schlüssige Verbindung zwischen den Opfern und unseren

Tatverdächtigen. Ich glaube, dass wir komplett falschliegen und der Mörder irgendwo da draußen rumrennt und sich ins Fäustchen lacht. Von uns völlig unerkannt."

Henry zwang sich, die Augen offen zu halten. „Vielleicht sollten wir den Kreis der Verdächtigen dann einfach ein wenig erweitern? Den ganzen Bekanntenkreis der jungen Frauen abklappern." Ihre Stimme klang schwach und monoton.

Daniel schnippte mit dem Finger vor ihrem Gesicht. „Spielst du wieder Gedanken-Tetris? Ich glaub, du machst Feierabend."

„Nee", sagte Henry, während ihr Kopf an ihrem Unterarm entlangrutschte. „Ich muss nur ein bisschen ausrasten."

Daniel grinste. „Du musst ein bisschen ausrasten? Geben wir dir denn einen Grund dazu?"

Henry sah ihren Kollegen mit müden Augen an. „Sagt man das nicht so, wenn man sich hinlegen muss?"

„Nein, da sagt man, dass man sich ausruhen muss. Ist das wieder so ein schwedisches Ding?"

„Nee. Christian sagt das." Sie seufzte.

„Bald brauchen wir einen Dolmetscher für dich. Wird ja immer besser." Er sah sie ernst an. „Du machst jetzt Feierabend. Ende der Diskussion. Und rastest daheim ein bisschen aus."

„Nee", sagte sie wieder. Mit einem sanften Lächeln dachte sie an die Missverständnisse, die sie mit Christian immer gehabt hatte, wenn er mit seinen typisch wienerischen Ausdrücken daher gekommen war. Jetzt war sie es, die andere mit seinen Wörtern verwirrte.

„Das war keine Bitte. Ich bin immer noch dein Vor-gesetzter." Er klang kompromisslos. „Raus mit dir. Mach mal wieder was Schönes. Dir fällt bestimmt was ein."

Henry sah ihren Kollegen gequält an. „Was Schönes? Meinst du das mit dem Strand oder das mit der Knarre?" Sie ließ ihren Kopf auf die Tischplatte fallen.

20. Juni, abends

Henry erinnerte sich sehr gut daran, wie sie das erste Mal in Tübingen gewesen war. Sie war mit dem Bus vom Flughafen Stuttgart gekommen, und ihr erster Gang hatte über die Eberhardsbrücke geführt, die, wie sie jetzt wusste, alle nur Neckarbrücke nannten. Es war im Februar gewesen, und trotzdem hatten vereinzelt ein paar junge Leute auf der Mauer gesessen und die Beine über dem Neckar baumeln lassen. Damals hatte sie sie beneidet. Darum, dass sie angstfrei über dem Wasser saßen. Henry hatte seit ihrer Ankunft in Deutschland immer wieder an ihrer Aquaphobie gearbeitet, und so saß sie an diesem warmen Sommerabend ebenfalls auf der Mauer. Im Schneidersitz, denn die Füße wollten noch nicht so recht in vier Meter Höhe über dem Fluss hängen. Die Cola, die sie sich schnell im ‚Last Resort‘ besorgt hatte, als sie endlich aus dem Kommissariat gekommen war, tat gut. Aus irgendeinem Grund wollte sie an diesem Abend nicht nach Hause gehen. Sie erinnerte sich daran, wie sie damals im ‚Last Resort‘ Zuflucht gefunden hatte, nachdem sie durch halb Tübingen verfolgt worden war. Flo, ein Student, der in der Kellerkneipe jobbte, hatte sie zur Jugendherberge begleitet und ihr damit vermutlich das Leben gerettet.

Das alles war längst vorbei. Ein neues Kapitel hatte begonnen.

Die Sonne verschwand langsam hinter den Häusern, und gefühlt waren jetzt sämtliche Stocherkähne der Stadt unterwegs. Auf manchen wurde gegrillt, auf anderen liefen Bluetoothboxen, aus denen unterschiedliche Musikgenres dröhnten, die sich in der warmen Luft über dem Neckar zu einem undefinierbaren Tonsalat vermischten.

Henrys Telefon klingelte. Beschwerlich zog sie es aus der Hosentasche.

Daniel, der eigentlich gerade mit Jim Feierabend und in der Stadt einen draufmachen wollte, erzählte, dass Sven Ebert bei ihm saß.

Henry tat sich schwer, Ebert einzuschätzen. Dieser hochintelligente Mann, der über Bildung und Benehmen verfügte, passte nicht in dieses Milieu von schmuddeligen Drogenhändlern. Trotzdem wusste sie, dass solche Dinge manchmal vorkamen. Sein Werdegang würde zumindest zu einem Psychopathen passen. Aber warum sollte Ebert eine junge Frau töten?

Henry wurde bewusst, dass sie ihn durchaus sympathisch fand. Warum war er überhaupt geflohen? Er hatte nach einigen Tagen wohl keine Idee mehr gehabt, wo er unterkommen sollte, und so war er zum Haus seiner Eltern gegangen. Vor diesem hatte jedoch eine Zivilbesatzung im Auto gewartet. Jetzt saß er bei Faber und Schätzle im Vernehmungszimmer. Vernehmungen gehörten zu denjenigen Dingen, derentwegen Henry die Arbeit bei der Polizei an den Nagel gehängt hatte. Manchmal war es spannend, die Geschichten der Menschen zu hören. Es war interessant, aus unterschiedlichen Erzählungen die Wahrheit herauszufiltern. Im Großen und Ganzen war es aber doch recht langweilig, tagein tagaus in diesem Raum mit fremden Leuten zu reden.

Henrys Gedanken drehten sich immer schneller um den Fall. ‚Stopp‘, rief sie sich innerlich zu, bevor sie keinen klaren Gedanken mehr fassen konnte und sich in eine bestimmte Richtung verrannte.

Eigentlich war es genau diese Ermittlungsarbeit gewesen, die sie vermisst hatte. Jetzt aber fühlte es sich nicht mehr richtig an. Sie war wieder Polizistin, und das vermutlich für eine lange Zeit. Es schauderte sie beim Gedanken, für den Rest ihres Lebens diese Arbeit zu machen. Daniel war schon okay. Und mit Jim verstand sie sich auch. Aber Gespräche, wie sie sie mit ihren Kollegen in Schweden geführt hatte, funktionierten mit beiden nicht. Håkan hatte immer gewitzelt, Christian sei ein Vaterersatz für Henry.

Neben ihr saßen zwei junge Frauen, deren Gespräch sich ständig durch Henrys Gedanken kämpfte, bis sie nicht mehr anders konnte, als zuzuhören.

„Ich fände es trotzdem gut, wenn dein Papa uns heute Abend abholt.“ Henry konnte die Mimik der jungen Frau nicht erkennen, weil sie nach unten auf das Wasser blickte und ihre Haare links und rechts wie ein Vorhang ihr Gesicht verdeckten.

Dann driftete das Gespräch in eine Diskussion ab, ob sie mit Anfang zwanzig nicht zu alt dafür seien, sich von den Eltern abholen zu lassen. Sie einigten sich aber darauf, dass es nach zwei Frauenmorden in der Stadt zu gefährlich sei, nachts alleine durch Tübingen zu gehen.

Henry nahm einen Schluck der Cola, die bereits warm und schal geworden war.

Sie dachte über Carla Hofmann und Britta Enßle nach. Zwei Frauen, die nicht einmal zehn Jahre jünger gewesen waren als sie selbst. Die womöglich auch auf der Neckarmauer gesessen und einen lauen Sommerabend genossen hatten. Vielleicht waren sie ebenfalls im ‚Last Resort' gewesen oder waren in einem Stocherkahn über den vom Mond glitzernden Fluss gefahren, während sie von einer Bluetoothbox beschallt worden waren. Und plötzlich kam irgendein Wahnsinniger daher und löschte diese beiden jungen Leben einfach aus. Henry schüttelte sich. Sie musste diesen menschlichen Abschaum stoppen, bevor er sich ein drittes Opfer suchte. Wenn sie schneller gewesen wäre, hätte sie unter Umständen den Tod von Britta Enßle verhindern können. Für sie standen beide Morde in einem Zusammenhang. Und offensichtlich war sie mit dieser Meinung nicht alleine. Die Bevölkerung hatte Angst. Vor dem Nachhauseweg. Vor der Dunkelheit. Vor einem Serienkiller.

Henry kippte die restliche warme Cola hinunter und hüpfte von der Mauer. Sie musste ihre Kollegen unterstützen.

Der Fahrtwind, der ihr entgegenblies, tat Henry gut. Sie trat immer schneller in die Pedale, um sich abzukühlen. Obwohl sie sie nicht brauchte, überprüfte sie in regelmäßigen Abständen ihre Bremsen. Bei ihrem ersten Besuch hatte sie sich bei dieser Fahrradvermietung ein Citybike geliehen und war damit zum Haus ihres Vaters gefahren. Auf der Rückfahrt hatten die Bremsen nicht mehr funktioniert. Sie hatte nie herausgefunden, ob jemand mutwillig ihre Bremsen ausgehängt hatte oder ob es einfach ein technischer Defekt gewesen war. Das Gefühl, ungebremst einen Tübinger Hügel hinunterzufahren, hatte sie aber nie vergessen, und so ein kleines bisschen saß ihr der Schreck immer noch in den Knochen. Es war zur Angewohnheit geworden, die Bremsen vor jeder Fahrt und auch währenddessen zu kontrollieren.

Es waren höchstens zwei Stunden vergangen, und trotzdem war das Kommissariat wie ausgestorben. Es schien, als hätten in genau dieser Zeit alle das Gebäude verlassen.

Jim und Daniel waren nicht mehr in ihrem Büro, und Henry ging davon aus, dass sie Ebert in U-Haft gesteckt hatten und in die Stadt gefahren waren. Sie schlich zu Daniels Schreibtisch wie eine Einbrecherin und suchte nach einem Protokoll von Eberts Vernehmung. Sicher hatten sie schon mit ihr gesprochen. Lautlos schob sie die Aktenstapel auseinander, aber sie fand nichts. Der leere Raum wirkte kühl.

Stimmen aus dem Flur lockten sie aus dem Büro. Charly Hellstern schien ebenfalls auf dem Weg nach Hause zu sein.

„Ihr macht hier nie Schluss, oder?", fragte er.

Henry sah betreten auf den Boden. „Doch, doch. Hast du Daniel und Jim gesehen? Sind die schon weg?"

Charly fuhr sich durch das grau melierte Haar. „Die sitzen beim Feierabendbier." Er zeigte den Gang entlang.

Sie nickte dankend und drückte sich an dem Kollegen vorbei.

„Schönen Feierabend, Charly."

Henry steckte den Kopf durch die Tür. „Na, ihr lasst es euch ja gut gehen."

Daniel, der gerade einen Schluck aus seiner Bierflasche genommen hatte, prustete erschrocken. Das Bier sprudelte aus dem Flaschenhals, er hielt die Flasche von sich weg, damit sich die Brühe auf den Boden und nicht auf seine, heute vermutlich zum dritten Mal gewechselte, Hose ergoss. „Was machst du schon wieder hier?" Er schüttelte das Bier von seiner Hand.

Henry zupfte mehrere Blätter von der Küchenrolle ab, die auf dem Tisch lag, und gab sie Daniel. Dann stellte sie sich vor den Ventilator, der auf der Anrichte stand, und ließ sich den Wind ins Gesicht blasen. „Wie war das Gespräch mit Ebert?"

„Nein, Henry." Daniel kniete sich auf den Boden und unterdrückte ein Jammern. „Ich habe das ernst gemeint mit dem Feierabend."

„Jetzt übertreib doch nicht." Henry verdrehte die Augen.

Daniel, der immer noch am Boden kniete, tupfte seine Flasche trocken, nahm einen Schluck daraus und sah seinen Kollegen an. „Ebert wusste nicht wirklich was zu der Leiche vor dem Haus, oder?"

Jim bestätigte mit einem Kopfnicken und setzte ebenfalls die Flasche an die Lippen.

„Wie? Er wusste gar nichts? Und darauf haben wir so lange gewartet?" Henry schüttelte den Kopf. „Das kann nicht sein. Der muss was wissen."

„Klar." Daniel vermied ein Aufstoßen. „Der wusste allerlei zu den Drogengeschäften. Mit Frauen kennt er sich auch aus, aber eher mit lebendigen. Er dürfte ein ziemlicher ... Wie nanntest du es, Jim?"

„Magdverzauberer." Jim zwinkerte Henry zu.

Faber nickte. „... Magdverzauberer sein. Aber das scheint dich gar nicht mehr so zu interessieren?"

Jim grinste. „Die hat Blut geleckt."

„Mich interessiert das schon auch noch", sagte Henry. „Dass die Morde mit den Drogen zu tun haben, ist zwar nicht ausgeschlossen, mir gefällt die Idee mit den Schwangerschaften aber besser. Und ja, ich gebe zu, dass ich noch nicht ganz dahintergestiegen bin, warum deshalb jemand morden sollte." Sie seufzte. Daniel hob die Hand und holte Luft, weil er die kurze Redepause nutzen wollte, um selbst etwas zu sagen, aber Henry redete einfach weiter. „Klar, wenn Drogenkonsumenten nicht zahlen, endet das selten gut, und da gibt es sicher auch mal den einen oder anderen Toten. Wenn eine Frau schwanger wird, wird sie der Mann doch nicht deswegen umbringen?" Sie nahm einen kurzen Atemzug, und während sie wie ein Tiger im Zimmer auf und ab ging, redete sie wie ein Wasserfall weiter. „Vielleicht verrenne ich mich auch in irgendwas, aber ein Opfer war schwanger, und eines war schwanger gewesen." Sie sah kurz zu Jim, der die korrekte Grammatik mit einem Nicken bestätigte. „Viele Frauen werden im Laufe ihres Lebens einmal schwanger. Ich weiß nicht." Erst jetzt drehte sie sich wieder zu den Kollegen und blieb stehen. „Vielleicht ist es einfach zu spät für solch schwierige Denkaufgaben."

„Also du hattest erst mal die Aufgabe, Feierabend zu machen, wenn ich mich richtig erinnere", tadelte Faber.

„Hier geht eh gleich das Licht aus." Jim knallte die leere Bierflasche auf den Tisch. „Sollen wir dich mitnehmen?"

„Nee, lass mal." Henry winkte ab. „Die frische Luft tut mir ganz gut."

Jim lehnte sich laut stöhnend auf der Holzbank des Pausenraums zurück und krallte sich eine Boulevardzeitung, die neben ihm auf der Bank lag.

„So was liest du?", wunderte sich Henry.

„Wieso denn nicht?", fragte Jim irritiert.

„Ich dachte, du liest nur Modezeitschriften oder so." Sie zwinkerte ihm freundschaftlich zu.

„Nein, werte Kollegin Winter. Ich habe dir vorhin schon gesagt, dass jede Information wichtig ist. Und da gehört die Presse dazu." Er zog eine Seite aus der Zeitung, faltete sie etwas handlicher zusammen, schob sie zu Henry und tippte mit dem Finger darauf.

Henrys Augen wurden groß. „Echt jetzt?"

Daniel, der mittlerweile den Boden und den Tisch gewischt hatte, stand stöhnend auf und streckte den Rücken durch. „Ja, echt jetzt. Der hat schon Stress gemacht." Er deutete mit dem Kopf an die Zimmerdecke.

Henry wusste, dass darüber das Büro von Pankow war. „Wir können doch nix dafür, wenn die Presse so was schreibt."

„Wir sind aber verantwortlich dafür, dass die Leute keine Angst haben", sagte Jim.

Sie starrte immer noch auf den Titel des Artikels: ‚Der Neckarkiller von Tübingen'. „Darf ich das mitnehmen?"

„Wieso nicht?" Daniel hob die Schultern. „Den Schund aus diesem Käseblatt brauchen wir sicher nicht."

Zu Hause wollte sie den Artikel in Ruhe lesen. Zwar hatten Daniel und Jim ihn bestimmt schon ausgiebig untersucht, aber vielleicht hatten sie auch etwas übersehen. Manchmal wusste die Presse nämlich mehr als die Polizei, weshalb solche Artikel gelesen werden mussten. Es gab immer wieder Zeugen, die was wussten. Zeitungen ließen sich Insiderwissen einiges kosten, wohingegen eine Zeugenaussage bei der Polizei weder Geld noch Ruhm brachte.

Henry zog ihr Smartphone aus der Hosentasche, fotografierte den Artikel und schickte ihn Christian. So oft kam es schließlich nicht vor, dass man in der Zeitung war.

„Dieses Klatschblatt hat seine Infos bestimmt von Vogel", brummte Henry.

Auf dem großen bunten Foto war sie mit Jim, Daniel und Professor Doktor Kaltenbach am Wagen von Britta Enßle zu sehen. Über ihren Augen waren schwarze Balken, als wären sie selbst die Schwerverbrecher.

Gemeinsam mit dem Foto verschickte sie ein telegrammartiges Update. Möglicherweise fiel Christian irgendwas ein.

Es war bereits kurz vor elf, als Henry endlich zu Hause ankam. Ihre Glieder, ihr Kopf, ja, sogar ihre Augen fühlten sich schwer an. Wie in Zeitlupe legte sie ihre Tasche auf den Stuhl neben ihrem Esstisch, schlurfte zum Kühlschrank, holte sich eine Flasche Pfirsicheistee und ein Glas und setzte sich damit auf den Balkon. Obwohl sie hundemüde war, war sie zu aufgewühlt, um direkt ins Bett zu gehen.

Im Französischen Viertel herrschte noch, oder vielleicht erst jetzt, reges Treiben. Sogar die Kinder ließ man um diese Uhrzeit auf der Straße mit Laufrädern und Bobbycars fahren, Nachbarn trafen sich zum Plausch. Dieser Tage war es so heiß, dass es schien, als erwache die Stadt erst am Abend, und es erinnerte Henry an die Szene in einer spanischen Kleinstadt, in der sie einmal mit ihrer Mutter Urlaub gemacht hatte. Auch da waren spätabends noch viele Kinder draußen gewesen, und Henry hatte es genossen, dass sie sich ihnen anschließen durfte. Zu Hause in Sigtuna musste sie um neun ins Bett. In Spanien liefen die Uhren anders, und auch in Süddeutschland schien man diese Angewohnheiten bei entsprechenden Temperaturen zu übernehmen. Der Eistee kühlte Henry von innen. Sie sah auf das Außenthermometer. Es hatte immer noch achtundzwanzig Grad. Eine unruhige Nacht stand ihr bevor.

Henry stellte sich vor, wie es wäre, wenn sie den Hund doch bei sich aufnahm. Dann würde er jetzt neben ihr auf dem Balkon liegen. Sie würde noch eine schöne Runde über den Galgenberg gehen können. Bis zum Bergfriedhof, auf dem ihre Mutter lag. Man hatte ihre sterblichen Überreste auf Henrys Wunsch hin vom schwedischen Sigtuna nach Tübingen überführt. Eigentlich hatte Henry das Ganze veranlasst, weil sie dachte, sie würde ihre Mutter hier öfter besuchen können. Sie hatte vergessen, wie viel man bei der Polizei arbeiten musste und wie wenig Zeit man doch für Privates hatte. Aber immerhin ihr Vater hatte nun einen Ort, an dem er weiße Orchideen niederlegen konnte.

Mit einem Hund wäre sie gezwungen, sich Auszeiten zu nehmen, Zeit für sich, in der Natur, an der frischen Luft. War es doch gar keine so schlechte Idee, Juno bei sich aufzunehmen?

Henry nahm ihr Handy und schrieb Jonas Wenger eine Nachricht. Möglicherweise konnte sie den Hund tatsächlich probeweise nehmen. Ganz so, als wäre er bei ihr im Urlaub.

✳✳✳

Christian saß gerade mit Beate auf der Terrasse hinter seinem Haus am Rande von Stockholm, als sein Handy piepste. Im Wetterbericht hatte er gesehen, wie heiß es in Deutschland und Österreich war, und so war er, und dies war eine Ausnahme, froh, in Schweden zu sein. Die Temperaturen waren moderat, Beate hatte sich gar einen Tee gemacht, den trank sie abends besonders gern. Irgendeinen Ayurvedatee, der Körper und Geist reinigen sollte. Christian reinigte Körper und Geist mit einem zwölfjährigen irischen Yellow Spot, den Oberstaatsanwalt Erik Elander ihm zum Geburtstag geschenkt hatte.

Träge und erschöpft von der Arbeit zog er das Handy vom Tisch. Seit Henry weg war, musste er nahezu alles alleine machen. Früher war er nur für die juristischen Sachen zuständig gewesen und hatte seiner Lieblingskollegin hier und da mal bei einer Präsentation geholfen. Heute musste er jede Präsentation selbst halten. Der Einzige, der noch da war, war Håkan, und der kannte sich wunderbar mit Computern aus, aber vor Menschen konnte man den nicht lassen, fand Christian.

Er nahm einen Schluck aus seinem Glas. Der Whiskey hinterließ einen fruchtig-milden Nachgeschmack in seiner Kehle.

„Schau mal." Er schob das Telefon zu seiner Frau und lachte. „Kennst du die junge Dame?"

Auch Beate konnte sich ein Grinsen nicht verkneifen, als sie das Bild von Henry und ihren Kollegen mit den unkenntlich gemachten Gesichtern sah.

Dann las er die Nachricht, die seine ehemalige Kollegin ihm geschrieben hatte, und sofort begann es in ihm zu arbeiten. Jemand tötete Frauen. Die eine hatte er am Ufer eines Flusses begraben, die andere im Fluss versenkt. Die eine war erstickt, die andere ertrunken. Es machte ihm Spaß, indirekt bei den Ermittlungen mitzuwirken. Er hatte keinen Leistungsdruck und freute sich, wenn er Henry helfen konnte. Was war der Missing Link zwischen den beiden jungen Frauen? Das erste Opfer war schwanger, das zweite hatte das Kind abgetrieben.

Christian nahm sein Whiskeyglas und entschuldigte sich bei seiner Frau. Während Beate ihr Buch weiterlas, ging er in sein Arbeitszimmer, wo er vor seinem Bücherregal, das bis an die Decke reichte, stehen blieb und nachdachte. Häufig kamen ihm hier die besten Einfälle.

Doch dieses Mal sahen ihn die Buchrücken schweigend an.

Er setzte sich auf seinen Schreibtischstuhl und notierte alle Informationen, die er hatte.

Laut Henry hatten die Frauen persönlich nichts miteinander zu tun. Aber die Tatsache, dass es sich beide Male nicht um ein Sexualdelikt handelte, ließ Christian aufhorchen. Jemand, der Frauen einfach so ermordete, ohne sie zu vergewaltigen oder zu bestehlen, der war entweder ein Triebtäter, der nur Lust am Töten empfand, oder er wollte sich an jemandem rächen. Vielleicht hatte er sogar eine Botschaft an die Nachwelt.

Christian erinnerte sich an ein Forschungsprojekt, das sich mit der Lust am Töten beschäftigte. Er öffnete seinen Laptop und fand die Seite sofort: Die Universität Konstanz untersuchte die Psychobiologie menschlichen Jagd- und Tötungsverhaltens und die Lust an der Grausamkeit.

Er nahm einen Schluck Whiskey und beugte sich gespannt nach vorne. Traumatisierende Kriegserlebnisse als Auslöser. Das würde man vermutlich ausschließen können, dachte er.

Es schien nicht einmal so, als hätte der Täter die Frauen lange gequält. Genau das würde er aber tun, wenn sein Motiv Rache oder Bestrafung für irgendetwas gewesen wäre. Er würde wollen, dass die Frauen wissen, was ihnen widerfahren wird und warum. Somit schien es am wahrscheinlichsten zu sein, dass der Täter eine Botschaft an die Nachwelt richten wollte. Eine Warnung vielleicht? Christian war klar, dass er sich hier auf sehr dünnem Eis befand. Aber irgendwo musste man ja anfangen.

Er sah zum Fenster hinaus. Draußen war es mittlerweile so dunkel, dass er nur noch sein eigenes Spiegelbild erkennen konnte. Er band sich seinen grauen Zopf neu zusammen.

Die Leichen waren beide so stümperhaft beseitigt worden, dass es unvermeidlich war, dass sie jemand nach einem oder zwei Tagen fand. Auch dies sprach für seine Theorie. Am liebsten hätte er Henry angerufen und mit ihr gemeinsam den Fall besprochen, aber er wollte sie um diese Uhrzeit nicht mehr stören. Sicher hatte sie im Moment mit den Mordfällen viel zu tun und brauchte jede Minute Schlaf.

Christian erinnerte sich an seinen ersten Tag bei ‚One Earth'. Er war nur einen Tag vorher mit seiner Frau nach Schweden gekommen. Das Haus, in dem sie jetzt zur Miete wohnten, hatten sie noch von Wien aus im Internet gefunden. Während Beate in ihrem neuen Zuhause die Kartons ausgeräumt hatte, war er mit der Tunnelbana zur Haltestelle T-Centralen gefahren und von dort aus zu Fuß zu seiner zukünftigen Arbeitsstelle gegangen. Es war Sommer gewesen, und Stockholm hatte ihn direkt beeindruckt. Das Bewerbungsgespräch hatte im Winter stattgefunden, und es war ungemütlich und windig gewesen. Im Sommer dagegen hatte ihn die Stadt mit ihren mittelalterlichen Gebäuden, mit den Inseln und Brücken, sofort fasziniert.

An seinem ersten Tag kam er direkt zwanzig Minuten zu spät, weil er sich verlaufen hatte, wenn auch ein bisschen freiwillig. Seine neue Kollegin Henry machte ihn darauf aufmerksam, dass er in Zukunft pünktlich zu sein hatte.

Diese junge und durchaus attraktive Frau, die seine Tochter hätte sein können und die erst seit wenigen Monaten überhaupt als Juristin arbeitete, machte ihm Vorschriften. Er konnte nicht abstreiten, dass er Henry von der ersten Sekunde an erfrischend gefunden hatte. Ihre direkte Art, ihr Mut und ihre Bedingungslosigkeit imponierten ihm. An ihrer zuweilen aufkommenden Naivität arbeiteten sie gemeinsam, seit er bei ,One Earth' angefangen hatte.

Christian lehnte sich in seinem Schreibtischstuhl zurück und trank noch einen Schluck Whiskey. Mit geschlossenen Augen spürte er die Wärme des Alkohols auf seiner Zunge. Die Arbeit machte, seit Henry weg war, überhaupt keinen Spaß mehr. Auch Håkan hatte schon geäußert, dass es ohne sie nicht dasselbe war, allerdings war der so misanthropisch, dass Christian davon ausging, er komme ganz gut damit zurecht.

Er saß noch lange an seinem Schreibtisch und machte sich Notizen.

21. Juni, morgens

Daniel saß auf Henrys Sofa und nahm die Floskel, dass er sich wie zu Hause fühlen sollte, wohl etwas zu wörtlich. Er hatte die Schuhe ausgezogen, die Füße auf zwei Kissen auf dem Wohnzimmertisch abgelegt und las die Gewerkschaftszeitschrift, die auf dem Tisch gelegen hatte. Währenddessen stand seine Kollegin unter der Dusche, und obwohl sie wusste, dass sie sich beeilen musste, genoss sie jeden einzelnen der kühlen Tropfen.

Mit einem Handtuch, das sie wie einen Turban um ihren Kopf gewickelt hatte, und den Körper in ein großes Duschtuch eingerollt, kam sie aus dem Bad.

Daniel senkte die Zeitschrift und musterte sie von oben bis unten.

Henry tapste durchs Wohnzimmer, hinterließ mit ihren nassen Füßen überall kleine Pfützen und fischte ihre Haarbürste aus der Handtasche.

„Wieso holst du mich denn jetzt überhaupt ab?", fragte sie.

„Reine Vorsichtsmaßnahme."

Sie zog das Handtuch vom Kopf, beugte sich nach vorne und rubbelte die braunen Locken trocken. „Verstehe ich nicht."

Faber nahm die Füße vom Tisch und zog seine Schuhe wieder an.

Henry richtete sich auf und schüttelte leicht den Kopf. „Also wirklich, Daniel. Ich bin Polizistin. Außerdem nehme ich weder Drogen, noch bin ich schwanger." Sie warf das Handtuch über eine Stuhllehne. „Und auch nicht schwanger gewesen, um das gleich vorwegzunehmen."

„Ich meinte eher, dass man dich vor dir selbst schützen muss."

Henry hielt inne. „Wie meinst du das?"

„Du arbeitest zu viel."

„Pah." Sie verschwand im Schlafzimmer und rief von dort aus: „Ich arbeite auch nicht mehr als Jim und du. Ist dein Schätzle nicht schon im Büro, oder wo hast du den gelassen?"

„Wir sind aber erfahrene Polizisten."

„Papperlapapp." Henry zog ihre Hose hoch, indem sie einen kleinen Hüpfer machte, um den Stoff unter ihren Fußsohlen hervorzuholen. „Ihr habt vielleicht mehr Erfahrung, aber dafür seid ihr auch älter als ich. Das ist nun mal so, dass man bei einem Mordfall viel arbeiten muss. Außerdem sinkt mein Arbeitspensum nicht, nur weil du mich abholst." Barfuß kam sie aus dem Schlafzimmer. Die immer noch feuchten Haare hatten kleinere und größere Wasserflecken auf dem petrolfarbenen T-Shirt hinterlassen.

„Ich kann dich aber nachher nach Hause bringen, wenn du weder mit dem Rad noch mit dem Auto kommst."

„Und dann?" Sie setzte sich auf einen Stuhl am Esstisch und versuchte, ihre Socken über die nassen Füße zu ziehen. „Willst du mich hier einsperren? Außerdem kann ich auch mit dem Bus fahren."

„Unsinn." Er stand auf. „Ich will einfach nur, dass du eine bessere Work-Life-Balance hast oder wie man das heute nennt." Aus Fabers Mund klang der Begriff wie Ironie. „Und ich war zufällig beim Bäcker um die Ecke."

Henry zog ihre schwarzen Chucks an. „Sag das doch gleich. Können wir dann, Papa?"

Daniel nickte.

Das Thermometer des Autos zeigte um acht bereits sechsundzwanzig Grad. Daniel drehte an den Knöpfen der Klimaanlage.

Henry schnallte sich an. „Haben sie dein Auto also wieder freigelassen?"

Genussvoll schloss er die Augen und ließ sich den Wind aus den Lüftungsschlitzen ins Gesicht wehen.

„Sag mal, Daniel, glaubst du, man könnte jemanden von der Aichtalbrücke stoßen?"

Henrys Kollege rümpfte die Nase und sah sie an. „Was hast du vor?"

„Ich dachte nur", sagte sie ernst, „ich brauche einen Plan B, falls du mich in deiner Fürsorge ab sofort jeden Tag zu Hause abholst und dich auf meinem Sofa breitmachst. Anders wird man Stalker bei unserer Gesetzeslage schließlich nicht los."

Daniel verzog das Gesicht. „Die Aichtalbrücke hat einen Zaun, der mal höher, mal weniger hoch ist. Ich glaube kaum, dass man da jemanden unbemerkt runterwirft. Die B 27 ist eigentlich zu jeder Zeit gut befahren. Das könntest du gar nicht planen, weil du nicht weißt, wie lange du brauchst, um ein sich wehrendes Opfer über die Absperrung zu werfen. Wieso fragst du denn so was?"

„Beilers Frau ist da runtergesprungen."

Daniel startete den Motor. „Und du meinst, er hat sie runtergeworfen und damit ermordet? Das glaub ich nicht. Da gäbe es doch überhaupt kein Motiv, oder hast du das auch schon ermittelt?" Er räusperte sich übertrieben laut.

„Nein, kein Motiv. Es war nur so eine Idee", sagte sie verunsichert.

„Keine schlechte. Aber wenn du die Strecke mal fährst, wirst du sehen, dass das ein mieser Plan wäre, um jemanden umzubringen. Wer steigt schon freiwillig auf der Brücke einer Bundesstraße aus dem Auto? Und nur weil Beiler nachts mit seinem Auto über einen Radweg fährt, ist er ja nicht gleich Ted Bundy. Auch wenn er in Tübingen vermutlich ähnlich behandelt würde deswegen."

Er sah Henry erwartungsvoll an, aber sie verstand seinen Witz nicht, weil sie die Stadt noch nicht so gut kannte.

„Man könnte eine Panne vortäuschen." Sie setzte sich aufrecht und drückte ihre Wirbelsäule durch. Ihre Gelenke knackten.

„Okay. Spinnen wir das weiter." Daniel schien Gefallen an der Geschichte zu bekommen. „Dann müsstest du dein Opfer aber erst mal an den Zaun locken."

„Kein Problem. Es war sechs Uhr morgens, und sie schauten nach Osten. Da geht die Sonne auf. Im September sicher ein schöner Anblick. Wenn man sowieso schon eine Panne hat, kann man sich auch den hübschen Sonnenaufgang anschauen."

„Auf der Bundesstraße?" Er lachte. „Ich kann mir kaum einen romantischeren Ort vorstellen! Meinst du nicht, dass man das hinterfragen würde? Und außerdem ist die Wetterlage viel zu unsicher. Was, wenn es regnet?"

„Keine Ahnung, ob es da geregnet hat. Lässt sich aber nachprüfen."

„Rufst du nicht eher den Pannendienst, als den Sonnenaufgang anzusehen?"

„Ich könnte so tun, als wenn ich den Pannendienst rufe, und mich dann mit meiner Begleitung an den Zaun begeben. Sobald kein Auto kommt, werfe ich sie drüber."

„Nicht schlecht!" Daniel nickte anerkennend. „Und wie kriegst du dein Opfer unbemerkt über den Zaun, während hinter dir der Berufsverkehr über die B 27 fegt? Könntest du vielleicht auch mal überprüfen, wie schwer die Frau von Dennis Beiler war? Er schien mir jetzt nicht gerade so, als hätte er das Bodybuilding erfunden."

Henry seufzte. „Ja. Hier hört die Story auf. Du hast recht."

Der Wagen kam an einer Ampel zum Stehen. Daniel drehte sich zu ihr. „Ich mag deine Art zu denken. Aber mal was anderes. Wusstest du, dass Carla Hofmann ihr Kind auch abtreiben lassen wollte?" Er konzentrierte sich wieder auf den Verkehr.

„Doktor Hensel hat eine Andeutung in diese Richtung gemacht."

„Sabine und Julia haben mit den Eltern geredet. Die sind ausgeflippt, als sie von der Schwangerschaft erfahren haben. Aber zwei Freundinnen von Carla wussten Bescheid. Sie war wohl kein Kind von Traurigkeit, und die

Schwangerschaft ist bei einem One-Night-Stand passiert. Es gab also keinesfalls nur Akbulut und Freitag. Entsprechend hatte sie schon einen Termin für die Abtreibung gemacht, hat es sich dann aber anders überlegt."

„Und wer war der Vater?"

Daniel gab geräuschvoll Gas. „Alles hat meine Kristallkugel noch nicht verraten. Vielleicht wusste sie es selbst nicht. Das würde jedenfalls zu den Aussagen von Freitag und Akbulut passen."

Henry kratzte sich am Ohr. „Woher weißt du das um diese Uhrzeit überhaupt schon?"

„Tja, ich hab halt so meine Quellen." Er schmunzelte.

„Und wem hat sie davon erzählt?"

„Nur den Freundinnen. Julia und Sabine haben gute Arbeit geleistet. Da brauchen wir gar keine Sonderkommission mehr."

Henry sah zum Himmel hinauf. Dunkle Wolken schoben sich vor die Sonne. „Ist etwa Regen angekündigt? Ich glaub es ja nicht."

„Keine Ahnung. Ich hab keine Zeit, um die Wettervorhersagen zu lesen. Aber du hast doch gestern noch das Klatschblatt studiert. Irgendwelche Erkenntnisse?"

„Nee." Henry schüttelte den Kopf und nestelte durch ihre immer noch feuchten Haare, die von der Klimaanlage abkühlten. „Dummes Pressegerede halt. Angstmacherei, sonst nichts. Das Gruseligste an dem Artikel war das Foto von uns, glaube ich."

„Sag ich doch." Faber steuerte den Wagen auf den Parkplatz vor dem Kommissariat. „Alles halb so schlimm."

Im Büro angekommen, schickte Henry eine Mail an Christian. Vorsichtshalber von ihrem privaten Account. Womöglich hatte er eine Idee, warum jemand Frauen umbrachte, die abtreiben wollten oder abgetrieben hatten. Auf seine Verschwiegenheit konnte sie zählen. Niemals hätte er sie verraten, und sie wusste genau, dass er gerne miträtselte. Ihren Kollegen erzählte sie nichts davon. Erstens würden sie ihr sicherlich einen Vortrag darüber halten, dass man über laufende Ermittlungen nicht mit Außenstehenden sprach, und zweitens sollten sie nicht wissen, dass sie Christian um Hilfe bat.

Gerade als sie die Mail versandt hatte, kamen Julia Kowalski und Sabine Blöm herein. Henry, Daniel und Jim brachten sie auf den neuesten Stand.

Eine fast ehrfurchtsvolle Stille folgte, bis Henry in die Runde fragte: „Hat eigentlich mal jemand erforscht, wo genau Britta Enßle ihre Abtreibung hat durchführen lassen?"

Die Anwesenden sahen sie fragend an.

„Na ja." Henrys Stimme wurde leise. Sie wollte sich nicht wichtig machen, aber trotzdem ihre Gedanken einbringen. „Vielleicht wollte Carla am gleichen Ort ihr Kind abtreiben lassen. Und eventuell gibt es hier die Gemeinsamkeit. Sollte der Mord wirklich etwas mit den Schwangerschaften zu tun haben, dann wäre doch eine Möglichkeit, dass der Mörder beide bei einem Frauenarzt oder so kennengelernt hat."

Jim fuchtelte mit einem Kugelschreiber in der Luft herum. „Das ist gut."

Julia und Sabine sahen sich an. „Nein, so weit waren wir noch nicht", sagte Julia und schob das Kinn vor.

„Aber zur Abtreibung von Britta Enßle gibt es sicher irgendwo Unterlagen, und die Schwangerschaft von Carla Hofmann ist ebenfalls bestätigt. Einen Abtreibungstermin gab es auch. Das dürfte kein Problem sein, irgendwas zu finden."

„Dann findet bitte heraus, bei welchem Gynäkologen Carla Hofmann war." Faber klopfte auf den Tisch vor den Kolleginnen und stand auf.

In Henrys Hosentasche vibrierte ihr Smartphone. Sie warf einen Blick darauf, entschuldigte sich bei den Anwesenden und verließ ebenfalls das Zimmer.

„Warte kurz, ich gehe raus", keuchte sie ins Telefon und hastete über die Flure des Kommissariats nach draußen. Mittlerweile lag eine dicke und schwere Wolkendecke über der Stadt.

„Christian? Bist du noch dran?"

„Bist du grad einen Marathon gelaufen, Madl? Du hörst di ja an, als wennst glei erstickst."

„Alles gut." Sie holte tief Luft. „Was denkst du über die Sache?"

Christian erzählte ihr, dass er die halbe Nacht kein Auge zugemacht hatte, weil er nach dem letzten Puzzleteil in Henrys Fall gesucht hatte. Erst ihre E-Mail gerade eben hatte ihm endgültig ein Licht aufgehen lassen.

Es war bekannt, dass Christian nicht nur leidenschaftlicher Krimileser war, sondern auch alles über skurrile Mordfälle wusste. Deshalb kannte er sich mit den Foltermethoden und Strafen des Mittelalters und der weiteren Entwicklung des Strafrechts in der frühen Neuzeit ebenfalls bestens aus.

Und so erzählte er ihr von den Gerichtsverordnungen des 16. Jahrhunderts, die besondere Vorschriften für Kindsmörderinnen vorsahen. „Da gab's die Bambergische Peinliche Halsgerichtsordnung aus dem Jahr 1507 und die Constitutio Criminalis Carolina von 1532. Des war des erste deutsche Strafgesetzbuch von Kaiser Karl V., weißt ...“ Er steigerte sich bei seinem Lieblingsthema immer mehr hinein. „Es war damals was ganz Neues. Vorher haben die Landesfürsten ...“

„Stopp!“, unterbrach Henry seinen Redefluss. „Ich hab keine Zeit für irgendwelche Vorlesungen in Geschichte. Tut mir leid.“

Christian bewies gerne ausführlich, dass er in einem Themengebiet mehr wusste als alle anderen. Wenn man ihn nicht rechtzeitig bremste, hörte er überhaupt nicht mehr auf. Sie erinnerte sich zu gut an seine Vorträge. Stunden um Stunden hatte er ihr am Schreibtisch gegenübergesessen und über historische Mordfälle philosophiert. Henry hatte bei ihm mehr gelernt als in all den Jahren Geschichtsunterricht in der Schule.

„Ja, is scho guat, hast eh recht. Also: Die Regelstrafe für eine Mutter, die ihr Kind getötet hat, war das Ertränken. Manche haben sogar gefordert, die Frauen zur Abschreckung anderer zu pfählen, lebendig zu begraben oder ihren Körper mit glühenden Zangen auseinanderzureißen. Des kann man sich heute gar nimmer vorstellen. Des haben die öffentlich gemacht, zur Belustigung des Volkes. Da könnt einem schlecht werden, gell? Motive haben die Leut damals ned interessiert. Die haben halt gesagt, eine Frau, die ned verheiratet is und ihr Kind umbringt, macht des nur aus egoistischen Gründen. Und wenn eine verheiratete Frau ihr Kind umgebracht hat, dann musste des einfach eine Verrückte gewesen sein. Die hätt schließlich nix zum Befürchten gehabt, wenn sie schwanger war. Die Todesstrafe für Kindstötung war auch später noch völlig normal. Denk nur an die Gretchentragödie in Goethes ‚Faust‘.“

„Heftig.“ Henry sortierte die Informationen in ihrem Kopf. „Aber so ganz krieg ich noch nicht zusammen, was du mir sagen willst.“ Sie sprach leise, weil immer wieder Kollegen an ihr vorbeigingen, die gerade auf dem Weg in ihre Büros waren. In der Ferne sah sie einen Blitz. Wie automatisiert zählte sie die Sekunden bis zum Donner. Fünf. Noch fast zwei Kilometer, dachte sie.

„Na, du hast mir doch vorhin geschrieben, dass die Carla Hofmann auch ihr Kind wegmachen lassen wollt. Und Britta hat abgetrieben. Das setzen wir jetzt einfach mal mit einem Kindsmord gleich. Klar, früher ging’s natürlich nie um Abtreibung. Wobei so Engelmacherinnen hat’s immer scho geben, nur sind die Frauen da meist selbst davon gestorben“, gab Christian zu. „Aber dass euer erstes Opfer vergraben worden is und des zweite ertränkt, des macht mi hellhörig. Des passt halt doch so gut.“

„Das muss man aber auch erst mal wissen, oder? Wieso sollte der Täter solch kryptische Botschaften hinterlassen, die keiner versteht?“

„Des is doch glei recherchiert im Internet. Wer sich dafür interessiert, kann sich des innerhalb von fünf Minuten anlesen.“

Henry spürte einen kleinen Stich in ihrer Brust. Sie interessierte sich auch für den Fall, vermutlich mehr als jeder andere in diesem Land. Und dennoch hatte sie nicht recherchiert, wie das Ertränken und das Vergraben einer Frau miteinander zusammenhängen könnten.

„Und außerdem", fuhr Christian fort, „ist des ja vielleicht nur für ihn selber eine Genugtuung und hat gar ned mal so unbedingt was mit anderen zu tun. Er will, dass die Frauen bestraft werden, und er will, dass alle Welt sieht, dass die Frauen ihre gerechte Strafe erhalten haben. Dabei ist es doch völlig unerheblich, ob jemand des mit den alten Foltermethoden weiß oder ned."

„Auch wieder wahr. Du bist absolut brillant, Christian." Sie hörte, wie ihr ehemaliger Chef Magnus im Hintergrund maulte. „Ach, ich weiß nicht, ob ich den vermisse", sagte sie. „Magnus oder Pankow, das ist wie Pest oder Cholera. Aber sag mal ..." Sie zögerte kurz. „Du willst mir damit jetzt hoffentlich nicht sagen, dass ich dann bald eine gepfählte Frau finde oder, noch schlimmer, eine, die mit glühenden Zangen auseinandergerissen wurde."

Christian atmete laut aus. „So hab ich des ned gemeint. Ich hab dir nur ein paar Ideen geliefert, was das Motiv anbelangt. Des muss so ned stimmen. Es soll auch humane Mörder geben, die Gift verwenden, obwohl des dann meist Frauen sind." Er lachte.

„Ja, und das sind super Erkenntnisse, die hatte von uns keiner. Wie du siehst, komme ich hier ohne dich gar nicht klar."

„Geh Schmarrn! Da wärst du au selbst drauf gekommen."

„Woher denn? Ich hab keine Ahnung von solchen Sachen."

„Musst du au ned haben. Du kannst andere Dinge, die ich ned kann."

Die Information, die sie von Christian erhalten hatte, behielt sie vorerst für sich. Daniel und Jim würden ohnehin wieder irgendetwas dagegen einzuwenden haben, und sie musste zugeben, dass die Überlegungen ihres Freundes möglicherweise etwas weit hergeholt waren. Aber sie würden zumindest den Zusammenhang zwischen den beiden Toten erklären.

Im Büro angekommen, zog sie ihre Haarbürste aus der Schublade ihres Schreibtisches und kämmte sich das mittlerweile getrocknete Haar. Die Kollegen sahen sie verwundert an.

„Wo warst du denn?", fragte Jim, aber Henry antwortete nicht und kämmte unbeirrt weiter. „Also die Abtreibung hat Britta Enßle in der Frauenklinik vornehmen lassen", sagte er. „So hat es uns gerade ihre Frauenärztin gesagt. Der Frauenarzt von Carla Hofmann wusste nicht, dass seine Patientin das Kind nicht wollte. Aber so viele Möglichkeiten gibt es in Tübingen schließlich nicht, wo man eine Schwangerschaft beenden kann, oder?"

Henry antwortete immer noch nicht und sah zum Fenster hinaus. Ihre Gedanken drehten sich im Kreis. Vermutlich war keiner der Beschuldigten, die so akribisch an Daniels Pinnwand sortiert waren, der Täter oder die Täterin. Keiner davon kannte Britta Enßle. Und manche davon nicht einmal Carla Hofmann. Der Täter musste ein völlig anderer sein. Henry hörte immer noch Christians Worte. Die Darstellung der grausamen Methoden der vergangenen Jahrhunderte hatte sie nicht kaltgelassen. Die Vorstellung, welche Qualen diese Frauen erlitten hatten, jagte ihr immer noch einen Schauer über den Rücken. Sie spürte Zorn in sich, Zorn auf einen unbekannten Täter. Er musste gefunden werden, so schnell wie möglich, bevor noch eine unschuldige Frau ihr Leben verlor. Langsam nahm ein Gedanke von ihr Besitz und kämpfte sich mühsam in ihrem Gehirn durch einen Dschungel aus Rationalität, Spontanität und Abenteuerlust. Gegen ihr Bauchgefühl entwickelte sie einen Plan. Ihre Kollegen würden vermutlich nicht begeistert sein, aber sie hatte den Täter schon einmal fast gehabt, jetzt würde sie es zu Ende bringen. Pankow würde ihr noch dankbar sein.

„Erde an Henry?" Daniel Faber schnipste mit dem Finger vor ihrem Gesicht. „Redest du noch mit uns?"

Sie schüttelte die Gedanken von sich ab. „Ja, alles gut. Cool, dass ihr das so schnell rausgefunden habt. Man kann doch sicher diese Freundin von Carla Hofmann befragen. Mit ihr wird sie vielleicht darüber gesprochen haben, wo sie die Abtreibung durchführen lassen wollte. Oder die IT findet was in ihrem Suchverlauf. Womöglich beim gleichen Klinikarzt oder so." Während sie sprach, sah Henry aus dem Fenster und beobachtete die Wolken, die sich immer schneller am Himmel bewegten. Vereinzelte dicke Tropfen platschten auf den Asphalt. Am Horizont erhellten Blitze die Dunkelheit.

„Ihr macht das prima." Henry nahm ihre Tasche und stand auf.

„Wo zur Hölle willst du hin? Was ist denn los mit dir?" Daniel Faber stellte sich in die Tür und versperrte ihr den Weg.

„Ich habe euch doch gesagt, dass ich einen Arzttermin habe, oder? Eine Impfung. Ich warte schon lange auf den Termin." Sie sah von Faber zu Schätzle und wieder zurück.

„Hast du nicht." Daniel schnitt eine Grimasse.

„Dann hab ich das vergessen, sorry. Bin nachher wieder da."

Sie drückte sich an ihrem Vorgesetzten vorbei durch die Tür.

***

Als Henry aus dem Bus stieg, regnete es bereits in Strömen, und alles duftete nach Petrichor. Den einzigartigen Geruch, wenn der Regen nach einer langen Dürre auf die trockene Erde platschte, liebte sie.

Sie würde Daniel eine Nachricht schicken, dass sie die Impfung wohl nicht gut vertrage und deshalb lieber nach Hause gehe. Sie war nicht sicher, ob er ihr das abnehmen würde.

Der Regen spülte den Dreck der letzten Tage von der Straße. Die Menschen brachten ihn an ihren nassen Schuhen mit in die Gebäude, und im Eingangsbereich sammelten sich braune Pfützen.

Das Wasser rann an Henrys Haaren hinunter und tropfte von den Spitzen auf ihr T-Shirt. Sie strich sich eine nasse Strähne aus dem Gesicht und wischte sich über die Augen.

Das Orientierungsschild im Foyer gab Henry keine Antwort, und so fragte sie an der Pforte nach, nachdem sie sich als Kriminalbeamtin zu erkennen gegeben hatte. Es hätte sich befremdlich angefühlt, ohne den Ausweis nach einer Abteilung für Abtreibungen zu fragen.

Während die Dame an der Pforte für Henry einen Oberarzt anrief, sah die Kommissarin sich ein wenig um. Eine Frau in einem Rollstuhl mit einem Neugeborenen auf dem Arm wurde von einem Mann durch den Eingangsbereich zum Kiosk geschoben. ‚Wucherwilli‘ hatte ihre Mutter derartige Einrichtungen immer genannt. Die Frau zeigte auf eine Schachtel Schokoladenpralinen, auf der vorne in großen Lettern das Wort ‚Danke‘ stand. Henry stellte sich vor, wie sich diese Packungen im Schwesternzimmer stapelten. Sicherlich gab es schon eine Petition unter den Hebammen und Pflegekräften gegen den Verkauf dieser Schokolade am Kiosk.

„Herr Doktor Geiger erwartet Sie, Frau Winter.“

Der Krankenhausgeruch brannte Henry in der Stirn. Sie erinnerte sich an ihren eigenen Klinikaufenthalt. Christian hatte ihr einen ganzen Stapel Bücher mitgebracht, damit sie sich nicht langweilte. Sie lagen alle ungelesen in Henrys Wohnzimmer. Bisher hatte sie weder Zeit noch Ruhe gefunden, auch nur eines davon zu lesen. Das einzige Buch, das sie in diesem Jahr gelesen hatte, war der Krimi, den ihr Vater ihr geschenkt hatte. In ‚Versunkene Leben‘ hatte er über das Bootsunglück geschrieben und einen Teil von Henrys Kindheit verarbeitet. Da sie sich selbst nicht mehr daran erinnern konnte, hatte sie das Buch verschlungen.

Der Oberarzt erwartete sie bereits. Sie musste zugeben, dass sie zwar Krankenhäuser nicht mochte, der Anblick eines Arztes in seinem weißen Kittel jedoch immer ein wohliges Gefühl in ihr auslöste. Herr Doktor Geiger war vielleicht drei oder vier Jahre älter als sie. Er war groß und sah, zumindest bei dem, was Henry erkennen konnte, schlaksig aus unter seinem Kittel. Er hatte hellbraune Haare, eine Brille und einen Dreitagebart, wobei nicht klar war, ob er diesen aus ästhetischen Gründen trug oder weil er einfach nicht zum Rasieren gekommen war. Es sah jedenfalls nicht unordentlich aus. Sein Händedruck war fest und entschlossen.

Sie folgte dem Arzt in einen ruhigen Raum und bedankte sich dafür, dass er Zeit für sie hatte.

„Brauchen Sie ein Handtuch?" Er zeigte auf ihre nassen Haare.

Sie schüttelte verlegen den Kopf und erzählte sofort, so weit sie konnte, von den Ermittlungen. Eigentlich wollte und durfte sie kein Täterwissen offenbaren, und die Schwangerschaften der Frauen gehörten womöglich dazu, aber genau in diesem Punkt brauchte sie die Hilfe des Mediziners.

„Sie müssen das wirklich für sich behalten." Henry dachte an Daniel und Jim, die nichtsahnend auf dem Polizeipräsidium saßen. Ein Anflug von schlechtem Gewissen kitzelte in ihrer Brust.

„Also wenn es eine Sache gibt, die wir Ärzte alle ganz gut können, dann ist das Schweigen." Geiger schmunzelte.

Henry hob die Hände. „Oh, davon bin ich überzeugt, so war das auch gar nicht gemeint." Und um das aufkommende Erröten zu erklären, sagte sie schnell: „Bei euch ist es ja genauso heiß wie bei uns auf dem Kommissariat." Sie fächerte sich Luft zu und stellte dabei fest, dass ihre Hand von der Begrüßung des Arztes nach einer Mischung aus Bleu de Chanel und Sterillium roch.

„Um auf das Thema zurückzukommen", sagte Doktor Geiger jetzt mit ernster Stimme. „Es kommen natürlich mehrere Personen in Betracht, die davon wissen könnten. Pflegekräfte, Operateure, Anästhesisten ..."

„Nicht ganz", unterbrach Henry. „Unser erstes Opfer hat die Operation gar nicht durchführen lassen."

Doktor Geiger kratzte sich geräuschvoll am Kinn. „Stimmt. Dann wissen es der Gynäkologe, der an uns verweist, die Beratungsstellen, die Pforte und der Arzt, mit dem die Patientin gesprochen hat."

„Lässt sich denn nachprüfen, ob Carla Hofmann zur Beratung bei Ihnen in der Klinik war?"

„Aber ja." Doktor Geiger glitt geräuschlos mit dem Bürostuhl über die transparente Bodenschutzmatte und dockte an seinem Schreibtisch an. Er tippte etwas in den Computer. „Haben Sie das Geburtsdatum?"

Henry dachte nach. „Nein, ehrlich gesagt nicht." Ihre Kollegen konnte sie nicht anrufen. „Aber Carla ist ja nun kein so richtig häufiger Name, oder?"

„Ich habe sie schon." Der Arzt beugte sich zu seinem Monitor und schob die Brille auf die Stirn. „Ja, die war tatsächlich hier und hat sich beraten lassen."

Henry schlug mit der flachen Hand auf den Tisch. „Wusst ich's doch! Könnten Sie mir notieren, welche Personen hier in der Klinik Kontakt mit ihr hatten?"

Der Mediziner nickte. „Und lassen Sie mich raten. Sie wollen das Ganze dann auch noch für die andere Tote?"

Henry biss sich auf die Unterlippe. „Also wenn es keine Umstände macht ...?" Wieder spürte sie, wie ihre Wangen heiß wurden.

Der Arzt notierte die wichtigsten Informationen. „Nun, da kommt mir kein Name bekannt vor", sagte Henry enttäuscht. Nach einer kurzen Pause fügte sie hinzu: „Es wäre doch ein Leichtes, das Ganze zu fingieren."

„Wie meinen Sie das?" Er lehnte sich in seinem Stuhl zurück.

„Na ja, sollte der Täter seine Opfer wirklich hier gefunden haben, dann hört er doch nicht nach zweien auf. Man könnte doch den gleichen Ablauf wie bei Carla Hofmann und Britta Enßle sozusagen ..." Sie fuchtelte mit den Händen in der Luft herum, „simulieren." Gespannt wartete sie seine Reaktion ab. Vermutlich hielt er sie für komplett durchgeknallt.

„Wer wäre denn so wahnsinnig, sich dieser Gefahr auszusetzen?" Er schüttelte lachend den Kopf.

„Äh ..." Henry räusperte sich und setzte sich aufrecht.

Bevor sie antworten konnte, fuhr er fort. „Hören Sie, Frau Winter. Ich bin hier nicht der Polizist und ich weiß nicht, wie die Polizei sonst so arbeitet, aber wenn Sie irgendeine Frau hier einschleusen und wir dieses ganze Prozedere mit ihr durchgehen, dann müssten Sie Ihr Versuchskaninchen ständig überwachen. Und nur Gott als Jüngstes Gericht weiß, wie viele Gesetze und Standesregeln wir dabei verletzen. Da riskieren viele Menschen nicht nur ihr Leben, sondern auch ihre Karriere."

Henry musste lächeln. „Nicht nur das Leben, sondern auch die Karriere?"

Er räusperte sich, antwortete aber nicht.

„Ich ..." Sie streckte ihren Rücken durch und hob das Kinn. „Nein, nein. Ich würde das selbst machen", sagte sie jetzt bestimmt.

Seine Mimik zeigte ein Potpourri aus Emotionen. Seine Stirn lag in Falten, er lächelte einseitig und zog eine Augenbraue hoch. „Aber hatten Sie mir nicht erzählt, dass Sie bereits Verdächtige haben?" Der Arzt setzte sich seine Brille wieder auf die Nase. „Dann kennt der Täter Sie doch."

Henry blickte an die Decke. „Wohl wahr. Aber ich könnte mich doch unter einem anderen Namen einschleusen und vielleicht eine Perücke aufziehen oder so."

Doktor Geiger lachte. „Frau Winter, so etwas gibt es doch nur in Spionagefilmen, und da geht es fast immer böse aus."

„Ja, das klingt jetzt erst mal albern", gab Henry zu. „Aber ich glaube, dass das in der Realität ganz gut funktioniert."

„Wie gesagt: Sie sind die Polizistin, ich bin hier nur der Arzt und müsste, wenn etwas passiert, meine Hände in Unschuld waschen. Ich kann das eigentlich nicht mit meinem Gewissen vereinbaren."

Jetzt setzte Henry alles auf eine Karte. Sie erzählte dem Arzt von der nächtlichen Begegnung am Tatort und davon, dass sie seither kein höheres Ziel im Leben hatte, als den Täter zu fassen. Die Tatsache, dass er vor ihr gestanden und sie zu langsam reagiert hatte, ließ ihr keine Ruhe.

„Das kann ich absolut nachvollziehen." Geiger sah nachdenklich aus.

„Ich will es einfach wiedergutmachen, verstehen Sie? Und gefährlich ist daran nichts."

Er nahm einen tiefen Atemzug. „Na gut. Ich bin dabei. Man hat ja nicht alle Tage die Möglichkeit, bei der Aufklärung eines Mordfalls mitzuwirken. Sie brauchen mich schließlich für die Dienstpläne. Das kann aber ein bisschen dauern. Unsere Verwaltung ist langsam."

Henry nickte. „Das ist okay." Sie musste sich eingestehen, dass sie, unabhängig von den Dienstplänen, ganz froh war, dass sie die Aktion nicht alleine durchziehen musste. In gewisser Weise hatte wenigstens der Arzt ihr Absolution erteilt.

Sie verabschiedete sich von Doktor Geiger und stieg in den Fahrstuhl. Ihr Handy vibrierte. Es war Daniel. Henry drückte den Anruf weg und schrieb ihrem Kollegen eine Nachricht, dass sie die Impfung nicht vertragen habe und am nächsten Tag wieder da sei.

Sie musste zumindest Daniel irgendwie von der Idee erzählen.

21. Juni, mittags

Dieses Mal hatte es der Regen geschafft, die Stadt ein wenig abzukühlen.

Henry war auf dem Weg zurück vom Landestheater nach Hause. Sie hatte Glück gehabt, dass gerade eine Probe stattgefunden hatte. Es hatte eine halbe Stunde gedauert, um den Mitarbeiter des Theaters von der Wichtigkeit zu überzeugen, ihr eine blonde Langhaarperücke auszuleihen.

Zu Hause probierte sie die künstlichen Haare an. Sie gefiel sich überhaupt nicht, als sie in den Spiegel schaute. Außerdem schwitzte sie darunter entsetzlich. Aber darum ging es ja nicht.

Der Ablauf musste gleich sein wie bei Carla Hofmann und Britta Enßle. Aber konnte sie das überhaupt? Niemand würde bemerken, dass sie nicht schwanger war, aber sie war sich nicht sicher, wie gut sie im Lügen war. Ihrer Mutter gegenüber war sie immer ehrlich gewesen, und ja, einmal hatte sie ihren Ex-Freund belogen, als sie mit einem Studienkollegen in Hamburg etwas intensivere Fallstudien betrieben hatte, aber das hier war schon eine ganz andere Hausnummer. Sie fühlte sich wie eine Spionin, die hinter feindliche Linien geschickt wurde und dort auf sich allein gestellt war. Aber immerhin stand Doktor Geiger hinter ihr. Und wenn sie Glück hatte, auch Daniel.

Zur Beruhigung machte sie sich eine Tasse Kakao, öffnete alle ihre Fenster, um die frische Luft reinzulassen, und ließ sich auf ihr Sofa fallen. Auf dem Wohnzimmertisch lag noch immer die geöffnete Gewerkschaftszeitschrift.

Zunächst wählte sie die Nummer der Frauenklinik, stellte sich als Miriam Wagner vor und vereinbarte einen Beratungstermin für einen Schwangerschaftsabbruch. Sie behauptete, sie sei bereits in der zwölften Woche und benötige deshalb schnell einen Termin. Schon am nächsten Vormittag sollte sie kommen und am besten gleich bequeme Kleidung mitbringen, falls man sie terminlich ,reinschieben' konnte. Henry kannte das Wort sehr gut. Seit sie privat versichert war, wurde sie ständig irgendwo ,reingeschoben', wenn sie Arzttermine vereinbarte. Doktor Geiger hatte gesagt, dass er das ganze Wochenende Dienst hatte.

Henry durchwühlte ihren Kleiderschrank nach ihrer Jogginghose, die sie nie anhatte. Sie hasste Jogginghosen und wusste nicht einmal, warum sie überhaupt eine besaß und warum sie diese auch noch von Schweden nach Deutschland umgezogen hatte. Jetzt würde sie ihr sogar ganz ohne Fitnessstudio nützlich sein. Immer noch war sie unsicher, ob es eine gute Idee war, und mehrmals griff sie nach ihrem Mobiltelefon und war kurz davor, Christian anzurufen, um auch von ihm den Segen zu der Sache zu erhalten. Da das vermutlich nicht passieren würde, ließ sie es bleiben.

Sie kontrollierte ihre Dienstwaffe und erinnerte sich dabei an den Vorfall vier Tage zuvor. Wenn es ein offizieller Einsatz wäre, könnte sie eine schusssichere Weste anziehen, dachte sie. Und die Vorstellung, was ihr drohen könnte, wenn sie bei dieser Aktion einen Schuss aus der P2000 abgeben müsste, verdrängte sie mit aller Kraft. Andererseits hatte der Täter keine der beiden Frauen direkt vor Ort in der Klinik umgebracht und würde es auch bei Henry nicht tun. Erst nach dem Auftritt in der Klinik würde es gefährlich werden, so viel stand fest. Mit der Handfläche schob sie das Magazin zurück in die Heckler & Koch, die mit einem sanften Klicken bestätigend und treu ergeben antwortete.

✳✳✳

„Endlich mal wieder erträgliche Temperaturen." Jim Schätzle breitete die Arme aus und atmete tief durch die Nase ein. „Herrlich!"

„Ist das nicht seltsam mit Henry?", fragte Daniel auf dem Weg zur Kantine. „Erst klebt sie an dem Fall wie Kaugummi, und dann hat sie plötzlich einen Impftermin, von dem in den letzten Tagen nie die Rede war? Sie ist doch sonst nicht so ein Gesundheitsapostel, und überhaupt, welche Impfungen verabreicht man um diese Jahreszeit? So schlimm, dass wir in Deutschland gegen Tropenkrankheiten impfen müssen, ist die Erderwärmung zum Glück noch nicht." Seine Stimme wurde brüchig. „Den Termin hätte man doch auch verschieben können. Welche Impfung ist so wichtig, dass Henrietta Winter dafür ihren ersten Mordfall sausen lässt?"

„Ach, wer weiß. Vielleicht hat sie auch eine Verabredung oder so." Jim hielt Daniel die Tür auf und deutete ihm gestisch, einzutreten. Sie prallten gegen eine Wand aus verschiedenen Essensdüften. Jim schnüffelte in die Luft wie ein hungriger Wolf. „Traumhaft. Fisch, oder? Das ist doch Fisch? Und ich rieche definitiv Pommes."

„Du kennst unsere Henry schlecht." Daniel stapfte die Treppe hinunter und schien sich nicht für das Konglomerat aus Düften zu interessieren. „Nicht mal für ein Date mit Captain Jack Sparrow würde sie uns sitzen lassen." Dann korrigierte er sich: „Ich meine natürlich den Fall."

Jim schnappte sich ein Tablett und holte Besteck für sich und den Kollegen. „Was soll denn sonst sein? Unter Umständen ist sie auch einfach überarbeitet und will es nicht zugeben? Du weißt doch, wie das ist in dem Alter. Du bist jung und motiviert, und bei deinem ersten richtig großen Fall bricht alles über dich herein."

Daniel presste die Lippen zusammen. Er klatschte kommentarlos einen Löffel Kartoffelpüree auf seinen Teller und verteilte einen Klecks Soße darauf. Obenauf ließ er ein Fischfilet plumpsen, das sich auf dem Breiberg erhob wie der Cristo Redentor.

„Hey, sachte!", rief Jim entsetzt und riss ihm den Pfannenwender aus der Hand.

„So ist Henry nicht." Daniel ging mit schweren Schritten zur Kasse. „Irgendwas stimmt da nicht." Er kratzte sich am Kinn. „Die Frau führt was im Schilde."

„Was meinst du damit? Du bist eingeladen." Jim bezahlte das Essen.

„Unsere liebe Henry hat meistens ganz gute Ideen. Manchmal schießt sie aber über das Ziel hinaus, und ich fürchte, dass sie auch dieses Mal irgendwas plant." Sie setzten sich an einen freien Tisch. „Wenn sie Blut geleckt hat, hält sie sich für Wonder Woman und vergisst das Risiko. Ich habe sie mitten im Februar aus einem Pool gefischt, in dem sie fast abgesoffen wäre. Ich würde es vorziehen, so etwas nicht noch mal zu erleben." Er nahm einen tiefen Atemzug.

„Sag doch einfach, wenn du eifersüchtig bist, Hase", sagte Jim mit vollem Mund.

Faber nahm einen Schluck Wasser und stellte das Glas laut auf dem Tisch ab. „Bitte was? Das ist Quatsch! Henry ist doch viel zu jung für mich."

„Seit wann sind dir Frauen zu jung?" Jim grinste. „Faber sucht Sabeth?"

„Hä? Was für eine Sabeth?"

„Sag nicht, du kennst ,Homo faber' nicht."

„Nie gelesen. Und trotzdem ist es Unsinn. Ich fühle mich für sie verantwortlich, weil ich sie überredet habe, wieder zur Polizei zu kommen. Was verstehst du daran denn nicht? Niemals hat die sich impfen lassen", sagte er entschieden. „Ich weiß nur nicht, was sie stattdessen macht. Aber ich weiß schon, wen ich fragen könnte." Er zog sein Smartphone aus der Tasche.

„Der Fisch wird kalt", sagte Jim wieder mit vollem Mund und zeigte mit dem Messer auf Daniels Teller. Der winkte wortlos ab.

Es dauerte nicht lange, bis Christian Singer an sein Telefon ging. Daniel hatte seine Nummer nie gelöscht. Genau genommen löschte er niemals irgendwelche Telefonnummern, weil man nie wusste, wann man sie einmal brauchen konnte. Allerdings hatte auch Christian keine Ahnung, wo Henry steckte. Daniel war sich nicht sicher, ob er ihm Glauben schenken konnte, aber ihm blieb nichts anderes übrig. Zumindest schien Henrys guter Freund Ähnliches zu vermuten wie Daniel: dass sie mal wieder einen Alleingang plante.

„Ich glaub, ich stell einen Versetzungsantrag. Allein wegen der Kantine." Jim schob sich genüsslich die letzte Gabel in den Mund.

„Falls du noch willst, ich hab keinen Hunger." Daniel rückte den Teller von sich weg. Was konnte seine Kollegin vorhaben? Er hoffte inständig, dass es eine einfache Erklärung gab.

Der Kommissar wählte noch einmal vergebens ihre Nummer. Er musste sich eingestehen, dass er sich um Henry manchmal mehr Sorgen machte, als es unter Kollegen üblich war. Da sein Leben nur noch aus der Arbeit bestand, waren seine Kolleginnen und Kollegen seine Familie geworden. Seit seine Frau vor einigen Jahren ausgezogen war, fühlte sich seine Wohnung an wie ein Fremdkörper. Wenn er sie betrat, war es, als wäre er nur ein Besucher in seinem eigenen Haus. Jim, der während seines Aufenthaltes in Tübingen sein Gast war, hatte seit langer Zeit mal wieder Leben hereingebracht.

Der Esslinger Kollege zog Daniels Teller so behutsam zu sich, als vollzöge er eine heilige Handlung.

Faber musste schmunzeln. „Wenigstens dir schmeckt's."

✶✶✶

Hanna Kästner wischte sich die Regentropfen aus den Augen und versuchte, dabei nicht ihre Mascara zu verschmieren. „Was ist das?", lachte sie. „Wir brauchen eine Arche!"

Dennis beugte sich nach vorne und schüttelte den Kopf. Die Tropfen spritzten in alle Richtungen. „Sei doch froh, dass es endlich mal wieder regnet." Er richtete sich auf und grinste.

„Guck dir das an." Hanna sah staunend aus dem Schaufenster auf den Marktplatz.

Noch vor wenigen Augenblicken war der Platz voller buntem Leben gewesen. Lachend und plaudernd hatten Menschen in den Cafés und auf der Treppe vor dem Brunnen gesessen, Kaffee getrunken, Kuchen gegessen. Sekunden zuvor hatte ein Straßenmusikant auf seinem Akkordeon sämtliche Lieder von Yann Tiersen zum Besten gegeben. Jetzt standen alle dicht an dicht unter den winzigen Vordächern und kniffen die Augen zusammen. Dicke Tropfen platschten schwerfällig vor ihre Füße. Plötzlich waren die Innenräume der Cafés überfüllt. Der Kellner, der gerade noch bei Hanna und Dennis abkassiert hatte, versuchte, das Geschirr in Sicherheit zu bringen. Die Regentropfen waren so schwer, dass niemand den wasserdichten Sonnenschirmen traute. Der Marktplatz wirkte, als hätte der Regen alles Leben mit einem Schlag weggespült. Die Tropfen trommelten so laut auf das Kopfsteinpflaster, die Stühle, die Regenschirme und die Vordächer, dass man sein eigenes Wort nicht mehr verstand. Dutzende Menschen drängten sich gemeinsam mit Hanna und Dennis in den Verkaufsraum. Eine unangenehm hohe Luftfeuchtigkeit breitete sich in dem kleinen Laden aus, und es roch nach feuchter Kleidung.

„Wenn das so weitergeht", sagte Dennis, „kannst du dein Date heute Abend direkt wieder abblasen. Da sauft ihr mit dem Stocherkahn doch sofort ab."

Hanna spürte, wie die Feuchtigkeit kalt unter ihr T-Shirt kroch. „Auf jeden Fall muss ich mich noch umziehen und stylen." In der Spiegelung des Schaufensters, das langsam beschlug, sah sie ihre Haare, die nass und schwer herunterhingen. Sie zupfte an einer Strähne herum.

„Aber so ein Regendate kann ja auch ganz romantisch sein", wandte sie ein. „Vielleicht mit Regenschirm auf dem Kahn?"

Dennis drehte sich zu ihr. Ein Regentropfen hing in seiner Augenbraue und drohte abzustürzen. „Ich würde sagen, du kommst zu mir und wir bestellen uns eine riesengroße Pizza mit Käserand. Dann suchen wir uns irgendeine Serie aus und gucken die, bis wir auf dem Sofa einschlafen. Wäre mir sowieso lieber." Der Tropfen plumpste auf sein weißes T-Shirt, das jetzt fast durchsichtig war.

„Wieso denn das?" Hanna beobachtete immer noch die dicken Regentropfen, die auf dem Kopfsteinpflaster des Marktplatzes tanzten.

„Liest du keine Zeitung?" Er klopfte ihr gegen die Stirn. „Da draußen rennt ein Verrückter rum."

„Und du glaubst, dass ich mich ausgerechnet mit diesem Verrückten verabredet habe?", schnaubte sie. „Unwahrscheinlich bei neunzigtausend Einwohnern." Erst jetzt drehte sie sich zu ihm. „Wie lange kennen wir uns?"

Dennis überlegte. „Vier Jahre?"

„So ungefähr", bestätigte Hanna. „Und wie oft bin ich in der Zeit in die Arme eines Serienkillers gelaufen?" Sie grinste.

Dennis verdrehte die Augen. „Sehr witzig."

Ihr Grinsen verschwand. „Nein, ich meine das ein bisschen ernst. Du solltest doch wissen, dass ich ganz gut auf mich aufpassen kann, oder?"

Der Regen wurde leiser, die Tropfen hüpften nur noch sacht über den Platz. Die angespannten Menschenmassen lösten sich langsam und misstrauisch von den Fassaden.

Dennis beobachtete eine Gruppe japanischer Touristen, die, eingepackt in Ganzkörperponchos, im Gleichschritt die Gasse neben dem großen Rathaus hinunter flanierten. „Du hast recht. Aber ein bisschen Sorgen darf ich mir trotzdem um meine beste Freundin machen, oder?"

Hanna legte ihren Kopf an seine Schulter. Sie spürte, dass sein Körper angespannt war. Er atmete flach.

„Ist doch auch süß, wenn du so besorgt bist", sagte sie, ohne ihn anzusehen.

Während es noch leise tröpfelte, drückte sich ein Sonnenstrahl durch die hellgraue Wolkendecke und erleuchtete eine Ecke des Marktplatzes.

„Lass uns weitergehen." Dennis zog Hanna in Richtung Tür. „Ich muss in zwei Stunden bei meinem neuen Nebenjob im Kiosk sein." Draußen stellte er fest, dass die Luft merklich abgekühlt war.

„Stimmt. Ich schicke dir dann ein Bild vom Neckarkiller, während du arbeitest", alberte Hanna. „Bevor oder nachdem er mich im Neckar versenkt hat?"

Dennis, der einen halben Meter vor ihr gegangen war, blieb stehen und sah ihr in die Augen. „Hör auf mit deinen blöden Witzen, Hanna. Bitte."

Henry stand in ihrer Küche und räumte eine Plastiktüte aus. Es war die Restetüte, in die sie vor ihrem Umzug den ganzen Kleinkram aus der Küche geworfen hatte. Magnete, Postkarten, eine Handcreme, einzelne Münzen. Alles, was sich am Rand der Arbeitsplatte angesammelt hatte. Sie spiegelte sich im Edelstahl ihres Kühlschranks. Die blonde Perücke war noch auf ihrem Kopf, und Henry fand, dass sie ganz anders damit aussah. Die rotbraunen Locken spielten ihr immer ums Kinn und machten ein schlankes Gesicht. Die blonden Kunsthaare dagegen waren glatt und wirkten streng. Ihr eigenes Konterfei war ihr fremd.

Henry zupfte die Perücke zurecht und schob den Scheitel in die Mitte. Aus der Tüte zog sie eine Postkarte, die Marta ihr aus Palma geschickt hatte. Immer noch versetzte die Erinnerung an ihre Mutter ihr kleine Stiche in die Herzgegend. Sorgsam heftete sie die Karte an ihren Kühlschrank.

Die Türklingel holte sie aus ihren Gedanken. Langsam schlurfte sie zur Tür. An der Gegensprechanlage meldete sich Daniel. Henry war sofort hellwach. Sie rannte ins Wohnzimmer, hob das Polster ihrer Couch hoch, zog eine dünne Wolldecke heraus, legte sie durcheinander oben drauf, schaltete den Fernseher ein und rannte zurück zur Tür. Daniels Schritte kamen näher. Ihre Hand lag bereits auf der Türklinke, als ihr einfiel, dass sie die Perücke noch auf dem Kopf hatte. Sie zog sie herunter und stopfte sie in eine Schublade der Kommode im Flur.

Außer Atem öffnete sie die Tür.

Daniel sah sie skeptisch an. „Trainierst du für den Ironman? Und was ist mit deinen Haaren passiert?"

Im Spiegel neben der Tür sah sie wirklich aus, als hätte sie ein Nickerchen auf dem Sofa gemacht.

Henry schüttelte den Kopf. „Die Impfung hat mich einfach umgehauen. Jeder Meter ist total anstrengend."

Die Impfung! Sie umklammerte ihre Oberarme, ganz so als wäre ihr kalt, bot Daniel das Sofa an und entschuldigte sich kurz ins Badezimmer. Wo waren die verdammten Pflaster? Nachdem sie alle Schränke im Badezimmer durchwühlt hatte, fand sie das Verbandsmaterial in einer kleinen Schachtel unter dem Waschbecken und klebte sich ein Pflaster auf den Oberarm. Sie war sich immer noch nicht sicher, ob es eine gute Idee war, Daniel einzuweihen.

„Was machst du eigentlich hier? Kontrollbesuch?", fragte sie, während sie zurück ins Wohnzimmer schlurfte.

Daniel, der schon wieder die Gewerkschaftszeitschrift las, richtete sich auf. „So ähnlich. Ich wollte schauen, ob alles in Ordnung ist."

„Habt ihr nichts zu tun?", fragte Henry ruppiger, als sie es beabsichtigt hatte.

Daniel zog eine Augenbraue hoch. „Genug. Aber es gibt Dinge, die wichtiger sind als irgendwelche Fälle."

Und dann stellte er die Frage, vor der Henry die ganze Zeit Angst gehabt hatte: „Was hast du vor?"

Zu ihrer Erleichterung klingelte genau in diesem Moment ihr Handy, das vor Daniel auf dem Wohnzimmertisch lag. Er schielte aufs Display. „Du kannst gerne rangehen. Es ist dein Freund Christian, und der wird dich genau dasselbe fragen wie ich."

Henry erstarrte an Ort und Stelle, als hätte man ein verschwommenes Polaroid von ihr gemacht. „Hast du mit ihm geredet?"

„Und ob." Daniel nickte, lehnte sich auf dem Sofa zurück und legte seinen Arm auf die Rückenlehne, als säße eine Frau neben ihm.

Die Kommissarin setzte sich auf die andere Seite der imaginären Frau, sodass genug Abstand zwischen ihr und Faber war, und sah ihm in die Augen. „Ich bin einfach erschöpft und muss mich ein wenig ausruhen." Das Klingeln des Mobiltelefons verstummte.

„Bei welchem Arzt hast du dich denn impfen lassen?", fragte Daniel.

Jetzt richtete sich Henry auf und funkelte ihn an. „Ist das eine Vernehmung? Was willst du von mir?" Wieder spürte sie die nervösen Flecken auf ihren Wangen.

„Sorry, du hast recht. Brauchst du irgendwas?" Er nahm den Arm von der unsichtbaren Frau und legte ihn auf seinen Schoß.

„Nur meine Ruhe", sagte sie entschuldigend und stand auf. „Und einen Tee."

„Was war's denn für eine Impfung?" Faber folgte ihr ungefragt in die Küche.

„Daniel!", schnaubte Henry. Sie nahm einen tiefen Atemzug und füllte den Wasserkocher.

Sie wusste nicht, wie sie anfangen sollte.

„Ich wundere mich doch nur, was man um diese Jahreszeit so dringend impfen muss." Er nahm sich einen schrumpeligen Apfel aus dem Obstkorb und warf ihn in die Luft wie einen Jonglierball.

„FSME", sagte Henry trocken. „So was haben wir in Schweden nicht." Das stimmte nicht, aber sie war sich sicher, dass Daniel die Risikogebiete in Skandinavien nicht kannte.

Der Kriminalhauptkommissar stand verloren wie ein kleiner Junge in Henrys Küche und sah sich um. Er, der sonst immer so tough und schlagfertig war, sagte jetzt nichts mehr. Er sah sich die Postkarte aus Palma an, während Henry einen Teebeutel aus dem Schrank fischte. Da es ihr viel zu warm für heißen Tee war, nahm sie einen Schwarztee heraus, den sie am nächsten Tag in einen Eistee umwandeln würde.

„Ich lass dir dann mal deine Ruhe", sagte Daniel zögerlich und legte den Apfel zurück. Sie erkannte in seinem Blick, dass er ihr kein Wort glaubte, dass er aber Angst hatte, mit seinem Misstrauen zu weit zu gehen.

Henry brachte ihn zur Tür. „Danke, dass du dich so um mich kümmerst", sagte sie. „Daniel", begann sie jetzt zögerlich und sah ihm in die blauen Augen, die sie freundlich anschauten.

„Ja?" Er stellte sich aufrecht vor sie hin und blickte sie fragend an. Darauf hatte er gewartet.

„Also, ich war nicht beim Impfen." Sie strich sich wieder über den Oberarm, an dem jetzt das Pflaster klebte.

„Das weiß ich", sagte er milde.

„Ich war in der Klinik und hab mit einem Arzt gesprochen. Carla Hofmann hat sich da beraten lassen bezüglich einer Abtreibung. Ich hatte die Idee, dass ich mich doch da einschleusen könnte, um rauszufinden, wer alles von solchen Vorhaben weiß."

„Einschleusen? So richtig undercover?" Er grinste.

Henry war erleichtert, dass er der Idee offensichtlich nicht gänzlich abgeneigt war. Sie zog die Perücke aus der Schublade und setzte sie auf. Daniel konnte ein Lachen nicht unterdrücken.

„Ich könnte so tun", sagte sie, „als ob ich einen Schwangerschaftsabbruch vornehmen lassen will. Und wir schauen mal, welche bekannten Gesichter uns dabei begegnen und können dann vielleicht auch nachvollziehen, wer die Akte liest."

Daniel ging zurück ins Wohnzimmer und setzte sich wieder aufs Sofa. „Hm", sagte er und sah zum Fenster hinaus.

„Ihr könntet doch mitkommen. Als meine Bodyguards sozusagen."

Jetzt sah er sie an. „Du bist einfach verrückt, Henry Winter." Er lächelte. Dann sah er sie mit einem strengen Blick an. „Du hättest uns ruhig einweihen können. Die Idee ist gut. Wenn Jim dabei ist, machen wir das." Er zog sein Mobiltelefon aus der Tasche und wählte die Nummer des Kollegen.

Henry konnte an seinen Reaktionen erkennen, dass Jim zunächst nichts von der Idee hielt, aber je mehr Daniel auf ihn einredete, desto spannender fand er sie.

„Er macht mit", sagte Daniel, als er aufgelegt hatte. „Aber wir sind dabei, damit das klar ist."

Henry strahlte. „Das ist fantastisch!"

Nachdem Daniel die Wohnung verlassen hatte, schnappte sich Henry ihr Telefon und wählte die Nummer nach Stockholm.

Nachdem der Nagellack getrocknet war, räumte Hanna Kästner ihr Zimmer auf. Vielleicht würde sie ihn mit zu sich nehmen, jedenfalls musste man auf alles vorbereitet sein. Im Wohnheim war es immer laut, und normalerweise nahm sie keine Bekanntschaften mit hierhin, weil es ihr unangenehm war. Es gab ein paar junge Männer im Studentenwohnheim, die es nie lassen konnten, dumme Kommentare abzugeben, wenn sie oder ihre Zimmernachbarin Herrenbesuch bekamen. Obwohl ihre Mitbewohner genauso alt oder sogar ein bisschen älter waren als sie, kam sie sich manchmal vor wie in einer Kindertagesstätte. Natürlich hatte sie mit Katharina aus Spaß dieses Fakeprofil erstellt, aber insgeheim wünschte sie sich doch, ernsthaft jemanden kennenzulernen. Jemanden, der reifer war als die Männer, die sie in den letzten Jahren so kennengelernt hatte. Vielleicht jemanden, der eine Familie gründen wollte, der mit ihr irgendwann ein kleines Häuschen auf dem Land kaufte. Sie hatten Nummern ausgetauscht und noch ein wenig geschrieben seit dem Stocherkahnrennen. Klug war er, dieser Tobias, das stand fest. Hanna konnte das an seinem Schreibstil erkennen und daran, dass er Rechtschreibung und Grammatik nahezu perfekt beherrschte. Das imponierte ihr. Sie mochte es, wenn Männer auf ihre Sprache achteten.

Hanna räumte alles, was auf ihrem Schreibtisch lag, zusammen. Sie würde jetzt ohnehin nichts mehr lernen. Zwar standen bald die Prüfungen an, aber sie hatte die letzten vier Wochen kaum etwas anderes getan. Es würde ihr guttun, mal ein paar Tage Pause zu machen.

Ein Schweißtropfen kitzelte in ihrem Nacken, und sie kramte in ihrer Hosentasche nach einem Haargummi. Hanna band sich ihre langen braunen Haare zu einem Messy Bun hoch. An der Wand ihres Zimmers hing eine Schnur im Zickzack dreimal über die komplette Wandbreite gespannt. Daran waren mit hölzernen Wäscheklammern Polaroids befestigt. Sie besaß noch eine richtige Sofortbildkamera und hatte erst am Morgen einen neuen Film im Fotoladen in der Mühlstraße gekauft. Die Kamera war ihr ständiger Begleiter. Es machte viel mehr Spaß, als mit dem Smartphone zu fotografieren. Es ging nichts über das Geräusch der Kamera, wenn das Foto herauskam. Sie und ihre Freunde saßen oft über den Fotos, die sich dann erst langsam entwickelten. So oft schon hatten sie für Lacher gesorgt. Fast alle hingen hier an dieser Schnur, aufgereiht wie wertvolle Perlen. Zeugen wichtiger Augenblicke in Hannas Leben. Es war sicher nicht verkehrt, die Sofortbildkamera auch zu ihrer Verabredung mitzunehmen.

***

„Henry", sagte Christian ruhig, aber bestimmt. Er sprach bemüht hochdeutsch. „Du hast gerade dieses Abenteuer überstanden, das mit dem Pool. Da hätte ich dich fast verloren. Jetzt riskierst schon wieder so was. Immer muss ich Angst um dich haben. Was soll ich denn ohne dich machen?"

So besorgt hatte sie Christian noch nie erlebt. Aber sie musste es tun. Sie fand nicht die richtigen Worte, ihn zu überzeugen. „Alles wird gut. Ich habe dir doch noch versprochen, dass wir hier mal losziehen abends." Ihre Stimme klang weich und warm. „Dann muss ich das Ganze doch überleben. Wenn das hier vorbei ist, kommst du her. Nach Tübingen, und wir ziehen um die Häuser. Du hast schon viel zu lange nicht mehr ausgiebig gefeiert." Sie wusste, dass Christian in Schweden kaum Freunde hatte, mit denen er mal auf ein schnelles Bier gehen konnte.

Er musste laut lachen. „Was? Du willst mich unter den Tisch saufen? Ich erkenn zwar dein Ablenkungsmanöver, aber ist in Ordnung. Wir machen das so. Und du schaust, dass dir nichts passiert."

„Außerdem sind ja Daniel und Jim dabei", sagte sie beschwichtigend.

„Hast recht", murrte Christian. „Außerdem machst du ja eh, was du willst."

Henry atmete erleichtert auf. Christians Verständnis hatte sie gebraucht, um endgültig an ihrem Plan festzuhalten.

✶✶✶

Hanna Kästner schlenderte gemütlich über die Neckarinsel. Der vormals trockene Boden hatte sich in eine Pfützenlandschaft verwandelt. Das bisschen Gras, das die Trockenheit überlebt hatte, war jetzt nass und klebte traurig im Matsch. Hanna vollführte einen Slalomlauf zwischen den Pfützen hindurch. Die Platanen beugten sich über sie, und von unten sah es aus, als hielten sie sich gegenseitig an den Ästen, als tanzten sie auf der kleinen Insel mitten im Neckar einen Walzer. Hin und wieder fiel ein dicker Tropfen von den Bäumen herunter.

Es war wenig los. Wo am Vortag noch Menschenmassen auf den grünen Flecken gelegen oder sich durch die Platanenallee gedrückt hatten, herrschte jetzt Ruhe. Hanna sah von der Insel aus auf der gegenüberliegenden Neckarseite die Stocherkähne liegen. Malerisch unter einer Trauerweide, deren Äste durch den Regen noch schwerer wirkten. Sie entdeckte ein paar Menschen an den Kähnen, manche wischten das Holz trocken oder schöpften gar mit kleinen Kellen das Wasser aus den Booten.

Auf einer Bank hinter den Kähnen erkannte sie ihre Verabredung. Tobias schien die Leute zu beobachten, die die Boote vom Wasser befreiten. Hanna wollte ihm winken, aber er sah nicht zu ihr herüber. Sie beschleunigte ihre Schritte auf die Neckarbrücke zu. Zwei Stufen auf einmal nehmend, suchte sie immer wieder Tobias, der sie nicht sah.

Bevor sie bei ihm ankam, kontrollierte sie in einem Taschenspiegel ihr Make-up. Die hohe Luftfeuchtigkeit hatte sanfte Wellen in ihre braunen Haare gedreht, in den Augenwinkeln sammelte sich Eyeliner. Sie wischte mit dem

Zeigefinger die schwarzen Flecken weg und zwinkerte sich selbst im Spiegel zu.

Als sie nur noch wenige Meter von Tobias entfernt war, erkannte sie, dass er nicht die hölzernen Flachboote, sondern eine Entenfamilie beim Schwimmunterricht beobachtete.

„Na, schöne Frau?" Er stand auf und ging auf Hanna zu. Beide wussten nicht, wie sie sich begrüßen sollten, sie kannten sich erst seit zwei Tagen. Hanna lächelte verlegen.

„Darf ich bitten?" Tobias machte eine Einladungsgeste in Richtung des Stocherkahns, neben dem er stand.

Ungefragt nahm er Hannas Hand, um ihr beim Einsteigen zu helfen. Das Boot wackelte unter ihren Füßen nach links und rechts, und der unruhige Untergrund machte sie nervöser, als sie ohnehin schon war. Dankbar nickend suchte sie sich einen Platz. Noch nie war sie allein auf einem Stocherkahn gewesen. Sie hätte ein wenig Obst mitbringen können, dachte Hanna, als sie an dem Ende, an dem Tobias gleich seine Position als Stocherer einnehmen würde, Platz nahm.

Obwohl er offensichtlich die Sitzbretter abgetrocknet hatte, fühlte Hanna durch ihre Kleidung hindurch, dass sie noch feucht waren.

„Wohin fahren wir?", fragte sie.

„Einmal um die Insel. Auf halber Strecke können wir eine kleine Pause machen." Er sprang dynamisch auf das Heck des Stocherkahns.

Der Regen hatte die Luft von Staub und Schmutz befreit. Die Sicht auf den Fluss und vom Fluss auf die Stadt war klar.

Auf den ersten Metern sprachen sie kein Wort. Hanna schloss die Augen und lauschte den leisen Stimmen der wenigen Menschen, die auf der Neckarbrücke unterwegs waren. Ansonsten hörte sie nur das Wasser, das sanft gegen die Wände des Bootes schlug. Auf der anderen Seite der Insel vergaß Hanna beinahe, dass sie noch in Tübingen waren. Es wirkte wie ein kleiner Urwald, man hörte die Vögel in den Platanen zwitschern, die Äste der Trauerweiden pendelten über dem Wasser. Sie erschrak, als Tobias die Stille plötzlich durchbrach: „In meinem Rucksack ist ein Sixpack Bier, wenn du magst."

Eigentlich mochte Hanna kein Bier, aber sie wollte jetzt keine Spielverderberin sein. Sie holte die Flaschen aus seinem Rucksack. „Gibt es einen Öffner?"

Tobias zog einen Schlüsselbund aus der Hosentasche und warf ihn Hanna zu. Er war unangenehm warm.

„Hast du eigentlich keine Angst?" Er sah sie nicht an, sondern blickte angestrengt über den Fluss, als sei er Kolumbus und suche Amerika.

„Wovor?" Sie reichte ihm eine der Flaschen und den Schlüsselbund. Weil Tobias nicht antwortete, zog sie ihre Kamera aus der Handtasche und fotografierte die Platanenallee vom Wasser aus. Das Polaroid schob sich aus dem Schlitz, und Hanna nahm es vorsichtig an sich. Das Bild wurde langsam klarer und farbiger. Erst erkannte man die Baumwipfel, dann die ganze Insel, zuletzt auch das Wasser.

„Vor mir", sagte er jetzt, während er mit den Blicken das Ufer scannte.

Hanna spürte mit einem Mal, wie sich die kleinen Härchen auf ihrem Arm langsam hochstellten. „Warum sollte ich vor dir Angst haben?" Unsicher blickte sie ebenfalls in Richtung Ufer. Ein paar Menschen flanierten den Weg entlang, den Hanna vor nicht mal einer Stunde gekommen war.

„Liest du keine Nachrichten?" Erst jetzt sah er sie an. Sie konnte seine Augen nicht mehr erkennen, weil es bereits dämmerte. Krampfhaft versuchte sie, seine Mimik zu lesen, aber sein Gesicht lag im Schatten. Er setzte die Flasche an und trank sie auf einmal leer. Dann sah er wieder aufs Wasser.

Der Tag war bisher so schön gewesen, dass Hanna die Morde ganz vergessen hatte. „Doch, klar. Aber ich glaube nicht, dass du ein skrupelloser Killer bist." Sie zupfte das Etikett von ihrer Flasche.

Tobias richtete seinen Blick weiterhin starr auf das Wasser. „Natürlich nicht. Da vorne ist die Spitze der Insel. Wir können da kurz anlegen. Dann kannst du zur Not auch weglaufen." Er sah sie an, und jetzt erkannte Hanna, dass er lächelte. Es war kein Psychopathenlächeln, sondern eines, das ausdrücken sollte, dass er scherzte.

„Hör auf mit dem Blödsinn", sagte sie und lachte unsicher. Hätte sie vielleicht doch besser auf Dennis hören sollen? Es war zu spät. Wenn sie jetzt sagen würde, dass sie gehen müsse, würde er sie auslachen. Es wäre zu absurd. Und was sollte sie Dennis erzählen? Dass sie Schiss bekommen hatte? Nein, auf keinen Fall.

Sie nahm die Kamera und fotografierte Tobias, wie er auf dem Heck des Kahns stand, die Stocherstange fest umklammert, und das Boot über das Wasser schob. Mit dem charakteristischen Geräusch spuckte die Kamera das Bild aus. Hanna legte es zu dem bereits entwickelten auf das Sitzbrett neben sich. Aus dem grauen Nebel auf dem Polaroid löste sich langsam die Kontur eines Menschen.

Der Kahn dockte unsanft an die Uferböschung. Tobias kletterte zu Hanna hinunter und setzte sich ihr gegenüber. In der Ferne hörte man Leute auf einem weiteren Stocherkahn sprechen, ansonsten war es still.

„Hast du schon leer getrunken?" Er öffnete eine zweite Flasche Bier.

Hanna schüttelte den Kopf. „Das ist echt schön hier."

Sie erinnerte sich an den Artikel über die Morde, den Katharina ihr geschickt hatte. Beide Opfer hatte man am Neckar gefunden. In ihrer Handtasche sah sie auf die Uhr ihres Smartphones. Es war kurz nach zehn, sie konnte jetzt unmöglich schon gehen.

„Ich bin öfter hier. Manchmal sitzen hier Liebespaare, ganz selten schleppt jemand einen Grill her. Hauptsächlich steigt man hier aus dem Boot aus."

Es war das erste Mal, dass Tobias überhaupt ein bisschen mehr sprach. Sie wunderte sich, denn immerhin hatte er sie und Katharina auf dem Rennen angesprochen und nicht umgekehrt.

Flussaufwärts konnte sie ein Kanu ausmachen, in dem zwei Menschen saßen. Sie ertappte sich dabei, wie sie darüber nachdachte, dass sie nicht umgebracht werden konnte, solange das Kanu in der Nähe war, und rief sich dann innerlich selbst zur Ordnung. Es war albern! Sie sah Tobias jetzt direkt in die Augen. Trotz der Dämmerung konnte sie erkennen, dass er sie auch ansah. Die Haarsträhne, die ihr schon bei ihrem ersten Treffen aufgefallen war, hing ihm wieder in die Stirn. Tobias war vielleicht Ende zwanzig und wirkte sehr männlich. Das mochte daran liegen, dass er so groß und auch ein wenig trainiert war. Hanna erinnerte sich an ihren Ex-Freund, der immer so viel Wert auf sein Äußeres gelegt hatte, dass er lieber im Fitnessstudio abgehangen hatte als mit ihr.

„Hattest du hier schon mal ein Date, oder ist es dein erstes?“, fragte er. Er hatte die zweite Flasche geleert und stellte sie neben sich.

Hannas Augen weiteten sich. Er hielt es tatsächlich für ein Date. Hätte sie vorher klarer kommunizieren müssen, dass sie nicht an einer Beziehung interessiert war? Sie hatte sich in den Textnachrichten der letzten zwei Tage Mühe gegeben, ihn spüren zu lassen, dass sie nur nach Freundschaften suchte.

„Nein. Ich hatte hier noch gar kein Date“, sagte sie.

Das Bier in ihrer Hand war mittlerweile warm geworden und schmeckte noch scheußlicher als am Anfang. Sie dachte an die Pizza mit Käserand, die sie jetzt mit Dennis essen könnte, wenn sie auf ihn gehört hätte. Der Abend zog sich wie Kaugummi.

Sie fotografierte die Silhouette des Kanus auf dem Wasser. Es wurde von Minute zu Minute kleiner. Die Stimmen, die von einem anderen Stocherkahn gekommen waren, wurden immer leiser. Die Kamera spuckte das Bild aus. Tobias nahm ihr den Apparat aus der Hand und fotografierte sie. Verlegen hielt sie sich die Hände vors Gesicht.

„Du musst dich doch nicht verstecken“, sagte er und gab ihr das Gerät zurück.

Beim nächsten Foto war es schon so dunkel, dass die Kamera automatisch den Blitz auslöste. Hanna hatte noch eines von Tobias gemacht, der mittlerweile beim vierten Bier angelangt war. Er hatte auf das Foto nicht reagiert. Weder hatte er sich versteckt, noch hatte er es kommentiert. Stattdessen sah er in die Ferne, dorthin, wo gerade noch das Kanu gewesen war. Es war weg. Die Stimmen auf dem anderen Stocherkahn waren verstummt.

Sie legte das Foto zu den übrigen. Dann fotografierte sie in das Dunkel der Nacht. Der Blitz erhellte die Umgebung für den Bruchteil einer Sekunde. Sie wusste nicht, was sie ablichtete, aber irgendetwas wollte sie tun, um nicht mit Tobias reden zu müssen. Warum hatte sie sich auf diese Verabredung eingelassen?

Er rutschte ein Stück vor. Seine Knie berührten ihre. „Und was machen wir jetzt mit dem angebrochenen Abend?"

Es war ein Gefühl, als legte sich eine Schnur um Hannas Kehle. Vor ihrem inneren Auge sah sie das Bild von dem Auto, das man aus dem Neckar gezogen hatte. Daneben hatten ein paar Polizisten gestanden. Auf dem Bild hatte man, wenn man genauer hinsah, jemanden auf dem Fahrersitz erkannt.

Hanna rutschte nach hinten. „Fahren wir weiter? Zurück zur Anlegestelle? Mir wird langsam kalt."

Tobias lächelte. „Wir könnten uns ein paar warme Gedanken machen? Oder ich wärme dich?" Er legte seine Hand um ihren Oberarm, der durch die Luft viel kühler war. Sie spürte, dass er kräftig war. Sie versuchte, die Angst hinunterzuschlucken, aber es gelang ihr nicht.

„Nein, ich möchte wirklich lieber zurück", sagte sie. „Bitte." Sie sah ihm wieder in die Augen. Er erwiderte den Blick nicht. Es fühlte sich an, als sähe er durch sie hindurch.

Sie wartete darauf, dass er ihren Arm wieder losließ. Sein Blick sank an ihr hinunter. Auf ihren Hals, auf ihre Brüste, auf ihren Bauch, in ihren Schoß. Dort blieb er liegen. Hanna versuchte, seine Finger von ihrem Arm zu lösen, aber seine Hand war wie aus Stein.

„Lass mich los!", sagte sie jetzt bestimmt.

Als hätte ihn jemand aus einer Trance aufgeweckt, schreckte er hoch und ließ Hannas Arm los. Sie stapelte die Polaroids und steckte sie in ihre Handtasche. „Ich glaube, ich gehe jetzt."

„Hier? Hier kannst du nicht gehen. Du musst mit mir zurückfahren." Seine Stimme klang, als dringe sie durch die Schnur eines Dosentelefons.

Hanna schnappte schnell ihre Handtasche und stand auf. Die Fotos rieselten auf den Boden. Sie sammelte sie ein und hielt sie in der Hand. „Sorry, das ist einfach doof gelaufen heute Abend." Sie stieg aus dem Kahn. Das Festland fühlte sich gut an und gab ihr ein wenig Sicherheit.

Tobias hielt sie am Handgelenk fest. „Was soll das denn?" Er stand auf, und Hanna merkte das erste Mal, wie groß er wirklich war. „Ich tu dir doch nichts. Das vorhin war ein Witz. Ich dachte, wir können hier einen schönen Abend verbringen."

Mit einem Ruck löste Hanna ihr Handgelenk aus seinem Griff, drehte sich um und rannte in die Dunkelheit.

Sie war vor zwei Jahren schon einmal mit Katharina hier gewesen, und deshalb wusste sie, dass man zwar nicht auf einem Fußweg an die Neckarspitze und von ihr wegkam, aber wenn man über ein Geländer kletterte, kam man auf die Platanenallee. Da es mittlerweile recht dunkel war und es an dieser Stelle keine Beleuchtung gab, prallte sie gegen das Metallgeländer, das auf einer Mauer befestigt war. Ein dumpfer Schmerz fuhr ihr ins Knie. Sie hörte Tobias hinter sich. Der Lautstärke nach zu urteilen, folgte er ihr nicht. „Mann, Hanna! Jetzt bleib doch da!"

Sie kletterte über das Geländer und merkte, wie ein paar der Fotos aus ihrer Tasche fielen. Sie ließ sie liegen und rannte.

Nach ein paar Minuten blieb sie stehen. Unter den Platanen war es stockfinster. Hanna stand einfach in der Dunkelheit, hörte ihren eigenen schnellen Atem und starrte ins Nichts. Mit dem Smartphone in ihrer Hand beleuchtete sie den Weg.

Auf einer Bank saß ein Paar. Hanna war völlig außer Atem und setzte sich deshalb auf die leere Bank daneben, um wieder Luft zu bekommen. Sie überlegte, ob sie Dennis anrufen sollte. Ob Tobias der Serienkiller war? Sie hatte nur seine Handynummer. Wenn es ein Prepaidhandy war, konnte sie der Polizei keine Hinweise liefern. Aber er hatte ihr doch genau genommen nichts getan. Es gab keinen Grund, zur Polizei zu gehen. Aber wenn sie den Frauenmörder hatten, dann hatte sie wenigstens Fotos von Tobias, und möglicherweise konnten die ihr weiterhelfen. Sie beruhigte ihren Atem und lauschte.

An mehreren Stellen saßen Leute und unterhielten sich. Manchmal erkannte sie die aufleuchtende Glut einer Zigarette, an der gezogen wurde. Es fühlte sich an, als sei sie in Sicherheit.

Noch immer außer Atem holte sie die restlichen Fotos aus ihrer Tasche und betrachtete sie mit der Taschenlampe ihres Smartphones.

Die Platanenallee in der Dämmerung. Tobias, wie er auf dem Heck des Stocherkahns stand, im Hintergrund die grünen Bäume. Hanna, die sich die Hände vors Gesicht hielt. Tobias, der in die Ferne sah. Und dann war da dieses Foto. Eines der Fotos, die sie gemacht hatte, als sie ziellos in die Dunkelheit fotografiert hatte.

Sie ging mit dem Gesicht näher ran und versuchte, mit der Taschenlampe so zu leuchten, dass es nicht spiegelte. Auf dem Foto konnte man das Gebüsch erkennen, durch das sie gerade gerannt war. Sogar einen Teil des Metallgeländers sah man. Ihr Puls erhöhte sich schlagartig. Sie drehte das Smartphone und versuchte damit, die Dunkelheit vor sich zu erhellen, aber das Licht war zu schlecht, um weiter als zwei Meter zu beleuchten.

Wieder leuchtete sie auf das Polaroid. Nein, sie bildete es sich nicht ein. In diesem Gebüsch stand jemand. Es war ein Gesicht zu sehen, das den Blick genau auf sie und Tobias gerichtet hatte.

22. JUNI, MORGENS

Daniel, Jim und Henry hatten das Zivilfahrzeug im Parkhaus der Frauenklinik abgestellt.

„Wir sollten nicht unbedingt zu dritt gesehen werden", sagte Jim. „Sonst hätten Daniel und ich uns auch noch Perücken kaufen müssen." Er lachte.

„Müsst ihr ja auch nicht", sagte Henry. „Über das Mikrofon", sie klopfte auf ihr T-Shirt, auf dem man eine winzig kleine Wölbung erkennen konnte, „könnt ihr ja ohnehin alles mithören."

Daniel deutete auf die Cafeteria. „Wir warten da." Dann blieb er kurz stehen und sah Henry an. „Und du gibst uns bitte regelmäßig deinen Standort durch, falls wir eingreifen müssen."

„Aye, Sir", sagte Henry und salutierte. Ein paar blonde Strähnen der Perücke fielen ihr ins Gesicht.

Eine nette Ärztin beriet Henry, die mittlerweile recht unruhig war. Doktor Geiger war nirgends zu sehen, und sie kam sich schäbig vor, weil sie die Ärztin belügen musste. Aber nur so konnte sie der Sache auf den Grund gehen. Henry hatte Angst, sich durch falsche Antworten zu verraten, und gab sich daher als völlig überfordert und hilfsbedürftig aus. Die Ärztin hatte Mitleid mit ihr. Sie stellte sich vor, wie Daniel und Jim, die ja alles über das Mikrofon mithören konnten, in der Cafeteria saßen und lachten. Vermutlich war es eine ganz dumme Idee, möglicherweise aber auch die beste, die Henry in dieser Sache gehabt hatte.

Also erzählte sie von ihrem Ex-Freund, der sie für eine andere verlassen und nach dessen Trennung sie einen Schwangerschaftstest gemacht hatte. Dann berichtete sie davon, dass sie in die USA auswandern wollte und darum auf keinen Fall ein Kind gebrauchen konnte. Sie war sich nicht sicher, ob sie nicht ein wenig zu dick auftrug, aber die Ärztin schien schon schlimmere und vermutlich auch unglaubwürdigere Geschichten gehört zu haben. Jedenfalls hatte sie am Ende so viel Verständnis für Henry, dass sie ihr sofort einen Termin vereinbarte. Ein bisschen mulmig war ihr bei dem Gedanken, in einen echten OP-Saal geschoben zu werden, schon. Aber sie hatte mit Doktor Geiger besprochen, dass er sie spätestens dann retten würde. Doktor Geiger! Sie musste ihm dringend Bescheid geben, dass sie so schnell einen Termin bekommen hatte. Damit hatte niemand gerechnet und sie hatte auf die Frage, ob sie nüchtern war, natürlich auch nicht wahrheitsgemäß geantwortet. Da die OP nicht durchgeführt werden würde, war die Lüge legitim, fand Henry.

Henry sollte im Gang warten. Sie wählte die Nummer des Oberarztes, aber er hob nicht ab. Hatte er nicht gestern gesagt, er sei heute da?

Eine Krankenpflegerin stand plötzlich neben ihr. „Kommen Sie bitte mit?"

Die Kommissarin folgte der Pflegerin in ein Krankenzimmer.

„Sie können hier Ihre Wertsachen einschließen." Sie deutete auf den Schrank. „In dieses Zimmer werden Sie nach der Operation wieder gebracht. Gleich kommt noch ein Anästhesist zu Ihnen."

Auf dem Bett lag ein Krankenhaushemdchen. Henry zeigte fragend darauf.

„Das können Sie direkt anziehen."

„Eins noch. Könnten Sie mir Doktor Geiger vorbeischicken?"

Die Krankenpflegerin lächelte. „Ich werde ihn holen, wenn er da ist."

Als sie alleine im Zimmer war, ging Henry zum Fenster und staunte über die Aussicht. Sie konnte ganz Tübingen überblicken. Sogar das kleine blaue Hochhaus, in dem ihr Büro war, war zu sehen.

Nachdem der Anästhesist Henry über die Risiken einer Vollnarkose aufgeklärt hatte, zog sie das Hemd an und setzte sich aufs Bett. Es klopfte an der Tür.

„Entschuldigung", sagte die Krankenpflegerin, die sie aufs Zimmer begleitet hatte. „Ich kann Doktor Geiger nicht finden."

Henry spürte, wie sich ihr Puls erhöhte.

„Gar nicht schlecht, der Apfelkuchen hier", sagte Daniel.

Jim operierte derweil die Rosinen aus seinem Hefezopf.

„Ein Wunder, dass sie uns über ihr Vorhaben informiert hat." Daniel spülte das letzte Stück seines Kuchens mit einem Schluck Cappuccino runter. „Sie scheint dazu-

zulernen. Sie hat ja eher den Ruf, Vorschriften auch mal ...
nun ja, sagen wir ... praxisgerecht auszulegen."

„Woran liegt das?", fragte Jim. „Ich schätze Henry nicht
so ein, dass sie das aus Sturheit tut. Offensichtlich haben wir einen Vertrauensvorschuss bei ihr, wenn sie uns
einweiht. Außerdem ist ihre Idee doch wirklich nicht so
schlecht."

Daniel nickte. „Das stimmt." Er drückte den Knopf in
seinem Ohr weiter hinein. „Sie ist jetzt gleich im OP." Er
grinste. „Na, hoffentlich holt der Geiger sie rechtzeitig
raus."

Jim sah ihn an. „Haben wir eigentlich mal drüber nachgedacht, was passiert, wenn Geiger der Killer ist?"

„Ja", sagte Daniel und atmete tief ein und aus. „Dann
macht er gar nichts. Er wäre ja wahnsinnig, eine Polizistin
umzulegen. Außerdem weiß er ja, dass sie nicht schwanger ist, warum sollte er ihr was tun? Und weder Carla
Hofmann noch Britta Enßle wurden in der Frauenklinik
getötet. Hätte Geiger nicht außerdem gewusst, dass Carla
Hofmann gar nicht abgetrieben hat?"

„Das ist wahr", stimmte Jim zu.

✶✶✶

Henry fror in dem Krankenhaushemd, das man ihr gegeben hatte. Es war komplizierter gewesen als gedacht,
das Mikrofon unter dem weiten Hemd zu verstecken.
Doktor Geiger war nicht da, und sie war sich nicht si-

cher, wie sie das Ganze beenden sollte. Eigentlich hatte der Arzt sie kurz vor der Operation erlösen wollen. Jetzt stand ein anderer Gynäkologe vor ihr. Ein Oberarzt, der ihr irgendetwas über die Routine derartiger Eingriffe erzählte. Henry sah immer wieder auf die Uhr.

Der Anästhesist, der sie über die Gefahren der Vollnarkose aufgeklärt hatte, saß jetzt auf einem Drehhocker neben ihr und suchte eine Vene. „Wie geht es Ihnen?", fragte er, ohne sie dabei anzusehen.

„Geht so", sagte sie mit zittriger Stimme. Sie hatte Angst, aber natürlich aus einem anderen Grund, als der Arzt annahm. Wo war Geiger? Er hatte es ihr doch versprochen.

Plötzlich erstarrte ihr Blick. Sie war so dumm! An das Logischste hatte sie überhaupt nicht gedacht. Doktor Geiger gehörte schließlich auch zu denen, die über alle Daten verfügten. Möglicherweise war er sogar selbst der Mörder, und sie hatte ihm detailliert alles erzählt. Aber dann kannte er jetzt den Stand der Ermittlungen, und womöglich hatte sie mit ihrer Aktion alles verbockt.

Sie zitterte am ganzen Körper, sodass der Anästhesist Mühe hatte, die Vene für die Infusion zu finden. Henry sammelte ihre Kraft und konzentrierte sich darauf, die OP selbst zu verhindern und hier so schnell wie möglich herauszukommen. Es gab nur einen Weg, die Notbremse zu ziehen.

Hysterisch begann sie zu schreien. Sie musste sich nicht einmal besonders anstrengen. Bei dem Gedanken daran, was sie möglicherweise angerichtet hatte, hätte sie die ganze Welt zusammenschreien können.

Der Anästhesist, der Oberarzt und die beiden anwesenden Schwestern zuckten zusammen. Sie schüttelte wild den Kopf. Die Haare ihrer Perücke schlugen ihr links und rechts ins Gesicht.

In dem Moment eilte Doktor Geiger in den Raum. „Um Gottes willen, was ist denn passiert?" Er sah seine Kollegen ernst an. „Ich kümmere mich um sie." Dann wandte er sich wieder Henry, die immer noch brüllte, zu. „Beruhigen Sie sich doch. Wir brechen das hier jetzt ab. Die OP wird verschoben. Ich habe mir gerade die Laborwerte angesehen, die müssen wir noch mal genauer analysieren." Er sah wieder die Kommissarin an. „Und Sie kommen erst einmal mit mir mit." Er zog sie am Ellbogen von der Liege herunter, holte einen Rollstuhl, der an der Wand gestanden hatte, und setzte sie hinein. Ihr Schreien verstummte. Das Adrenalin wurde schlagartig abgebaut, und ihre Anspannung löste sich, als Doktor Geiger sie über den Krankenhausflur schob.

„Es ist alles okay", flüsterte sie in das Mikrofon unter dem Krankenhaushemd. Sie wollte vermeiden, dass Daniel und Jim bewaffnet in die Klinik stürmten. Vermutlich waren ihnen beim Kaffeekränzchen ohnehin die Ohren abgefallen, so laut wie sie geschrien hatte.

„Das war knapp", sagte sie vorwurfsvoll. Als sie alleine in einem Krankenzimmer waren, schüttelte sie die blonden Haare nach hinten und kämmte sie mit den Fingern. Sie setzte sich im Schneidersitz auf eines der Betten im Raum.

„Die steht Ihnen." Geiger zeigte auf die Perücke. Nachdem Henry nicht reagierte, begann er sich zu erklären. „Tut mir leid, ich stand total im Stau."

„Hätte ich mir eh alles sparen können", sagte sie.

„Warum?" Doktor Geiger setzte sich jetzt auf den Rand des Krankenbettes.

„Weil da niemand im Raum war, der schwangere Frauen umbringt. Das war völliger Blödsinn. Gut, dass nichts passiert ist."

„Sie hätten sich zumindest das Geschrei sparen sollen." Er lächelte dabei. „Sie wollen doch, dass die Leute auch weiterhin denken, dass Sie vorhaben, Ihr nicht vorhandenes Kind abtreiben zu lassen, oder?"

Sie nickte.

„Eben", fuhr er fort. „Deshalb hatte ich die Idee mit den Laborwerten."

Sie löste den Knoten in ihren Beinen, sprang dynamisch vom Bett und zog ihre Tasche aus dem Schrank. „Ich würde mich dann jetzt umziehen, wenn's recht ist."

„Oh, pardon, natürlich." Dem Arzt stieg die Röte ins Gesicht. Henry fand ihn eigentlich ganz attraktiv, und etwas Heldenhaftes hatte er auch an sich. Er gab ihr die Hand, sein Ehering drückte sich schmerzhaft in ihre Knöchel. Geiger stand auf und ging in Richtung Tür. „Also wenn Sie mich noch brauchen, melden Sie sich."

„Alles gut", sagte Henry jetzt wieder ruhiger und stieg vom Bett. „Es ist nicht Ihre Schuld. Danke, dass Sie mitgemacht haben." Sie deutete archaisch einen Knicks an.

Doktor Geiger nickte lächelnd und schloss geräuschlos die Tür hinter sich.

Henry zog sich um, legte das Krankenhaushemd auf das Bett, stopfte die Perücke in ihre Tasche und ging zum Fenster. Der Blick über Tübingen war fast so gut wie vom Stadtteil Waldhäuser Ost aus. Vor dem Gebäude parkten Autos, die von hier oben aussahen, als wären sie Teil einer Modelleisenbahn.

„Ich komme jetzt zu euch", sagte sie leise in das Mikrofon. „Ich hoffe, ihr habt mir ein Stück Kuchen übrig gelassen."

Sie hörte nur ihren eigenen Atem.

✳✳✳

Henry sah wieder aus wie sie selbst, als sie aus dem Fahrstuhl im Erdgeschoss der Frauenklinik stieg. Sie schaute auf die Wanduhr. Es war fast Mittag.

Im Augenwinkel sah sie jemanden einen Stehtisch vor dem Kiosk abräumen. Gedankenverloren ging sie an ihm vorbei. Es hätte aber auch funktionieren können, dachte sie. Als hätte man sie eingefroren, blieb sie abrupt stehen und schloss die Augen. Was war das für ein Geruch? Der kam ihr bekannt vor. Schlagartig öffnete sie die Augen. Vetiver! Es roch eindeutig nach Vetiver. Beiler!

Sie drehte sich um. Höchstens zwei Meter von ihr entfernt wischte Dennis Beiler einen Stehtisch sauber. Henry stand wie angewurzelt da und beobachtete ihn. In ihrem Kopf prasselten sämtliche Puzzleteile der letzten Tage, von denen sie gedacht hatte, sie sortiert gehabt zu haben, zu einem chaotischen Berg nieder, verhakten sich ineinander, lösten sich, setzten sich neu zusammen, und sie versuchte verzweifelt, das Bild zu erkennen, das sie formten. Dennis Beiler! Der Mann, der aus Goethes ‚Faust‘ zitierte. Was hatte Christian gesagt? „Denke nur an die Gretchentragödie in Goethes ‚Faust‘." Verdammt noch mal! Henry konnte sich nicht rühren. Dennis Beiler hob den Blick und sah ihr direkt in die Augen. Es vergingen mehrere Sekunden, in denen die Kommissarin und er sich gegenüberstanden. Er reagierte als Erster, indem er den Lappen fallen ließ, kehrtmachte und schnellen Schrittes in Richtung Ausgang ging. Plötzlich rannte er los. Henry warf ihre Tasche auf den Boden und nahm die Verfolgung auf. „Stehen bleiben, Polizei!", rief sie laut, weshalb alle Umstehenden erstarrten, als hätte jemand die Pausentaste gedrückt. Sie und Beiler waren die einzigen beweglichen Figuren in diesem Szenario.

„Beiler ist hier! Er kommt zum Haupteingang rausgerannt!", brüllte sie in ihr Mikrofon.

Der Tatverdächtige sprintete aus dem Krankenhaus ins Freie und rempelte einen Rettungssanitäter, der gerade auf dem Weg in das Gebäude war, rücksichtslos zur Seite, sodass er stürzte. Henry sprang elegant über den Sanitäter, entschuldigte sich kurz dafür, dass sie ihm nicht aufhelfen konnte, und hastete Beiler hinterher.

Er war schnell. Sehr schnell. Und Henry war klar, dass sie ihn nicht einholen würde. Schnurstracks steuerte er auf die Straße zu, wurde dort aber von zwei Bussen gestoppt, die dicht hintereinander fuhren. Neben ihm stand eine junge Frau, die offenbar ebenfalls im Begriff war, die Straße zu überqueren. Henry holte Beiler ein und blieb einen Meter hinter ihm stehen.

„Herr Beiler, Sie sind wegen des Verdachts …"

Weiter kam sie nicht. Er riss die junge Frau, die neben ihm stand, vom Gehweg und warf sie auf die Straße, bevor er wegsprintete. Henry sprang vor die am Boden liegende Frau und stoppte mit den Händen den Verkehr.

In dem Moment, in dem sie ihr aufhalf, kam Daniel Faber mit gezogener Waffe angerannt. „Was ist denn hier schon wieder los?", brüllte er.

„Beiler ist weg! Das ist los!", schrie Henry, um den Verkehr auf der gegenüberliegenden Fahrbahn zu übertönen. „Sind Sie verletzt?", fragte sie jetzt an die junge Frau gerichtet, die eine Schürfwunde an ihrem Knie begutachtete.

„Halb so wild", antwortete sie.

„Wieso überhaupt Beiler?" Daniel steckte seine Pistole ins Holster.

Jetzt sah sie Jim, der von der anderen Seite gekommen war. Beiler aber war nirgends zu sehen.

„Wegen Faust." Henry stützte sich hechelnd auf ihren Oberschenkeln ab. „Goethes ‚Faust'."

22. Juni, mittags

„So blöd war die Idee jetzt auch nicht", Henry wurde laut. „Oder ist die Identifikation des Täters eine Kleinigkeit?"

„Natürlich nicht." Pankow stand so aufrecht vor ihr, dass ihr erstmals auffiel, dass er zwei Köpfe größer war als sie. „Aber Sie", jetzt sah er Daniel und Jim an, „haben sich unnötig in Gefahr begeben."

Henry verschränkte die Arme und ging zum Fenster. Sie fühlte sich schlecht, weil Daniel und Jim jetzt Rede und Antwort stehen mussten.

„Sie haben recht", sagte sie und senkte schuldbewusst den Kopf.

„Oha, Frau Winter." Pankow drehte sich dynamisch zu ihr. „Ein Lucidum intervallum?"

Daniel hob fragend die Hände.

Henry schnaubte. „Das ist ein lichter Moment bei jemandem, der eigentlich nicht im Vollbesitz seiner geistigen Kräfte ist. Danke für das Kompliment, Herr Pankow."

Spätestens jetzt wurde ihr klar, dass Christian recht haben musste. Irgendetwas stimmte mit Pankow nicht. Warum beschwerte er sich über eine Aktion, die zur Identifikation des Täters geführt hatte? Das war unlogisch. Wenn sie in Schweden wäre, würde sie sich jetzt zur Beruhigung eine Zimtschnecke als Schutzschild gegen die Unfairness des Lebens kaufen, dachte sie. In

Stockholm war die Zimtschnecke eine Art Accessoire gewesen. Mindestens eine hatte sich stets in ihrer Handtasche befunden. Die schwäbische Brezel konnte die Lücke nicht füllen.

Jim sah den Kriminaloberrat vorwurfsvoll an.

„Herr Pankow", Henry drückte ihren Rücken durch. „Wir haben den Täter identifiziert. Beglückwünschen Sie uns lieber zu diesem Ergebnis."

„Ja, und wo ist er? Ihr Täter?" Seine Augen funkelten. „Wenn Ihre Theorie stimmt und er die beiden Frauen getötet hat, weil sie ihr Kind abgetrieben haben oder es abtreiben lassen wollten, dann kann er jederzeit weitermachen. Dann haben wir wirklich eine Mordserie! Und das ist nicht einmal so unwahrscheinlich. Dazu kommen wir gleich noch."

„Die Großfahndung läuft doch", mischte sich jetzt Daniel ein. „Und wir können so lange überlegen, wo Beiler untergetaucht sein könnte. Weit wird der nicht kommen. Die Straßen sind gesperrt."

„Die Radwege auch?", fragte Henry und lächelte vorsichtig ihre beiden Kollegen an. Jim hob freundschaftlich die Augenbrauen. Er hatte den Insider verstanden.

„Wie dem auch sei", sagte Pankow. „Machen Sie sich wieder an die Arbeit. Wir haben nämlich noch ein weiteres Problem."

Jim sah ihn fragend an. „Aha? Und das wäre?"

„Während Sie in die Arme des Mörders gelaufen sind, Winter, und Sie beide", er deutete auf Henrys Kollegen, „sich bei Kaffee und Kuchen vergnügt haben, ging bei uns eine weitere Vermisstenmeldung ein."

„Oh nein", stöhnte Faber.

„Liegt alles auf Ihrem Schreibtisch." Mit einer Handbewegung, als scheuche er ein paar Hühner vor sich her, geleitete Pankow alle drei zur Tür seines Büros.

✶✶✶

Katharina hatte stundenlang versucht, Hanna zu erreichen. Irgendwann hatte sie beschlossen, die Polizei zu informieren. Wahrscheinlich war Hanna bei diesem Tobias zu Hause und womöglich frisch verliebt. Vermutlich würde sie sie auslachen, wenn sie wieder da war. Eigentlich war Katharina davon ausgegangen, die Polizei würde den Vermisstenfall überhaupt nicht aufnehmen, weil Hanna erwachsen war, und im Fernsehen hieß es doch immer, dass jemand länger als vierundzwanzig Stunden vermisst sein musste, bevor die Polizei aktiv wurde.

Die zwei toten Frauen am Neckarufer warfen jedoch offensichtlich ein anderes Licht auf die Sache.

Katharina kaute an ihren Fingernägeln. Sie schickte Kriminalhauptkommissar Faber mehrere Fotos von Hanna. Tobias konnte sie nur beschreiben.

Daniel überlegte, ob er einen Aufruf starten sollte. Irgendjemand würde diesen Tobias auf dem Stocherkahnrennen zufällig fotografiert haben. Andererseits lief die Fahndung nach Beiler und wenn es sich bei ihm und Tobias um ein und dieselbe Person handelte, dann war der Aufwand unnötig. Er beschloss, der Social-

Media-Abteilung nur die nötigsten Informationen zu geben. Vielleicht hatte jemand Hanna Kästner und ihre Verabredung am Vorabend auf dem Neckar im Stocherkahn gesehen.

Der Kommissar verabschiedete Katharina Weigand und ging zu Henry und Jim, die immer noch fieberhaft herauszufinden versuchten, wohin Dennis Beiler flüchten könnte.

„Wir fahren zur Anlegestelle am Hölderlinturm", sagte er bestimmt. „Nach Beiler fahndet jetzt ganz Deutschland, da können wir uns um Hanna Kästner kümmern. Falls sie das dritte Opfer ist, können wir sie vielleicht noch retten."

Die Sonne blinzelte zwischen den Ästen der Trauerweide hervor und malte ein Muster auf Henrys Wangen. Ungefragt reichte Jim ihr seine Sonnenbrille. Obwohl sie für ihr schmales Gesicht ein wenig zu groß war, nahm sie sie dankbar an.

Zwei junge Männer saßen auf einem angebundenen Stocherkahn im Schatten und tranken irgendwelche Biermischgetränke. ‚Mädchenbier' hatten Henry und Janne diese Alcopops genannt. Es war in den Neunzigern Henrys erster Kontakt mit Alkohol überhaupt gewesen. Sie erinnerte sich zu gut an den klebrigen Geschmack von Smirnoff Ice und Bacardi Breezer, nach dem sogar die Zungenküsse beim Flaschendrehen geschmeckt hatten.

Daniel und Jim hatten die Männer bereits angesprochen. Keiner von ihnen war am Vorabend an der Anlegestelle oder sonst irgendwo um den Neckar herum gewesen.

„Ist das euer Kahn?", fragte Daniel.

Beide nickten. „Gehört unserer Burschenschaft."

„Dürfen wir den ausleihen? So rein dienstlich?" Daniel grinste Jim an und hob die Augenbrauen.

Die Jungs nahmen ihren halb vollen Sixpack und stiegen aus dem Kahn. „Klar, wenn Sie ihn wieder zurückbringen?"

Henry schüttelte heftig den Kopf. „Keine zehn Pferde bekommen mich auf das Ding." Sie spürte, wie sich ihr Puls mit einem Schlag erhöhte.

Daniel lächelte. „Es ist nur der Neckar. Wir passen schon auf dich auf."

In diesem Moment prasselte ein Regen aus Erinnerungen auf Henry ein. Jahrelang hatte sie bei Doktor Frobenius auf dem dunklen Ledersessel gesessen und über ihre panische Angst vor Wasser geredet.

Der Vorfall, als sie beinahe im Pool ihrer Tante ertrunken wäre, hatte ihre Aquaphobie deutlich verbessert. Konfrontationstherapie hatte Doktor Frobenius so etwas genannt. Er hatte viele Jahre versucht, Henry zu überreden, mit der ‚Moby Dick', dem unternehmenseigenen Schiff von ‚One Earth', mitzufahren. Wenn sie es heute schaffte, auf diesen wackeligen Stocherkahn zu steigen, dann war sie wieder einen gehörigen Schritt weiter.

„Ist es dein erstes Mal?", fragte Jim, der nichts von Henrys Vergangenheit wusste.

„Natürlich." Sie sah ihn mit großen Augen an.

Jim hielt ihr seine Hand hin. „Na komm!"

Er hatte keine Ahnung von dem Film, der in ihrem Innersten ablief. Auch Daniel kannte nur die Spitze des Eisbergs. Henry schloss die Augen und nahm einen tiefen Atemzug. Dann ergriff sie Jims Hand. Sie spürte jetzt erst, wie nass ihre eigene war, und hielt sich konzentriert an seiner fest. Als steige sie in ein Piranhabecken, setzte sie einen Fuß auf das Boot. Mit zusammengekniffenen Lippen zog sie den anderen Fuß hinterher. Ohne Jims Hand loszulassen, suchte sie sich einen Sitzplatz. „Natürlich das erste Mal", wiederholte sie. „Und dann direkt dienstlich."

Jim wollte sich gerade neben sie setzen, als Daniel ihn am Arm festhielt. „Du bist hier der Profi-Stocherer, nicht ich."

Der Kollege aus Esslingen seufzte, sprang dann aber schwungvoll auf das Heck, schnappte sich die Stocherstange und setzte den Kahn in Bewegung.

Daniel lehnte sich in seinen Holzsitz, verschränkte die Arme hinter seinem Kopf und schloss die Augen. „Dass wir heute noch zu einer gemütlichen Stocherkahnfahrt kommen, hätte ich auch nicht erwartet."

Henry war fasziniert von dem Boot. Jannes Eltern hatten ein Ruderboot besessen, mit dem ihre Freundin ab und zu auf dem Mälarsee gefahren war. Sie selbst war nie mitgegangen, sondern hatte vom Ufer aus zugesehen. Hier war das Ganze vielfältiger. Alle paar Minuten wechselte das Bühnenbild. Zunächst sah sie die Neckarfront mit ihren bunten Fachwerkhäusern, danach wurde es grün, und man hörte die Vögel singen. Obwohl noch Reste von Adrenalin durch ihre Adern pulsierten, musste sie zugeben, dass sie sich in gewisser Weise wohlfühlte. Die Stille des Wassers beruhigte sie paradoxerweise.

Der Nachrichtenton von Daniels Handy vertrieb die erholsame Ruhe. Er zog das Gerät aus der Tasche und las.

„Aha", sagte er. „Post von Charly Hellstern. Live-Ticker aus dem Büro." Er schob seine Sonnenbrille auf den Kopf. „Dieser Tobias hat sich auf den Social-Media-Aufruf hin gemeldet und sitzt auf dem Kommissariat. Das ist dann wohl nicht Beiler."

„Und was ist mit Hanna Kästner passiert? Hat er sich dazu schon geäußert?" Henry beugte sich zu ihrem Kollegen vor, um auf das Smartphone schauen zu können.

„Lass mich lesen", sagte Faber. Und nach einer Pause ergänzte er: „Die ist Hals über Kopf abgehauen, als die beiden oben am Bügeleisen waren."

„Was für ein Bügeleisen?", fragte Henry.

„So nennt man die Spitze der Neckarinsel", erklärte Daniel und steckte sein Telefon wieder ein.

„Steuermann Carlos?" Er drehte sich zu Schätzle und zeigte neckaraufwärts. „Volle Kraft voraus zum Bügeleisen."

„Aye." Jim sah von unten aus wie der Wanderer über dem Nebelmeer von Caspar David Friedrich. Seine langen schwarzen Haare wehten im Wind. Am Ufer des Neckars saßen junge Familien, und es roch nach Algen und Grillfleisch. Der Duft nach frisch gegrilltem Fleisch kam von einem Stocherkahn, der unweit angelegt hatte und auf dem ein Grill stand.

Als Daniel aufstand, wackelte der Kahn bedrohlich. Instinktiv nahm er sofort Henrys Hand und zog sie hoch. Er stützte sie, als wäre sie fußverletzt oder mindestens achtzig Jahre alt. Jim stand bereits am Ufer und hielt ihr seine Hand entgegen. „Willkommen auf Neckar-Island, Madame."

Henry kniff die Augen zusammen. Am Ufer saßen fünf junge Leute mit einem Grill.

„Ihr wisst aber schon, dass ein Grillverbot wegen Brandgefahr ausgesprochen wurde?", fragte Daniel, nachdem er hinter Henry an Land gegangen war.

Ein junger Mann mit langen blonden Dreadlocks sah ihn verständnislos an. „Was willste machen? Die Bullen rufen?"

Daniel nahm einen ruhigen und tiefen Atemzug. Dann holte er seinen Geldbeutel aus der Hosentasche, zog seinen Dienstausweis heraus und hielt ihn dem jungen Mann unter die Nase. „Die sind schon da. Und jetzt wird der Grill ausgemacht. Da kenne ich keinen Spaß."

„Boah, echt jetzt?" Der Mann stand auf, streifte sich Flipflops, die neben seiner Decke lagen, über die Füße, nahm einen Eimer und kletterte damit zum Wasser hinunter.

Henry beobachtete ihn dabei. Hier hatte Hanna Kästner also mit ihrem Date gesessen. Hinter der Stelle, an der die jungen Leute sich mit ihrer Decke ausgebreitet hatten, war ein Geländer. Über dieses konnte man, wenn man nicht komplett unsportlich war, locker hinüberklettern. Vermutlich war es sogar möglich, am Ufer entlang auf die andere Seite des Geländers zu gelangen. Es war also durchaus möglich, auch von der Insel her an diese Stelle zu kommen.

Als der junge Mann mit seinem Eimer die Böschung hochkletterte, fiel Henrys Blick unter das Gebüsch daneben. Sie bückte sich und zog ein Polaroid hervor.

Darauf zu sehen war eine Trauerweide.

„Hier", sagte Henry. „Kann noch nicht so lange da liegen. Der Regen hätte es sonst zerstört."

Jim nahm ihr das Foto aus der Hand.

„Bringt uns auch nix, denn ...", mischte sich Faber ein. Er wurde durch das Klingeln seines eigenen Smartphones unterbrochen. Zum Telefonieren entfernte er sich ein Stück.

Die Gruppe hatte unterdessen den Einweggrill gelöscht und ihre Sachen zusammengepackt. Vorwurfsvoll sah eine junge Frau zu Henry, die nur die Schultern hob. Sie hatte keine Lust, erwachsenen Menschen zu erklären, warum es bei dieser Witterung keine gute Idee war, ein öffentliches Feuer zu machen. Sie verstand ohnehin selbst nicht so genau, warum das Verbot nach dem Starkregen nicht aufgehoben worden war. Vermutlich war der Boden trotz des Regens noch viel zu trocken. Generell hatte sie keine Lust, die Polizistin zu spielen. Sie selbst hätte nichts gesagt, aber Daniel war durch und durch Polizeibeamter und kam seinen Pflichten nach.

„Da!" Die junge Dame zeigte auf den Boden. „Andere lassen ihren Müll hier liegen, und wir dürfen nicht mal in Ruhe grillen!"

Der Kommissar kam zurück. „Dann springt mal wieder in die Nussschale, Kollegen." Henry und Jim sahen ihn fragend an, weshalb er hinzufügte: „Wir fahren zum Kommissariat. Ich glaube, die sind da überfordert mit dem Zeugen."

„Moment." Jim, der mittlerweile den auf dem Boden liegenden Müll aufgehoben hatte, stoppte Daniel mit der flachen Hand. „Könnte das was sein?"

Es waren drei Fotos einer Sofortbildkamera. Auf zwei davon war der Neckar zu sehen, am unteren Rand erkannte man den Teil eines Stocherkahns. Auf dem letzten Foto war eine männliche Person abgebildet.

„Nehmen wir mit", sagte Henry. „Manchmal spielt einem der Zufall in die Hände."

22. Juni, abends

Dennis Beiler saß an dem alten Eichentisch in seiner Waldhütte und vergrub sein Gesicht in den Händen. Hinter ihm saß Hanna, mit Kabelbindern am Heizungsrohr befestigt. Es hatte nie zu seinem Plan gehört, ausgerechnet sie zu opfern. Eigentlich hatte er nur auf sie aufpassen wollen. Er hatte sich am Vorabend auf die Parkbank neben sie gesetzt, nachdem sie vor Tobias geflüchtet war. Er hatte nicht vorgehabt, sie zu erschrecken, sie war aber sofort misstrauisch geworden. Ihr war klar geworden, dass die Person auf dem Foto, die sie beobachtet hatte, er gewesen war, und sie konnte sich nicht erklären, warum er hier war. Dabei wollte er nur auf sie achtgeben. Um ihr das Ganze begreiflich zu machen, hatte er sie mit in die Hütte genommen, und dann war alles aus dem Ruder gelaufen. Hanna kannte ihn wie kein anderer Mensch auf dieser Welt und hatte ihn deshalb durchschaut. Er wollte seine Unschuld durch Mitleid mit den ermordeten Frauen demonstrieren, indem er darauf hinwies, dass es ein Triebtäter sein musste, weil die Opfer, so habe er gehört, schwanger gewesen waren. Aber Hanna kannte Dennis, und sie wusste, wie sehr er unter dem Selbstmord seiner Frau und dem Tod des ungeborenen Kindes litt, und so konnte sie eins und eins zusammenzählen. Anfangs hatte er noch versucht, sich rauszureden, aber Hanna hatte ihn immer weiter mit ihrem Verdacht konfrontiert: Er war der Killer vom Neckar, der Frauenmörder.

Hanna dagegen war der Kollateralschaden. Die Vorstellung war für ihn unerträglich, aber wenn er sie am Leben ließ, würde sie ihn verraten. So gut kannte er seine Freundin. Nicht einmal sie verstand ihn, wie sollten es dann Fremde tun? Man würde ihn verhaften, ihn öffentlich an den Pranger stellen, und niemand würde erkennen, warum er all das getan hatte. Was waren das nur für Zeiten, in denen er lebte? Dennis Beiler fand, dass es doch einiges gab, was vor Jahrhunderten besser gewesen war.

Manchmal überkamen ihn trotzdem Zweifel, ob das alles richtig war, was er tat. Aber dann erinnerte er sich an das, was die Frauen ihren ungeborenen Kindern angetan hatten, und er war sich sicher, dass sie ihre Strafe verdient hatten. Trotzdem hatte er bei jeder Frau, die er in den letzten Wochen getroffen hatte, ein Funkeln in den Augen gesehen, das ihn innehalten ließ. Ein Funkeln, in das er sich hätte verlieben können, wenn er nicht einen Auftrag gehabt hätte. Hanna würde sein letztes Opfer sein. Zu groß war mittlerweile seine Angst, aufzufliegen. Er wusste durchaus, dass nicht jeder seine Einstellung teilte, und schon gar nicht die Polizei. Vor der Kommissarin zu flüchten war ein schwerer Fehler gewesen, aber die Polizei hatte keine Beweise, und irgendeine Ausrede für seine Flucht würde ihm schon einfallen. Außer Hanna konnte niemand einen Zusammenhang zwischen ihm und den Opfern herstellen. Er überlegte fieberhaft, wie er es anstellen könnte, ohne in Verdacht zu geraten.

Hanna musste sterben.

✳✳✳

„Na, das Gesicht kommt mir bekannt vor", sagte Henry, als sie gemeinsam mit Daniel das Vernehmungszimmer betrat. Sie hielt das Polaroidfoto neben den jungen Mann, der vor ihr auf einem Stuhl saß, und bestätigte mit einem Nicken. Das wäre zu einfach, dachte sie. Keiner bringt zwei Frauen um und marschiert dann wie selbstverständlich auf ein Polizeirevier.

Tobias Hacker, so hatte er sich vorgestellt, war vielleicht Ende zwanzig. Er machte auf Henry nicht den Eindruck eines Serienkillers. Zur Enttäuschung der Kommissare hatte er außerdem ein wasserdichtes Alibi für die beiden ersten Morde: Urlaub in der Bretagne. Es erhärtete den Verdacht gegen Beiler.

Daniel nahm alle Aussagen des Zeugen auf. Immerhin war er der Letzte, der Hanna Kästner lebend gesehen hatte. Seine Geschichte klang schlüssig. Außerdem glaubte keiner der Anwesenden, dass sich ein Mörder freiwillig fotografieren ließ und sich nicht einmal die Mühe machte, die Fotos aufzusammeln.

Plötzlich riss Jim die Tür auf. Er rutschte mit einem lauten Quietschen über den Linoleumboden und bremste, indem er sich mit den Händen am Tisch abstützte. Die schwarzen Haare fielen ihm ungebändigt ins Gesicht. „Wir müssen sofort los!"

Henry sprang vom Stuhl auf. „Sie können gehen, wir haben alles", sagte sie zu Hacker und sah fragend zu ihrem Kollegen, der nickte.

„Was ist denn los?", fragte Daniel, als sie schnellen Schrittes über die Flure des Kommissariats hinter Jim hergingen.

„Die Spusi hat einen Pachtvertrag bei Beiler gefunden. Er hat eine kleine Waldhütte gepachtet. Ist nicht weit von hier und wenn er es war, stehen die Chancen nicht schlecht, dass Hanna dort ist."

Henry fragte sich, warum Beiler plötzlich eine Frau kidnappen sollte. Die Leichen von Carla Hofmann und Britta Enßle waren regelrecht drapiert worden. Er hatte in keinem Moment beabsichtigt, dass man die toten Frauen nicht finden würde. Warum sollte es bei Hanna anders sein? Für Henry passte das Ganze nicht zusammen.

Als hätte er ihre Gedanken gelesen, sah Faber seine Kollegin an und sagte: „Wir haben bisher keine Leiche gefunden. Wenn der Täter etwas mit Hannas Verschwinden zu tun hat, haben wir vielleicht noch eine Chance. Die anderen beiden hat er uns doch regelrecht auf dem Silbertablett serviert."

„Wir kündigen das aber vorher bei Pankow an", sagte jetzt Jim. „Nicht, dass der wieder heult, weil er nicht mitspielen darf."

Das Blaulicht auf dem Dach des Zivilwagens warf helle Blitze in die Dämmerung. Als Henry, Daniel und Jim aus der Stadt hinausfuhren, schalteten sie es aus. Sie wollten Beiler nicht vorwarnen.

Jim kontrollierte seine Dienstwaffe. „Warten wir auf das SEK?"

„Nein", sagte Henry bestimmt. „Zwei junge Frauen sind gestorben. Es wird keine dritte geben."

Jim, der offensichtlich nicht damit gerechnet hatte, dass Henry in dieser Frage eine Entscheidung treffen würde, sah sie irritiert an. „Na, dann schauen wir mal, was er dazu sagt." Beim Wort ,er' zeigte Jim mit dem Daumen nach hinten auf den Streifenwagen mit Klaus Pankow.

Henry spürte, wie sich ihre Herzfrequenz steigerte. Ihr Blutdruck stieg an, und ihr wurde heiß. Viel zu heiß für die schusssichere Weste, die ihr in die Rippen drückte. Sie kontrollierte ihre Heckler & Koch. Das Klicken des einrastenden Magazins beruhigte sie für einen Moment. Der Vorfall eine Woche zuvor schoss ihr durch den Kopf. Dieses Mal durfte auf keinen Fall etwas schiefgehen.

Henry ließ die Fensterscheibe herunter, schloss die Augen und atmete die sommerliche Abendluft ein. Es war dieser Nervenkitzel, den sie vermisst hatte, nachdem sie ihren Dienst bei der Polizei vorübergehend quittiert hatte. Auf der anderen Seite bereute sie ihre Entscheidung, zurück zur Polizei gegangen zu sein, wenn er dann da war, so wie jetzt und eine Woche zuvor.

Auf den letzten Metern schaltete Daniel die Scheinwerfer aus. Der Fahrer des Streifenwagens tat es ihm gleich. Der Mondschein, der zwischen den Bäumen hindurchblinzelte, reichte, um den Waldweg erkennen zu können.

„Volltreffer! Da vorne ist die Hütte." Daniel Fabers Kommentar war überflüssig, da die beleuchteten Fenster des Häuschens deutlich zu sehen waren. Er stellte den Wagen nahezu geräuschlos am Wegesrand ab. Kleine Kieselsteine knirschten leise unter den Reifen. Hinter ihnen kam auch der Streifenwagen zum Stehen.

„Wir verschaffen uns zunächst einen Überblick", sagte Pankow, während er seine schusssichere Weste anzog. „Das SEK müsste gleich da sein."

„Wir warten doch jetzt nicht aufs SEK, oder?" Weil Henry so laut flüsterte, musste sie ein Husten unterdrücken. „Was ist, wenn er sie in genau der Zeit umlegt? Also ich will nicht schuld am Tod von Hanna Kästner sein." Sie stampfte sanft auf.

„Kriminalkommissarin Winter", sagte Pankow mit gedämpfter Stimme. „Wenn Sie mal ein paar Jahre bei der Polizei gearbeitet haben und Kriminaloberrätin sind, können Sie solche Entscheidungen treffen. Heute Abend machen Sie aber noch, was ich Ihnen sage. Verstanden?"

Henry schluckte die aufkommende Wut hinunter. Es würde nichts bringen, sich ihrem Chef zu widersetzen.

Daniel trat einen Schritt vor. „Ich muss ihr zustimmen. Wir können nicht noch ein Opfer riskieren." Als wenn er zählen müsste, sah er sich die Umstehenden an. Henry, Jim, Klaus Pankow und den Schutzpolizisten Micha Hampel. „Wir sind fünf bewaffnete Beamte mit schusssicheren Westen. Beiler ist alleine."

Am liebsten hätte Henry ihren Kollegen in diesem Moment umarmt. Sie unterdrückte ein breites Grinsen.

„Wir sondieren die Lage", sagte Pankow bestimmt. Dann machte er eine Kopfbewegung, mit der er dem Rest der Gruppe bedeutete, ihm zu folgen.

„Schätzle, Faber und Winter gehen hinter das Haus. Hampel kommt mit mir."

„Am besten gehen wir ein Stück weg vom Haus", sagte Henry.

„Wieso?", fragte Jim und folgte ihr.

„Weil wir von weiter weg besser reinsehen können, ohne selbst gesehen zu werden? Reine Physik."

Daniel lachte leise. „Das ist keine Physik, sondern einfach Logik."

Die drei Kommissare standen ungefähr zwanzig Meter entfernt von der Waldhütte zwischen den Bäumen. Durch das Fenster konnte man Beiler sehen, der nach unten blickte und redete.

„Er spricht mit Hanna Kästner", stellte Henry fest. „Sie lebt."

Die Kollegen, die vorne herum gegangen waren, konnten sie nicht sehen.

„Lasst uns überprüfen, wie es ihr geht." Jim ging auf das Haus zu.

Als die drei beinahe am Fenster angekommen waren, hörten sie, wie vor der Hütte offenbar jemand auf einen am Boden liegenden Ast trat. Ein lautes Knacken durchbrach die Stille. Beiler drehte sich schlagartig in Richtung Tür, zog eine Waffe und zielte auf Hanna Kästners Kopf.

„Was passiert hier?" Henry wurde panisch. Beiler fühlte sich offenbar in die Enge getrieben und versuchte, die Polizei am Stürmen der Hütte zu hindern.

Ihre Frage beantwortete sich von selbst, als sie sah, wie Pankow die Tür auftrat.

„Spinnt der jetzt völlig?", fragte sie laut. Im gleichen Augenblick fiel ein Schuss.

Henry erkannte durch das Fenster, dass Hanna Kästner zusammensackte und sich auf ihrer Brust ein roter Fleck bildete. Beiler hatte sofort geschossen.

Daniel, Jim und der Schutzpolizist stürmten in die Hütte. Henry stand wie gelähmt weiterhin vor dem Fenster und beobachtete diese unwirkliche Szene. Alle umringten Hanna und versuchten, Erste Hilfe zu leisten. Beiler war nirgends zu sehen. Hatte er den Moment genutzt, um zu entkommen? Das war nahezu unmöglich. Sie sah, wie Pankow und Micha Hampel die Hütte zur Eingangstür verließen und mit Taschenlampen in verschiedene Richtungen liefen.

Plötzlich sah sie hinter der Hütte einen Schatten im Unterholz verschwinden. Sie schreckte hoch, rannte los und schrie, Beiler solle stehen bleiben, aber er reagierte nicht. Sie hoffte, dass einer der Kollegen ihr Rufen gehört hatte. Stattdessen steuerte er den dichten Wald an. Henry war nie eine große Ausdauersportlerin gewesen, auf kurzer Strecke war sie jedoch schnell. Wie eine Hürdenläuferin sprang sie über Äste und Wurzeln, bis sie Beiler, der offensichtlich untrainiert war, eingeholt hatte. Mit ihrem gesamten Gewicht warf sie sich filmreif auf ihn, was ihn, der schwerer war als Henry, kaum ins Wanken brachte. Er schüttelte sie mühelos ab.

„Geben Sie auf, Beiler", schrie sie, doch bevor sie ihre Dienstwaffe ziehen konnte, versetzte er ihr mehrere Faustschläge ins Gesicht und den Magen und prügelte wie wild auf sie ein. Henry besann sich auf ihre gelernten Nahkampftechniken und konnte ihn vorerst unter Kontrolle halten, aber sie schaffte es nicht, ihn zu bezwingen. Beiler zog eine Pistole aus dem Hosenbund und richtete sie auf Henry. Ohne dass sie groß nachdachte, drehte sie sich kurz zur Seite, schwang ihr Bein nach hinten und trat dem Angreifer die Waffe aus der Hand. Sie war selbst erstaunt darüber, dass sie es geschafft hatte. Der Roundhouse-Kick hatte ihr in der Ausbildung nie gelegen.

Schwer atmend standen sie einander fast ebenbürtig gegenüber wie beim finalen Zweikampf im Showdown eines Actionfilms. Nach hinten konnte Beiler nicht flüchten, zu dicht war der Wald, und an Henry kam er nicht vorbei. Die Kollegen würden sicher gleich da sein.

Jeder ihrer Knochen schmerzte, aber sie wusste, es war ihre letzte Chance, diesen Mann zu stoppen. Beiler hatte in seiner Verzweiflung eine enorme Kraft entwickelt, und sie war sich völlig darüber im Klaren, dass es keinen Sinn hatte, sich mit einem Gegner anzulegen, der ihr körperlich überlegen war. Sie versuchte, sich an die Situationen im Training der Polizeischule zu erinnern, in denen es um den Überlebenskampf ging. Sie entschied sich für die klassische Methode. In dem Moment, als sie im Begriff war, ihre Heckler & Koch zu ziehen, begann Beiler zu reden. Mit der Hand auf dem Abzug behielt sie die Waffe im geöffneten Holster, jederzeit bereit zu schießen. Dass sie treffen würde, stand außer Frage. Jetzt wollte sie aber wissen, was er zu sagen hatte, denn nichts war besser als ein sauberes Geständnis.

„Sie werden mich nicht stoppen, Frau Winter", sagte er leise. „Ich habe Sie in der Klinik gesehen. Sie sind doch sicherlich auch so eine, die ihr Kind ermordet."

Die Erkenntnis, dass sie den richtigen Riecher gehabt hatte, ließ sie ruhiger werden.

„Sie wissen doch überhaupt nicht, wie das ist, wenn man ein Kind verliert", fuhr er fort. „Wie das ist, wenn die eigene Frau mit einem ungeborenen Kind im Bauch begraben wird. Mit einem Kind, das man sich so sehnlich gewünscht hat. Wie sich das anfühlt, alles zu verlieren." Seine Stimme zitterte. „Alles, was einem irgendwas bedeutet hat. Sie begehen leichtfertig Verbrechen, treiben Kinder ab und fühlen sich nicht einmal schuldig dabei. Auch Sie werden dafür bezahlen, Frau Kommissarin. Auch Sie."

Er ging einen Schritt auf Henry zu, die automatisiert zurückwich.

„Herr Beiler, denken Sie doch mal nach, bitte. Sie wissen offensichtlich nicht, in welcher Situation manche Frauen sind, wenn sie diese Entscheidung treffen. Sie haben kein Recht, darüber zu richten. Wir leben im 21. Jahrhundert. Es gibt bei uns keine Todesstrafe mehr. Es tut mir leid, was mit Ihrer Frau und Ihrem Kind passiert ist, aber ich verstehe den Zusammenhang immer noch nicht."

Beilers Stimme überschlug sich, und Henry hörte eine Mischung aus hysterischem Wahn und abgrundtiefer Verzweiflung heraus. „Reden Sie keinen Scheiß! Sie sind die Schlimmste, weil Sie auf der falschen Seite stehen und das auch noch rechtfertigen. Ich hätte Sie in der Nacht am Fluss schon beseitigen sollen. Manche Menschen versuchen verzweifelt, Kinder zu bekommen. Ich habe sogar nach dem Tod meiner Frau versucht, ein Kind zu adoptieren. Aber bevor Sie es schaffen, in Deutschland ein Kind zu adoptieren, bekommen Sie eher noch die Zulassung für einen Nasa-Flug auf den Mond."

„Bestimmt haben Sie auch noch eine Erklärung dafür, dass Sie völlig Unschuldige in Ihre Sache mit hineingezogen haben?" Henrys Stimme war erstaunlich ruhig. Nachdem Beiler nicht darauf reagierte, fuhr sie fort: „Damit meine ich nicht mal nur die Frauen, die Sie völlig grundlos ermordet haben. Andreas Freitag beispielsweise, dem Sie mit einer fingierten SMS auf dem Handy des Opfers die Tat in die Schuhe schieben wollten. War es nicht so?"

Beiler atmete schwer. „Als Vater hätte er es verhindern können. Und müssen."

„Woher wussten Sie denn, dass er der Vater ist?"

„Sie glauben gar nicht, was Frauen einem alles erzählen, wenn man Sekt und Erdbeeren für sie bereitstellt."

Henry versuchte, durch die Dämmerung hindurch die Augen ihres Gegenübers zu fixieren. „Ich glaube, dass Sie Andreas Freitag nur ans Messer liefern wollten, um Ihren eigenen Arsch zu retten. Außerdem habe ich gleich zwei schlechte Nachrichten für Sie, Herr Beiler. Erstens war Andreas Freitag überhaupt nicht der Vater, und zweitens", sie holte kurz Luft, „hat Carla Hofmann niemals abgetrieben. Sie haben zwar mitbekommen, dass Frau Hofmann vorhatte, ihr Kind abtreiben zu lassen, aber sie ist zu diesem Termin in der Klinik nie erschienen. Sie selbst haben dieses Kind getötet, sonst niemand."

„Sie lügen!", brüllte Dennis Beiler. Völlig unerwartet stürzte er sich auf sie und warf sie mit seinem gesamten Gewicht um. Henry hörte Stimmen in der Ferne, aber bevor sie nach ihren Kollegen rufen konnte, taumelte sie nach hinten, verlor das Gleichgewicht und spürte, wie ihr Körper unkontrolliert mit einem dumpfen Laut auf den Waldboden fiel. Das Letzte, was sie hörte, war ein nüchternes Krachen, als ihr Hinterkopf hart auf dem Boden aufschlug, bevor sie von einer kalten, unendlichen Dunkelheit und einer unheimlichen Stille eingefangen wurde.

Christian saß auf der Terrasse seines Hauses und beobachtete die Sterne. Er war unruhig und hatte sich eben das zweite Glas Yellow Spot geholt, der warm in seine Seele sank. Er machte sich große Sorgen um Henry. Zwar war ihr Abenteuer in der Klinik gut gegangen, aber er wusste, dass sie erst Ruhe gab, wenn der Täter in Ketten lag. Plötzlich spürte er einen Schwindel, dessen Ursache eindeutig nicht im Whiskey lag. Er sprang aus seinem Gartenstuhl, hastete ins Haus und holte sein Mobiltelefon. Es war ihm egal, wie spät es war, er wählte Henrys Nummer.

„Tja, leider Pech gehabt, du rufst Henry zur falschen Zeit an. Bitte hinterlasse mir ein paar nette Worte."

„Ruf mi bitte sofort an, wennst des hörst", flehte er die Mailbox an, wissend, dass es sinnlos war. Auf die Gefahr hin, sich zu blamieren, wählte er Fabers Nummer, aber auch hier hob niemand ab.

Christian fühlte, dass etwas passiert war. Die Machtlosigkeit fraß ihn auf. Er lehnte sich zurück, schloss die Augen und konzentrierte sich auf dieses seltsame Schwindelgefühl. Er kannte dieses Gefühl. Das letzte Mal hatte er es gehabt, als seine Mutter gestorben war. Eigentlich glaubte er nicht an solche Dinge, aber er wurde den Gedanken nicht los, dass seiner Freundin etwas zugestoßen war.

Immer wieder wählte er ihre Nummer, doch seine Anrufe verhallten im Nichts.

✶✶✶

Henry fühlte sich, als würde sie schweben. Als wäre sie eine Drohne, die mit einer hochauflösenden Kamera beobachtete, wie Beiler ihren regungslosen Körper zwischen die Bäume zog und hektisch versteckte. Aus der Richtung, in der die Hütte liegen musste, sah sie die Lichtkegel von Taschenlampen näher kommen. Stimmen riefen nach ihr. Kurz stellte sie sich die Frage, ob es der Prozess des Sterbens war, von dem sie gelesen hatte. Vielleicht aber war es auch nur ihr Unterbewusstsein, das sie am Leben hielt, an diesem Leben, das wie ein Film vor ihrem inneren Auge ablief. Welche Fehler hatte sie begangen? Was hatte sie richtig gemacht? Hatte sie alle Chancen genutzt, die das Leben ihr geboten hatte?

„Henry", hörte sie jemanden rufen. Es war keiner ihrer Kollegen. „Madl, wach auf!" Es war eindeutig Christian. „Komm schon, mach keinen Scheiß!" Ihre Ohren waren wie in Watte gepackt. „Aufwachen! Genug ausgerastet!"

Sie würde nicht zulassen, dass Beiler ihr den Rest gab. Sie war jetzt wieder Polizistin. Plötzlich fühlte sie ein Zucken in ihren Gliedmaßen. Sie versuchte, die Augen zu öffnen, schnappte verzweifelt nach Luft. Ihre Lungen brannten, sie hustete. Jeder Muskel ihres Körpers schmerzte und ihr war so kalt, dass sie am ganzen Leib zitterte. In ihrem Schädel hämmerte es, und sie fühlte etwas Warmes am Hinterkopf, so als würde Blut aus einer Wunde austreten. Langsam begriff sie, dass sie nach hinten gestürzt und bewusstlos geworden war.

Sie raffte ihre letzten Energiereserven zusammen und versuchte, um Hilfe zu rufen, aber nicht ein Laut kam über ihre Lippen. Ihre Stimme versagte vollständig, und sie rang nach Luft. Es dauerte einen Moment, bis sie sich orientieren konnte, bis sie sich erinnern konnte, was vorgefallen war. Beiler hatte ihr gegenüber die Morde samt Motiv gestanden und wollte garantiert auch sie töten.

Ein Lichtkegel hatte ihn erfasst. Sie hörte Pankow rufen: „Ich habe mein Bestes gegeben, um dich aus den Ermittlungen rauszuhalten, du Idiot! Aber nur, weil ich dachte, dass du unschuldig bist und deshalb aus dem Kreis der

Verdächtigen ausgeschlossen werden willst, aber bei Mord hört der Spaß auf, Beiler. Da mach ich nicht mit, ich bin Polizeibeamter!"

Henry blinzelte und versuchte, die beiden im Dunkel zu erkennen. Das Hämmern in ihrem Kopf war so laut, dass sie sie kaum verstand.

„Pankow, wenn ich auspacke, bist du dran, das weißt du", keuchte Dennis Beiler. „Du hilfst mir jetzt oder ich stecke deinen Kollegen, dass du meine Frau in den Tod getrieben hast, weil du das Kind nicht wolltest!"

Henry traute ihren Ohren nicht. Halluzinierte sie immer noch?

„Ich hätte ihr verziehen", sagte Beiler. Er klang jetzt wie ein kleiner Junge. „Ich hätte das Kind als meines angenommen. Aber du!" Er wurde wieder lauter. „Du hast geleugnet, dass du sie überhaupt gekannt hast! Und meinst, du kannst alles wiedergutmachen, weil du mir deine dilettantischen Ermittler vom Hals gehalten hast."

In Henrys Kopf fügte sich das Gesagte zu einem riesigen Mosaik zusammen. Jetzt verstand sie, warum ihr Chef keine Soko einrichten wollte. Er hatte Beiler schützen wollen. Die Gefahr war ihm offensichtlich zu groß gewesen, dass sie Beiler in ihren Ermittlungen zu nah kamen und er ihn verriet. Aber warum? Was hatte das mit dem Kind zu bedeuten?

„Du bist ein Mörder." Pankow klang gefasst. „Steck dir deine Erpressungen sonst wohin. Niemand wird dir hinterherweinen. Abgesehen davon ist es nicht verboten, eine verheiratete Frau zu schwängern. Ich hätte dir das Kind ja überlassen. Sehr gerne sogar."

Das Pochen in Henrys Kopf wurde unerträglich, als sie versuchte, sich aufzurichten. Die Schmerzen in ihrem Schädel waren so stark, dass sie zwar sah, dass ihr linkes Handgelenk verdreht war, sie aber nichts spürte. Sie richtete sich wie in Zeitlupe auf und konzentrierte sich auf ihr Ziel. Blut lief ihr den Nacken herab und kitzelte sie unangenehm auf der Wirbelsäule.

Als sie es endlich in die Senkrechte geschafft hatte, stützte sie sich an einem nebenstehenden Baum ab, um nicht sofort wieder in Ohnmacht zu fallen. Obwohl die Bilder vor ihrem Auge immer wieder verschwammen, erkannte sie einen Rettungswagen, der mit Blaulicht durch den Wald fuhr. Aus der Richtung der Hütte hörte sie die Stimmen ihrer Kollegen. Als sie langsam wieder scharf sehen konnte, identifizierte sie Pankow und Beiler. Letzterer stand ihrem Vorgesetzten gegenüber. Seine Waffe hielt er wieder in der Hand, richtete sie aber nicht auf Pankow. Der hingegen hob wie in Zeitlupe seine Dienstwaffe und zielte auf den Kopf des Verdächtigen. „Das Ganze hat jetzt ein Ende."

Plötzlich hörte man einen lauten Schuss durch den Wald hallen. Sofort richteten sich die entfernt sichtbaren Lichter von Taschenlampen in die Richtung, in der Pankow und Beiler eben noch gestanden hatten. Binnen wenigen Sekunden waren Jim und Daniel vor Ort. In der Ferne sah man jetzt auch das Blaulicht des SEK-Einsatzwagens.

Klaus Pankow lag auf dem Rücken und stöhnte vor Schmerzen. Beiler stand wie erstarrt da, bis Jim ihm Handschellen anlegte. Micha Hampel war mittlerweile auch eingetroffen und kümmerte sich um Pankow.

Henry, die an dem Baum, der ihr gerade noch Halt gegeben hatte, heruntergerutscht war, saß auf dem schmutzigen Boden, die Heckler & Koch zitternd in der rechten Hand haltend. Die linke hing schlaff neben ihrer Hüfte. Erst jetzt wurde ihr klar, dass Beiler sie bereits für tot gehalten haben musste. Warum sonst hätte er ihr die Dienstwaffe gelassen? Oder Pankow hatte ihn unterbrochen.

Daniel kniete sich auf den Boden. „Was machst du denn schon wieder?", sagte er lächelnd. Man hörte die Sorge aus seiner Stimme heraus. „Du hast gerade aus Versehen deinen Chef angeschossen, fürchte ich."

„Was meinst du mit ‚aus Versehen'?", fragte sie leise. „Ich treffe auch mit einer Hand ganz gut, denke ich."

Während Dennis Beiler abgeführt wurde, fuhren zwei weitere Rettungswagen auf das Areal. Hanna Kästner war mit einem Schulterdurchschuss bereits auf dem Weg in die Klinik.

Pankow, der gerade noch schmerzerfüllt der jungen Notfallsanitäterin die Rolle des sterbenden Schwans vorgespielt hatte, drehte seinen Kopf zu Henry. „Sehen Sie, Frau Winter", stöhnte er und versuchte, sich aufzurichten. „Deshalb habe ich Sie zum Schießtraining geschickt. Sonst hätten Sie mich womöglich nicht nur am Bein getroffen." Die Sanitäterin drückte ihn sanft zurück auf die Bahre.

Die Kommissarin, die mittlerweile ebenfalls von zwei Notfallsanitätern umringt war, sah ihrem Vorgesetzten in die Augen. „Seien Sie lieber froh, dass ich nicht so oft im Schießtraining war, Pankow."

Henry saß auf dem Balkon ihrer Wohnung im Französischen Viertel. Ihr linkes Handgelenk war noch eingegipst, die Kopfschmerzen ließen aber langsam nach. Nachdem Daniel ihr am Morgen den Botanischen Garten gezeigt hatte, hatte er sie nach Hause gebracht. Der Abschluss des Falls hinterließ eine undefinierbare Leere in ihr. Das letzte Mal, als sie dieses Gefühl der Perspektivlosigkeit gehabt hatte, war nach ihrem Zweiten Staatsexamen gewesen.

Dennis Beiler saß in U-Haft, und die Drogendealer warteten auf ihren Prozess. Die Tatsache, dass sich jemand wie Sven Ebert auf einen derart kopflosen Deal eingelassen hatte, ließ ihr keine Ruhe. Sie nahm sich fest vor, sich nach seiner Haftentlassung nach ihm zu erkundigen und dafür zu sorgen, dass er wieder Fuß fassen konnte.

Es war deutlich kühler als die letzten Tage, und Henry zog sich die dünne Strickjacke über die Schulter, als es an der Tür klingelte.

Schwerfällig erhob sie sich von ihrem Balkonstuhl und schlurfte zur Tür. Als sie sie öffnete, traute sie ihren Augen kaum. Als hätte jemand die Zeit angehalten, stand sie mit offenem Mund da und starrte in das Gesicht ihres Gegenübers.

„Was schaust denn so, Madl? Hab doch gsagt, dass ich für die Kneipentour rüberfliege."

Christian trug einen kleinen Koffer bei sich. Er hatte sichtlich abgenommen, vermutlich lag das daran, dass er keine Kekspause mit Henry mehr einlegen konnte. Nachdem sich ihre Muskulatur wieder gelockert und die Atmung eingesetzt hatte, fiel sie ihrem alten Freund um den Hals und drückte ihn, so fest sie konnte.

30. Juni, abends

„Wieso hast du den Depp eigentlich ned glei umgelegt?" Christian trank den Tequila Gold in einem Zug leer und biss mit verzogener Miene in die Orange.

Henry, die von ihrem ersten Arbeitstag nach der Krankenpause und der sich dem Ende neigenden Kneipentour sichtlich erschöpft war, hing schlaff in ihrem Stuhl im ‚Last Resort'. Sie war die Tage davor nur einmal kurz im Büro gewesen, um mit Daniel und Jim auf den Erfolg anzustoßen und um den Kollegen aus Esslingen zu verabschieden. Henry hatte ihr Bedauern nicht verbergen können, als Jim seine Sachen gepackt hatte. Irgendwie war er ihr ans Herz gewachsen. Sie hatten sich versprochen, in Kontakt zu bleiben, aber sie wusste zu gut, dass so was oft nur leere Worte blieben. Bei Mordfällen würde er wieder nach Tübingen geschickt werden, da war sie sich sicher. Aber wie oft kam es schon vor, dass jemand in der schwäbischen Universitätsstadt ermordet wurde?

Klaus Pankow und sie hatten schlüssig erklären können, was im Wald passiert war. Natürlich war es nicht in Ordnung gewesen, dass er auf Dennis Beiler gezielt hatte, aber niemand wusste, ob er wirklich geschossen hätte. Dass er Beilers Frau geschwängert hatte und in den Ermittlungen nach ihrem Suizid so getan hatte, als kenne er sie nicht, war ja nun kein Verbrechen. Er hätte demnach nichts zu befürchten gehabt. Warum also hätte er seinen Job riskieren sollen, indem er Dennis Beiler erschoss? Für Henry stand fest, dass es irgendein psychologischer Trick gewesen war, die Waffe gegen Beiler zu erheben, auch wenn sie bis heute nicht wusste, welches Resultat sich ihr Vorgesetzter davon erhofft hatte. Die Tatsache, dass er sie nicht für seine Beinverletzung zur Rechenschaft gezogen hatte, war der einzige Punkt, der gegen ihre Theorie sprach.

„Wen soll ich umlegen?“, fragte sie müde.

„Na, deinen Chef, den Pankow. Was war des für eine Geschichte?“ Er hielt das leere Glas hoch und winkte in Richtung Tresen.

„Also bitte.“ Sie räusperte sich. „Pankow ist schon ein Arschloch, aber deswegen muss man ihn ja nicht gleich erschießen. Außerdem hast du ...“, sie klopfte ihm müde auf die Brust, „doch selber gesagt, dass man gegen solche Pappnasen, die einem Böses wollen, immer was in der Hand haben sollte. Das funktioniert doch nicht, wenn ich den umlege. Aber eingreifen musste ich. Frauenmörder hin oder her, aber über das weitere Schicksal dieses Killers soll ein Richter entscheiden, nicht Pankow. Ein Märtyrertod ist immer scheiße.“ Sie holte tief Luft und sah Christian in die Augen. „Und als Nächstes schnapp ich mir den Hai!“

„Jessas, Madl! Übernimm dich mal ned.“ Er schüttelte den Kopf. „So Drogenbosse sind wohl noch eine Nummer zu groß für dich ... Du hast übrigens keine Ahnung, was ich heut gfunden hab.“

„Du wirst es mir sicher gleich verraten“, sagte sie mit halb geschlossenen Augen.

„Ich hab mir natürlich ned nehmen lassen, die juristische Fakultät anzuschauen. Macht ja mächtig Eindruck." Er winkte Thomas, dem Wirt, zu und zeigte auf sein leeres Glas, um direkt noch einen Tequila zu bestellen.

Angestrengt zog er einen zerknitterten Zettel aus der Hosentasche. Henry merkte ihm an, dass es auch bei ihm nicht der erste Drink des Abends war. Sie hatte nicht mitgezählt, der wievielte es war.

„Kann ich nimmer lesen", sagte Henry undeutlich. „Was steht da?"

„Des is ein Aushang. Die suchen einen Lehrbeauftragten für die Grundlagen in Rechtsgeschichte. Meinst ned, dass des was für mich wär?" Er lächelte. Sie hatte das Gefühl, dass sich ihre Blicke nicht mehr trafen.

Henry knallte ihr Glas auf den Tisch. Sie fühlte sich mit einem Schlag nüchtern. „Ja! Einfach ja! Bitte bewirb dich da, bitte!"

Christian setzte sich aufrecht auf seinen Stuhl. „Genau des werd ich machen. Es hat sich mal wieder gezeigt, dass ma dich ned allein lassen kann. Ich hab schon in meinem Studium mit lateinischen Originaltexten gearbeitet."

Henry erinnerte sich daran, wie Christian ihr in ihrem gemeinsamen Büro regelmäßig mit alten Gesetzen auf die Nerven gegangen war, und sagte deshalb nichts dazu.

„Lehrer. Des wär mein Traumjob." Er sah gedankenversunken in die Luft. „So viele Möglichkeiten bleiben mir im Leben nimmer, um des zu machen, worauf ich Lust hab."

Henry stützte ihren Kopf wieder mit den Händen. „Das klingt großartig. Ich würde auch gerne mal machen, worauf ich Lust hab."

„Solange des ned wieder was mit verheirateten Männern zu tun hat, is mir alles recht. Was is eigentlich mit
dem Hund? Wann holst denn den?"

„Morgen. Erst mal auf Probe, und wir werden sehen,
wie's mit uns funktioniert. Auf jeden Fall besser als ein
verheirateter Mann, der sich dann doch nicht für mich
entscheidet." Sie wedelte mit dem Zeigefinger in der Luft
herum und sagte laut: „Hunde sind die besseren Männer!"

Henry konnte nicht aufhören zu grinsen. Die Vorstellung, dass Christian vielleicht nach Tübingen zog, war so
fantastisch, dass sie keine Worte dafür fand.

DANKSAGUNG

Über ihnen hingen dicke graue Wolken, die immer tiefer zu sinken drohten. Jakob war noch nie im Botanischen Garten gewesen, und so hatte Henry ihm alles gezeigt, was sie von der kurzen Führung, die Daniel ihr gegeben hatte, wusste.

Sie saßen auf einer Bank vor den Schauhäusern und sahen auf den Garten hinunter. Jeder Windhauch wehte den zarten Duft vertrockneter Blüten zu ihnen. Die großen Bambushalme wogten leicht über einem hölzernen Steg hin und her, als tanzten sie einen langsamen Stehblues.

„Hier." Jakob reichte Henry ein Buch. *WintersNacht* stand auf dem Einband.

Sie strich mit der Hand darüber. „Ah, das ist die gleiche Autorin, von der du mir schon mal ein Buch gegeben hast, oder? *WintersSpuren* oder so ähnlich?"

Jakob nickte, schloss die Augen und sog geräuschvoll die frische Luft ein.

Henry blätterte auf die letzte Seite. „Danksagung", las sie vor. „Die sind immer das Interessanteste. Da haben ja wieder eine Menge Menschen mitgewirkt. Die Autorin dankt Michael Hampel für seinen Rückhalt und seine Expertise in Sachen Polizeiarbeit. Außerdem gibt es einen Dank für ihre Tochter Ida, dafür, dass sie ihr immer wieder zeigt, dass man nicht nur arbeiten kann, sondern manchmal auch Zuckerwatte essen und bis in den Himmel schaukeln muss. Und für ihre Eltern, Angelika und Hans-Jörg Bauer, sowie ihren Bruder Daniel Bauer, die seit ihrem ersten Lebenstag an sie glauben." Henry sah ihren Vater an. „Tja, so eine Danksagung könnte ich dir leider nicht schreiben." Sie senkte den Kopf.

Jakob richtete sich auf. „Aber natürlich! Auch wenn du weg warst, habe ich immer an dich geglaubt! Und wem dankt sie noch?"

„Dr. Christian Singer, ohne den sie keine einzige Seite zu Papier gebracht hätte." Henry fuhr sich durch die Haare. „Jeder sollte einen Christian haben." Sie seufzte, dann wandte sie sich wieder dem Buch zu. „Sie dankt Dr. Eva Neunhoeffer sowie Dr. Manfred Lukaschewski und Dr. Philipp Braun für die fachliche Hilfe. Außerdem der Existenz von Serendipität ..." Henry sah ihren Vater fragend an.

„Das ist so was Ähnliches wie ein glücklicher Zufall", erklärte Jakob, der immer noch mit geschlossenen Augen und einem leichten Lächeln auf den Lippen neben ihr saß. „Das Finden einer Sache, nach der man nicht gesucht hat und die einem zu etwas Positivem verhilft."

Henry nickte wissend. „Okay, dann besteht das Leben eines Polizisten ja eigentlich nur aus Serendipität."

„Ich glaube, es sind nicht immer glückliche Zufälle bei euch, oder?"

„Stimmt auch wieder. Also", fuhr Henry fort, „sie dankt der Existenz von Serendipität und damit Dr. Matthias Stoll, der sie in den letzten Zügen des Schreibprozesses in vielerlei Hinsicht inspiriert hat und der sie, Achtung, jetzt kommt's", sie lachte laut, „gemeinsam mit Prof. Dr. Friedrich Götz mit der Morgenstelle versöhnt hat." Henry zeigte auf die Hochhäuser, die hinter dem Botanischen Garten tristgrau emporragten. „Das verdient wirklich Anerkennung, wenn man zu einer Versöhnung mit diesen Ungetümen verhilft." Sie schüttelte ungläubig den Kopf. „Es geht weiter mit Dr. Stefan Neu, der sie als guter Freund in allen Lebenslagen stützt und unterstützt, sowie Andreas Koch von der Buchhandlung Papyrus, der von der ersten Sekunde an von ihr überzeugt war. Dann dankt sie dem Verlag CW Niemeyer für die ausgezeichnete Zusammenarbeit. Zusätzlich Thomas Sing vom ,Last Resort' und Dr. Harald Hensel, die beide Modell gestanden haben. Und den ganzen Testleserinnen und Testlesern für ihre wertvolle Arbeit: Verena Arndt, Stefanie Diel, Kai Eitner, Björn Förster, Maike Hoffmann, Imke Meiners, Philipp Restetzki und Beate Singer. Also hör mal, wer muss denn alles so ein Buch gegenlesen, bevor das in den Druck geht?"

„Viele." Jakob schmunzelte. „Bücher werden zum Glück noch nicht von Künstlichen Intelligenzen geschrieben, da finden sich entsprechend viele Logikfehler. Wir Autoren basteln schließlich eine ganze Welt zusammen, in der wir der Schöpfer sind. Selbst die Realität ist voller Fehler, wie soll es dann erst in der Fiktion sein?"

Henry verstand sehr genau, was Jakob meinte. „Ich wäre manchmal froh, jemand würde meine Geschichte schreiben." Sie beobachtete einen Rotmilan, der über dem Botanischen Garten kreiste. „Dann wäre mir vielleicht einiges im Leben erspart geblieben." Sie widmete sich wieder dem Buch. „Und zu guter Letzt gilt der Dank allen Leserinnen und Lesern, ohne die jedes einzelne Wort nur die verzichtbare Illusion eines leeren Gedankens wäre."

Im Verlag CW Niemeyer bereits erschienen ...

Umweltschutz statt Leichen! Aus diesem Grund hat Henrietta alias Henry ihren Job bei der Polizei an den Nagel gehängt und Jura studiert. Nun arbeitet sie bei einer Nichtregierungsorganisation (NGO) in ihrer Heimat Schweden. Als ihre Mutter erschossen wird, findet Henry heraus, dass ihr Vater noch lebt. Sie war bisher fest davon überzeugt gewesen, er sei bei einem Bootsunglück verstorben. Henry versucht, selbst im Mordfall ihrer Mutter zu ermitteln. Das bringt sie in. gefährliche Situationen, aber sie wähnt sich in Sicherheit, als sie von Schweden nach Tübingen reist. Dort taucht sie tief in ihre Vergangenheit ein und entdeckt ein dunkles Geheimnis, das ihr Leben durcheinanderbringt – auch dem Mörder ihrer Mutter kommt sie dabei immer näher.

Catrine Bauer. WintersSpuren
432 Seiten. Klappenbroschur. ISBN 978-3-8271-9353-7
E-Book   978-3-8271-8444-3 (Epub)

#niemeyerbuch

Jetzt kein Buch mehr verpassen

Ab März 2024 im Verlag CW Niemeyer ...

OLAF PACKT DAS AN!

Was passiert, wenn der Bundeskanzler beim Gassigehen über eine Leiche stolpert? Und warum gibt es noch drei weitere spektakuläre Morde? Hängen die Fälle überhaupt zusammen?

Olaf beginnt zu ermitteln und nutzt jede freie Minute zwischen Regierungserklärungen, Fototerminen, Debatten bei der EU in Brüssel und Telefonaten mit Joe Biden. Hochkarätige Helfer unterstützen ihn dabei. Ehefrau Britta, Karl Lauterbach, eine Kellnerin mit österreichischem Migrationshintergrund, ein schlitzohriger Kleinganove, eine taffe Obdachlose.

Zwischendurch muss er auch noch die Kids von Annalena Baerbock hüten. Robert Habeck nervt, Macron auch, und der Geschirrspüler gibt den Geist auf. Aber Olaf wäre nicht der Scholz, wenn er das nicht alles packen würde. Mit anderen Worten: Es brennt die Luft, wenn Olaf ermittelt!

„Eine fesselnde Mischung aus Spannung, Humor und Politik. Macht Spaß zu lesen."
„Mr. Tagesschau" Jan Hofer

„Wenn dieses Buch nicht amüsant ist, fress ich 'nen Besen!"
Dieter Hallervorden

„Spannung und Humor vom Feinsten, absolutely funny!"
Maite Kelly

„Atemlos durch das Buch!"
Harald Schmidt

Im Verlag CW Niemeyer bereits erschienen ...

Den schrecklichen Anblick wird der Hausmeister niemals vergessen. Er findet bei seinem morgendlichen Rundgang auf dem Schulgelände ein schwer verletztes, junges Mädchen gefesselt auf einer Tischtennisplatte. Die Ärzte verlieren den Kampf um ihr Leben. Sämtliche Mordermittlungen führen in die Schule. Während der Tatrekonstruktion des OFA-Teams des LKA Niedersachsen erhält der Fall eine erschreckende Dimension, mit der niemand gerechnet hatte.

Die fiktive Handlung beschreibt nicht nur die Entwicklung von jungen Menschen, die zu Mördern mutieren, sondern ebenso ihre Fantasien sowie die unerträgliche Ohnmacht des familiären und schulischen Umfelds.

Carsten Schütte. EISKALT – Wenn Kinder morden
352 Seiten. Klappenbroschur. ISBN 978-3-8271-9319-3
E-Book   978-3-8271-9770-2(Epub)

#niemeyerbuch
Jetzt <u>kein</u> Buch mehr verpassen

Im Verlag CW Niemeyer bereits erschienen ...

Ein junger Mann wird in der Leinemasch tot aufgefunden. Man hat ihn erstochen. Die eilig herbeigerufene Hauptkommissarin Williamson erkennt in dem Toten sofort einen Bekannten ihrer Kollegin Elena Grifo. Wer nicht am Tatort erscheint, ist Grifo selbst. Sie ist auch nicht zu erreichen. Belastet von den Sorgen um die junge Oberkommissarin nimmt Williamson mit ihrem ungeliebten Kollegen Sascha Cohen die Ermittlungen auf. Was sie dabei zutage fördert, erschüttert sie zutiefst. Anscheinend gibt es eine Verbindung zwischen Elena Grifo und dem Mordopfer, die sie nun unter Verdacht geraten lässt. Auf der Jagd nach dem Mörder gerät Williamson selbst in tödliche Gefahr ...

Susanne Schieble. TodesVisier
464 Seiten. Klappenbroschur. ISBN 978-3-8271-9320-9
E-Book 978-3-8271-9771-9 (Epub)

Im Verlag CW Niemeyer bereits erschienen ...

Anstatt nach einem harten Arbeitstag bei der Kripo in Cuxhaven entspannt in den Feierabend starten zu können, landet Hauptkommissar Arne Olofsen in seinem schlimmsten Albtraum: Die Tür zu seinem Haus steht offen, und seine Frau Paula ist verschwunden. Dazu die unmissverständliche, in Blut geschriebene Botschaft: „Sie ist weg. Du wirst leiden."
Olofsens Angst schlägt schnell in Wut um. Als er dann von dem brutalen Gefängnisausbruch im niedersächsischen Celle hört und sich der Flüchtige mit seiner Forderung – Biowaffe im Austausch für Paulas Leben – direkt an ihn wendet, sieht Olofsen rot und fliegt prompt aus dem Ermittlerteam.

Markus Rahaus. Operation Sturmflut
416 Seiten. Klappenbroschur. ISBN 978-3-8271-9321-6
E-Book   978-3-8271-9772-6 (Epub)

Im Verlag CW Niemeyer bereits erschienen ...

Nach zwölf erholsame Tagen in Dithmarschen wird die Planug des letzten frei-
en Wochenendes von Hauptkommissar Karsten Untiedt jäh über den Haufen
geworfen. An der Eider wird eine fürchterlich entstellte Frauenleiche entdeckt.
Zum zweiten Mal verstärkt er das Team der Heider Kriminalpolizei um Katja
Greets. Ein Wiedersehen, auf das sich nicht alle freuen. Wohl kaum die besten
Voraussetzungen, um in Büsum, Tönning und Husum schmutzige Wäsche zu
durchwühlen oder den Fall aufzuklären. Untiedt lässt jedoch der Gedanke nicht
los, warum Maja Stöver auf so eine brutale Art und Weise sterben musste. Er
setzt alles daran, um ihren Mörder zu finden.

Marco Schreiber. Marschnacht
448 Seiten. Klappenbroschur. ISBN 978-3-8271-9317-9
E-Book 978-3-8271-9768-9 (Epub)

#niemeyerbuch

Jetzt <u>kein</u> Buch mehr verpassen

Folgt uns auf

#niemeyerbuch